喬忠延　編著

中國神話

中國經典

中華教育

目錄

盤古開天闢地

很早很早以前,世界不像現在這個樣子。

那時候,沒有藍天,沒有白雲,沒有太陽,沒有月亮,也沒有星星。

那時候,沒有大地,沒有海洋,沒有高山,沒有深谷,也沒有溪流。

當然,也就不會有白天,不會有黑夜,不會有晴天,不會有陰天。

當然,也就不會颳風,不會下雨,不會打雷,不會閃電。

不見飛鳥,也不見鳴禽,更不見走獸。

不見綠草,也不見紅花,更不見大樹。

唉,那世界到底是個甚麼模樣?

打個比方說,就像是一個圓圓的雞蛋。

不過,這個雞蛋可大着呢!我們現在看見的藍天和大地,那時候是合攏在一起的,而且,合攏得密不透縫,你中有我,我中有你,混沌成一團,圓潤在一體。這個混沌成一團的物體就像是一個雞蛋。可想而知,這個雞蛋多麼多麼大呀!

雞蛋能夠變出小雞。天氣暖和了,溫度適宜了,暖呀暖呀,暖上二十一天,一個黃絨絨的小雞破殼而出了。

那麼,這個很大很大的雞蛋一樣的東西要變甚麼呢?誰也不得而知,它就那麼懸浮着,懸浮着,懸浮着一個神祕的故事。

大概懸浮了一萬八千年吧,可能還要多。神祕的故事就要開頭了,這是一件多麼新奇的事呀,真該轟轟烈烈一番。可是,故事的開頭卻很平靜,混沌一團的大雞蛋中只隱隱約約出現了一個人。原來在

那麼那麼長的時間裏，這個很大很大的雞蛋一樣的圓團沒有閒着，也在變化着，竟然變化出一個人來。

起初，這人圓圓的頭，稚稚的臉，胳膊腿曲捲在一起，嫩得就像是八月蓮田裏剛刨出來的藕瓜，白淨、鮮活、光亮，是個嬰兒。嬰兒的眼睛緊閉着，安詳地睡着。

後來，圓圓的頭上有了濃密的頭髮，臉也不再稚嫩，少了一點水氣，生了一些土色，胳膊腿雖還曲捲，卻也已是那種土色了，成了一個健壯的少年。少年的眼睛緊閉着，安詳地睡着。

再後來，這人的頭髮不光濃密濃密，而且烏黑烏黑，土色的腮邊長出了鬍子，雖然沒有頭髮那麼長，那麼密，卻短得尖利，充滿了活力。他的胳膊腿還那麼曲捲着，卻粗壯了好多，先前那種土色中又添了些褐紅，就像是油畫上的一個壯漢。當然，任何人也畫不出這麼壯大強健的肢體。壯漢的眼睛仍閉着，可是已沒有先前那麼緊了，像是就要醒了。

從嬰兒到少年，又到壯漢，經過了漫長漫長的時間，大概是一萬八千年吧！

甚麼時候，這位壯漢微閉的眼睛會睜開呢？

不見壯漢眼皮眨動，只見他的頭髮更密了，更黑了，鬍子也更尖利了，胳膊又粗壯了好多，這大概又過了一萬八千年吧！

這時候壯漢的眼皮動了動，又動了動，睜開了。先是睜開了一條縫，不一會兒就瞪大了。可是，不論是睜一條縫也好，還是瞪得大大的也好，看到的都是一團混沌，一團黑暗。實際上，他甚麼也沒有看見。他越是看不見，眼睛瞪得越大，不光是眼睛瞪大了，而且，雙眸中閃射出一道穿透混沌的亮光。可惜，亮光穿過黑暗還是黑暗，是無窮無盡的黑暗。他還想將眼睛瞪得更大，可是眼睛已無法再大，他已經感覺到眼睛瞪得有些疼了。而且，這疼痛穿出眼睛到了頭頂，頭頂也疼疼的，讓他煩躁，煩躁不安地想瞪破無窮無盡的黑暗。

壯漢使勁蹬腿，腿曲捲着沒有蹬開。

壯漢使勁展臂，臂曲捲着沒有展開。

壯漢憋悶得更煩躁了。他千方百計忍受着黑暗和壓抑，越忍受卻越煩躁。他的頭髮蓬紮開去，鬍子也直愣愣的，眼睛噴閃着強光，像是要霹靂閃電般暴怒了。壯漢將全身的力氣用上，一次又一次地蹬腿，一次又一次地展臂，卻一點兒沒撐開身邊的混沌。

壯漢只好匍匐着身子，在混沌中爬行。爬不多遠，頭便碰在了硬壁上，只好返回來再爬。爬不多遠，又碰在了硬壁上。四壁都是這般，他明白這混沌給他的空間太小太小了，難道就沒有辦法把這個空間變大嗎？壯漢開始思考問題。一思考，他平靜了，不再煩躁了。他沒有再伸胳膊蹬腿，因為，他明白靠自己的力量是改變不了這混沌和黑暗的，即使再費力氣，也只能承受憋悶和壓抑。是不是有甚麼可以藉助的力量呢？他又伏下身來。這次他不像先前那麼爬行了，而是把手伸開去，到處亂摸。摸甚麼呢？他也不知道，好像是要摸一種可以幫助他的力量。力量也能摸到嗎？這簡直是瞎胡鬧。

可是，就是這瞎胡鬧給了壯漢希望。

忽然，壯漢的手被碰了一下。這碰手的東西不像是四周的硬壁。硬壁是齊嶄嶄的，這東西有點圓滑。伸手往那圓滑的東西撫去，摸到了一根把柄，一根正好可以用手握住的把柄。

輕輕一抓，沒有抓起，這把柄還帶有一個重重的利器。這是一把斧子。壯漢一使勁，拿起了斧頭。就在拿起斧頭的一霎間，他渾身的力量一下全部湧來，湧到了兩臂上。他雙手握緊斧頭，使勁一揮，耳邊呼呼生風。他轉動身體，揮動斧頭，身體越轉越快，斧頭越揮越猛。此刻，他不再壓抑，不再煩躁，那煩躁和壓抑已變成了他旋轉的速度。他轉成了風，風轉成了他，他舉着斧頭晃動了混沌。

旋轉着，旋轉着，壯漢瞪圓了眼睛。

旋轉着，旋轉着，壯漢鼓圓了肌體。

壯漢的眼睛閃動着電光。

壯漢的肌體鼓湧着雷聲。

電光要噴發，雷聲要炸響，旋轉在加劇。

突然，壯漢一展胳膊，手中的斧頭朝周圍揮劈過去。嗐嚓——轟隆——震耳欲聾的響動爆發了，響聲持久而厚重，由近到遠響了開去，像是滾動着巨大的碌軸，連壯漢也吃了一驚。

沒想到，隨着那震耳的響動，混沌一團的那個很大很大的雞蛋裂開了一道縫。更讓壯漢驚奇的是——

清淡輕盈的氣體悠然向上飄升，飄升，漸漸澄清成藍瑩瑩的顏色，成了天。

渾濁厚重的雜物緩慢往下降落，降落，慢慢沉積成黃褐褐的顏色，成了地。

天地就這麼劈開了！

這位開天闢地的壯漢被後世子孫叫做盤古。

盤古不再憋悶，不再壓抑。他眼寬胸闊，滿懷激動，禁不住揮動大斧在天地間又蹦又跳。蹦跳着向北跑了一萬八千里，又向南跑了一萬八千里；向西跑了一萬八千里，又向東跑了一萬八千里。在他的跑動中，天繼續上升着，地繼續沉落着。

盤古跑累了，就坐在地上休息。一挨着地皮，全身都犯睏，不由得躺了下來。身體一着地，他就睡着了，睡得香甜極了。

而且，盤古還做開了夢。先是夢見亮藍的高天，天上還飄着棉花團一樣的白雲；又夢見褐黃的大地，地上還長出茵綠的小草。他看得正高興，突然，不見了白雲，不見了藍天，不見了綠草，不見了大地，又混沌一團了，混沌得眼前烏黑烏黑。他憋悶得難受，壓抑得煩躁，猛然驚醒了！

盤古一看，大勢不好！

藍天不往上升了，還往下沉落。

大地不朝下落了，還朝上飄升。

若是天再沉落，地再飄升，他夾在當中，又要重歸混沌了。

盤古慌忙爬起，叉開雙腳，在地上立穩站直，斜伸兩臂，用力托住青天。天不落了，地不升了。可是，這麼矮小的空隙還是有些憋窄呀！不行，我要讓天開地闊。盤古思量着，渾身又來了勁。他的勁從心胸間迸發出來，向胳膊腿衝擊。肌肉鼓圓了，筋脈繃緊了，滿頭的黑髮都快聳直了。這麼一用勁，天竟然又徐徐飄升了，地竟然又緩緩沉落了。

盤古不敢鬆手，唯恐一鬆手，天又沉落下來，地又飄升上去，那就前功盡棄了。這麼一想，渾身的勁更足了，天升得快了，地落得也快了。更有趣的是，隨着天的升高，地的降低，盤古的個頭不斷長大，長大，長成了原來的三個、五個那麼高，還在不停地長着。

天升着，每天升高一丈。

地落着，每天沉落一丈。

盤古長着，每天要長天升高的一丈，地沉落的一丈，兩丈呢！

天在升着升着，地在落着落着，盤古在不停地長着。長啊，長啊，一直長了一萬八千年。

天高極了，不再高了。

地厚極了，不再厚了。

盤古的個頭也大極了，不再大了。

那天地到底有多高呢？扳開指頭一算，哈呀，可不得了，要九萬里那麼高呢！這九萬里，不光是天地間的高度，也是盤古個子的高度。盤古真高呀，簡直是位超級超級巨人。

可是，這位超級超級巨人竟然也累了，不過，盤古還不敢鬆手，他仍然怕天又沉落，地又飄升，重歸混沌一團的黑暗境地。他長吸一口氣，咬緊了牙關。這一咬，雙腳穩插大地，毫不動搖；兩手托舉高天，紋絲不晃。他像是一根擎天柱巍然屹立在天地之間。

就這麼，盤古巍然屹立了一萬八千年。

一萬八千年後，天牢固了，一分一釐也不會降了；

一萬八千年後，地牢固了，一分一釐也不再升了。

盤古鬆了雙手。

一鬆手，他渾身酥軟，癱臥在地上。他很想站起來，像天地初開時那樣又蹦又跳，在高天下，在闊地上，蹦跳蹈舞個盡興盡致。他撐撐臂，卻連坐起的力氣也沒有了，乾脆就地躺下。躺下來，全身放鬆，從來也沒有這麼舒服過。這可比那混沌黑暗好多啦！他真想就這麼舒舒服服享受他一萬八千年。沒想到一躺平，盤古的雙眼瞅住了藍天，藍天雖藍，卻空空蕩蕩的，好像少了甚麼；再轉一轉臉，看看大地，大地雖大，卻空空曠曠的，好像也缺了甚麼。他想造些東西填補天上的空蕩，也填補地上的空曠，可是，到底天上少甚麼，地上缺甚麼呢？他想，使勁想，反覆想，也想不出來。盤古實在太累了，沒等他想清楚就睡着了。

盤古累極了，睡得又香又甜。

盤古又進入了香甜的夢鄉。他夢見天上不再空蕩，白日有了鮮紅鮮紅的太陽，那是他右眼睛變的；晚上有了玉輪般的月亮，那是他的左眼睛變的；夜晚深藍的天空還有一閃一閃的星星，那是他的頭髮和鬍鬚變的。地上不再空曠，有了雄偉聳立的山脈，那是他的肢體變的；有了激盪奔流的江河，那是他的血液變的；有了縱橫交錯的道路，那是他的筋絡變的；有了茂密多彩的花草樹木，那是他的汗毛變的；還有閃光的金屬，堅硬的石頭，圓亮的珍珠，那是他的牙齒、骨頭、骨髓變的。

他的身體變成了天地間的萬物，天地間變得多麼美麗，多麼迷人呀！

盤古沉醉了，睡得更為香甜了。他的呼吸更為均勻，那均勻的氣體化成了風；他的鼾聲漸漸響起，那響起的鼾聲化成了雷；他的眼睛

偶爾眨動，那閃耀的光芒化成了閃電；就連他頂天立地時流出的汗水也有了變化，化成了雨露甘霖⋯⋯

盤古再也沒有睡醒來，他真的化為天地間的自然萬物了。

❝作者手記❞

盤古開天闢地的神話流傳很廣，不僅民間口頭傳誦，而且多種書籍都有記載。《太平御覽》卷二引《三五歷紀》、《繹史》卷一引《五運歷年紀》、《述異記》都有關於盤古的記載。

女媧造人畜

　　盤古開天闢地後，自身變成了萬物。天上有了太陽，有了月亮，有了星星，光芒亮堂；地上有了山川，有了樹木，有了花朵，五顏六色；河裏有了水草，有了魚蝦，有了螃蟹，水靈可愛。天地間日月星辰、山川河流、花草樹木，各式各樣，可就是不像現在這麼活泛生動。為啥？因為還沒有人呀！

　　人是萬物的靈魂。

　　沒有人，河流有些寂寞，這麼柔美的姿態讓誰欣賞呢？

　　沒有人，花草有些寂寞，這麼多彩的容顏讓誰動心呢？

　　沒有人，高山有些寂寞，這麼偉岸的身軀讓誰仰慕呢？

　　山水花草都盼望人們早日出現。

　　盼呀！盼呀！終於有一天，神通廣大的女媧到來了。這一日，天格外藍，水格外清，花格外紅，只見遼遠碧藍的天空飄飄忽忽降下一大朵祥雲。女媧身着鮮豔的衣裙像一縷清風輕輕飄落在地上，站在了花木叢中。綠草的淡雅清香撲鼻透體，花朵的姹紫嫣紅招人眼目。女媧迷醉了，不想走了，在這美境中居住下來。

　　住了幾天，女媧與山川河流、花草樹木有了同樣的感覺：寂寞。這麼好的美景，沒有夥伴和她說說笑笑，嬉嬉鬧鬧，真有些孤單。孤單的女媧來到河邊，擺弄開了。

　　她在河邊蹲下來，先從地上抓來一些黃絨絨的土，又伸手從河裏掬上來清清亮亮的水，將水倒在土堆上的小窩裏，泡一泡，攪一攪，和起了泥巴。這時候，輕風在耳邊奏起了樂曲，和着那樂曲她輕聲唱了起來：

> 一把土，兩把土，
>
> 一掬水，兩掬水，
>
> 和成黃泥一大堆，
>
> 一呀一大堆。

不一會兒，河邊出現了一大堆黃泥。用這黃泥捏甚麼呢？女媧沒了主意。輕風悄悄奏響了樂曲，女媧伴着樂曲又唱開了。張口一唱，手指也靈巧地動開了。

> 捏公雞，捏母雞，
>
> 地上擺下一隻隻，
>
> 母雞一叫生下蛋，
>
> 公雞一叫太陽起。

真絕了！一曲唱完，女媧捏成了雞，有公雞，有母雞，一大羣呢！公雞、母雞相隨了去草地上捉蟲子吃。吃飽了母雞找個草窩鑽了進去，咯咯嘎嘎一叫，生下了白花花的雞蛋。公雞有啥用呢？看着母雞生了蛋那興奮的樣了，也要幹點好事。黑夜，公雞躺了一會兒不睡了，牠怕太陽起遲了，天總暗烏烏的，就伸長脖子叫喚開了：咯——咯——咯兒——說也怪，公雞一叫，天亮了，太陽也升起來了。

女媧一見公雞、母雞又叫明，又下蛋，可高興了！高興得又唱：

> 捏白豬，捏黑豬，
>
> 地上擺下一條條，
>
> 放到圈裏莫外跑，
>
> 養大餵肥就是寶。

這一唱，女媧順手捏成了豬。這可真是沒想到的好事，雞蛋能吃，豬肉也能吃。豬在圈裏跳，雞在院裏叫，光景紅火熱鬧了。只是豬在圈裏還要餵，有沒有不餵的家畜呢？女媧一想唱開了口：

捏山羊，捏綿羊，

地上擺下一行行，

頭上插角是山羊，

沒有角的算綿羊。

女媧先捏出許多羊，然後一隻隻插角，插累了，不插了。插上角的是山羊，沒有插的是綿羊。羊捏成了，不用餵食，跑到河灘裏、山坡上自己找青草吃了。吃着吃着長大了，長肥了，把肉帶回家了。只是，山羊、綿羊跑出去好遠，還要往回趕，能不能捏個幫手呢？女媧腦袋一搖，又興奮地唱上了：

捏黃狗，捏黑狗，

地上擺下一溜溜，

出去趕羊跑前頭，

回家看門當幫手。

狗捏成了，可聽話呢！沒事臥在門前曬暖看門，黃昏出去趕羊，跑得風一樣快。有了這個好幫手，女媧高興地合不住嘴，接着唱：

捏黃牛，捏黑牛，

地上擺下一頭頭，

黃牛種田上山頭，

黑牛耕地水裏走。

女媧確實神通廣大，人還沒捏成，卻連人以後過日子、種莊稼的牲口都造成了。黃牛、黑牛力氣很大，耕地拉車都有勁，就是走起路來搖搖晃晃，性子出奇地慢，真讓人着急。女媧想，真該有個既有力氣幹活又快的動物，於是又唱：

捏白馬，捏紅馬，

地上擺下一匹匹，

能拉車來能耕地，

騎上飛奔有力氣。

馬捏成了，揚蹄興奮地跑來跑去，跑起來像是長了翅膀在飛。女媧可高興啦！抬頭看一眼，數一數，六樣啦，就叫六畜吧！數完，她有些累，想歇一歇。可眼前早亂成了一團糟。這邊狗攆雞，嘎嘎亂飛；那邊牛鬥陣，哞哞角響。剛平息了這邊，又處理那邊，那邊的事還沒搞定，豬把這邊的圍牆拱塌了，搖晃着尾巴就往山溝裏鑽……

女媧太忙，也太累，心想，還得造個能管住牠們的主子，不然真忙壞了，累壞了。造個啥模樣呢？一時想不出主意。她來到河邊，洗臉上的熱汗。往河邊一蹲，水裏浮着個影子，那是自己，六畜不是都聽自己的話嗎？那就照咱的樣子捏個管理六畜的主子吧！

女媧從那堆黃泥中抓起一團，在手上揉呀揉，捏呀捏，擺弄得可精心呢！過了好一會兒，捏成了個小娃娃。她把這個小娃娃往地上一放，手剛鬆，小娃娃便又蹦又跳，衝着她連聲喊：「媽媽！媽媽！」

喊着，快樂地跳起來摟住了她的脖子。女媧比小娃娃還快樂，雙手將她舉過頭頂。那這位管六畜的主子叫甚麼呢？女媧想，就叫「人」吧！

天地間就這麼有了人。

人的個頭不算很大，可那是女媧照自己的模樣捏造出來的，不光相貌和飛鳥走獸不同，作派氣質都有神仙的氣概，要不，怎麼說是主人呢！

女媧對人的相貌也很滿意，一滿意就高興，一高興就長勁，長勁地摶土捏人。

捏成一個，跳下她的手掌，站到地上叫「媽媽」。

再捏一個，又跳下她的手掌，站到地上叫「媽媽」。

不一會兒，地上站了快快樂樂的人。媽媽、媽媽的叫聲不絕於耳。

女媧聽得心花怒放，手更快了。

女媧捏得心花怒放，人更多了。

人們為媽媽的手藝叫好，直喊：「媽媽再快點，再快點！」

女媧彎腰提起一條葛藤，使勁一扯，葛藤像條長繩繞在手中了。她不再捏人，將葛藤在泥水裏一蘸，往空中一甩，甩出了無數的小泥點。不一會兒，那些小泥點也成了小娃娃。成羣的小娃娃笑成了一片，叫成了一團：「媽媽！媽媽！媽媽……」

女媧聽得心花怒放，手更快了。

女媧甩得心花怒放，人更多了。

女媧手舞足蹈，泥點飛花濺玉，人們拍手鼓掌。

女媧卻覺得還有些慢，乾脆讓那些她造出的人往河裏扔黃土。清水河變成了黃水河。黃黃的河水滔滔地向前流淌，興奮的女媧手挽着葛藤沿河奔跑，邊跑邊把葛藤伸進河裏，蘸水沾泥向空中旋舞，泥水落滿了兩岸，岸邊到處都有了人。

人們在河邊住下來，搭棚壘灶，黃河兩岸升起了縷縷炊煙。

黃河水造出了黃皮膚的人。

黃河水養育了黃皮膚的人。

黃河成了生生不息的母親河。

66 作者手記 99

　　女媧造人的神話流傳很廣。《太平御覽》卷七八引《風俗演義》記載：「俗說天地開闢，未有人民，女媧搏黃土作人。」今將古籍和民間關於女媧造六畜的傳說連綴一起，寫成此文。

女媧補天

　　黃河靜靜地流着，炊煙裊裊地升起。岸邊草木茂盛，鳥語花香。人們就在這美好的家園裏安居樂業。

　　有一天，這平靜祥和的日子變了樣子。雷，轟隆隆響着；電，唞嚓嚓閃着；風，呼哇哇颳着；雨，嘩啦啦下着。好可怕呀！

　　雷一響，震得人們渾身發麻，頭疼腦暈。

　　電一閃，耀得人們兩眼烏黑，天旋地轉。

　　風一颳，吹得人們站立不穩，飄盪異地。

　　雨一下，淋得人們水濕周身，寒冷無比。

　　眾人驚嚇得相互叫嚷着：這是怎麼啦？怎麼啦？

　　原來，這是天神打開了架。天神一打架，擾害得人間不得安生。

　　打架的天神一位叫祝融，專門管火，是火神。一位叫共工，專門管水，是水神。火神和水神是弟兄兩個，平日裏相處得不錯，可是，因為玩過了頭，兩人竟反目為仇，打鬧得天昏地暗。

　　這一天，火神祝融和手下的兩位小神在天庭玩耍，他一張口，吐出一團火，紅光閃耀，天庭華光燦爛。觀看火神表演的是雷神和電神，興奮得手舞足蹈，連連叫好。火神興頭更高了，吐了一次又一次，每次都火苗沖天，色彩斑斕。火神正得意，神法不靈了，吐一口，無火，再吐一口，無光。火神真掃興，在雷神、電神前丟盡了臉。

　　哈，哈，哈——一陣大笑傳了過來。火神一看，是水神朝着他逗趣呢！心想，肯定是他在搗鬼！沒錯，水神和手下的風神、雨神走過來，見火神賣弄神法，就使了個小手段。風神稍稍吹了一口氣，風不算大，可火神的火焰一出口就熄了。火神見是水神戲弄他，口一張吐出一股火去，直衝水神顏面。水神慌忙轉臉躲閃，但是，已經遲了，燒疼了腮邊，燒掉了嘴邊的鬍鬚。誰不知道，水神最愛臭美，每天頭

髮梳得光溜溜，抖着鬍鬢到處轉悠呢！頓時，他發怒了，口一張，噴出一股水，一下淹了火神的庭院。水汪汪一片，花草樹木泡在水裏不說了，連臥榻也漂了船。這可激怒了火神，大口一張，哈呀，水神的宮殿成了一片火海，燒得樹焦草枯，雞飛狗跳，一團哭喊聲。

就這樣，一個玩笑弄成了一場大戰。

水神一下令，風神、雨神參了戰，還領着龍子龍孫、蝦兵蟹將，猛烈攻擊火宮。火神見此情景，當然不甘示弱，率領雷神、電神發起衝鋒，直搗水宮。

天上大戰，打得你死我活。

人間大難，苦得水深火熱。

鬥了七七四十九個回合，火神法力正盛，越戰越猛；水神體乏身困，疲憊應戰。

再鬥七七四十九個回合，水神看出個破綻，逃出天界；火神窮追不捨，趕到人間。

於是，火神和水神在人間格鬥開來。

戰不多時，水神已力不從心，跳出重圍，向西北逃竄。他逃得快，火神追得緊，喊鬧聲緊緊響在耳邊。逃着逃着，很快到了不周山前。山高崖陡，擋住了去路。水神慌忙回頭看了火神一眼，不料，這一看，驚天動地的事情發生了，他一頭碰到了不周山上。

這就是「共工碰塌不周山」。

不周山一塌可真不得了。這山高得很，高山頂上有一根石頭柱子。石柱直直高上去，撐住了頭上的藍天。共工碰塌了不周山，那撐天柱嘩啦一聲巨響倒下了。倒就倒吧，頂多也就把地上砸幾個坑，可誰知倒下的撐天柱還連了一塊天；連就連吧，頂多也就把天拽一個洞，可誰知那一塊又正好是天河河底。這可大事不好了，天河決口了！河水傾瀉到人間，洪水氾濫了，地上汪洋一片。

大禍從天而降，田產家園淹沒了，平地上的人淹進水裏，隨波逐流。高山上的人看着水勢猛漲，節節上升，嚇得不知如何是好。

這時候，水中的妖怪趁機作亂。大殼烏龜伸出縮了多少年的頭，見人就咬；長身黑龍張開閉了多少年的口，見人就吞。水中泡着的人哪裏逃得脫呀，驚嚇得又哭又喊：「媽媽，媽媽！」

這時候，山上的猛獸趁機作亂。利齒山豬露出窩了多少年的牙，見人就咬；大頭黑熊張開閉了多少年的口，見人就吞。山上躲水的人哪裏逃得脫呀，驚嚇得又哭又喊：「媽媽，媽媽！」

女媧媽媽聽見了，往人間一看，不好了，她的子民大禍臨頭了！她連忙飄動衣裙飛落到山上。這麼大的洪水是從哪裏來的呢？她抬頭一看，不得了，是天河決口了！大水還在翻捲着波濤從天上往下傾流，怎麼辦？不堵住缺口就止不住洪水，止不住洪水就救不了蒼生。這麼一想，她打定了補天的主意。

雙腳一蹬，女媧晃動了山巔的大石頭。

雙手一抱，女媧舉起了山巔的大石頭。

女媧鼓勁一跳，離了山巔，向天上飛去。石頭太重了，飛得好慢好慢，老半天才挨近那滔滔傾流的出水口。

女媧猛力一躍，舉了石頭，向決口堵去，石頭太重了，堵得好難好難，老半天才塞進那滔滔奔流的出水口。

決口堵住了。女媧喘一口氣，鬆了手。

手一鬆，石頭掉了下去，洪水又鼓盪出來，流向大地。躲避稍微慢了些，女媧的衣裙濺濕了。

女媧返回地上，坐在山頂。她太累了，擎着大石頭上天太吃力，舉着大石頭堵決口更費勁。她渾身痿軟，真想躺在草叢中睡一覺。可是，她又聽見「媽媽，媽媽」的哭叫聲了。四處一看，水中妖魔作怪，山上惡獸禍害，子孫後代正在受難，若不趕快補住青天，降服妖獸，那她辛辛苦苦造出的人不就全完了嗎？

不能！

女媧張大嘴，長吸一口氣，渾身來了勁，也有了主意。大石頭補不住天，是太硬，黏不住，看來只有用五色石頭了。光五色石還不行，還要把它燒熱、變軟，才能糊住那決口。五種顏色的石頭哪兒有呢？這時，耳邊吹過一陣輕風。輕風告訴她石頭在江河湖海裏。

女媧飛到青海，躍入海水，捧回了青石頭。

女媧飛到紅湖，躍入湖水，捧出了紅石頭。

女媧飛到橙江，躍入江水，捧出了橙石頭。

女媧飛到黃河，躍入河水，捧出了黃石頭。

女媧飛到綠溪，躍入溪水，捧出了綠石頭。

五色石備齊了。怎麼燒呢？這時，耳邊吹過一陣輕風，輕風告訴她蘆葦能燃成大火。

女媧一看，蘆葦都長在水邊，水大，蘆葦多，好辦。她彎腰一拔，蘆葦成捆了；她揚手一扔，蘆葦上山了。一捆一捆的蘆葦堆成了一座小山，然後，將五色石頭放到了蘆葦中間。一點火，先冒起一縷青煙；青煙一散，火苗便竄上高天。火燃紅了，山燒紅了，天映紅了。

不用說，五色石也紅了。橙的、黃的、綠的、青的都成了紅的，紅的也就更紅了。紅着紅着，都變軟了；軟着軟着，都變黏了；黏着黏着，混成了一攤。青中有紅，紅中有青，分不出哪是紅石頭，哪是橙石頭，哪是黃石頭，哪是綠石頭，哪是青石頭了。蘆葦燒完了，火苗熄滅了，五顏六色的石頭黏在了一起，還挺燙的。

女媧伸手一抓，燙得縮了回來。可是石頭涼了就黏不住了，一咬牙，她捧起滾燙的石頭就向決口飛去。飛呀，飛呀，飛到決口，手已燙得又紅又腫。她又一咬牙，將五色石猛勁堵了上去。還真管用，決口堵嚴實了，天河水一滴也不往下流了。

天補住了。

可是，沒有不周山那根石柱的支撐，女媧怎麼看也覺得天不穩當，隨時可能塌下來。撐住才可靠！用甚麼支撐呢？她回頭一看，那在洪水中咬害眾生的烏龜竟然爬上岸來追趕人們。四隻粗壯的腳肢頂起一個大大的龜背，平平穩穩的。好，那就用牠的腳吧！女媧跳下山巔，伸手就砍下烏龜的一隻腳，又奔上山來，頂在不周山上。一看，天穩當了。不過，她擔心那沒有支頂的地方會塌落，乾脆把烏龜另三隻腳也用上。就這樣，烏龜的四隻腳頂在了天的東西南北四個角。天不會再塌了，女媧放心了。

女媧該歇歇氣了吧？不行！山坡上還有哭喊「媽媽」的聲音，是山豬、黑熊擾害人哩！女媧揚手在空中一劃，握住了一把利劍，飛跑過去，手起劍落，山豬的頭搬了家，黑熊的屁股滾了溝，都死了！

女媧該歇歇氣了吧？不行！河水中還有哭喊「媽媽」的聲音，是黑龍擾害人哩！女媧揚手在空中一劃，握住了一柄長矛，飛跑過去，手起矛戳，黑龍的肚子被穿透了，翻了幾個身，在水上一浮，死了！

洪水漸漸小了，平川田園露了出來，擾害眾生的水怪山獸也被除掉了。太陽冉冉升起了，人們放心地在山川平原上搭棚壘灶，安居樂業。到了晚上，大夥圍在女媧媽媽的身邊，說長道短，可親熱呢！不知誰先唱起歌，大夥全都跟着唱了起來：

> 我們有個親媽媽，
>
> 她的名字叫女媧，
>
> 補住天洞治了水，
>
> 大夥安歇有了家。
>
> 我們有個親媽媽，
>
> 她的名字叫女媧，
>
> 降伏水怪殺惡獸，
>
> 大夥外出不害怕。

唱着唱着，大夥跳了起來，唱得開心，跳得也開心。

女媧見人們開心，自己也開心。她跑到河邊草叢中拔出一根竹管，又拔出一根竹管，捏了滿滿一把，然後摘個葫蘆，往裏一插，對準嘴輕輕吹氣。婉轉悠揚的音樂響了起來。樂曲一響，和歌聲融合在一起，飛揚在天地間，更為動聽悅耳了。這種樂器一直演奏到今天，西南的苗族、侗族人民還用着它，就是現在的蘆笙。

從那時起，人們白天耕種勞作，夜晚唱歌跳舞，日子過得幸福快樂。

❝ 作者手記 ❞

《三皇本紀》有關於共工和祝融大戰的記載，《淮南子·覽冥篇》有關於女媧補天的故事。現將兩則神話故事合二為一來寫，為的是既寫補天，又寫清補天的原因。

神奇的布洛陀

砍棵老杉樹把天頂高了

從前的從前，天和地緊緊抱在一起，像是個大得不能再大的皮球。皮球裏頭沒有空隙，別說花草樹木、飛禽走獸，連人也沒有。

有一天，突然響起一聲霹靂，那聲音可大哩，一下把那個大皮球炸成了兩半。一半上去了，這就是天；一半下來了，這就是地。過了些時候，天地間有了風雲，有了萬物。

可是，那時候的天地不是我們現在這麼個樣子。天很低，人們爬到山頂，伸手就能摘到星星，扯下雲彩。

也許你會說，這多麼有趣呀！當時的人卻沒有這麼浪漫的想法，太陽就掛在頭頂，曬得人們皮焦肉疼。好不容易熬到晚上可以安安穩穩睡個覺了吧，不行，天上住着雷王，雷王睡覺打呼嚕，他那呼嚕聲不是一般人的呼嚕聲，打起來像是天崩地裂，震得人們根本無法睡覺。這樣的日子實在難熬，哪有心思摘星星，扯雲彩呢！

人們下決心要改變天地的狀況。

怎麼改變呢？大夥聽說大山深處有位聰明過人、神力無限的老人，因為住在洛陀山上，眾人就叫他布洛陀。他們翻山越嶺來到了高高的山巔，密密的樹林，終於找到了布洛陀。

布洛陀可不是個普通的老頭。別看他頭髮白了，鬍子也白了，毛髮全白了，精神面貌卻比小後生還好，面色紅潤，雙目有神，說起話像是打鼓鳴鑼，亮響亮響的。

聽完人們的訴說，他胸有成竹地說：「把天給它頂高！」

「頂天？」人們都問，「天這麼重，能頂得起嗎？」

布洛陀看了大夥一眼，說：「一個人當然頂不起。不過，人多力氣大，我們這麼多人還頂不起嗎？」

　　大夥一想，可也是呀！布洛陀見眾人有了心勁，就說：「你們先去找棵最高、最粗、最直的老杉樹，用它做頂天柱，把天頂上去！」

　　山多林密，上哪找又高、又粗、又直，能頂天立地的老杉樹呢？虧得人多，分頭出發，很快找遍九百九十九座山頭，哈呀，真有那棵十人都抱不攏的老杉樹。眾人想砍了它扛回去，再勞煩布洛陀頂天。哪裏想到，離了他還真不行。老杉樹根本砍不倒，一斧砍下去，第二斧還沒掄起，斧痕便長合了。砍來砍去，白費勁。

　　眾人只好去請布洛陀。布洛陀聽說找到了老杉樹，非常高興，提起他的大板斧便來了。他那大板斧肯定是神斧，甩臂一揮，忽閃兩下，就進去了一半，再往那邊砍一斧，高大粗壯的老杉樹「轟隆」一下倒在了地上。大夥看得高興，連連拍手，老杉樹一倒，呼啦圍上去，搶着要搬。不料，又白費勁了，一羣人吆三喝四折騰了半天，老杉樹紋絲不動。

　　布洛陀不為難大家，抹了把汗，說：「大家給我幫把手！」然後，一蹲馬步，雙手一抱，就把這老杉樹扛到了肩上。眾人在旁邊幫扶着朝前走去，走到一塊平地，布洛陀說，這兒就適宜頂天。放下老杉樹，一、二、三、四齊聲喊，大家同時用勁，一點一點往上，一寸一寸升高，還真把天頂上去了。

　　新的天地成了，天高地闊，老杉樹成了頂天柱。

　　眾人歡呼蹦跳，還有唱歌跳舞的呢！

　　高興過一陣，有人發現，地大天小，天就像是一把傘，根本蓋不住開闊的地面。大家的目光都投向了布洛陀，像是問他怎麼辦。

　　布洛陀稍一愣神，說：「這好辦！」說着，彎腰捏住了地皮，使勁一揪，揪出了更多摺皺，又使勁一揪，揪出了更多摺皺，地縮小了好多，開闊的藍天能蓋住大地了。那摺皺從此就變成了現在的山脈溝壑。

　　後來，人們雖然不能站在地上摘星星、扯雲彩，可是，也不用再受太陽的暴曬、雷公的驚擾，都能安安穩穩過日子了。

一板斧劈出了大榕樹的火種

頂天立地後，人們過着幸福的日子，要說大夥那個高興樣該用個詞形容：歡天喜地。如果不是冬天的到來，人們會一直歡天喜地。

冬天是一陣寒風颳來的。嗚嗚嚎叫的西北風帶着嚴寒來了，雪花漫天飄灑，冰凌封蓋了大地。人們可冷啦，晚上凍得睡不着覺，白天凍得走不成路。這可是過去沒有經歷過的。從前，大太陽就掛在頭頂上，到處都是暖烘烘的，從沒有嚐過寒冷的味道。突然到來的嚴寒，凍死了不少老人和小孩！

若不是布洛陀給眾人取來了火種，人們還會受凍。

那一天，紅豔豔的太陽突然不見了，藍亮亮的天空當然也不見了。人們剛覺得天昏地暗，一聲炸雷，一道亮光就劈倒了一棵大榕樹。大榕樹倒下了，渾身騰躍着像太陽一樣鮮紅的光焰，那是燃燒的火苗。可是，那時人們並不知道是火苗呀，以為是甚麼鬼怪作亂，嚇得躲到很遠很遠的地方去了。

要不眾人怎麼尊敬布洛陀呢！他沒有跑，反而向那燃燒的大榕樹走去。吸引他的不是那千姿百態的火苗，而是那火苗散發出來的熱流。離大榕樹還有好遠，布洛陀已感到有股熱氣撲面而來，再往前走暖烘烘的，像是太陽的光照。他心頭一亮，把這東西帶回去，冬天不是就不冷了嗎？於是，在人們紛紛逃走的時候，布洛陀卻一步一步挨近了燃燒的大樹，手中還拿着一捆柴草，試着伸向熊熊的火苗，一挨近火苗柴草便着了。多好呀，紅紅的，暖暖的，布洛陀舉着它，舉起了人類最早的火種。

人們逃了很遠，定下氣來回頭看，大火沒有追趕過來，於是他們歇歇腳，陸陸續續回到住地。這時候，他們看到了個十分稀奇的景觀，布洛陀正在玩火呢！

一團火苗悠悠燃燒，布洛陀時不時往上加點柴草。這火苗不僅可以取暖，還能燒烤獵物，只見布洛陀將一隻野鴨舉在火上，不一會兒

就燒得香味四溢。他吃了一口，真香，送給大家，一人咬一口，都覺得比往日好吃。就這麼，以後人們吃東西都用火烤了，當然，也不怕嚴寒的冬天了，更有趣的是，黑夜還能照亮呢！眾人一天也離不開火苗了。

過些日子，下了一場大雨。那雨下得太猛了，太大了，一下澆滅了地上的火苗。雨停了，天還陰沉沉的，人們的心裏卻比那天氣還要陰沉，沒有火，往後的日子怎麼過呀？

這時候，眾人首先想到的是布洛陀。

這時候，布洛陀首先想到的是眾人。

的確，沒有了火苗，人們吃飯、取暖、照明都成了問題，布洛陀當然不願意讓大夥過這沒有溫熱的日子。他想起了那棵燃燒的大榕樹，想起大榕樹是雷電劈着的，因而，抄起他的那把大板斧就出了門。

布洛陀去找大榕樹。

人們跟着布洛陀來找大榕樹。布洛陀讓人們握住一把把柴草。

眾人作好了準備，布洛陀雙臂一揮，那把大板斧在空中劃了個弧圈，又劃了個弧圈，「嚓！嚓！嚓！」連砍幾下，大榕樹「砰」然一響，濺起了好多火星，火星落到了人們手中的柴草上。他連忙取過一把柴草，輕輕搖動，搖着搖着，柴草冒煙了；搖着搖着，柴草着火了。

布洛陀舉着一把火種，一把人類自己獲取的火種。

眾人真高興極了，圍着布洛陀又唱又跳。跳夠了，唱夠了，簇擁着高舉火種的布洛陀回到住地。這一回，人們學聰明了，把火種養護到自己住的石洞裏，風吹不着，雨淋不着，再也滅不了了。

不過，新的麻煩出來了。這天，布洛陀正在村頭閒坐，來了好多個訴苦的人。

這人說，小孩點火燒着了鋪草。

那個說，蝴蝶扇火燒光了吃食。

火種帶來的麻煩還真不少。布洛陀閉目一想，睜開眼時有了辦法。他在地上畫了個方框，比劃一番，要人們在洞裏、屋裏弄個火塘、灶坑，把火種圈養在裏頭。從這以後，用火更方便了，亂燒東西的麻煩事少多了。

把海那邊的穀米引進來

沒過幾年，眾人學會了種穀米。每年三四月，陽雀一叫，大夥就整地撒籽。七月裏拔節抽穗，八月裏成熟了，穗子沉甸甸的。打下來，脫了殼，就吃到新鮮的穀米了。

這樣的日子誰能說不好？偏偏來了一場大洪水，田地淹沒了，穀米淹沒了，只有大海那邊的老郎坡還露在外頭。沒有淹沒的穀米，順水漂到那裏去躲避水災了。人們過不了海，住在原地，盼得水退了卻沒有穀米能下種。一遇到難題，大夥想到的還是受人尊敬的布洛陀。

布洛陀聽了，鼓動大夥去取穀種，誰取回來自己不用種田，大家收穫後每人給他些吃的。這可是個好主意，不少動物爭着要去，叫喚最兇的是山雞和老鼠。

布洛陀就派牠們去，山雞有翅膀能夠飛翔，可以從空中去；老鼠雖然沒有翅膀，不會飛，卻可以游泳，能夠從海上去。兩路只要有一路成功，穀米種子就有了。他想得確實周到。

山雞在天空穿雲破霧，飛了三七二十一天，落在了老郎坡。

老鼠在海裏劈波斬浪，游了三九二十七天，爬上了老郎坡。

老郎坡上果然是一片豐收的景象。田裏穀子黃燦燦的，成熟的穗子彎着頭。院裏穀堆高巍巍的，打下的穀粒堆成了山。倉裏穀粒滿盈盈的，飽滿的籽粒像是寶石一樣亮眼誘人。

山雞見了，慶幸布洛陀派自己來了，落在穀穗上吃了個夠。肚子飽了，飛到樹梢上去唱歌。

老鼠見了，慶幸布洛陀派自己來了，鑽進穀倉裏吃了個夠。肚子飽了，躲進牆洞去睡覺。

這麼吃了一天又一天，山雞和老鼠早就忘了回家的事。布洛陀和眾人等呀等呀，等了一天又一天，就是看不見牠們的影子。眼看春天就要來了，快要播種了，不能再等了，布洛陀決定親自走一趟。

大海寬又廣，無風三尺浪，怎麼過得去呀？布洛陀往海邊一站，抬手一揮，水裏出來一條蛟龍。他騎了上去，那蛟龍直向海對岸游去。游了三六一十八天，到了老郎坡前。跳上岸一看，布洛陀可氣壞了，哪裏還能找到一粒穀種呢！

田裏的穀粒光了，乾乾的穗子朝天翹着，山雞吃完了。

倉裏的穀粒光了，空空的穀殼滿地散落，老鼠啃空了。

布洛陀去找山雞。山雞吃飽了，翅膀硬了，飛得頂快，捕不着。

布洛陀去找老鼠。老鼠吃飽了，力氣大了，洞掏深了，捉不到。

布洛陀不再找牠們，砍了些柴枝，砍了些麻稈。剝下麻皮，挽了一個又一個圈套；剁短柴枝，做了一個又一個夾子。他悄悄把圈套佈在山口上，把木夾擺在草叢中。

老鼠在洞裏憋悶了，偷偷探個頭一看，不見布洛陀的影子，竄出來溜進草叢玩耍去了，玩得一得意，甚麼都忘了，一不留神，被木夾卡住了。布洛陀過來捉住牠要穀種，老鼠嚇得吐出來了，可是，都嚼碎了，一粒也不能種了。

山雞在山下跑厭了，遠遠往山上一瞧，不見布洛陀的影子，跳起來往山上飛。飛得好自在，輕輕鬆鬆，攀上了頂，正要進山口，卻鑽進了圈套。布洛陀伸手捉住牠要穀種，山雞嚇得吐出來了，可是，翻撿遍了，只找出三粒種子。

三粒也能種，布洛陀不敢怠慢，喚出蛟龍，乘風破浪，漂過大海，回到了家鄉。

　　鄉親們見布洛陀帶回了穀種，歡蹦亂跳，趁着春光正好，連忙種了下去。穀穗長得很好，秋天裏眾人收了一大把種子。來年春天，眾人將這一大把種子又種了下去。春種秋收，一年又一年，種子漸漸多了。田野到處都種上了禾苗，人們又吃到新鮮的穀米了。

黃泥捏成耕田的牛

　　捏耕牛的事情應該從開紅河講起。

　　開紅河的事情應該從發洪水講起。

　　那年發了大洪水，波浪滾滾，到處亂流，淹沒了莊稼，沖塌了房屋。布洛陀想，人來人去都有條路，水就不能有條路嗎？

　　他打定主意修條水路。

　　布洛陀帶着父老鄉親挖山挑溝，給水開路，挖呀挖呀，挖掉了一座小山；搬呀搬呀，搬走了石頭。就在這時，一位姑娘來找布洛陀，她的母親挖山時掉到水裏沖走了。布洛陀聽了心急如焚，停了手中的活跳下水去撈。撈了好半天，總算撈上來了，可是，人已經死了。女兒很悲傷，布洛陀也很悲傷。讓眾人跟着自己吃苦受害，心裏總不是個滋味。

　　這時，水路開到鷹狗巖了。山上有一隻惡鷹，有一隻兇狗，見有人來，兇狗就叫。惡鷹聽見叫聲，飛過來就把人抓走吃了。這地方真難打通。布洛陀發愁了，飯也不吃，覺也不睡，整天思謀着開河的事情。他的真心感動了天帝，天帝給他送來了一頭神牛。

　　神牛力大無窮，拉着犁行走如飛。犁頭過後，就劃開了一條深溝，正好是一條水路。那神牛還會吼叫，一叫山呼谷應，聲震半空。牠拉着犁朝鷹狗巖走去，兇狗看見了「汪汪」叫喚。惡鷹馬上起飛直朝神牛撲去。神牛低頭走着，卻也看見惡鷹飛近了。等惡鷹快到頭頂，神牛突然昂頭一吼，嚇得牠跌下山崖摔死了。兇狗嚇得瑟瑟直抖，縮了頭躲回洞裏去了。

　　有了神牛，水路很快開成了。洪水從水路通過流進大海，災禍消除了。為了將水路和人們走的路區別開來，布洛陀就給水路取了個名字叫河。這條河就是後來的紅河。

　　紅河開成了，天帝收回了神牛，眾人卻仍然想念神牛。

　　要是我們有了神牛，幫助犁田拉車那該多好呀！布洛陀覺得這想法不錯，就動手造耕牛。

　　他來到池塘邊和好了一大塊黃泥。泥有了，並不急於捏牛。他找些彎木，做成牛骨架；又找來楓木，做成牛腳；再用桐樹枝做成牛腸。接着，用黃泥一塗，牛的大樣成了，就是還少兩個耳朵、兩隻角、一條尾巴。這也難不住布洛陀，他找來樹葉當耳朵，找來彎木做牛角，找條葛藤當尾巴，眾人看了都說和神牛一模一樣。

　　可是，神牛是活的，這是個不動的死物呀！眾人嘴裏不說，心裏着急。布洛陀不急，只是起個大早，採集了些晨露。這是靈水，布洛陀往泥牛身上噴灑，灑到哪兒，哪兒就變活了。

　　晨露灑在牛眼上，眼睛眨巴眨巴有了光亮。

　　晨露灑在牛嘴上，嘴巴一張一合發出聲響。

　　晨露灑在牛尾上，尾巴一搖一擺甩出活力。

　　晨露灑在牛腿上，四條腿靈動了，歡歡勢勢走開了。

　　布洛陀捏造的耕牛真的活了！

　　耕牛一活，遍地亂跑，見了草吃草，見了苗啃苗，人們根本降伏不了，哪裏還指望牠拉車耕地呢！布洛陀也覺得是個事，就找些麻稈，剝了皮，擰成繩，然後，攔住牛，從牠的鼻孔裏穿過去拴住。抓住麻繩，就把牛牽上了。牛一拴住，立刻變得馴服乖巧了，讓牠拉犁牠拉犁，讓牠拉車牠拉車，再苦再累，都能咬着牙幹完。

　　牛成了眾人的好幫手，大夥不再自己拉犁、拉車了，苦活重活兒都是牛替人去幹了。一直到今天，牛還是農人的好朋友。

做個魚簾捕河魚

布洛陀開了紅河不久，河裏有了魚。魚可多呢！有大的，有小的；有長的，有短的，捉住了就能吃。只是，魚游得很快，抓魚很費事。魚身上很滑，常常已捏在手裏了，還是溜走了。布洛陀就教人們做了個魚簾，魚鑽進去就好抓多了。

說起魚簾也不是甚麼複雜東西，可除了布洛陀就是沒有人想到做這東西。布洛陀讓大夥砍些樹木，劈成木條，一條一條豎在河中間，密密麻麻豎好了，魚簾就成了。魚游游蕩蕩不知不覺鑽了進去，進去容易，出來便難了。按說進去不難，出來也不難，只是人們下手抓魚時，魚慌不擇路，游得飛快，要快速從那木條的縫隙間鑽出去就不容易了。時常碰來碰去，撞進了人們的手心，不用說，就成了人們的美味吃食。

眾人都說，魚簾裏捕魚最省事。

過了些日子，出現了怪事，魚簾裏一條魚也沒有了。

等了一天又一天，魚還是沒來。不要說眾人，布洛陀也沒了耐心。他撈起大板斧上了路。

出了門，沿河而上，走了沒有多遠，原因就找到了。河裏橫着一條巨蟒，游下來的魚都進了牠的大口，哪裏還能進魚簾呢！布洛陀要巨蟒讓開，那廝吃獨食吃得正香，怎麼會聽他的話？他好言相勸，巨蟒都當成了耳邊風。說多了，巨蟒煩了，長尾巴一甩，弄得布洛陀渾身水淋淋的。

這下可惹怒了布洛陀，只見他飛身一躍，跳到了巨蟒的身上，揮起板斧就要朝牠頭上劈，不料那廝用力一抖，就把他甩上了高空。落下來跌到了草地上，屁股摔得好疼！原來，這蟒在水中藉了水勢，力量變得大多了。看來硬拚不行，布洛陀只好另打主意。

恰好，眾人隨後趕來了。

布洛陀就讓大夥去弄葛麻，左一擰，右一擰，擰成了一條又粗又長的繩子。

布洛陀接過大夥擰成的繩子，左一挽，右一挽，挽成了一個又粗又圓的圈套。

然後，他把這圈套放在了上游，河水往下面流，圈套順水往下面漂，河裏的魚像是看稀奇，也像是湊熱鬧，反正圈套裏外簇擁了一大羣。河水流着，圈套漂着，過了一會兒就到了巨蟒眼前。巨蟒可樂壞了，這麼多好吃的魚呀！

牠一下撲過去，鑽進圈套，吃了個大飽。沒想到，一進去就再也出不來了。布洛陀使勁一拉繩索，那圈套緊緊勒住了巨蟒的脖子，疼得那廝又蹦又跳，把水花打得四處亂濺。

濺了一會兒，水花小了，小着小着沒有了，巨蟒死了！

布洛陀領着大夥，一陣高喊，一起用勁，將牠拉上岸來。這個要獨吃魚肉的東西，讓人吃了牠的肉。從此，河裏的魚自由自在地游來游去，游進魚簍的當然不少，人們又能捕到魚，吃到魚了。

布洛陀幫助眾人頂天立地，開河捕魚，還引進了穀種，大家都過上了安居樂業的好光景。他放心地笑了，笑着告別了大夥，又返回他那深山老林去居住。可是，後來人們到那老屋找他，再沒有找見，原來他是一位天神，又回到天宮去了。

❝ 作者手記 ❞

開天闢地、創造萬物的神話故事各民族都有。各民族的神話故事雖然不盡相同，但是，人物和情節卻有不少類似的。人物雖然名字不一樣，但是，那英雄的形象總是智慧和勇敢的化身。由此文可以了解一下我國壯族的創世紀神話。

伏羲教民捕魚

很早很早的時候，人們都靠打獵吃肉。人們經常聚集在一起，拿了石頭、棍棒去打野獸。打着了，就吃；打不着，就要餓肚子。打着打着，近處山林的野獸沒有了，便一塊搬家，到另一處深山樹林邊居住。可找這麼個住的地方也很費事，因為，只有山林還不行，還得有水，人要喝水呀，不喝就活不成，要不怎麼說水是生命之源呢？這麼一來，人們常常為搬家勞神費力。

勞神費力地搬家只有一個目的：找吃的。其實，可吃的東西並不少，只是沒人知道能吃，也就沒人敢吃。那時候，河裏的魚真多真多，清清的河水裏成羣結夥的都是魚。魚一刻也不安閒，在水裏鬧騰得歡快極了。一羣羣像飛一樣，沒有甚麼聲響就從水裏穿過去了，只留下抖動的波紋。前邊的波紋還沒有消失，後面又過來了一羣，又是飛一樣穿過去了，當然又抖動了不少的波紋。魚就這麼一羣又一羣地在河裏穿梭，波紋就這麼盪盪漾漾沒個停歇。

歡奔的魚都在河心。河邊的魚不那麼匆忙，安閒在水草間，慢慢悠悠張口閉口，喝水吐水。時不時搖搖尾巴，有時連尾巴也懶得搖擺。人們到了河邊就可以透過玻璃一般清亮的水面看見那些安閒自在的魚，好多好多，好大好大。大得像是地裏的白蘿蔔，多得像是天上的星星，哪能數得清呢！若要是下到河裏洗洗澡，游游泳，你洗魚也洗，你游魚也游，一條接一條從身上滑過，柔柔的，酥酥的。若是一伸手，準能抓住一條，但誰也不去抓魚，更沒有想到要吃魚。

教人吃魚的是伏羲。

伏羲是雷神的兒子。他的母親是華胥國王的公主。公主長得美麗可愛，活潑好動，她見人又說又笑，臉上生動得如同初升的太陽。公主住在深宮裏，冷冷清清，很難有個人說說話，逗逗樂，非常嚮往

宮外的天地。有一天，趁父親和家裏人午休睡着了，她一陣風溜出宮去，走出城垣，來到了開闊的田野。

真美呀！樹葉綠着，綠得油嫩；花兒開着，開得豔紅；鳥兒唱着，唱得悅耳；清水流着，流得脆響。在深宮哪裏知道外面的世界這麼精彩迷人呢！公主沿着溪流走着，時而彎下腰摘一朵小花插在髮際，不知不覺，她來到了一個挺大的湖邊，這就是雷澤。

雷澤大，大得把天也裝到了裏邊。

雷澤清，清得那水如同天一樣藍。

公主低頭一看，自己就在雷澤裏，黑頭髮插着紅紅的花，粉白的面頰水靈靈的。她都不敢相信那是自己了。公主看呆了，看醉了，看了好久好久。看得忘了風吹，忘了鳥叫，忘了回家。過了好久，她才清醒過來，這時她發現自己站在一個大大的腳印上，這不是雷神的腳印嗎？

是的，正是雷神的腳印。就這樣，公主懷孕了，後來就生了一個白胖白胖的小娃娃。小娃娃長大了，長成了英俊美貌的帥小伙。這就是伏羲。雷神讓伏羲管理東方，按神界的規矩不過就是向人間討點好東西，過個逍遙日子。可伏羲偏偏不樂意這麼逍遙無事，就降下九天，來到了人間。

不來不知道，一來嚇一跳。原來以為人們的日子也過得如同天上，雖不能和大帝媲美，也應和小神一樣。哪料到人間會這般辛苦！今天打着一隻羊，羊大，大夥一人吃一塊肉；明天打着一隻兔，兔小，大夥一人只吃一口肉；後天甚麼也沒打着，只好商量搬家。搬到哪兒去呢？七嘴八舌沒個好地方。為了吃飽肚子大夥整日愁煞煞、鬧惶惶的。

看清楚人們的吃食，伏羲就覺得有些好笑了，人為啥光吃地上的走獸，不知道吃水裏的游物呢？水裏那麼多魚，又肥又大，不比走獸好抓嗎？真怪！伏羲把這個想法告訴人們，聽到的人都搖搖頭，不

相信魚也能吃，因為誰也沒有吃過。伏羲說不動大夥，就一下跳進河裏，彎腰伸手去摸魚。摸魚一點也不難，等伏羲爬上岸時，他左手拿了一條，右手拿了一條。眾人把伏羲圍在中間，看他怎麼吃魚。伏羲兩手抓住一條魚，張大口就吃，看上去吃得那麼香，那麼美，周圍的人覺得肚子更餓了，有幾個小孩流出了口水，也嚷着要吃。伏羲挺大方，立即把另一條魚分給了孩子們。小孩子們咬一口，又咬一口，焦渴的眼睛放出了亮光，吃得都很香。大人們饞饞地看着孩子，想吃，又不好意思。伏羲當然理會人們的心思。他又跳到河裏，摸一條魚，扔上岸來，有人接住去吃了；又摸一條魚，扔上岸來，又有人接住去吃了。一吃，口味還真不錯，人們開始大口大口地吞嚥。這吃相吸引着沒拿到魚的人，他們飢腸轆轆，早就餓壞了，也搶着要吃。伏羲一人抓的魚，當然供不上大夥吃，岸上的人因為魚爭搶開了。

伏羲朝岸上喊道：「快下河來抓魚！」

這一喊，喊醒了大夥，人們撲通撲通全跳進河裏抓魚。那時的魚又呆又傻，根本沒想到這些往常在河裏洗澡、游泳的人，碰到他們身上都不理不睬，今兒個怎麼會抓牠們，會吃牠們。可當牠們明白過來時已經晚了，已經成了眾人的口中美食。大夥抓了個痛快，吃了個痛快。吃飽了圍着伏羲又蹦又跳，又歌又舞。

好事像河裏的流水，不是筆直，總是彎過來、繞過去。這天，大夥吃飽了，又圍着伏羲唱歌跳舞。伏羲也很高興，放開喉嚨唱一曲：

> 山上有獸喲，
>
> 河裏有魚喲，
>
> 上山去捕獸，
>
> 下河去捉魚。
>
> 子子孫孫不愁吃喲，不愁吃！

　　大夥兒正蹦跳得高興，河裏升起一股水霧。水霧越升越高，越飄越濃，這是怎麼回事？只見濃霧中走出個大鼻頭、長鬍子的老龍，身後還跟着幾個水族兵將。伏羲一看，是龍王來了，準是嫌人們吃魚，來興師問罪的。他走出人羣，直奔龍王。

　　龍王看見伏羲，難掩一肚子怒氣，大聲責問：「好個伏羲，你竟敢泄露神仙的祕密，讓人們吃我的子孫！」

　　伏羲沒有動怒，笑着說：「我也是為你着想哩！你看，河就這麼窄，水就這麼深，你的子孫光添不減，非全憋死不可！」

　　龍王聽了，覺得伏羲也有道理，又怕這麼摸魚把他的子孫全吃光，說：「我不聽你的狡辯，今後，管住人們，不要再捉魚。」

　　伏羲哈哈一笑，連聲說：「好，好，人們可以不捉魚，但上天並沒有不讓大家喝水呀！那我們把水喝乾，看你們還怎麼活？」

　　這可把龍王嚇住了，是呀，要是人們把水喝乾，那就不僅是子孫們遭殃受難了，自己也要老命歸天了。看來不能和伏羲較真，得變個法子糊弄住他。稍微沉思了一下，龍王對伏羲說：「這樣吧，既然你是為我好，我也領情。咱們定個規矩，魚你們可以捉，只是不要下河捉魚，攪渾了水，我們都無法安歇！」

　　伏羲自然明白龍王的意思，正要答應，一旁聽着的人們卻不高興了，紛紛吵嚷：「不行，不行！不下河，我們捉不住魚，又要挨餓！」

　　一邊吵嚷，一邊將龍王團團圍住。人可多呢，從河邊一直擁擠到周圍山上，密密麻麻的。龍王雖然跟着幾個蝦兵蟹將，可面對這麼多人，還是有些慌神。正低着頭考慮怎麼是好，只見伏羲對眾人發了話：「大家讓開吧！龍王爺同意我們捉魚，就是善舉，我們不要為難他老人家了，大家再想想辦法。」

　　伏羲說了話，大夥怎麼能不聽呢，立即散開了，只是心裏還嘀咕着今後怎麼捉魚。無數眼光都盯着伏羲，向他討要個主意。

　　龍王一揮手，帶着幾個兵將鑽進濃霧，慌忙溜回河裏去了。河邊的濃霧散了，大家還不散，吵吵嚷嚷埋怨伏羲不該輕易放走龍王爺。

　　伏羲告訴大夥，不要發愁，大家都動動腦筋，肯定會有捉魚的法子。眾人聽了，都去想捉魚的辦法了。有的坐在壟邊，有的靠在樹下，有的乾脆躺個仰面朝天，不吃，不喝，不說，不笑，皺着眉頭想辦法呢！

　　伏羲見人們這麼聽話，都動開了腦筋，心裏很高興，不想動腦子怎麼會有好主意？可他又憂心，要是不能很快想出辦法，那就會餓壞大家，看來，自己也得想辦法。他想辦法，和人們不同。人們是坐着，躺着，不動了，一門心思只動腦筋，而他卻到處走動。他一會兒走過小河邊，一會兒漫步小樹林。走着走着，臉上黏上了甚麼東西，用手一摸，是幾根蜘蛛絲。他猛然心頭一震，似有所悟，抬頭一看，頓時眼睛閃亮。

　　密密的樹林間掛着一張蜘蛛網，縷縷細絲繞了一圈又一圈，成了一個大圓環。那絲很細，不定睛看，還真不留意，要不怎麼會黏到臉上呢！說也湊巧，正看着，就見有隻小黃蛾慌慌張張飛過來，一頭撞上了蜘蛛網。掙扎一下，脫不了身；再掙扎一下還脫不了身。還要掙扎，一隻蜘蛛早躥了出來，圍着小黃蛾轉了一圈又一圈，直轉得小黃蛾一下也不動了。蜘蛛每一圈都不白轉，牠是往小黃蛾身上纏絲呢！伏羲看呆了，看着，看着，頭腦亮了！

　　伏羲不再四處走動，揪了些藤條，左一股，右一縷，像蜘蛛那樣編起網來。眾人見伏羲擺弄藤條，不明白他要幹甚麼，有人問，伏羲只說是在想辦法捕魚呀！網編成了，比蜘蛛那網要大得多，結實得多。伏羲來到河邊，將網放到水中，坐下來靜靜等待。等了一會兒，看見河面波平水清，站起身，猛然用勁，將網提上岸來！

　　哇！好多的魚被網了上來，活蹦亂跳，可是，再也跳不進河裏去了。魚，又成了人們的美食。大夥不再發愁了，都去砍藤條，編網捕

魚。從這以後，人們就開始張網捕魚了。

消息傳到龍王那裏，龍王可氣壞了，原以為人們不下水就捉不到幾條魚，人們都上了他的當，哪想到又是伏羲出了這麼個主意。龍王一生氣，眼睛都瞪圓了，後來人們畫像，筆下的龍王眼睛都是圓鼓鼓的。

❝ 作者手記 ❞

《太平御覽》七八引《詩含神霧》記載：「大跡出雷澤，華胥履之，生宓犧。」《潛夫論·五德志》記載：「伏羲結繩為網以漁。」民間也有關於伏羲教民張網捕魚的傳說，此文據此寫成。

九天神女下凡塵

九重天上住着九位神女。

九位神女不僅容貌美麗，而且心地善良。她們下凡人間，為老百姓辦了許許多多的好事，我們就說說她們的故事。

大神女阿英

這一天，大姐阿英和眾姐妹在蟠桃園遊玩，你摘一顆仙桃，她摘一顆仙桃，吃得津津有味，都說今年的仙桃新鮮甜美。吃過仙桃，在桃樹上拴了裙帶盪起鞦韆，玩得興致高極啦！

正在這時，忽然聽到了哭聲。哭聲是從人間傳上天的。她們俯首一看，是禿毛怪作亂。

這禿毛怪原來是月亮山上的一隻沒毛的老鼠，修煉成精後竟然霸佔了神山。

起初，人們上山採果必須給牠上些貢品，不然，牠就亂撒瘟疫，禍亂眾生。大夥惹不起牠，只好按牠的要求上貢。這可慣壞了牠，胃口越來越大，後來，不要貢品了，竟然要吃活生生的男娃娃。人們不答應，牠就趁一戶家裏沒人，躥了進去，咬住了一個就跑，跑回神山鑽進洞中。

娃娃的家人發現了，哭喊着就攆，後頭跟着好多人一起攆上神山，攆到洞前。禿毛怪見人多勢眾，堅守不出。人們舉着火把就往山洞裏鑽。禿毛怪施起妖術，吐出黑煙，濃煙滾滾，瀰漫洞中，熏得人們根本無法進去，大夥急得在洞口直轉圈，小兒的家人又哭又喊。

哭聲牽動了九姐妹的心，九妹阿桂跳下鞦韆不玩了，張口就說：「看我下界收拾這個禿毛怪。」

姐妹們都簇擁過來，爭搶着要和九妹一起去人間降妖除怪。

大姐阿英不急不忙地說：「大家都別急，我先下去看看情況，小小的禿毛老鼠，我一個人就能除了牠。」

姐妹們還是爭着想去，大姐又勸說：「人間的煩惱很多，以後我們輪着去幫助他們好嗎？」

聽了這話，眾姐妹才鬆口氣，又去玩耍了。

阿英飄身下凡，直接來到人頭簇擁的洞口。她一落地就對眾人說：「大家不要哭了，跟我去救孩子。」

阿英從荷包裏摸出一個針筒，揚手一晃，把黑煙全吸了進去。她頭一個走進洞裏，胸前的三朵白花變成了明亮的燭光，照得洞裏通明透亮。人們緊跟阿英，寸步不離，很快走到了山洞深處。

禿毛怪看見阿英帶着眾人來了，先下手為強，張牙舞爪直撲過來。眼看衝到阿英臉前了，她從從容容舉起針筒，唸了句咒語，一道白光射到禿毛怪身上，那妖怪立馬現了原形，癱在地上。

阿英大聲訓斥：「再要禍害作亂，就讓你碎屍萬段！」

禿毛怪磕頭如搗蒜，連連求饒。阿英不再理牠，救出孩子，帶着眾人出了山洞。

眾人十分感激阿英，向她訴說了不少知心話。阿英本想多待幾日，正巧天帝過壽，只得趕了回來。

回到天宮，她仍然惦念着下界。她想應該先給人們些田地，讓他們耕種吃飯。一時抽不開身，就命令天使下到人間傳話。

阿英告訴天使：「造九分田，一分山。」

天使告訴人們：「造九分山，一分田。」

粗心的天使傳錯了話。待天帝過完壽，阿英去看時，大地上土丘成片，高山連綿，只有山縫間夾了些田地。阿英非常生氣，生氣也遲了，大地不能改變了。一氣之下，她把那位天使降到人間，罰她變成蚯蚓，永遠給田地鬆土。

三神女阿梅

地上有了山嶺，卻沒有花草樹木，光禿禿的，荒涼冷落。

三神女阿梅掌管着花草樹木，她對眾姐妹說：「這回該我去了。」

阿梅披着彩霞，駕着祥雲，輕輕巧巧飄落到地上。

阿梅翻山越嶺，涉溪過澗，辛辛苦苦跑遍了人間。

在凡塵的這幾天，阿梅感受到了人間的疾苦，也體會到了人們的忠厚善良。那一天，她爬山登嶺，遠遠看見一個小伙子正在射一隻野兔，那拉弓放箭的矯健身姿吸引了她。

天界雖好，但她從未見過這麼英俊瀟灑的青年。她緊走幾步趕了過去，不料這一分神，腳下閃一下，阿梅藉機一個跟斗從石頭上滾下了山坡。小伙子看見，扔了弓箭，匆忙跑過來將她扶起。阿梅腿上有傷，站立不住，又坐了下去。小伙子着急地問：「你家在哪兒？怎麼敢一個人來到這大山深處？我送你回去吧！」

阿梅盯着他說：「我家就在嶺下，我沒事，你快去打獵吧。」

小伙子不走，紅着臉老實地說：「你腿上有傷，我背你回去吧。」阿梅望着他那副窘態，不忍心再逗他，飄忽一下不見了。

可從那天起，阿梅眼中總有那小伙子的影子。她明白自己愛上了那個厚道老實的小伙子，無法忘記他了，就又去找他。

小伙子叫阿松，打獵為生。這天，跑累了，坐山石上休息。阿梅輕手輕腳過去，一把捂住了他的眼睛。阿松急問：「是誰？」

阿梅鬆了手，笑得直不起腰來，自己臉沒紅，卻笑紅了阿松的臉。

阿松不好意思地問：「你的腿好了？」

阿梅說：「好是好了，就是不能多跑路。」

阿松關切地說：「那你怎麼不在家歇着，又跑出來了？」

阿梅說：「我是想歇着，可是有點事還沒有辦完。」

阿松臉紅紅的，又憋出一句話：「甚麼事？我能幫你嗎？」

阿梅猶豫一下說：「幫是能幫，就是太累。」

阿松一拍胸脯說：「累怕甚麼，咱就是吃苦受累的命！」

阿梅掏出花草樹木的種子，一指東山，阿松跑到東山，順風一揚，種子落遍了山山嶺嶺，溝溝坡坡。

阿梅掏出花草樹木的種子，一指西山，阿松跑到西山，順風一揚，種子落遍了山山嶺嶺，溝溝坡坡。

阿松每天按阿梅的指點幹得風塵僕僕，熱汗淙淙，終於把種子撒遍了山川原野。一陣春雨過後，遍地吐芽，滿目綠色，人間從此有了生機。

他們看着七彩大地舒心地笑了。

阿梅見阿松這麼踏實肯幹，更喜歡他了。她笑着對阿松說：「我給你當媳婦，咱們一塊過日子。」

阿松的臉又紅了，停了一下才說：「我配得上你嗎？我這麼窮，怎麼忍心讓你跟着我受苦？」

阿梅堅定地說：「我們能綠化了山川，還改變不了貧窮嗎？」

兩個心上人就這麼走到了一起。阿梅朝上一喊，天上飄來一團白雲，山神春風滿面地來為他們主持婚禮。阿梅朝下一喊，地下冒出一股黃煙，土神喜氣洋洋地來為他們做媒證婚。

阿松和阿梅成了一家人。他們時時關心着人間的花草樹木，山川原野到處是迷人的綠色。

五神女阿蘭

五神女阿蘭是管禽鳥的神仙。

地上草綠了，花開了，樹高了，還結出繁多的果實，就是沒有山雞、喜鵲，也沒有黃鸝、鸚鵡，草叢樹梢總是冷冷落落的，要是有禽鳥唱歌該多好呀！

　　五神女有意到人間顯顯身手，卻不好意思說出口來。正想着如何
讓眾姐妹明白自己的心意，忽然聽到一陣歌聲：

　　　　　　　神女姐妹心腸好，

　　　　　　　造出山川種花草。

　　　　　　　若是樹梢有鳥叫，

　　　　　　　人不寂寞天天笑。

　　眾姐妹一聽，這是人間的聲音，是個叫阿柏的小伙子唱的。人真
聰明，沒有禽鳥鳴啼，就自己歌唱，還用歌聲表達了心意。聽得阿
蘭動了心，不由得直直瞅住了唱歌的人。這一瞅，瞅得心肝抖了好幾
抖，哪來的這麼精明的人呀！

　　阿蘭神思飛揚，久久思慕着人間，早忘了眾姐妹都在身邊。大姐
阿英是個明眼人，一看阿蘭的神態，就懂了她的心思。她拍拍阿蘭的
肩膀說：「禽鳥由你管着，你就下凡去吧。」

　　阿蘭一聽心花怒放，這可是求之不得的好事呀！連忙說：「大姐
和眾姐妹放心，阿蘭定把禽鳥帶到人間。」

　　大姐盯她一眼逗趣地說：「我不怕你把禽鳥帶不下去，就怕你到
人間找個心上人，忘了姐妹們！」

　　阿蘭嬌羞地說：「妹妹怎能捨下咱姐妹們的情誼。」

　　談笑一會兒，阿蘭離開了天庭，遠遠又聽見了阿柏的歌聲：

　　　　　　　天上星星亮晶晶，

　　　　　　　神女個個賽星星。

　　　　　　　誰願下凡到人世，

　　　　　　　你親我愛過光景？

　　這後生天真可愛，聽得阿蘭心跳臉熱，張開口逗趣：

　　　　　　　地上沒有天上好，

　　　　　　　吃喝玩樂神逍遙。

天上不住人間跑，

事事動手太辛勞！

阿柏聽見阿蘭的歌聲，冷冷諷刺道：

勤懇勞動才是人，

遊手好閒那是神。

怕到人間受勞累，

我勸大姐趕緊回。

阿蘭「撲哧」笑了，這後生挺較真的，還真把她看成個浪蕩神了。連忙換個面容，認真地唱：

大姐生來不怕累，

只怕勞累無人問。

若是遇上有心人，

再苦再累伴終身。

阿柏聽完歌，知道錯怪對歌的神女。他跳下山崖，爬上坡來，衝着阿蘭說：「沒想到妳這麼通情理，有情義，我們成親吧！」

阿蘭笑笑點點頭，愣了一霎才說：「我是來人間放飛禽鳥的，請你代我把鳥雀放遍山川，咱們再成親。」

阿柏沒有推託，一連忙碌了幾個月，跑遍了天南海北，才放完了鳥雀。這一日回到山中，阿蘭早已把萬事準備妥當，他們喜氣洋洋入了洞房。

二神女阿竹

在神女裏頭，阿竹是個挺要緊的人物。她掌管火，火對天上用處大，對人間用處更大。自從地上有了禽鳥，人可以吃的東西又多了花樣，只是沒有火，不論吃啥東西，只能生吃活吞，味道難以可口，

還常常傳鬧疾病。眾姐妹都清楚人世的變化，明白該二姐下凡去送火種，但這事誰也不敢明說。

傳播火種這事關係重大，點燃就會冒煙。一旦煙霧升起，天宮哪會不知道？如果說別的事情尚能夠遮掩天神的眼睛，那播火的事是一點也隱瞞不住的。因此，若要給人們送火種，就要有點獻身的精神。

其實，眾姐妹的心思也是阿竹的心思。送火的事她已經反覆考慮過了，風險是很大的，一旦人間點燃煙火，天帝肯定知道。她大不了就是一死，可怕的是拖累別人。因為，這事隻身難以辦成，火種拿下天送給人們好辦，可是，眾人都沒見過火，誰敢使用？她也像阿蘭小妹一樣需要一位人間的夫君當幫手。

只是，阿蘭選了阿柏，放飛了禽鳥就能安心過日子，而傳播了火種卻會招惹殺身禍事，誰願意和她冒風險呢？思來想去，阿竹決定先到人間選好心上人，再回天上拿火種。

這日，阿竹和眾姐妹說透心思，沒有一個不支持她的。說走就走，阿竹駕着雲霧離了天宮，沒有馬上降落在地上，而是隨風飄遊了好遠。當然，阿竹不是閒逛，是要找個合適的夥伴。

飄來飄去，終於看上了一位行事果斷的小伙子，卻不知道他心腸如何。這麼想着，阿竹就落到了他的前面。

小伙子名叫阿林，手拿弓箭，前去射獵，走得精神抖擻。放眼望時，沒見甚麼飛鳥，卻看到了一位體態輕盈的姑娘。他放開喉嚨唱出一曲：

> 天上有日也有月，
> 人間有晝也有夜。
> 阿林生來獨自個，
> 不知唱歌誰來和？

阿竹細聽歌聲，這小伙子勇敢大膽，見到個陌生姑娘就敢追求。她不走了，站在一面高坡，對着阿林唱：

世上男人千千萬，

我嫁的人最能幹。

爬山蹚水走在前，

一箭能夠射雙雁。

真是天遂人願，阿竹的歌聲未落，空中就有一羣大雁飛過。阿林
明白阿竹的心意，不再應對，搭箭拉弓，射了出去。飛箭落地，不多
不少恰好穿着兩隻雁。阿竹看得暗暗稱奇，卻按住欣喜又唱一曲：

一箭雙雁手藝高，

我還要選人品好。

吃糖喝蜜無法挑，

我要你——

狂風暴雨把船搖！

阿林聽了，想也沒想，順口接着唱：

浪裏行船有何難，

男兒有膽敢頂天。

你若與我結良緣，

海枯石爛我心甘！

阿林的歌聲讓阿竹心裏一陣比一陣熱乎。歌聲一落，他倆就相聚
在一起了。阿竹心直口快地告訴阿林，她很喜歡他這樣敢作敢為的男
兒，願意將終身託付給他，可她是一位神女，一心要把火種傳給人
間，這是一件危及性命的大事，問他敢不敢和她一塊幹。阿林斬釘截
鐵地說：「敢！只要對眾人有益處，死了也值得！」

阿竹和阿林情投意合，結成了夫妻。在人間待了幾日，阿竹就返
回天宮。眾姐妹聽說她選了位志同道合的郎君，都替她高興，就趁着
夜色，掩護她拿了火石。

火石到手，阿竹匆匆降落人間。阿林見阿竹這麼快帶來了火種，十分高興。他們先找了個山洞隱藏火種，再撿柴支架，點着了火，把獵到的鳥肉放在火焰上燒烤。烤熟了，阿林咬一口，真香。他連忙拿着熟肉送給鄰里朋友。他們嚐嚐，都說很可口。於是，阿竹和阿林挨家挨戶傳播火種，教給他們使用。

阿竹和阿林走了一村又一村，村村燃起了煙火，飄升起肉香。

阿竹和阿林走了一山又一山，山山燃起了煙火，飄升起肉香。

火種從此落腳在了人間。

煙火遍傳，到處升騰，天帝終於看到了。不看不知道，一看怒火燒，當即派雷公下界捉拿阿竹。雷公條大棒直朝阿竹劈過來，阿竹躲過，返身去攻雷公。阿林卻不知雷公那條大棒的威力，怕阿竹吃虧，衝上來就去搶奪。這正合雷公的心意，順勢一揮，打得阿林身濺血花，跌下懸崖死了。阿林受害，阿竹心如刀絞，哪裏還有心思和雷公拚殺，她縱身一躍，跳下懸崖和阿林死在了一起！

雷公除掉了阿竹和阿林，連續下了三天三夜的大雨，澆滅了各家各戶的煙火。他圓圓滿滿回去向天帝請功，天帝當然喜歡，命令重獎他。可是，他們不知道阿竹和阿林有個隱蔽火種的山洞，人們去洞中取來火種，燃火燒烤，不幾日又是遍地煙火了。

七神女阿蓮

大姐阿英去了一趟人間，帶回了阿竹和阿林的故事。聽到故事的沒有一個不讚揚他們的。這故事不僅神仙聽說了，連那些住在天上閒得無聊的走獸也聽到了。牠們湊在一起議論，咱們在這兒吃了睡，睡了吃，多沒有意思，不如一塊到人間去，說不定還能幫他們幹點甚麼事。

於是，牠們一夥相隨着來找阿蓮了。阿蓮是九神女中的七妹，專門管走獸，整天把這些畜生調養得都很馴服，就是白養活這麼多討吃鬼，沒有一點用處。她曾經向天帝上奏，養這些畜生不合算，可是，

天帝一時沒有考慮出牠們能幹的活兒，只好繼續讓牠們白吃飯。那天，畜生們找到她說明來意，這是個一舉兩得的好事，她可高興啦！一來牠們下凡給人們幫把手，二來可以解決天上神滿為患的難題，因而，聽完她就答應了。

阿蓮辦事聰明認真，她把報名要去人間的走獸召集到一起開了個會。提前告訴牠們，人間不是天上，人們都很辛苦，幹活才有飯吃，不像在天上，不幹活兒都可以衣來伸手，飯來張口。所以，要去人間必須打定幫助人的主意，要是像在天上這麼懶散乾脆別去。最後，她還強調，誰要是幹不了活兒，就早點返回天上，要不，讓她知道了準罰回來！

這話講得夠明白了，下凡塵是去吃苦的，可不知為甚麼這夥走獸沒有一個打退堂鼓。阿蓮看牠們決心這麼大，受了感動，揚手一揮，颳起一股風，吹起牠們送到地上。當然，阿蓮也相隨來了。她還是不放心牠們，要等牠們都有活兒幹了再回天宮。

那時候，人間最重的活兒是拉犁。阿蓮想，就讓這夥走獸幫人們幹這活兒，幫人幫在要緊處嘛！她找到長老，說明來意，長老當然樂意，就派個後生扶犁掌鞭。

狗的熱情最高，犁剛擺在地頭，牠就蹦了過去要求先拉。後生拿起繩索套在狗身上，揚鞭一打，狗使勁猛拉，犁一點也不動。急得牠「汪——汪——汪——」大喊大叫，喊叫也是徒然。後生高舉長鞭，在空中炸響一聲，狗一使勁跪倒在地上，嘴裏弄得全是土，一濕口水成了泥，要不人們怎麼喜歡說狗啃泥呢！阿蓮看狗這個倒霉樣，就讓牠回天上去。狗不回去，跪倒在長老面前，說：「我拉不了犁，好好看門總可以吧！」

長老覺得人們是需要個看門的，就請阿蓮留下牠一試。試了試，還真行。狗有耐心，也有靈性，整天臥在門前像是打瞌睡，可一有響動，便蹦跳嘶咬，誤不了事兒，狗被留下了。

狗一退出犁套，馬蹦跳過去了。這馬剛套好犁，後生不用揚鞭，喊了一聲，牠走得飛快，犁也跑得飛快。圍觀的人們都拍手叫好，馬聽見了很為得意，跑得更快了。不料，犁尖碰到了石頭上，打破了一塊，後生氣得趕跑了牠。剛剛趾高氣揚的馬，頓時垂頭喪氣。阿蓮過來安慰馬，勝利時不要狂傲，失敗了不要灰心。轉身又對長老說：「我看馬很有勁頭，就讓人騎着牠辦事吧！」

長老答應了，從此，人們遠道辦事馬就成了坐騎。

狗和馬都有事幹了，老鼠着急了。其實，人世這麼大，找個老鼠能幹的活還是不難的，可是，老鼠頭腦一熱就不自量力了，竟然也要拉犁。試想拳頭大的小東西要拉那麼大的犁，那怎麼可能呢！再說，後生套犁的繩又長又粗，根本無法給牠拴上。老鼠卻滿腔激情，強烈要求後生將牠的尾巴拴在犁上，結果，使勁一拉，犁沒拉動，尾巴卻掙斷了。阿蓮想趕老鼠回天上，見牠熱情很高，怕打擊牠的積極性，便讓牠先歇一歇。老鼠閒在田邊無事，心想自己回天宮已成定局，不如找個地方先躲起來。趁大家在田裏忙碌，牠打個洞鑽了進去。

老鼠敗下陣來，過來的是老虎。論力氣，老虎拉犁還不是小菜一碟呀！只是，這老虎缺少耐性，最不喜歡照着前頭的腳印走。頭兩次還可以，在田頭勉強走到西，拉到東。拉了兩趟，犯了急，在田裏東跑西顛，把地也弄得高一道，低一條。後生火了，下手給了牠一鞭。老虎是百獸之王，哪裏受過這種委屈？回頭就咬了後生一口，要不是阿蓮過來得早，非把後生吃了不可！老虎知道惹了禍，慌忙躥進深山老林去了！

老虎拉不成，阿蓮派豬去，誰料豬早已打了瞌睡。後生喊牠，牠不動，阿蓮過來踢牠一腳，牠只哼了幾聲。阿蓮叫牠：「起來犁地！」

豬翻一個身又呼呼睡着了，睡得死沉死沉。

阿蓮生氣地說：「過年殺了牠吃肉。」

　　豬只顧睡覺，沒有聽見，從此，豬肉就成了人們餐桌上的一道菜了。

　　最後走過來的是黃牛。黃牛比老虎還大，後生嚇得不敢使喚牠。阿蓮親手給牛套上繩索，後生趕着牛一走，牠拉得穩健有力，地耕得平平整整。長老誇獎說：「黃牛拉犁最好！」

　　阿蓮放下了心，總算找到拉犁的了，人們不用再受大苦了。她高興地返回了天宮。一高興就容易忘事，沒把老鼠和老虎帶回天上。結果，老鼠黑夜竄出來偷吃人們的糧食。老虎呢，還記着後生那一鞭子，碰見人就想咬一口！

六神女阿菊

　　在神女姐妹中，阿菊是最有主見的。這不，姐妹們沒有一人說人間不好，可她不說好，也不說壞。別人問她，她說：「耳聽為虛，眼見為實。」

　　阿菊只相信她親眼看見的。

　　這天，眾姐妹都說地上的人越來越多，該教給他們如何種田了。阿菊卻沒搭理。她這位田神不下凡去，別人着急頂甚麼用呢？大夥說了半天，阿菊才說要親自去人間看看再說。大姐阿英說：「那我陪你去吧！」

　　阿菊降落到地上說：「大姐，我要試試人的心腸好不好。」

　　大姐說：「好，咱們找個人家進去打聽打聽。」

　　阿菊搖搖頭說：「那不妥吧，我們穿戴這麼好，又年輕漂亮，就是有人樂意幫助，也難看出他的心腸。」

　　大姐不解地問：「那我們怎麼辦？」

　　阿菊告訴大姐，讓她變成個老太婆，自己變成一頭牛。大姐待人實在，哪有不應承的？商量好了，她們一塊落在山上。

山上有個後生打柴，他叫阿杉，住在山腳下。打夠了，挑起柴擔要走，忽然聽見山上傳來一陣喊叫救命的聲音。他扔下柴擔，就朝着喊聲跑去。到了跟前才看清，是個老太婆掉在山洞裏。他彎下腰想把老太婆拉上來，胳膊伸直了也夠不着，只好跳下去，把老太婆舉高爬出洞來，然後，自己在洞底撿些石頭擺高，才爬了上來。

阿杉出了洞，老太婆千恩萬謝他的救命恩情。阿杉卻問她為啥這麼大年紀了，還到山上撿柴。老太婆對他說，自己孤身一人，無兒無女，啥事都要動手呀！阿杉見老太婆頭髮全白了，身子瘦弱，很是同情，對她說：「你能燒多少柴呀，以後別來了，我給您送柴。」

然後，挑起他的柴擔將老太婆送回家裏，把柴也送給了她。他臨走，還跟老太婆說：「以後千萬別上山了，過兩天我再給您送些柴！」

老太婆感動地說：「我可遇上好人了，太感謝你了。可是，我上山不只是拾柴，還要割草呀，我餵着一頭牛呢！」

阿杉一看，可不，草棚下邊的槽頭是有一頭牛。他想了一下說：「這麼吧大娘，您要信得過我，我就把這牛拉回去給您養着。要耕地拉車時再給您送來。」

老太婆眼裏都是喜氣，哪能不答應呢！於是，阿杉牽着那牛回到家裏。白天，他把牛拉出去，放到水草旺盛的地方；晚上，餵他割回來的青草，怕牛吃不好，一夜往槽頭跑好幾趟。沒過幾天，牛長得膘肥體壯，變了一副模樣。

阿杉想起老太婆的柴快要燒完了，便挑了一擔柴送去，順便牽了牛讓她看看也放心。轉過一道山樑，遠遠看見了老太婆住的地方。奇怪的是到了跟前，別說老太婆，連房子也沒有了。他左找不見，右找沒有，只好去附近人家打聽，誰也不知道這個獨身老太婆。阿杉只好把柴挑回來。

回到家裏，又碰到一件稀奇事。他又渴又餓，打算燒水做飯，卻見灶火剛熄，揭開鍋蓋看時，一股飯菜香味撲鼻而來。他確實餓了，

先不管這是誰給做的，狼吞虎嚥地吃了下去。吃完了，也吃飽了，總不能不明不白地吃吧，他轉來轉去，沒看出有人來過的蹤跡。去問左右鄰居，也沒人知道。阿杉滿頭霧水地睡了。

誰知，第二天打柴回來，不僅鍋裏又有做好的飯菜，整屋也收拾得乾淨利落。阿杉吃飽了，心事更重了。這夜他思來想去沒睡好，天一亮又上山。不過，阿杉學精明了，沒走多遠返回來，悄悄藏在院外的樹林看個究竟。晌午，他聽見牛脖子上的鈴鐺響了幾下，順聲望去，驚得他險些叫出聲。那牛離開槽頭，轉身變成美麗的姑娘。她進到屋裏，手腳麻利地掃炕擦桌，生火做飯，一會兒工夫，屋裏亮亮光光，飯菜香味四溢。轉身出屋，美麗的姑娘又成了槽上的那頭牛。這天，阿杉甚麼也沒說又吃了個大飽。

太陽落下去又升起來，阿杉像昨天一樣，走出去沒多遠又轉了回來，藏在了那片樹林裏。他看見牛變成了姑娘又去做飯，便三腳兩步跳到她的面前，不用說，姑娘變不成牛了。她告訴阿杉，她是神女，看他心腸好，人善良，願意和他結緣成親。不用說這神女就是阿菊了，大姐見她有了意中人，早就回天上去了。

阿杉剛喜上眉梢，轉眼卻皺起眉頭。阿菊明白，阿杉不願她過苦日子。她取下金簪往地上一劃，有了新房，有了家具。他們拜堂成了親。

成親後，阿菊教阿杉種田，阿杉教左鄰右舍種田，左鄰右舍教親朋好友種田，種田的本領很快由近到遠，傳遍了人間。

成親後，阿菊教阿杉做農具，阿杉教左鄰右舍做農具，左鄰右舍教親朋好友做農具，鋤頭、鐮刀、犁耙由近到遠，傳遍了人間。

四神女阿芳

四神女阿芳在眾姐妹中是最辛苦的一位。她主管給天帝挑水的事情，每天不敢鬆懈，一不留意缺了水，天帝就會大發脾氣，挨罵是小事，少不了還會挨打。因此，人間的事情她一直沒有時機過問。

這一天，三神女回到天宮探親，說人間出現了大旱，好長時間沒有雨，草枯地裂，人們快要渴死了。四神女阿芳聞知，決心要擠時間幫救眾生一把。

她提前給天帝備好幾天的水，抽空要去一趟人間，當然不是白去，要給人們送點救命的水。

頭天晚上，趁着天黑夜暗，阿芳拿了二十四個大玉碗來到天河邊。舀滿一碗，再舀一碗，放進金竹筐去，打算挑下凡塵。天河的水清亮甘甜，阿芳一邊舀一邊想，要是地上有這樣的清流多好呀！只是想也白想，她只有挑水的權力，沒有開河的本事。舀滿了最後一碗水，阿芳挑擔要走，卻被天龍攔住了去路。

天龍疑惑地問：「你怎麼晚上挑水？」

阿芳慌忙答：「天帝要沐浴，需要好多水。」

她本想搪塞幾句，一走了事，哪知天龍心細眼亮，竟然盯住了她筐中的玉碗。他嘿嘿笑着說：「四神姑，別欺瞞老夫了，給天帝挑水用得着這些碗嗎？」

一句話問得她啞口無言，只好把人間遭旱的真實情形說了出來。天龍嚴厲少言，平日大家都很怕他，阿芳說了實話，心想隨你怎麼辦，頂多不讓我挑水，那我就明日用桶來挑，不過到人間再分發罷了。沒想到，天龍很通情達理，不僅沒有怪罪她，反而說：「這麼點水，用完之後他們又怎麼辦？」

阿芳無法回答，天龍口一張一合，接連吐出二十四條小龍，每個碗中放上一條，對她說：「你把碗倒扣在地上，把水和小龍攔在裏頭，就會流成清泉，長流不斷，人們就永遠有水喝了。」

阿芳謝過天龍，駕着白雲，降落在南山腳下的村莊。

阿芳放下水擔，搖身一變，成了一個討飯的婆婆。

婆婆走進村裏，給她送吃的不少，只是一個個面目髒污，一看就是缺水，連臉也不能洗。婆婆說，我有吃的，卻渴壞了，想討一口水喝。

這可把村裏人難住了，誰家也沒有多餘的水，現在清水比油還要貴呀！婆婆說，渴得嗓子冒煙，說着，竟然昏迷在地上。

村裏人着慌了，大家挨門挨戶地湊着，湊了半碗水，端來給婆婆灌了一口。只這麼一口，婆婆醒了，過了一會兒，倍長精神。她雙手作揖，感謝眾人的救命大恩。

謝過後，她說：「你們的水不能白喝，我要報答。給你們一碗水，倒扣在村頭，以後就常年有水了。」

村裏人問：「這不是滴水之恩湧泉相報嗎？」

婆婆笑着說：「正是這樣！」

說着話，玉碗已倒扣在村頭了。真靈驗，當下清水潺潺不斷，流成了一道小溪。

鄉親們可高興了，趴在溪邊喝了個盡興，然後，唱歌跳舞。

婆婆走了一村又一村，每到一村都有善良的人救助她。

婆婆走了一寨又一寨，每到一寨都把清亮的泉水留給人間。

就剩下最後一碗水了，婆婆走進了水慶山。水慶山居然也缺水。她進村討飯沒人理睬，十分難過，只好厚着臉皮去敲一家的柴門。柴門未開，卻跳出一隻黑狗，衝她就咬。婆婆撒腿就跑，身後看見的人不去攔狗，還拍着手看熱鬧呢！

婆婆慌不擇路，跌了一跤，狗當成是撿石塊打牠，嚇得退回去了。

婆婆站起身來，摸摸跌疼的膝蓋，看一眼譏笑她的人，轉身走了。

走呀走呀，走出好遠了，才想起還能把這碗水帶回天上呀？不必要，寧可他們不仁，我不能不義呀！這麼一想，心胸開闊，停步彎腰將那碗水扣在了水慶山的背面。

阿芳輕鬆了，一忽悠，乘上白雲，飛回了天宮。

水慶山的人可苦了，吃水要到山背後去打，有的背，有的抬，成年為食水忙忙碌碌。

八神女阿蕉

人世間的煩惱事實在不少。眾人有了田種，有了飯吃，有了水喝，平平安安過日子多好，可是，勞累過頭了時常生病。輕的頭疼腦熱，重的要了性命，因而治病救命成了大事情。

這就輪着八神女阿蕉下凡了，她是天上的神醫。

她這神醫治病，需要兩樣東西，一樣是草藥，一樣是露珠。要有了這兩樣東西，她是手到病除，治一個好一個。

阿蕉到人間時，人們染上了瘟疫，家家屋裏都躺着病人，不少人渾身熱燙說着胡話，再不治就必死無疑了。她一看，只靠自己帶的那點草藥和露水根本不夠這麼多人用。顧不上這麼多了，她走進一座草房子，裏面躺着一位後生。他染着病，疼得在牀上低吟。阿蕉掏出草藥泡在露水中，餵他喝下去。過了半個時辰，後生身上輕鬆能坐了；再過半個時辰，後生添了精神能走了。他十分感激阿蕉，對她說：「謝謝你救了我，我給你當幫手吧！」

阿蕉正需要個幫手，也不客氣，就吩咐他早上太陽出來前在山上採露珠，太陽出來後到坡上採藥。後生叫阿棟，老實厚道，立即按她的吩咐去做了。

每日，天還漆黑，阿棟便上了山，去採露水和草藥，忙得連飯也顧不上吃，水也顧不上喝。

每日，天烏黑了，阿棟才回來，將採到的露水和草藥交給阿蕉，累得身子挨地就睡着了。

阿蕉省了好多事，就用阿棟採到的草藥和露水給人治病。一天又一天，全村人的病都治好了。阿蕉見阿棟這麼肯為大夥操心出力，就嫁給了他。他們治好眾人的病，大夥肯幫助他們，幫他們耕地，幫他們澆水，他們的莊稼長得好，收成也好。這年，他們打了好多好多的糧食。

阿棟和阿蕉商量，誰家糧少，就送點給他們。偏在這時禍事來了。來的是村上的大財主阿龜，是到阿棟家裏要債的。阿龜告訴阿棟，他爺爺欠下過他家的糧食，算起來現在有五千斤穀子了。要是交不出，就讓阿蕉給他當媳婦。

阿棟沒聽完就氣壞了，你阿龜已經有十個媳婦了，還嫌少呀！他要五千斤穀子，這不是明搶人家的媳婦嘛！滿打滿算家裏不過收了兩千斤穀子，一粒不吃送給他也不夠呀！阿棟滿臉通紅就要和阿龜發火，卻被阿蕉攔住了。她對阿龜說：

「你放心吧，明天我們把穀子送過去。」

阿龜眨眨眼睛說：「沒有穀子，你就過來給我當媳婦，嘻嘻！」

阿龜前腳走，阿棟着急地對阿蕉說：「怎能答應他呀，唉！」

阿蕉笑着寬慰他說：「不怕，我自有辦法！」

第二天起來，阿蕉已剪好了十個紙袋，十個紙人，放進阿棟的荷包，讓他去阿龜家，並告訴他，快到時掏出紙人、紙袋就行。阿棟照着去辦，快到阿龜家了，把紙人、紙袋往外一掏，十個紙人成了十個壯漢，紙袋成了穀袋。

壯漢們扛起穀袋送到阿龜門口，不多不少整整五千斤。阿龜十分驚奇，這阿棟哪來的這麼多穀子？不過，人家交來了穀子，總不能不要吧，就讓僕人把穀子搬進倉裏。

僕人搬着穀子，阿龜又想了個鬼點子，他嚇唬阿棟說：「你這穀子是偷的？」

阿棟爭辯說：「不是！」

「不是，哪來這麼多？要不咱到官府去說！」阿龜威脅他說。

阿棟不吱聲，他害怕去官府，如果去了，不就把阿蕉神法暴露了？阿龜看唬住了他，變臉說：「我們鄉里鄉親，不去也可，打賭吧！明早我往地上撒米，你撿起來，不然去見官。」

阿棟滿腹心事回到家，對阿蕉一說，阿蕉呵呵笑了：「別着急，這有甚麼難的！」

第二天起來，阿蕉已剪好兩隻紙雞，十個紙人。放進阿棟的荷包，讓他去阿龜家，並告訴他快到時掏出紙人、紙雞就行。阿棟照着去辦，看見阿龜的家門了，就掏出紙人、紙雞。十個紙人成了十個壯漢，兩隻紙雞成了活雞。阿龜撒在地上的米，雞很快吃乾淨了。阿龜很惱火，想抓阿棟去見官，卻見十個壯漢，個個怒目圓睜盯着他，嚇得不吱聲了。不過，他還不死心，一眨眼又生出個鬼點子：「阿棟，你真行，明天咱們比一比誰的金子多！」

阿棟還真有些擔心，這金子可不是穀子，阿蕉能變出來嗎？他剛說完，阿蕉又呵呵笑了：「別怕，這有甚麼難的？」

第二天起來，阿蕉已剪好一片紙石，一個紙人。她放進阿棟的荷包讓他去阿龜家，不用告訴，阿棟也懂得怎麼辦了。

阿棟到了阿龜家，阿龜在院子裏擺起了一個小金堆，笑瞇瞇看着他，像是說，這回你輸了吧！阿棟沒說話，掏出他的紙石往地上一扔，院子裏出現了個大金山，金山越變越大，差點把阿龜的房子擠塌。阿龜惱羞成怒，命令打手來抓阿棟。阿棟把荷包裏那個紙人一掏，變成了一個又高又大的武士，三拳兩腳把那些打手全捶死了。嚇得阿龜轉身就跑，哪裏跑得了呢？武士三腳兩步追上去，一把抓起扔到村邊的河裏餵了魚蝦。

阿龜死後，村子裏沒人為非作歹了，大家都和和睦睦過光景。

九神女阿桂

九神女阿桂一直不敢說要到塵世去，她是財神，專管天上的財富分配，人間窮得叮噹響，她去幹甚麼？所以，也就沒有張這個口。誰想，一轉眼她也有了下凡的機會。

機會是從人間爭當富戶開始的。有一天，潘、楊、吳、韋四大家族開會，商量誰當窮人，誰當富人。不用說，誰都想當富人，因而爭執不下。

姓潘的說：「我田土最多，莊稼百樣巧，土是無價寶，我當富人。」

姓楊的說：「我住河上游，水是莊稼娘，無水命不長，我當富人。」

姓吳的說：「我有許多山林，千柏萬松，吃穿不空；千棕萬桐，吃穿不窮，我當富人。」

姓韋的說：「我牛馬成羣，莊稼無牛空起早，我當富人。」

四大家族爭爭吵吵，鬧鬧嚷嚷，攪擾得人世亂糟糟難以安寧。

大姐阿英知道了，就對阿桂說：「九妹，現在輪着你下凡了！」

阿桂也不推託，辭別眾姐妹，騎了一隻白鶴飛到了地上爭當富人的現場。她跳下白鶴，站在雲團上，要白鶴先下去。

四家人吵得簡直要打起來了，忽然聽見有人喊：「救命呀！」

潘家的族人不吵了，趕緊往河邊跑，一看有個小姑娘正在水中掙扎，他們衣服也不脫，跳下水去，舉起小姑娘就爬上岸來。

這邊楊、吳、韋三家人還在爭吵，都說，姓潘的走了，富人沒他的份了。就在這時，阿桂降落下來。她落地即告訴大家：「我是天神，專管財富分配，我看你們都別爭了，這富人就讓給潘家。」

吳家的族人說：「不行！」

楊家的族人說：「不行！」

韋家的族人說：「不行！」

吵嚷聲鬧騰得阿桂頭皮都發麻。她領着他們來到了河邊，這時，白鶴翩翩飛來，她指白鶴說：「你們別爭了，明天誰在這兒把白鶴背過河，誰當富人。」

第二天，四個家族的人早早來到河邊，唯恐來遲了，讓別家將白鶴背過去。等呀等呀，白鶴就是不見來，卻來了個又髒又醜的老太

婆。老太婆弱不禁風，卻背着個男孩，拉着兩個女孩。來到他們跟前，苦苦哀求將她們娘兒四個送過河去。

韋家族人，背起一個女孩過了河。

楊家族人，背起一個女孩過了河。

吳家族人，背起那個男孩過了河。

潘家族人甚麼話也不說，背起那個又髒又醜的老太婆過了河。

過河上岸，正要往回返，老太婆說：「都別走。」

說着掀了頭上的白布巾，變成了阿桂和白鶴。

吳、楊、韋三家族人都呆住了，還說甚麼呢，潘家理所當然成了富人。

阿桂回到天宮，眾姐妹夾道歡迎，都誇她精明能幹，辦事利落。

❝ 作者手記 ❞

九天仙女下凡塵是流傳於水族的一個神話故事，既有創世情節，又有勸善內容，因而搜集整理撰成此文。

神農嚐百草

神農就是炎帝。

炎帝在天上主管太陽，所以大家稱他太陽神。太陽神炎帝長得怪模怪樣，據說他是牛的頭，人的身子。冷不防遇見，真能把人嚇一跳！不過，千萬不要以貌取人，把炎帝當成妖怪。其實他是一位可親可敬的神。

就拿炎帝管理太陽來說吧，用我們人間的詞語形容，那可真叫忠於職守，愛崗敬業。一年三百六十五天，太陽都按時出山，按時落地，從來也沒有遲到過，沒有早退過。那太陽就沒有賴牀不起的時候嗎？有的。只是到時候炎帝就來叫早，提醒它們該上班了，千萬不要誤了事。若是誤了，天下一團黑暗，人們無法行走，就連花草樹木也無法生長呀！太陽神炎帝的精心管理，保證了人們日出而作，日入而息。

炎帝歲數大了，眉毛鬍子都白了，頭髮白得更透徹，長長短短如同銀絲。經過好多年的調理，太陽們也都循規蹈矩，按時出入了。炎帝就想到天下走走，看看太陽照耀下的大地上到底是怎麼般光景。

這是一個冬天，炎帝飄忽一陣降落到了人間。天氣正冷，鳥獸躲到深山老林裏去了，人們獵不到；魚鱉藏到深水大海裏去了，人們捕不到。沒有吃的，只能餓肚子。靠着山崖曬太陽取暖的人，一個個面黃肌瘦，皮包骨頭。看一眼，就覺得十分可憐。炎帝便有些奇怪，這些年自己勵精圖治，豔陽高照，不就是為了遍長百草穀禾，供人們享用嗎？怎麼人們根本就沒有以百草穀禾為食呢？他走近一位長老，關心地詢問，長老餓暈了，看上去還有病，說話有氣無力，支吾了好幾聲，炎帝才明白他說的是：熱天裏遍地是草，但不知道哪一種是穀禾，哪一種能治病。

說得對呀，炎帝忽然明白了百草茂長，良莠不分，人們沒法下手，沒法張口。

炎帝打定主意，要遍嚐百草，為人們找到吃食和藥物。

北方天寒，冬季草枯苗萎，無法辨識，炎帝就跋山涉水，向溫暖的南方走去，走得腿疼腳木，還是一個勁兒走呀，走呀！

你一定會想，炎帝是太陽神，飄忽一下不就到了嗎？原來，天帝知道炎帝下凡便催他回宮。炎帝一心惦着人們的疾苦，回覆說不辨識出五穀藥草就不上天。天帝一生氣，便廢了他的神力，他和凡人一樣了。就這也沒有動搖了炎帝的意志。

走呀走呀，走過了雪山，走過了峽谷，只見雪山一座連一座，峽谷一條連一條，前路白茫茫一片，不知何處是暖鄉。炎帝只管走，不鬆氣。

走呀走呀，走過高山，走過大河，只見青山一座連一座，綠原一塊連一塊，前面綠茵茵一片，南國暖鄉在足下。炎帝停住步，放眼四望。

就在這時，山後頭躥出一羣狼。狼眼裏噴出兇光，向炎帝包圍過來。炎帝危在眉睫，說時遲，那時快，就在狼撲上來的一霎間，附近的人們圍獵上來，投石舞棍，狼羣逃散了，炎帝得救了。

大夥告訴他，林深草盛，野獸羣聚，不要再往前走了。剛剛挨近綠地，怎能半途而廢？

炎帝謝過眾人，繼續向前走去。沒走多遠，眼前高聳着一塊斧劈巖，站在巖下便聽見了鳥語，嗅到了花香。細細分辨，鳥語花香都在懸崖上頭。可那懸崖齊斬斬的怎麼上去呀？

正為難時，兩隻金絲猴跳到了炎帝眼前，朝他揮揮臂，跑遠了。炎帝看時，那猴子攀着野藤一下一下爬上了懸崖。

驀然，炎帝眼亮了，這不是金猴領路嗎？他也奔過去，揪住了野藤，一下一下攀上了懸崖。

爬上山頂一看，這地方真是一座花草百寶山。那草各式各樣，長葉，短葉，寬葉，窄葉，密密叢叢；那花五顏六色，紅的，白的，黃的，紫的，朵朵盛開。炎帝驚喜異常，連忙採摘品嚐。

這一來，他那肚皮可派上了用場。他是個水晶肚皮，光亮透明，裏面的肝脾腸肺看得一清二楚。

炎帝摘下一片小綠葉的嫩尖尖，往嘴裏一含，清澀淡雅。透過晶亮的肚皮只見這些綠葉結成一團從喉嚨下到肚裏，又從肚裏升到喉嚨。下去上來，上來下去，像是在巡查甚麼，把腸腹擦洗得清清亮亮了。他把這嫩尖尖叫作查，後來，人們把查寫成茶了。

炎帝摘下一朵蝴蝶般的淡紅花，精巧的小葉如鳥兒的羽毛。刨出長長的根稍稍一嚼，那滋味又香又甜，沁入腸胃，香出鼻孔。他把這開蝴蝶花的草叫做甘草。

炎帝摘下一棵水靈靈的小綠草。嫩嫩的小葉如一滴滴露珠，尖尖的葉梢如鋒利的箭頭，結出的果果還長着刺呢！小心地摘下果實，剛往嘴裏一咂，不對勁，就看見那東西在肚子裏頂頂撞撞，好難受。好一會才止住了，可膝蓋卻腫得好大好大，成了個牛膝蓋。他把這小綠草叫做牛膝。

炎帝摘下一朵亮燦燦的小黃花，小小的花葉竟然還會動呢，一張一縮十分靈動。他伸出舌頭一舐，哎呀，不好，就覺得一股疼痛直穿肺腑。低頭看時，只見肚裏的腸子一節一節斷裂開來，他慌忙掏出口袋裏的靈芝，剛咬了一口，天也旋，地也轉，眼一黑，仰面朝天倒了下去，甚麼也不知道了！

炎帝昏迷了。昏昏迷迷遠離了天地間的一切，山川河流，綠樹紅花，以至於連他牽腸掛肚的人們都割捨下了。他沉睡在黑暗中，黑暗將他包裹了個嚴實。

陽光照在炎帝頭上，又照在炎帝腳上。炎帝沒有覺得溫暖。

月光映在炎帝頭上，又映在炎帝腳上。炎帝沒有覺得亮堂。

時光就這麼從炎帝身邊匆匆駛去，匆匆駛來，它們也急於將炎帝拖出黑暗，重見天日。

時光就這麼從炎帝身邊匆匆飛去，匆匆飛來，它們耐着性子等待靈芝草解毒，炎帝復甦。

炎帝在黑暗中昏昏沉沉，迷迷糊糊地走，懵懂中碰上神鞭童子，奇怪這小神不在天庭服侍，跑到這幹甚麼？正這麼想，童子將神鞭往他手中一塞，說句「打草去吧」便跑遠了。炎帝大喊：「童子，童子！」

沒有喊住童子，卻把自己喊醒了。睜開眼，手裏還真握着一條神鞭。他愣了愣，這時腸肚還在隱隱作痛，幫他憶起自己是中毒昏迷了。多虧靈芝救了他，要不，真要肝腸寸斷了。他就把那草叫做斷腸草。

炎帝恢復了精神，揪一片草葉又要往嘴裏吃，手裏的神鞭礙了事。他想起了夢境，想起了童子送鞭時的話語，忽然明白是天神來幫他了。他試着動神鞭往草葉上打去，嗨！還真靈驗，鞭到之處，有毒的草葉像烏龜一樣縮了頭，而沒有毒的草葉仍如往常一樣舒展。

很快炎帝就辨明了百草的藥性。趁個風和日麗的好時光，炎帝邀來附近部落的長老，將百草的奧妙告訴了他們，指導人們有了疾病，就可以採草製藥，解除病痛了。

長老們聽了，興奮得拍手。

長老們拍着手，把炎帝擁圍在中間，他們一致擁戴他當部落的首領。

炎帝搖搖頭謝絕了，他還有事要幹，他採集的草籽還沒有播植試種。告別了長老們，炎帝向前走去，走呀走呀，走過崇山，走過峻嶺，來到了一片黃土地。俯下身一看，土地濕潤，便將各樣種子一粒一粒埋進土裏。

春天來了，種子發了芽。

夏天來了，嫩芽長了稈。

秋天來了，高稈結了籽。

可那籽實小小的，碎碎的，哪能吃呢！

炎帝大失所望，一年的心血和汗水白流了，面對落日的霞光，他長歎了一口氣，躺在了地上。

旭日東升，朝霞輝映，炎帝起來了！他想通了，傷心和頹廢培育不出種子，只會半途而廢，他要不懈努力，直到成功。此刻，他渾身輕鬆，滿面紅光，迎着鮮亮的陽光走去，又去尋找能夠播植的種子。

炎帝走得精神抖擻，大地上迴盪着他的腳步聲。每一聲響動都是胸中的心音，不達目的，他不會停歇。

炎帝走得昂首闊步，天空中飄動着他的腳步聲。每一聲響動都牽動着萬物，費心勞神，他感動着天地。

正走得帶勁，一聲脆叫傳入了耳中。炎帝抬頭，天上飛着一隻五彩鳥。五彩鳥唱着一支歌：

神農找五穀，

一路好辛苦。

嘉禾送一穗，

誰種誰幸福。

歌聲動聽極了！隨着歌聲五彩鳥拋下一穗嘉禾。炎帝連忙撿起，多好的籽實呀，粒大顆飽，看得人眼熱心動。再找五彩鳥，已飛進雲霞中去了。炎帝收起種子，等待又一個溫暖的春日。

一粒粒嘉禾種下了，一顆顆嫩芽出土了，一株株禾苗長高了，一把把籽實成熟了。

炎帝連忙採摘回去，等待下一個溫暖的春日，重又播種。

寒去暑來，日月輪迴。籽實越收越多，成了遍地的五穀。五穀傳遍人間村落，大家都有飯吃了，從此人們親切地把炎帝稱為神農。

神農嚐百草的故事一直流傳至今。

❝作者手記❞

　　《白虎通・五行》記載：「炎帝者，太陽也。」《搜神記・卷一》記載：「神農以赭鞭鞭百草，盡知其平毒寒溫之性。」《拾遺記》記載：「（炎帝）時有丹雀銜九穗禾，其墜地者，帝乃拾之，以植於田。」此文依據這些典籍連綴成篇。

風後生捨身救民

那時候，天地之間沒有風。草不動，花不搖，樹葉也不會「嘩啦嘩啦」地唱歌，實在有些呆板，寂寞。

後來有個年輕人洩露了天神的機密，受到懲罰變成了風，這世界才開始生動活潑起來。

這個年輕人名字叫阿風。在寨子裏，誰家的事他都當成自家的事掛在心上。一有空兒，就幫大夥砍柴、背水、耕地、除草、收割，是個人人誇讚的好後生。

那是個大熱天，阿風鋤完了自家的田，又去給寨子裏的阿公鋤田。阿公無兒無女，地裏的農活都要自己來幹，可年齡大了，每天早晚累得腰痠背疼，也難以把地裏的活兒按時幹完。誤了農時，打不下糧食，就要餓肚子。於是阿風常常過來幫忙。

天快晌午，太陽把大地烤得火熱火熱，熱得禾苗枯萎了，熱得人頭上淌汗，但他不敢歇涼，怕耽誤節令呀！他揮高鋤頭，一股勁地猛幹。突然，眼前爬過一條小花蛇，慌慌張張，磕磕絆絆，全不像平日那麼機敏靈活。阿風抬頭一看，哎呀，一隻兇惡的老鷹正怒目圓睜，伸展利爪，緊追着小花蛇。眼看小花蛇就要成為老鷹的美食了，好可憐呀！阿風往前跳了幾步，舉起鋤頭直向老鷹搗去。老鷹受了驚嚇，閃閃翅膀躲開了，小花蛇趁機鑽進草叢逃了命。

老鷹在高空盤旋了一圈，認準剛才攪了牠美食的就是阿風。見阿風埋頭鋤地，就猛衝下來直撲向他。阿風專注地看着禾苗，哪會料到老鷹朝他撲來呢！就聽有聲音在喊：「抬頭，當心！抬頭，當心！」

阿風一抬頭，老鷹已撲近在眼前，情急中他連忙舉起鋤頭，迎面往上一搗，正好打中牠的胸腹。那老鷹疼得尖叫着跌下了遠處的山崖。

　　阿風左右環顧，剛才是誰提醒自己呢？遠近卻不見一個人影。

　　低頭尋找，小花蛇在草葉間伸出頭直瞅着他！是這小生靈救了自己，他撂下鋤頭走過去說：「謝謝你，小花蛇！」

　　小花蛇搖搖頭說：「你是我的救命恩人，我要好好感謝你呢！」

　　這小花蛇可不是條普通的蛇。牠是龍王的小兒子，因為喜歡人間的草木花朵跑出來觀賞，沒料到會碰上老鷹，差一點丟了性命。小花龍很講情義，熱情地邀請阿風到龍宮一遊，牠要把阿風介紹給父親龍王。龍王一家在龍宮急壞了，大半天不見小兒子，他去哪兒了呢？全家人殿裏殿外，宮前宮後找遍了各個角落，也沒有看見他的蹤影。恰在這時，小花龍走進了宮門，後頭還跟着阿風。小花龍說明了遇險被救的情況，龍王熱情地握住阿風的手，連聲說：「大恩人，大恩人，我得好好感謝你！你不要回人間去了，就住在我的宮殿裏，保你好吃好喝，有享不完的榮華富貴。」

　　小花龍蹦跳過來，拉住阿風的胳膊就說：「父王真好！恩人不要走了，今後咱們天天一起玩耍！」

　　沒容阿風說甚麼，小花龍拉着他的胳膊就去龍宮遊逛。龍宮比人間好多了，到處花團錦簇，滿眼珠光寶氣。阿風走了一大圈，腳不沾泥，臉不染塵，他才明白人間真是塵世呀！小花龍還讓阿風和自己住在一起，牀是軟榻，被是綢緞，躺上去柔柔和和的，舒服極了。吃飯也在一起，頓頓飯菜滿桌，盤盤菜餚飄香，不要說動口吃，看上一眼也口舌生津。阿風做夢也沒想到自己能過上這樣的好日子。

　　這樣的好日子阿風是可以一直過下去的。可只住了三天，他就渾身不自在了，老是想寨子裏的事情。阿公的田還沒有鋤完，六阿奶恐怕早沒柴了，自己一個人過好光景，他們的日子可怎麼過呀！越想越不安心，阿風告訴小花龍，他要回人間。小花龍攔住不讓他走。阿風找到龍王，說了寨子裏的情形，龍王通些人情世故，見他執意要回，不好硬攔，只說要送些寶物給他。

龍王領着阿風來到珊瑚庫，各色珊瑚五彩斑斕任他挑。阿風看過，一株也不要，他說：「珊瑚不能給人做事，我要它沒用。」

龍王領着阿風來到珍珠庫，各色珍珠晶瑩剔透任他選。阿風看過，一顆也沒要，他說：「珍珠不能給人做事，我要它沒用。」

龍王領着阿風來到瑪瑙庫，各色瑪瑙流光溢彩任他拿。阿風看過，一樣也沒要，他說：「瑪瑙不能給人做事，我要它沒用。」

這可把龍王難住了。他實心實意要給大恩人寶物，阿風不要，他心裏過不去呀！不能讓大恩人兩手空空出宮，他一把摘下了龍冠上的寶珠遞給阿風，說：「大恩人既然要能給人做事的東西，那就把我的護身寶珠送給你吧！」

阿風一怔，推辭說：「我怎麼能要你的護身寶珠呢！」

龍王指着寶珠對阿風說：「寶珠對人也有用！你帶在身上能聽懂禽獸的話、能看清明天要發生的事，不是能為大夥做事嗎？」

聽說這寶物對寨子裏的父老鄉親有用，阿風欣然收下了。

龍王囑咐阿風：「這寶珠預測的事情你可以告訴眾人，但千萬不要讓他們看見寶珠。若是讓他們看見，你就難保性命了！」

阿風記下了龍王的話，懷揣寶珠返回寨子。第二天，阿風又在汗涔涔地鋤地了，阿公那塊地他還沒鋤完嘛！休息的時候，他打了些柴，回去要送給六阿奶呀！阿風還是大家喜歡的那個熱心腸的好後生。

這天，地鋤完了，阿風背着一捆柴下山。忽然寶珠發出了聲音，仔細聽時，是兩隻老鼠在說話。

一隻說：「快跑，明天要地震了。」

另一隻說：「對，再不跑，會被砸死！」

阿風還想聽清楚，兩隻老鼠一前一後躥過去，跑沒了影。真要地震嗎？他取出寶珠一瞧：山崩了，地裂了，樹倒了，房塌了，洪水咆哮，寨子沖垮了……

哎呀！災禍就在眼前，阿風扔掉柴捆，快步跑回寨子，站在高崖上喊：「父老鄉親們，快走吧，要地震了！」

人們聽見喊聲，出了門，看他一眼，滿不當回事，又回家去了。

阿風跑進寨巷，挨家挨戶地敲門，說：「快走吧，要地震了！」

人們瞪大眼睛像是看瘋子一樣，這後生昨日還好好的，怎麼突然就說起胡話來了呢！

沒有一個人相信阿風的話，連阿公也說：「阿風，千萬不要胡說，你怎麼知道會地震呢？」

人們跟着齊聲問：「是呀，你怎麼知道要地震？」

「老鼠說的！」阿風想也沒想就回答。

大家哄然大笑：「誰聽過老鼠會說話？」

阿公笑得白鬍子一顫一顫的，告誡阿風：「你別逗弄大家了，誰見過這麼通人性的老鼠？」

阿風憋紅了臉，一遍又一遍對大家說：「真的，我說的都是實話，我不逗弄大家，大家快走吧！走晚了就危險了。」

瞅着阿風那急切的樣子，眾人都嘻嘻哈哈笑他，沒有一個人把他的話當真。眼看就要大禍臨頭了，再不走就遲了，這可怎麼辦呢？

阿風想來想去，唯一的辦法只有讓鄉親們看一看寶珠了。可是，龍王送他寶珠時交代得清清楚楚，寶珠一旦讓別人看見，自己就會性命不保。阿風對人們說了一遍又一遍，轉了一圈又一圈，還是沒有一個人相信他的話。眼看時間一點點逝去，他顧不上那麼多了，一把掏出懷裏的寶珠說：「父老鄉親快看，這是龍王的護身珠，能看到明天的事情！」

他把手伸到大家面前，讓他們一個一個觀看。看過的人立即臉色發白，不再把阿風的話當兒戲了。

阿公說：「阿風說的是實話，咱們快逃命吧！」

　　眾人相邀了要走，回頭再找阿風，已不見了。只覺得身邊飄飄忽忽，草動花搖，樹葉唱響。這是甚麼東西呢？原來這東西是阿風，他暴露了寶珠，惹怒了天神，天神罰他四處飄動，再也不能停息。眾生感念他的救命恩德，就用他的名字稱呼那草擺葉搖的動景，從此，世界上就有了風。

❝作者手記❞

　　開天闢地、創造萬物的神話五花八門，但是有關風的來歷的很少見。哈尼族民間卻流傳着一個熱心後生救人化風的神話。故事雖然粗糙，經過重新編創卻可以填補這個空白。

倉頡造字

　　天底下、地上頭的聰明人很多，很多。在聰明人裏頭還有更聰明的，那倉頡肯定要算一個，因為倉頡造出了中國人書寫的漢字。

　　要說聰明人倉頡造字的事，還需要從他的媳婦說起。他的媳婦可不是一般人，是隻狐狸精變的。有一次，倉頡和大夥去打獵，打到了不少野獸，狼呀、熊呀、兔呀、鳥呀，好多好多。在眾多的獵物中擠着一隻狐狸，又瘦又小，毛色卻順溜得像抹了油一樣亮，兩隻細長的眼睛居然淚水滴滴答答。倉頡看看其他野獸都目光呆滯，嚇得哆嗦，唯有這隻狐狸面露悲傷，一副通人性的可憐模樣。分獵物時，頭領念及倉頡賣力肯幹，分給他一隻肥熊，他不要，卻撿了這隻瘦小的狐狸。

　　回到家裏，倉頡沒有往畜欄裏頭關狐狸，看牠前爪破了，就給牠洗一洗，包好了。那狐狸不流淚了，瞇着眼睛像是笑呢！這一夜，倉頡就把那狐狸放養在自己的屋裏，不多時就睡沉了。倉頡隱隱約約聽見有人叫他，坐起一看，是那隻狐狸。

　　狐狸眼巴巴看着他，說：「大哥你放了我吧，我家裏還有兩個小崽，要不，牠們就餓死啦！」

　　倉頡奇怪，狐狸怎麼會說話？正愣神，又聽狐狸說：「大哥，我知道你也要吃東西，我這請求有點過分！」

　　說着，那細長的眼睛又淚水汪汪了。倉頡一驚，醒了，是個夢。只見外面月光當空，屋裏朦朦朧朧，他湊近臥在地上的狐狸，狐狸正眼巴巴望着他，兩眼淚水。倉頡好奇地問：「剛才你說話了？」

　　狐狸點點頭。倉頡又問：「你有兩個小崽？」

　　狐狸又點點頭，淚水滴到了倉頡手上。倉頡手一顫，心裏也替那狐狸難受，馬上說：「這有甚麼難的，我放你就是了！」

倉頡開了家門，領狐狸出去。外面月光真好，山山水水罩上了一層紗幃，深草小路，依稀辨得出來。倉頡催牠快走，那狐狸卻依依不捨，伸出舌頭舔舔他的手，甩甩尾巴撫撫他的腿，像是親暱的告別。告別後跑出去一段路，又回轉頭來，看了看他，才大步跑走。狐狸消失在月光中了，倉頡轉回屋裏躺下。

這事兒就這麼過去了。倉頡成天忙着打獵，早把這事情忘了。

一年後的一天，倉頡在外整整折騰了一天，甚麼也沒有打到，拖着疲憊的身子回到家裏，心裏十分沮喪。推門進屋，眼睛一下子瞪得好大，只見屋裏忙活着一位賢淑的女子，爐膛上燒烤着一隻兔子。見倉頡進門，她笑着就問：「恩人回來了？」

倉頡大惑不解，問那女子：「你是誰？我怎麼是你的恩人？」

那女子笑聲高了，笑成一串鈴聲，笑着說：「連我你也忘了，我就是你放走的那隻狐狸呀！天下難得你這樣的善人，我那兩個兒女都大了，我來回報你，服侍你一輩子！」

倉頡當然願意，從此，兩人就安安心心過日子。

那時候的日子真難過，捕不到野食就得餓肚子，倉頡也是這樣。這天，倉頡又空手回家了，還氣哼哼的。媳婦寬慰他：「別氣，別氣，先吃了兔子，天黑後咱再尋吃的。」

倉頡沒好氣地反問：「天黑了，看不見，能逮住啥？」

媳婦不急不躁地說：「你呀和你們人一樣，啥都動，就是不動腦子。」說着，還在倉頡頭上戳了一指頭。

倉頡不解，仰頭看着媳婦，媳婦不慌不忙地說：「白天鳥雀能飛，夜晚才都熟睡呢！」

倉頡一拍腦袋，笑了。晚上和媳婦出去，捉了不少麻雀，填飽肚子還剩下不少。打這兒起，他夜夜出去，輕輕鬆鬆便弄到了吃食。只是光吃鳥雀還不過癮，想吃點獸肉。媳婦知道了他的心思，領他走進密林，找個樹樁，挖了一個大坑，在坑上頭搭些柴草，覆上了一層

土，看上去和其他地方沒有兩樣。弄好了，他們回到家裏。第二天一早，媳婦催他起來，拉他上山，在他們挖的那大坑中掉下一頭野豬，張牙舞爪，就是蹦不出來。沒問題，這東西成了他們的口中食。倉頡從心裏佩服媳婦，覺得她真是夠能幹的。

自從能幹的媳婦進門，倉頡的日子過得很美，獵物多了，存在欄中，左鄰右舍沒有東西吃時就來借。借隻羊，倉頡畫隻羊；借頭豬，倉頡畫頭豬；借隻鳥，倉頡畫隻鳥。借多了，倉頡就找條葛藤，挽起疙瘩作記號。

那時候，像倉頡這樣的聰明人太少了。黃帝聽說了，就把倉頡接到宮中，封他當了個史官，讓他管理村裏的糧食、圈裏的牲口、打到的獵物。倉頡熱情很高，找些葛藤，挽一個結又一個結，雖然費勁，但總算記住了數量。黃帝賞識他的才幹，又讓他掌管獵物的分配、祭祀的禮品。管的事多了，倉頡憑葛藤記載不過來，就找些貝殼，用一個代替繩結上的十個疙瘩，勉強可分清。這樣應付了沒有多長時間，黃帝又讓倉頡兼任史官，記載天下的大事，這可不是繩結和貝殼能記清的了。倉頡費盡心機，卻越記越糊塗，他只好辭別黃帝去學習記事的方法。

倉頡翻過八八六十四座大山，拜訪了九九八十一個村落，沒有一個村落裏有會記事的能人。他決心要找到能人，夜以繼日地趕路。

倉頡跨過六六三十六條大河，拜訪了七七四十九位能人，沒有一個能人比他懂得怎樣記事。他很失望，垂頭喪氣回到家裏。

倉頡一進門，媳婦就親熱地迎上去，噓寒問暖。他沒找到能人，心裏不痛快，話也懶得說。媳婦勸他說：「你盡心盡力謀事的精神真好，不光感動我，連天神也感動了。天神說要幫助你哩！」

倉頡聽了眉開眼笑，自此每覺醒來，都仔細回想夢中，看天神出了個甚麼點子。看來看去，幾天過去了，甚麼也沒夢到，不免有些心煩意亂，坐立不安。

這夜，天不作美，忽忽的風吼叫了一夜，聽得見大樹的枝條在風中抖動着，呼叫着，時而還夾雜着尖厲的哭聲，像狼不是狼，像虎不是虎。屋裏驟然變冷了，倉頡翻來覆去睡不着，思謀哪裏有能人，怎麼能學到本領。夜很深了，才有些迷糊。一覺睡醒，屋中豁亮，睜開眼知道下雪了。媳婦對他說：「別一個心眼往牛角尖裏鑽，學人的長處是對的，可別忘了學習別的東西！」

這麼一開導，倉頡躺不住了。走出屋一看，喲……好白好白！遠遠近近，高高低低，都是白的，白得他心情亮豁了許多。他邁開大步，踏在雪上，軟軟絨絨的，不時還會驚跑一隻兔子，幾隻山雀。正走着，看見前面有三位獵人在爭吵。

一位老者說：「往東走，東面有羚羊。」說着，指指地上。

一位壯年說：「往北走，北面有鹿羣。」說着，指指地上。

一位後生說：「往西走，西面有老虎。」說着，也指指地上。

倉頡聽着，看着，突然間高興地跳起來就跑。邊跑邊喊：「有辦法了，有辦法了！」一氣喊叫着跑回家裏。媳婦問他，他興奮地說：「我看到了雪地上的爪印，那不就能記事嘛！」

媳婦笑着說：「那就是天神的辦法呀！」

可不是嘛，倉頡頓時醒悟了。他告別媳婦，鑽進了一個幽靜的山洞，天天在洞中比比劃劃，刻刻寫寫，把壁上畫滿了，把地上也畫滿了。真妙，倉頡終於得道了。他不僅悟出了用動物的爪印記事，還琢磨出用動物的形象記事。他回到宮中，用這些爪印和形象記載天下發生的事情，樁樁件件條理分明。他寫畫的這些東西，就是最早的象形字。

大夥覺得倉頡了不起，抬頭敬仰着他。

倉頡覺得自己了不起，抬頭看着高天。

過了沒有幾天，倉頡頭上真的長出了兩隻眼睛，成了四隻眼睛的怪人了。倉頡卻不覺得奇怪，仍然傲氣十足。回到家裏，媳婦和他說

話也不愛搭理了。咦？這人怎麼會變成這樣？媳婦覺得應該敲打敲打他了。

這天飯後，媳婦一個一個看了倉頡造的那些字，笑着說：「你真聰明！馬、驢、騾都是四條腿，就畫了四點。」

倉頡聽得美滋滋的，頭頂的眼睛放着光，眉下的眼睛閉上了。媳婦笑一笑說：「那麼，這是個甚麼字？」

倉頡頭頂上的眼睛更亮了，嘲笑地說：「我不是對你說過嗎？你真笨！記住，這是牛字！」

「牛字？不對吧，牛不是也有四條腿呀？」媳婦裝着不解地問。

倉頡頭頂的眼睛閉住了，眉下的眼睛睜大了，看着牛字，心想，弄錯了，牛怎麼成了一條腿呢？

正想着，就聽媳婦說：「哈呀，你怎麼讓魚也長了四條腿呢？」

倉頡眉下的眼睛睜得更大了，可不，只怪自己粗心，把魚和牛弄顛倒了。他抬起頭，看媳婦一眼，辯解說：「錯是錯了，不是智者千慮也有一失嗎？」

媳婦點點頭，說：「這我理解。」說着，又指着「出」字問倉頡：「這是個甚麼字？」

倉頡答：「出字。」

媳婦搖搖頭說：「不妥吧，兩座小山摞在一起應該是『重』吧！」

倉頡張大嘴不知該怎麼回答，緊接着又聽媳婦說：「我再問你，這是個甚麼字？」

倉頡答：「重字。」

媳婦看了看，又說：「這字也不妥，我覺得應該是『遠』字。你想，『千』和『里』放在一起，還不遠嗎？」

媳婦說得倉頡抓耳撓腮無言回答，臉也憋紅了，頭頂上那兩隻眼睛閉得緊緊的，哪裏還敢睜開呢？

　　見倉頡不再爭辯，媳婦輕聲說：「你造了字，給眾人辦了大事，大家尊重你，是眾人明理，你不應該看不起大家，驕傲自大呀！再說啦，這造字可是件千秋萬代的大事，你怎麼能這麼含糊嘞！」

　　媳婦的話字字在理，倉頡聽在心裏，細細琢磨自己，這才看到自從造字出了名，是有點自高自大，滿不在乎了。這以後，倉頡收心歸意，永遠閉上了頭頂的眼睛，認認真真造字，謙謙和和待人。他造的文字越來越好，越來越多，一直流傳到了今天。

❝作者手記❞

　　記載倉頡造字的典籍很多。《世本》載：「倉頡天生，德於大聖，四目靈光。」《論衡‧奇怪》載：「倉頡作書，與事相連。」《路史前紀》載：「創文字……天為雨粟，鬼為夜哭。」民間傳說也很多，此文博採眾長，重新組創。

黃帝平定天下

崑崙神會

崑崙山上的那次神會可以說是空前絕後的。

鑼鼓震得山巒峯巔一個勁地搖，弦樂奏得輕風淡雲斂住氣地聽，舞裙飄得彩霞紅霓定住神地看。這情景哪是人間能比的？

是不能比，這是天庭盛會，是中央天帝黃帝召集的。鼓樂聲中，彩旗飄揚，一路車馬浩浩蕩蕩過來了，畢方鳥在前頭開路，青身如鶴，斑紋紅褐，卻長着人的頭。這就夠怪了，而那人頭上又長的是潔白的鳥嘴。更怪的是這鳥只有一隻腳，走起來蹦蹦跳跳，搖搖晃晃。畢方鳥後面是一隻長鼻子大象，鼻子柔得如綢似帶，舞上舞下，顯得那笨重的身體越發笨重了。這笨重的大象，拉着一輛珠光閃耀的寶車。寶車後六條蛟龍懸空騰飛，與六隻鳳凰旋舞呼應。時而鳳凰飛進雲端，時而蛟龍舞動彩霞。寶車緩緩行進，威風凜凜。

這威風凜凜的寶車中坐着主管天地大事的黃帝。這黃帝管得寬，長得也怪。管得寬是東西南北，天上地下，鬼神人間，無所不管。長得怪是，別人都是一張臉，他呢，前後左右，四面都是臉。也就是說，別人看前面的時候，他四面八方都看得見，聽得到，所以就上知天神，下曉子民，還了解陰間的鬼怪。神、人、鬼的一舉一動都逃不出他的眼睛。就這，黃帝還怕誤了繁多的事情，他給自己配了四位助手，也就是東西南北的四方大帝。今天這盛會，四方大帝都集聚崑崙了。

黃帝寶車後是掌管春天的東方大帝太昊，只見馬奔輪動，車駕飄飛，車無冠蓋，座位是茵綠的春景；護駕的是木神句芒，手持圓規緊跟車後。東方大帝後面是掌管夏天的南方大帝神農，身材瘦高，長鬚飄飄，車座是百花喧鬧的勝景；護駕的是火神祝融，手持秤桿，頻頻

晃動。南方大帝後頭是掌管秋天的西方大帝少昊，面紅齒白，雙眼閃光，車座是結滿碩果的秋景；護駕的是金神蓐收，手持曲尺，不時舉高。最後一位是北方大帝顓頊，臉白如粉，髮黑如漆，車座上是白雪無垠的冬景；護駕的是海神禺強，手持秤錘，穩步緊隨。一時間，崑崙天街車輪滾滾，祥雲繚繞，熱鬧得宮廷仙宅，門空屋寂，都簇擁觀景來了。

趁着東方大帝去崑崙赴會，惡鼓藉機出了一口惡氣。惡鼓是鍾山山神燭龍的兒子，名字本來叫鼓。只因經常仗着父親是山神欺負平民，為非作歹，大家都叫他惡鼓。惡鼓作惡的事很快傳到東方大帝的耳朵裏，就派天神祖江暗中察訪他的罪行。惡鼓知道後十分生氣，卻因害怕大帝治罪忍氣吞聲。太昊一走，立即下手，竟悄悄地把察訪他的祖江殺了。刀進肋間時，祖江慘叫一聲，這一聲沒有白叫，進了黃帝的耳朵。黃帝定睛遠望，這惡鼓真是膽大妄為，竟敢殺死天神。他一招手，派人下去，捉了惡鼓，就地割了他的頭。

這事剛了，黃帝又聽見一聲慘叫。抬頭看時，吃了一驚，天神貳負殺了另一位天神。這兩位天神都是蛇身人面，本是同根共祖，卻因一個叫子危的奸臣挑撥，同室操戈，貳負居然還傷了對手的性命。真真可殺！黃帝又在行進的寶車上派人捉拿天神貳負和奸臣子危，也依法問斬。

連續發生的兇事，引起了黃帝注意，神界都這麼混亂，那人間該是甚麼樣呢？他注目了一下鬼怪，一個個肥頭大耳，膀闊腰圓，莫非他們經常在人世為害？他立即派神荼和鬱壘兩位神仙下山，奔赴東海之濱。

東海邊上，有座高山，名叫桃都山。桃都山上，有一棵大桃樹。大得我們現今無法想像有多大，它的枝幹托起巨大的樹冠，一下子蔭蓋了三千里的地面。地面上百獸不見，只有一羣羣歡蹦亂跳的老虎。神荼和鬱壘領了命令，就來到了桃都山上，守候在樹幹和樹冠連接的

枝枒間，這裏就是鬼門關。對了，那闊大的樹幹上還站着一隻公雞，每天太陽快升起的時候，大公雞就引頸高叫，一叫，那些晚上下到人間的鬼怪都匆匆忙忙回來了。回不來的，太陽一照就會被光焰曬乾殺死。往日，過鬼門關暢通無阻，怎料這日會有天神把守。一個青面獠牙的厲鬼放縱慣了，邊走邊啃食人的心肝。兩位神仙撲了上去，用蘆葦繩捆了手腳，扔下了桃樹。頓時，樹下的一羣餓虎全擁上去，這厲鬼成了老虎的早間美食。

黃帝看見神荼和鬱壘盤查得十分認真，放下心來，端坐寶車，悠然前進。他耳聽鼓樂，眼觀仙舞，考慮如何和四方大帝治理好萬事萬物。

蚩尤作亂

崑崙山上，黃帝召開的四方大帝神會正要結束，忽然覺得耳朵裏鬧鬧哄哄的。凝神一聽，雜音來自南方。南方怎麼了？馳目一看，萬里情景就在眼前。哎呀，有人叛亂了。

反叛的人是蚩尤。蚩尤雖然是神農的後代子孫，可身上卻沒有一點神農的溫順和善良。他長得就像個怪物，人身子，牛蹄子，一張臉，四隻眼。頭上沒有長角，耳朵邊的頭髮卻又硬又長，像是匕首。這怪物，吃五穀雜糧不充飢，吃禽獸肉血不飽肚，竟然將石頭、鐵塊當飯吃。

吃得硬朗，長得也硬朗，刀槍劍戟不入身，風雨雷電都不怕。蚩尤身邊集攏了八十一個小弟兄，都學他的樣子，吃石頭，練功夫，都練得銅頭鐵額，一身硬肉。

蚩尤和這幫弟兄，不耕田，不打獵，整天在山野閒來蕩去。偶然哪裏有了猛虎傷人，蚩尤兄弟也會出手相救，打死猛虎，救出就要成為猛虎口中食的人們。如此一來，還真有不少人擁戴蚩尤。

　　蚩尤見擁戴的人不少，頭腦發熱了，也想當南方大帝。於是，帶着弟兄們進入深山，開山採石，尋礦冶煉，很快找到了銅礦，煉出了銅塊。他用這銅塊，製矛鑄劍，造了不少兵器。

　　兵器製成的這天，蚩尤激奮了，弟兄們也激奮了，呼喊聲漫山遍野，讓人們覺得像是天上爆響霹靂，地上排山倒海。這聲響，越來越近，直撲神農帝宮。蚩尤造反了。

　　黃帝就是這時覺得耳中亂糟糟的。他連忙散會，囑咐神農立即趕回去平息叛亂。神農聽了，不敢懈怠，攜了助手祝融直奔南天而來。

　　不一時，他們便回到帝都。正要落地，只聽耳邊聲音轟鳴，連忙喊來一桀祥雲，在上頭立腳站穩。仔細看時，蚩尤已坐在寶殿上，擊鼓鳴金，判理人世案情。乘着祥雲飄進宮去，神農面對了帝座上的蚩尤。蚩尤四目圓睜，鬢髮直豎，一副小人得志的樣子，全沒有把這位德高望重的大帝放在眼裏。

　　神農見狀，好言相勸：「你想當大帝，這事不難，老朽年邁體弱，精力不濟，待我稟明中央天帝，容他主持禪讓禮儀！」

　　蚩尤卻哈哈一笑，笑後輕蔑地說：「誰要你禪讓帝位，現在我就是大帝了，你算老幾！」說着，又是一陣放肆的大笑。

　　神農按住火氣，平心勸說：「你可以把老朽不當回事，但是不能不把黃帝放在眼裏。」

　　蚩尤咬牙切齒地說：「黃帝，黃帝怎麼了，他那位置也是我的！」

　　說着，喝令弟兄：「拿下這老賊！」見勢不好，祝融連忙呼喚祥雲飛升，倏然飄上天空。

　　蚩尤弟兄沒有捉住神農，十分惱火，追出宮來，大聲叫罵，揚言要殺上崑崙，搗毀黃帝天庭。

　　正罵得上勁，黃帝帶着天兵天將趕來了。黃帝知道神農性情溫順，難以降伏蚩尤這亂賊，匆匆整點人馬，奔出崑崙。蚩尤的狂言，激怒了黃帝，他真想動用兵將，捕殺這孽種。可又想一旦發生戰事，

少不了傷害無辜平民，便強按怒火，平心靜氣地規勸蚩尤：「天有天命，人有人規，就是鬼怪，也知道個法度。你要當人帝，總得懂些世間的規矩禮法吧！」

蚩尤混罵：「甚麼規矩禮法，還不都是你的屁話！」

黃帝氣得臉色鐵青，仍然平定心氣說：「我有過錯，你儘管說來，但千萬不要辱罵天命！」

「哈！哈！哈——」蚩尤一陣狂笑，厲聲喊道：「待我殺了你這老賊，我的話就是天命！」

喊着，命令他那羣弟兄：「快給我拿下這老賊！」

一場千秋聞名的大戰就這麼爆發了。

風后解圍

蚩尤一聲令下，漫山遍野響起了吶喊。

吶喊聲從四面八方爆出，如雷聲轟鳴，經久不息。隨着喊鬧，蚩尤人馬已將黃帝兵將圍在了當中。

黃帝急忙命令將士從天路飛升突圍，可是晚了，蚩尤不知行了甚麼妖術，天上落下厚厚濃霧，霧幕將他們覆蓋，哪一位也飄升不上去了。

黃帝急忙命令將士從山路攀登突圍，可是也晚了，濃霧鋪天蓋地，越降越低，將四野籠罩了個嚴實。他們不識東西，不辨南北，哪裏還找得見山路呢！

眾臣和黃帝一樣，急得抓耳撓腮，不知如何應對才能戰勝妖術，突出重圍。大家你看我，我看你，一個個愁眉緊鎖。

唯有一位大臣仍然穩坐在戰車上，雙目微閉，屏息斂氣，靜心養神，身邊發生的事好像和他沒有關係。黃帝看了一眼，不免有些生氣。這是他巡視黃河岸邊時帶回的寵臣。那日，此人在河邊種地，赤身淌汗，卻怡然自樂，揮鋤高歌：

上天圓圓，

下地方方。

生在盛世，

幸遇明王。

黃帝走上前去，見這耕夫相貌堂堂，氣宇不凡，不勝欣喜，這哪裏是耕夫，分明是位賢人。於是，就請入天宮，封為風后。豈料風后這麼不爭氣，平時精眉溜眼，如今大難當頭，急於用人，他卻昏昏欲睡，太不夠意思了！

伸手搖醒他，他迷迷糊糊看了黃帝一眼，輕聲說：「帝莫着急，千萬不要壞了胸中的大計。」

說完又微閉雙眼，靜心而臥。

黃帝一見這樣，還敢指望他有甚麼大計？於是不再理睬他，轉身和各位大臣繼續商量突圍的良策。

這位說：向西，西面是山路，上到山頭，居高臨下，有追兵也不怕，定能打他個落花流水。

那位說：向東，東面是平川，平川路好走，跑得快，敵兵想追也追不上，定能衝出重圍。

黃帝聽得暗暗失笑，禁不住說：「哪裏是西，哪裏是東？」

眾臣一聽，對呀，大霧彌天，分不清東西南北，往哪裏是好？當務之急是辨認方向呀！可是，方向如何辨別，大家都一籌莫展。

周圍的吶喊聲又吼叫起來，而且，越吼越響，蚩尤人馬步步迫近，情況十分緊急。

黃帝揮舞寶劍，站在戰車上高喊：「衝出去，衝出去！」

天兵天將跟着黃帝的聲音，齊聲吶喊：「衝出去，衝出去！」

前來助戰的黑熊咆哮着助威！

前來助戰的猛虎吼叫着助威！

激烈的衝鋒開始了，車轔轔，馬蕭蕭，將士奔湧，如江河怒濤，衝呀，殺呀，可是衝殺了老半天，只在原地轉了個大圈。轉來轉去，轉不出迷霧，更衝不出蚩尤的重重圍困。

將士們泄氣了。

黃帝也無奈了。

恰在這個時候，有人喊了一聲：「有辦法了！」

黃帝同各位大臣順着聲音看去，是昏睡的那個風后在喊叫。

轉眼工夫他已判若兩人，跳下戰車，滿臉興奮，眼睛裏閃動着亮光。風后幾步奔到黃帝面前，忙說：「天帝，我們造一輛能認準南北的戰車，帶領大家突圍！」

黃帝問：「拿甚麼辨認方向呢？」

風后又進前一步，比劃着說明，黃帝聽懂了，眾臣也懂了。風后是說用他們發現的磁石造車，按照天上北斗星的運行方式，不論北斗星怎樣運轉，斗柄都紋絲不動。這樣，就可以照着戰車的指針，識別東西南北。主意有了，造車不難，天神中有的是能工巧匠。這邊天兵天將和蚩尤人馬周旋，那邊工匠連忙製造，很快一輛戰車造好了。

戰車沒有甚麼特別的地方，只是裝上了一個小仙人。小仙人手指的方向總是朝南，大家喊它仙人車。

仙人車在前頭奔跑領路。

黃帝在寶車上揮劍開道。

天兵天將列隊緊隨，猛衝，猛殺，不一會兒，眼前的霧就淡了。將士們激情更烈，衝擊更猛，不一會兒，眼前突然開闊，天藍、地平、山高、水清，衝出了霧幛。

回頭聽聽，蚩尤人馬仍在霧幛中喊殺不止。

眾將士看着仙人車興奮得比比劃劃，讚不絕口。這車一直流傳下來，後來叫成了指南車，還有人仿照它製造出了指南針。

女魃出陣

黃帝率領將士衝出迷霧，趁着天空闊曠，騰雲駕霧回到天庭。稍加休息，即整頓兵馬，獎賞功勛。風后當然是得了頭功，被眾人百般讚頌。

黃帝卻憂心忡忡。這一戰若不是風后急中生智，造出仙車，真可能全軍覆沒。自己失去帝位事小，要是讓蚩尤執掌了天下，神鬼人都難有好光景過了。越想越氣，黃帝發誓要除掉蚩尤，安定四方。可是，靠誰消滅蚩尤呢？想來想去，他想到了應龍。

應龍是條神龍。神龍當然不是普通的龍。普通的龍長得牛頭馬面蛇身子，雞爪魚鱗蝦尾巴。應龍也是這樣，卻還多了兩隻鳳凰翅膀。普通的龍只能在海裏興風作浪，應龍卻能在天空播雲佈雨。黃帝便想藉應龍的神力打敗蚩尤。

再說蚩尤率兵在霧幛中漸漸合圍，陣陣縮小，終於從周邊聚攏到了中心地帶。沒料到卻和自家的兄弟撞了個對臉，黃帝兵卒連根汗毛也不見了。鐵壁般的圍困中怎麼會逃走這夥天賊？蚩尤十分惱火，把手下的小弟兄叫來罵了個狗血噴頭，然後下令，快速追趕。隨着一聲命令，兵馬走卒向崑崙潮水般擁來。

這邊黃帝將士剛喘了口氣，就有神衛急忙進來報告，蚩尤兵馬殺來了。告急的神兵剛出宮，又有探神稟報，蚩尤大兵列陣山前，正在鼓噪叫罵。其實，這一切已被長着四張臉的黃帝看了個一清二楚。沒有出宮應戰，是為了避其鋒芒，攻擊不備。

蚩尤兵士連叫帶罵，喊鬧了一個時辰，不見山上兵將應戰。他們以為黃帝吃了敗仗，龜縮在宮中不敢出來，便坐在地上歇息。忽然山門洞開，殺聲滔天，天兵天將洶湧衝出，為首的龍身鳳翅撲面而來，正不知是何怪物，就覺得頭上細雨撲面。萬里奔波，蚩尤人馬汗熱身燥，天降細雨，恰好洗塵。不少弟兄叫嚷：舒服！痛快！哪料，叫聲正酣，細雨變成了暴雨，先是拳頭大的雨點往下砸，接着，那雨如

盆潑桶倒，轉眼地上積水成池。人馬都泡在了水中，冷得直哆嗦。立時，人尋遮掩，馬奔高地，人驚馬，馬踩人，混亂成一鍋亂煮的粥。

蚩尤按住驚魂，仔細一看，認出是應龍作亂，連忙高聲喝喊，穩定軍心。可是，人擠馬踏，聲音嘈雜，哪裏聽得見他的命令。眼看大敗已成定局，突然，他想起了風伯、雨師，急令二位呼風喚雨。

應龍作雨擊敵的時候，黃帝坐在崑崙山巔，看得拍手稱快。如此乘勝追擊，定會一舉全殲蚩尤亂寇，因而下令，全軍出擊，頓時，如排山倒海一樣，萬千兵馬直撲敵陣。可是，就在這時，那雨居然飄灑過來，淋到了自己陣營。再看應龍，仍然賣力地作雨，而且是在蚩尤頭上呀！俯首低觀，不好，應龍身下出現了個怪物，說是鹿，卻是鳥頭；說是鳥，卻是牛角；說是牛，卻身長豹紋；說是豹，卻是細長的蛇尾。那鳥嘴一張，蛇尾一搖，便呼呼生風。風一吹，那應龍辛辛苦苦噴吐的雨水全颳到自家隊伍中來了。原來這是風伯作亂，把應龍的雨吹變了方向。

黃帝忙令應龍收兵回營。應龍聽令，飛回山巔仙台，方才雲散雨住天晴。要是再下一陣雨，說不定自家也要陣營亂套。只是這麼一收雨，蚩尤亂寇也穩住陣腳，重整隊列，準備反撲。黃帝正考慮退敵之策，卻見天上飄來雨絲，正想這雨從何方飄出，那雨已成瀑布急流，萬千兵馬立時變成了河中魚蝦。這又是何種鬼怪播雨？黃帝問眾臣，誰也不清楚。還算應龍神力廣大，穿過雨幕，飛進雨源，看清是一條小蠶吐水。這不是雨師嗎？正是。可應龍知道自己神力與他相等，只能佈雨，不會收水，沒有一點奈何。飛回山巔，告訴黃帝，大家都急得團團轉。眼見得自家兵卒在水中顛，在浪中漂，一個個跌入深淵成為冤魂，怎能不急！可是，急也救不了性命，也扭不轉危局！

黃帝急得一跺腳，高聲長喊：「蒼天，救我——」

說也奇怪，黃帝腳一跺，雨停了；嘴一喊，水沒了。而且，鮮紅的太陽馬上穿過雲層飄落下來，落呀，落呀，落到了蚩尤兵馬的頭頂。

說也奇怪，往日光潔的太陽今日長出了鋒芒，那鋒芒如萬千利箭飛射下來，而且每一支箭都噴着火，蚩尤陣地燃起大火，熊熊烈焰沖天升起。

山巔仙台的眾臣，看得拍手叫好，連連稱快。唯有黃帝半天不說話，許久才歎出一句：「我女兒的神力完了。」

這一聲長歎驚動了眾臣，大家這才注意到一個光頭嬰孩穿梭在蚩尤營中。那不是女魃嗎？是女魃。女魃是黃帝的女兒，平素只說這光頭小女，不講吃喝，不問穿戴，埋頭修煉，神功很大，尤其是擅長收雲息雨，燃火播旱，卻不知道神力竟然能大到這種程度。女兒有這麼大的能耐，父親本應自豪驕傲，黃帝為何出聲長歎？大臣們問時，黃帝才說：「這樣作法，既殺蚩尤亂賊，也傷無辜平民，小女冒犯了天規，再難回天庭了，以後將變成凡胎。」果然，戰後女魃沒能再回到神界，成為遊蕩在地上的旱魔。她在哪裏出現，哪裏就會苗木焦枯，顆粒不收。

這是後話，話說眼前，蚩尤人馬屁滾尿流，潰不成軍，遠遠逃出數千里才穩住陣腳，收拾殘兵傷將。別的將士傷殘不說，蚩尤竟燒傷了顏面，兩隻眼睛成了血紅的亮洞。他氣急敗壞，往鍾山一靠，山巒顫了幾顫，對着顫動的山巒，蚩尤發誓：「黃帝，你就是大山，也要把你推翻。」

夸父追日

女魃幫助父親打敗蚩尤後，蚩尤很久閉門不出，居宮養傷。黃帝本應率領將士追殺過去，徹底消滅蚩尤，可是，連續殺鬥，自己也損傷好多兵馬，需要整頓補充。再者，每回戰鬥，血流成河，死傷無數，黃帝很是心疼，實在不願再動干戈。他盼望蚩尤能自己覺醒，放下武器，讓大家共同過太太平平的日子。

蚩尤卻不是這般心思，戰敗後時刻準備東山再起，報仇雪恨。他一邊養傷，一邊招獸納鬼，擴充兵馬。兵馬招了一些，既有牛鬼蛇神，也有魑魅魍魎，數量不多，殺傷力也不強。南方地廣人多，神鬼也多，可一聽是作亂的蚩尤招兵，願意去的極少。因而，招兵場上成天冷冷清清。

敬酒不吃就給罰酒吃，蚩尤下令派將抓兵，大臣進來稟告，成都載天山上有夸父族，何不把他們徵來參戰？蚩尤一聽，兩眼放光，拍大腿連聲說：「好主意，好主意！」因為夸父名聲大，誰都知他膽量超羣，勇猛過人，族人還會有軟骨頭嗎？

說起夸父，可真是個了不起的人物，身高數丈，腰闊數尺，伸手能摘天上的星星，彎腰能撈海裏的魚鱉，好多天神都羨慕他的英雄氣概。夸父也確實是位英雄，那時候，地上空曠荒涼，毒蛇猛獸橫行，人們活得十分艱難，時常被蛇咬獸吞傷了性命。許多人躲在穴洞僻溝不敢露頭，偶爾出去採點吃食也驚驚慌慌的。只有夸父不怕毒蛇，也不怕猛獸。碰見毒蛇，他不怕、不跑，瞅準了一把抓到手裏，捏住尾巴揮呀揮，揮得毒蛇暈頭轉向，直喊饒命。夸父不再揮牠，將牠繞在頭上，牠乖乖的，一點也不敢亂動。夸父降服了毒蛇，又去捕捉猛獸。起初，豹子見了他，張牙舞爪，向他撲來。夸父不跑、不躲，伸手一捏，那豹子就成了他手中的玩物。他伸臂將豹子舉過頭頂，牠怎麼掙扎也是白費力氣。夸父看着牠冷笑幾聲，一扔，扔到了族人聚居的洞前。豹子摔死了，大家一擁而上，剝皮、抽筋、飲血、吃肉。吃飽了，長了精神，就跟夸父出去打獵，嚇得毒蛇猛獸紛紛逃竄，逃不走的，當然就成了大家的食物。

夸父族征服了野獸，一天天強大起來。

毒蛇猛獸不再威脅夸父族的生存，冷酷的自然卻讓他們難以安生。每到冬天，太陽溜得很遠很遠，載天山上冰雪皚皚，冷得人們凍傷了手，凍壞了腳，緊緊縮在洞窟裏，人擠着人取暖。夸父看着遠方

那一輪小小的太陽忽發奇想，就不能把太陽捉住，掛到當頂，讓它為大夥照亮送暖嗎？

夸父可不是個只想不幹的空想家。

他告別了族人，馬上動身去追趕太陽。

翻過一座山，又翻過一座山，夸父跑得滿頭大汗。

跨過一條河，又跨過一條河，夸父跑得渾身大汗。

頭上的黃蛇怕把他累壞，輕輕地給他吹風。

腳下的枯草怕把他累壞，輕輕地給他送涼。

夸父跑得大汗淋漓，他不敢鬆步，要在太陽升起之前趕到東天邊。

跑呀跑，夸父的步子真大，一步跨過秦嶺，再一步跨過嵩山。

跑呀跑，夸父的力氣真大，一腳搖動華山，再一腳搖動泰岱。

夸父不能再跑了，前面是海，東海，一望無垠的海水靜靜地平躺在墨藍色的長天下。天色墨藍，水色墨藍，無邊無際的墨藍將夸父阻攔在大海前頭。夸父急壞了，在海邊蹬了一腳又一腳。

一腳下去，東面低窪，西面高聳，大地變了面貌。

一腳下去，南水回頭，西水東流，大河變了面貌。

從此，山河再沒有變回原來的樣子。

夸父隔着海水看見了太陽。太陽剛剛露了半個臉，東面天際噴薄出一縷縷霞光。海水也變了顏色，波浪浮動着燦燦的金色。

夸父隔着金波看見了太陽。太陽躍出東天，圓圓的，紅紅的，嫵媚可愛。海水成了金燦燦的大澤，五顏六色，光燦照人。

海水迷人，霞光醉人。

夸父卻視而不見。他一門心思考慮怎麼能把太陽捉住，給族人送去亮光和温暖。他還沒有想出辦法，太陽已離開海天，向西面攀升。高了，更高了；快了，更快了。夸父連忙撒開大步，瞄着太陽，飛一樣追去。他要在太陽落山時將它摟在懷裏。

正午，夸父跑到了太陽前頭。他餓了，撿石支鍋，煮飯飽肚，連忙又追。傳說他支過鍋的石頭成了三座山，就在湖南沅陵一帶。

午後，夸父奔跑在西方大漠，鞋裏灌進了沙粒，他停住步，脫下鞋，倒出沙粒，急忙又追。他倒沙粒的地方堆成了一座山，現在甘肅涇川有「振履堆」。

快到禺谷了，太陽將在這裏落下，準能逮住它。

趕到禺谷了，太陽正在這裏落下，一個又紅又亮的火球向夸父的懷抱飄來。夸父張開雙臂迎着太陽飛過去，好亮呀，眼前陣陣閃光，耀得眩暈；好熱呀，渾身熱浪灼燙，燙得眩暈。夸父頭暈眼花，倒在了地上。

天黑了，夸父沉睡着。天亮了，夸父沉睡着。

睡了好久好久，夸父醒過來了。他口渴極了，胸中烈火燃燒，好像就要把整個身子燒光焚焦。他往前一爬，伏在水中，一口喝光了黃河；再往前爬，伏在水中，一口喝乾了渭河。夸父太渴了，仍然焦渴難忍，他往北移步，要去雁門關外的大澤喝水。那裏的水最甜最美，鳥雀都在大澤喝水產卵傳播新的生靈。大澤的水一定會解渴。夸父急步趕去，奔過華山，剛至靈寶，卻再也走不動了。他轟然倒了下去，化為泥土，變成了大地。後來，在夸父倒下的地方長起了一片桃樹林，每到春季，粉紅粉紅的桃花塞滿了天地間，人們稱這地方是「桃林塞」。因為夸父姓鄧，也有人叫它鄧林。這當然是後面的話了。

當下要說的是，夸父族的人繼承了先祖夸父的膽量氣魄，一個個堅強如鐵石，英勇似虎豹，成了名揚天地間的英雄家族。

可惜，這英雄家族離南方大帝太遠，不明白蚩尤的底細，聽說大帝召喚出征，哪有膽怯不出的道理。就這樣，受人敬佩的夸父族人竟然鑽進蚩尤的大旗下去征討黃帝了。

夔鼓破敵

蚩尤收編了夸父族的人，讓黃帝大吃一驚。

蚩尤招兵擴軍的事，黃帝一清二楚。本應派個神仙下凡勸阻人們入伍，但轉念一想，蚩尤燒人放火，作惡多端，人神皆知，誰會棄明投暗，替他賣命呢？萬沒料到，蚩尤會跑到載天山收編地處偏僻的夸父族人。黃帝後悔極了！一來怕蚩尤隊伍壯大，捲土重來，少不了一場惡戰；二來怕無辜的夸父族人上陣衝殺，流血喪命。他不知該怎樣指揮將士上陣破敵，黃帝好不為難。

這晚，黃帝心煩意亂，不等月上中天便早早躺在臥榻上睡着了。剛一閉眼，榻前走來一位金衣神童。神童不言不語，扶起他披衣穿鞋，出了宮殿。夜色寂靜，月光朗照，一出宮廷神童飄飄然飛了上去，黃帝緊緊跟隨飛上了中天。

神童飛行很快，穿過絮雲，穿過羣星，不一會兒來到了一座富麗堂皇的宮殿。黃帝一看眼熟，這不是西王母的別墅嗎？走進去，果然是。

西王母已端坐在寶椅上等他了。黃帝伏地，磕頭跪拜，然後平身侍立，就聽她問道：「為甚麼事情煩愁，食不甘味？」

黃帝如實稟告：「蚩尤收編了夸父族人，無辜平民若是上陣，我軍退卻必然被打敗，攻殺吧，又不忍心殺傷他們，故此猶豫，請聖母指教。」

王母聽了，微微一笑，說：「我命九天玄女授你破陣兵法。」

話剛說完，神童已引進一位風姿綽約的仙女。她頭上翡翠閃耀，身上衣裙飄舞，臉有笑意不露聲，腹有經綸不吐言。黃帝正想這肯定是九天玄女，玄女已近前來遞給他一卷兵書。黃帝低頭一看，封面上寫着《陰符經》，正是攻無不克，戰無不勝的兵法。黃帝大笑，連忙低頭拜謝，抬頭時，滿眼漆黑，仍然躺在臥榻上，原來是做了個夢。

　　挑燈一看，手中握有一絹，絹上針跡如字似畫，莫非這就是九天玄女授傳的兵法祕旨？請來風后，說明夢境，風后高興地說：「蒼天授意，戰勝蚩尤。」說完，君臣展開絹書細細觀瞻，終於辨明八個大字：虛虛實實，真真假假。

　　看畢，君臣大喜，破除蚩尤有了妙計。當下，黃帝和風后按照九天玄女的祕旨鋪擺了陣法。總設九陣，共置八門，內有三奇六儀，陰陽二道，卻可變化出一千八百陣。

　　二位挑燈商量，一直比劃到月落星散，晨霞當空。

　　第二日一早，風后即指揮天兵天將佈陣演練。

　　這邊演練剛熟，那頭殺聲遍野，蚩尤大兵到了。黃帝領兵禦敵，戰過三七二十一個回合，將士體力漸漸不支，只好撤出戰場，敗退涿鹿闊野。蚩尤兵卒士氣正旺，尤其是那夸父族初次參戰的弟兄，初戰奪勝，心氣高傲，緊追敗兵，窮追不捨。沒有想到，兵到涿鹿，全部鑽進了九天玄女祕授的迷魂陣。

　　陣中曲轉直，直轉曲，曲曲折折轉昏了頭，轉迷了眼。只聽見黃帝將士的熙攘聲，就是捕不到蹤影。越捕不到，越急迫，越急迫，越緊追，風風火火繞進迷宮出不來了。

　　蚩尤性情暴躁，火冒竄天，有力無處使，有氣無處發，怒髮倒豎，耳邊那幾支剛剛重新長出的頭髮氣得抖動不停，抖也白抖。

　　黃帝沒有急着和蚩尤拚殺。在蚩尤身陷迷陣後，他命人製作了一面用夔皮蒙製的大鼓。夔獸是東海流坡山的妖怪，像牛頭上沒有角，像馬只有一條腿，吼叫起來，那聲音卻大得讓天欲裂、地發抖。這樣一種妖怪怎麼能捉得住呢？說也奇怪，夔獸是自己闖入黃帝營帳的。黃帝見了，不知這是甚麼怪物，怎樣闖進來的，就聽見牠低聲言說：「剝夔皮，製巨鼓，破蚩尤。」

　　說完，倒地死去。肯定是神靈相助。黃帝含着眼淚請鼓師剝了牠的皮製造鼓。

更為奇怪的是，鼓未製成又來了個龍頭人身的怪獸，自稱是雷池中的雷神。雷神聲大似雷，一拍肚子就霹靂轟鳴。雷神進了黃帝大帳，也唸唸有詞：「抽雷骨，做鼓槌，破蚩尤。」

說完，長體躺地，馬上斷了氣。這又是神靈相助。黃帝雙眼流淚，哭夔獸，哭雷神，哭也無法讓牠們死而轉生了，因而，又請鼓師剔開牠的骨頭製造鼓槌。

再說，蚩尤在陣中轉了幾天，轉得昏頭暈腦，暴躁動怒，恨不能揪住黃帝和他拚個死活。忽然，看見了黃帝的戰車，立即率兵緊緊追趕。黃帝卻走得從容不迫，蚩尤惱怒心急，飛快迫近，眼看揮矛就能刺到黃帝後背了，那戰車突然轉了個彎，往右拐去。蚩尤車速飛快，未能拐彎，向前直衝，一下跌進了陷阱。

此時，山崩地裂，狂風怒吼。蚩尤覺得天在塌，地在翻，頓時，肝膽出血仰面倒臥，昏迷了過去。風后帶人撲入陷阱，用刑枷銬緊了蚩尤。那山崩地裂般的聲音是夔鼓發出的。蚩尤的魑魅魍魎聽見了，也嚇得亂跑亂竄，陷入迷陣的大軍越發混亂不堪。夸父族人雖然英勇，也驚得魂飛魄散，不知所措，擠擠撞撞直往前竄。

正撞間，前面的族人不動了。只見當路豎着一根高杆，杆上綁着一個人身牛蹄四隻眼的青面怪獸，這就是蚩尤。族人驚呆了，正要轉身逃走，只聽高杆旁的戰車上有人高喊：「夸父族人不要慌，你們無罪，是被蚩尤矇騙來的。蚩尤作惡，禍害眾生，理當問斬。斬了蚩尤，天下太平，你們快回家吧！」

這喊話的人就是黃帝，喊完下令，斬殺蚩尤。

手起刀落，蚩尤頭滾了出去。大家怕他再生妖禍，將他的頭埋在北方，將他的身子埋在了南方。

蚩尤死了，夸父族人，還有其他平民，一鬨而散，解甲歸田。

蚩尤死了，卸掉的刑枷，扔在荒野，那地方長出了一片楓樹林，楓葉上帶着紅紅的斑點，眾人說那是蚩尤的血。

獨戰刑天

黃帝肢解蚩尤後，高歌凱旋。將士們一路吟唱，朝中央天庭緩緩走來。將士興奮，黃帝也興奮，安坐寶車謀劃着祝捷神會。

忽然，山巔跳下一條大漢，肩披濃髮，光腳赤臂，一手搖晃利斧，一手緊握盾牌，圓睜的怒目，射出兩道寒光，口中厲聲喝道：「黃帝，留下頭顱！」

風后認識，這是南方大帝神農宮中的樂臣，怎麼竟然成了武林鬥士？風后沒有看錯，壯漢正是樂臣，平生把音樂當作生命，常常鼓樂忘食，吟曲廢寢。在太平的年月，他天天彈琴，日日吟曲，如痴如醉，人稱醉樂。醉樂作的《扶犁》，人們廣為傳唱：

> 人扶犁，
>
> 牛耕地，
>
> 翻開黃土撒種子。
>
> 人扶犁，牛耕地，
>
> 黃土長出好日子。

眾人唱着《扶犁》舞鞭耕田，苦累也成了樂趣。到了秋收，果實滿倉，禽獸盈欄，於是，人們又擊鼓跳舞，高歌醉樂的另一首曲子《豐年》：

> 春種一粒籽，
>
> 夏播千滴汗。
>
> 日出去種田，
>
> 共享豐收年。

那時候，醉樂經常對酒當歌，而每次飲酒作樂總少不了蚩尤參與。蚩尤不懂音樂，卻擅長喝酒，對酒豪飲，只飲不醉，可以說是醉樂的酒肉朋友。自從黃帝和蚩尤開戰，天下大亂，日月顛倒，眾生性命難保，哪裏還有歌舞作樂的雅興？少了樂曲，就像抽了醉樂的筋，

勾了醉樂的魂。剛開始，他茶不思，飯不進，整日鬱悶；後來，火上腦門，燥鬧心胸，坐臥難寧，四肢癢動。堂堂的樂臣居然持盾舞斧，在山野狂奔，眾人都說醉樂成了魔人。

魔人吃飯不知飢飽，睡覺不問顛倒。翻山越嶺，當作跳舞；橫臥澗旁，自當聽樂。漸漸鬚髮垂掛，裸體赤身，不僅着魔，而且狂野了。魔人攀崖過澗，如走平地；鬥狼斬熊，斧到則勝。這一天，聽到黃帝肢解了蚩尤，怒氣沖天，竟然跑來鬧事了。

風后見魔人口出狂言，立即佈陣將他團團圍定，就要擒拿。黃帝卻走下戰車，搖手制止。他上前一步，柔聲發問：「樂臣為啥發怒？」

魔人不回答黃帝的問題，卻一揚利斧，挑釁道：「可有膽量與我一決生死？」

黃帝勸說：「如今蚩尤除掉，天下太平，樂臣可以繼續彈琴鼓歌，為何還要殺伐？」

話未說完，魔人已經揮斧劈來，黃帝退後兩步閃開。眾將士要合圍擒拿，又被黃帝揚手喝退。

他順手抽出腰間的利劍與魔人廝殺在一起。斧劈劍擋，劍刺盾防，兵器相碰，響叮咣，閃寒光，看得將士們眼花繚亂。

鬥着鬥着，一股煙霧騰然躍起，飛上藍天。就見高空，如鷹擊長空，如電閃雲端，一霎時，驕陽隱去，陰雲密佈，像是要暴雨如注，卻滴水未落，只颳起一陣陰森森的寒風，冷颼颼的讓人想打哆嗦。

鬥着鬥着，兩塊鐵石倏然跌落，跌在闊地，就見地上，如虎豹吞咬，如雷劈電擊，轉眼間，煙霧繚亂，飛沙走石，像是狂風橫掃，卻不見風源，只掠起股股灰濛濛的黃塵，淒厲厲的讓人直打哆嗦。

殺過七七四十九個回合，又鬥過七七四十九個回合，黃帝和魔人勢均力敵，不分高低。風后沒有想到昔日一個撥弦吟曲的樂人竟會有這般高強的武藝，唯恐持久對抗黃帝會心力不濟，遭有不測，因而，抬手一揮，作了個暗示。

突然，山呼海嘯，石破天驚，夔鼓響了，魔人扭頭一怔。就這一怔，黃帝手起劍落，砍掉了魔人的頭顱，只聽得山崖間飛石滾坡，呼啦啦大響不止，那是魔人的頭顱滾過山間的響聲。

魔人掉了頭顱，卻沒有倒下，像一柱山石直直聳立。將士們不再喊他魔人，都叫他刑天，就是斷頭的意思。刑天不辨方向，奔着響動，跳下懸崖，去摸自己的頭顱。他的右手一碰，那突兀的巖石崩塌了；他的左手一碰，那參天的樹木折斷了。溝壑裏，木石橫飛，煙塵瀰漫。

黃帝很是驚奇，還有斷頭不死的怪物？他恐怕刑天摸着頭顱，合上脖頸，捲土重來，連忙跳過去，揚劍一劈，將常羊山斬為兩半。又一揚劍，刑天的頭顱滾進了山縫。然後，黃帝用力一蹬，兩半的山合攏了，那頭顱被壓在了山中。

黃帝躍上山巔，正要收劍，更怪的事發生了。只見那刑天，兩個乳頭變成了眼睛，圓大的肚臍變成了嘴巴，嘴裏呼喊着，又撲殺過來。黃帝正要迎戰，那怪物一躍而過，飛上崑崙山的險峯，揚斧舉盾，巍巍站定，紋絲也不動了。

高高的崑崙峯巔，從此聳立着一位永遠不屈的英雄。

黃帝帶領將士向那高高聳立的英雄低頭鞠躬。

錦絲祝捷

黃帝肢解了蚩尤，就打算召開個神會，祝賀平定天下的大捷。可是，斬殺刑天後，他的主意有了變化。刑天本是個性情溫和的樂臣，卻變成了性情暴躁、無法自制的魔人。怨只怨戰爭既毀了寧靜的世道，也毀了眾生的性情，若是不及時糾正，那天下很難恢復成原來的樣子。這麼一想，黃帝打定主意要辦個仙樂會，用柔美的仙樂神曲陶冶眾生的心性。

仙樂會很快開幕了，演奏的是楓鼓曲。樂曲共為十章，現在還留傳於眾人口舌中的有：雷震驚、猛虎駭、靈夔吼、鵾雞爭，都是對悲壯戰爭的反思，估計後面該是春光媚、月夜思、秋碩圖、天倫樂等抒情悅性的樂章。東西南北各方大帝都來了，濟濟一堂，歡聚觀看，天庭上陣陣歌聲，陣陣笑聲，熱鬧極了。

這夜，演奏完樂曲，月亮落了，天幕深藍深藍的。眾神正鼓掌叫好，忽見半空中亮亮光光，如同白天，甚而比白天還要亮眼。從高空悠悠飄下來一張豔紅的馬皮。仔細看時，馬皮中間裹着一個嬌小的身軀，秀眉巧眼。這不是蠶神嘛！

蠶神的降臨，給祝捷樂會增添歡樂，眾神指指點點，議論紛紛。

原來，這蠶神是一位商人的女兒。商人妻子去世早，與女兒相依為命。商人經商，少不了外出，把女兒撂在家裏很不放心。女兒喜歡駿馬，商人就買了匹歡蹦亂跳的紅馬駒和她作伴。爸爸出門時，女兒在家割草、放馬，日子有了樂趣。

有一回，商人出去好些時日沒有回來，女兒在家想念爸爸，就獨說獨唸：「誰要是把我爸爸迎回來，我就嫁給他！」

話音剛落，紅馬駒就四蹄踢踢，掙斷韁繩，一溜煙跑出廄棚，跑出庭院，沒了蹤影。女兒追趕出來，只看見遠方飛旋着一路灰土。

紅馬駒跑了幾天幾夜，跑進了一個小鎮。小鎮上有個客棧，那兒住着女孩的爸爸。這馬駒真神，一股勁跑到了客棧，跑到了商人面

前。商人見了自家的馬駒，格外驚喜，給牠掃淨灰塵，拴在馬廄裏餵草飲水。紅馬駒在槽頭一刻也不安生，不吃不喝，對着家鄉昂頭長嘶。商人覺得奇怪，莫非家裏出甚麼事了？連忙牽出馬來，騎了上去。商人一騎上，紅馬駒就一溜風似的飛快奔跑，耳邊風聲颼颼，身旁樹影閃閃，山山水水就這麼飛落到後頭去了。

該輪到女兒驚喜了，紅馬駒將爸爸馱回家了。爸爸見女兒平安無事放了心，問起紅馬駒千里奔波的事，女兒說明了因由。爸爸聽了連忙對女兒說：「這是個丟臉的事，千萬不要說出去！」

商人以為此事不聲張就完結了，哪知道紅馬駒可不。商人餵草飲水，牠不理不睬。女兒一來，牠高興地蹦蹦跳跳，又吃又喝。每天都是這個情形，商人心裏不是個滋味，紅馬駒就是匹神馬，也不能把女兒嫁給牠呀！否則，那可真讓鄉親們笑掉牙了。

商人咬咬牙，鐵了心，挽弓搭箭，猛射出去，正中紅馬駒。紅馬駒悲鳴一聲，跌倒在槽頭，死了，還怒目圓睜。一不作二不休，商人剝下馬皮，晾在院子裏，將馬肉挑出去賣錢。

這天上午，商人出去賣馬肉，女兒和夥伴在院子裏玩耍。沒有起風，沒有揚塵，忽然，馬皮飛旋開來，旋呀，旋呀，轉到女兒身上，三轉兩轉就把她裹在了中間。夥伴們正呆看，馬皮飛旋而起，飛過高牆，飛出院子，頃刻間消失在原野的遠處。夥伴們嚇得又哭又喊。這時，商人回來了，聽了孩子們的訴說，驚得目瞪口呆。

商人扔下擔子，追趕出來，朝着馬皮飄飛的地方找去。

找呀找呀，找上了高山，高山上獸在跑，鳥在叫，不見馬皮，也沒有女兒的身影。

找呀找呀，找下了深溝，深溝裏水在流，花在開，不見馬皮，也沒有女兒的身影。

夏日的正午，日亮天暖，商人走得渾身燥熱，覓一片樹陰坐下，歇涼，擦汗。猛抬頭，那不是紅馬駒的皮嗎？他跌跌撞撞撲過去一

看，女兒還在馬皮裏面，被裹得嚴嚴實實，哪裏掙得脫呢？細看時，女兒變了模樣，成了一條蠕動的蟲子，唯有眉眼還有點往日的樣子。嘴裏卻吐着絲，一條一條，又細又白，將她和馬皮緊緊纏在樹上。商人伸出手去剝馬皮，紅馬駒的悲鳴又響在耳邊，分明聽見是說：「回去吧岳父，我和你女兒變成了蠶神。」

仙樂會上，蠶神冉冉降落，手裏捧着兩絞絲。一絞顏色黃得像金子，另一絞顏色白得像銀子。她輕移蓮步，直至黃帝面前，雙手捧上，祝賀征戰大捷。黃帝見了亮燦燦的金絲、銀絲，愛不釋手，連聲感謝蠶神的恩賜。說着，眼前一亮，空中一閃，蠶神騰空遠去了。

第二日一早，黃帝將金絲銀絲交給天后嫘祖。嫘祖見了這輕柔亮麗的絲線，看呆了。好久，好久，才移步出殿，親手將這絲織成了布。這布柔和温軟，光滑豔亮，像天上的行雲，又像地上的流水，比大家穿的那麻布好多了。眾神都說這是絲綢。

這絲綢做成龍袍，穿在了黃帝身上；做成了鳳裙，穿在了嫘祖的身上。主宰東西南北的大帝、天后，更長精神，更見亮麗。

好在天后嫘祖不是個貪圖享樂的貴妃。這絲綢讓嫘祖開了竅，她帶着宮女漫山遍野採桑、養蠶，然後繰絲、織布，從此，世間便多了一種漂亮的衣料。

選賢傳位

黃帝平定天下後，四方安泰，神人樂業。

光陰似箭，歲月如梭。不知不覺中央天帝黃帝已經鬚髮全白，連眉毛也白成了霜花。這一天，上殿議事完畢，黃帝留了風后、岐伯、力牧三位神臣懇切地說：「時光催人老，神也免不了。如今，我已年邁體弱，該物色個繼位的人了。」

力牧接言道：「你為天下殫精竭慮，鞠躬盡瘁，功高如山，恩深似海，選個兒子繼位理所當然。」

岐伯也說：「是啊，你從兒子中選一個吧。」

黃帝聽了搖搖頭說：「安邦治世要有真才實學，光靠老子的功業不行。我以為應該廣告天下，選賢任能。」

三位神臣都說對，於是，議定由風后主持，選拔考試，廣招賢才。

風后辦事認真公正，擬定分文、武、德三科逐步測試，憑成績篩選擇優。文考限時作文，落筆成章，展示治世韜略；武考千鈞弓弩，百步之外，射斷吊物的絲線；德操更為重要，測試內容臨場告訴。隨即將選才的事情公開張榜，告知東西南北，四面八方。

消息傳出，神人共聚，來者成羣結隊，絡繹如流，測試場成了羣英會。選才這日，風后臨場主持，並請黃帝領着岐伯等神臣現場觀看。文考不乏人才，落筆千言，字字經綸，頗見胸中方略。武考不乏人才，揮戈上陣，刀槍、劍戟、弓弩、梭鏢樣樣精通。

可惜，不少文人只能為文，不能比武。不少武士只能用武，不能為文。剩餘能文能武的人整整測試了數十天，優中選優，強中拔強，最後只剩下了兩個人。沒想到這二人都是黃帝的兒子，一個叫玄囂，是兄長；一個叫昌意，是胞弟。黃帝對這結果雖然不滿意，也無可奈何，只好親自出面來測試他們的德行品質。

德試開始，風后宣佈：文、武比試，玄囂和昌意並列頭名，二人又對打比武，還是不分勝負。現在唯有靠德行選能了，誰佔了上風，誰繼主位，居下風者就當助手。

風后說完，黃帝將玄囂和昌意喚到面前，每人交給他們一隻葫蘆，且莫小看這葫蘆，外面閃光耀眼，裏面浩瀚如海，是個稀世珍寶。黃帝囑咐兩個兒子：「每一葫蘆都蓄有河水，開口即流，水寬三丈，一人多深，流過二百里才會乾。從嵩山北坡到東邊的穎水是三百里路程，你們二人從嵩山放水，誰的水流到穎水，誰繼帝位。首次流不到，可以收起水再倒重流。」

玄囂、昌意聽得心領神會，父親說完，他們便凌空飛行，駕雲來到嵩山。站在山頂，憑空遠望，原野開闊，綠禾如氈，心中都萌發了主宰天下的豪情，暗暗要比垮對手。

「嘩，嘩，嘩……」玄囂打開葫蘆，清水滔滔流出，飛速奔流，穿過平川，繞過山嶺，流呀，流呀，剛剛流了二百里，葫蘆裏水乾了。玄囂抓住葫蘆搖來搖去，沒搖出一滴水，只好將水收回來。

「嘩，嘩，嘩……」昌意打開葫蘆，清水滔滔流出，飛速奔流，穿過平川，繞過山嶺，流呀，流呀，剛剛流了二百里，葫蘆裏水乾了。昌意抓住葫蘆搖來搖去，沒搖出一滴水，只好將水收回來。

一次，兩次，三次……每次清水只能流二百里。

一天，兩天，三天……每天清水只能流二百里。

夜色深沉，玄囂心神不寧，怎麼也睡不着覺。他想呀，想呀，想得星星都疲倦得睡了，還是沒有睡着。

夜色深沉，昌意渾身疲勞，倒下身子就睡着了。他睡呀，睡呀，睡得太陽都出來了，還是沒有睡醒。

咚咚咚，屋裏傳來敲門聲。昌意剛坐起，兄長拎着葫蘆進來了，高興地合不上嘴，比劃着對昌意連說有了妙法。

昌意問：「兄長有啥妙法？」

玄囂說：「父親大人說，一個葫蘆的水能流二百里，如果把兩個葫蘆的水匯成一股，就能流四百里，何愁流不到三百里呢？」

昌意聽了，果是妙法，握着兄長的手連連誇好。二人急忙奔上嵩山，打開葫蘆，緩緩放水。兩股細流匯成了一股，水流激盪，滔滔向前，一鼓作氣，流到了潁河。兄弟兩人在山巔看得清楚明白，興奮得蹦跳不止。好一會兒，才想起應該回去報喜呀！

正說着，就聽天空有人說：「我們都看見了。」

抬頭看時，一朵紅彤彤的雲絮上站着黃帝、風后和各位神臣。大家正交口稱讚：「手足同心，兄弟情長。」

回到天庭，父親將兄弟二人喚到跟前，對他們說：「葫蘆放水對你們有甚麼啟示？」

昌意連忙答：「兩個葫蘆的水各流各的流不遠。」

玄囂接着答：「兩個葫蘆的水匯為一體，水大流遠。這裏面有着治理天下的道理，百川歸流，才能匯積成海。」

黃帝聽着，面露喜色說：「對！對！你們兄弟無論誰繼位，無論誰當助手，只要能同心協力，就能保證天下太平，興旺發達。」

那到底誰繼位呢？

昌意說：「兩個葫蘆水歸一流，是兄長的主意，請兄長繼位。」

玄囂則謙讓說：「弟弟年輕有為，繼位最好。」

黃帝見他們都誠心誠意，就讓玄囂繼位，昌意輔佐當助手。選擇一個吉日良辰，黃帝在天庭傳位給玄囂。玄囂將昌意留在身邊經常商討治理天下方略，四方大帝對他們衷心擁戴，盡心辦事。自此，天上人間共同享受着太平安康。

〝 **作者手記** 〞

與黃帝有關的神話，典籍記載很多：《尸子》（輯本）卷下：「子貢問孔子曰：『古者黃帝四面，信乎？』」《韓非子 · 十過》：「昔者黃帝合鬼神於西泰山之上，駕象車而六蛟龍，畢方並轄。」《太平御覽》卷十五引《志林》：「黃帝與蚩尤戰於涿鹿之野，蚩尤作大霧彌三日，軍人皆惑，黃帝乃令風后法斗機，作指南車以別四方。」《山海經 · 大荒北經》：「大荒之中有山名曰成都載天，有人珥兩黃蛇，把兩黃蛇，名曰夸父。后土生信，信生夸父。夸父不量力，欲追日景，逮之於禺谷。」《山海經 · 大荒東經》：「應龍處南極，殺蚩尤與夸父。」《山海經 · 海外西經》：「形天與帝至此爭神，帝斷其首，葬之常羊之山。」《繹史》卷五引《黃帝內傳》：「黃帝斬蚩尤，蠶神獻絲，乃稱織維之功。」本文寫作中參閱了這些典籍。

堯天舜日

馴馬結緣

陽春三月，風和日麗。

這一天，堯帝在平陽宮廷議事剛完，侍臣便前來說：「近日，平湖水明澈如鏡，山桃花沿湖開放，鶯雀聲枝頭喧鬧，遊人可多呢！您成年操勞，何不去湖上泛舟遊賞，輕鬆輕鬆？」

堯帝聽了真想駕一葉輕舟，去湖中遊樂一番。水面有樹，水面有花，還有蜿蜒波動的青山。可惜，這美好風光只能珍藏在記憶深處了。現今，他胸中縱橫着天下大計，哪有閒心呢？這不，早就議定今日要去牧馬川馴服野獸。

那時候，牛、羊、狗、豬、雞都調養順了，關在柵欄裏、籠子裏，乖乖聽候命令，幹活的幹活，長肉的長肉，生蛋的生蛋，唯有馬還是野的，散生在山川裏，一驚動就撒蹄狂奔，騰起滿天黃塵。正是這飛奔的黃塵吸引了人們，大家不是正缺少這麼快捷的牲畜幫忙嗎？因而，便動了馴馬的心思。牧馬川就這樣應運而生了。

牧馬川在姑射山前。這裏地勢平坦，水足草高，成羣結隊的野馬在這裏吃草落腳。堯帝便派人搭屋建棚，立杆圍欄，設立了馬場。捕捉到野馬，就近關在棚欄馴化調養。這一招很高明，時過一年，棚欄中已有上百匹駿馬了。

堯帝來到牧馬川時，天已晌午，走得風塵僕僕，渾身燥熱。不過，跨進馬棚，看到一匹匹膘肥體壯的駿馬，一路的勞頓困乏立即煙消雲散了。他興奮地看了一欄又一欄，摸過一匹又一匹，問長問短，恨不得當下就將這些生龍活虎的駿馬送給子民，幫他們耕地駄柴。

正看得眼熱，羣馬的嘶鳴響徹耳邊，嗒嗒的馬蹄聲也在身後響起。回頭看時，是馬廐裏的駿馬衝破了欄杆向外跳躍。無疑是欄外野

馬的嘶叫聲喚醒了廄馬的野性，牠們躁動了，衝撞了。馴馬漢立即打起口哨，揮舞長杆，躁動的廄馬漸漸平靜下來。

可是，頭一個衝出棚欄的紅鬃烈馬，只留下淡淡的塵色，跑沒了蹤影。堯帝順手扯過一匹白龍馬，躍上馬背，向着塵色揚鞭追去。紅鬃馬是剛剛逮進馴馬場的野馬，要不怎麼說是烈馬呢？既是烈馬，騷亂瘋狂，衝破棚欄，掙脫繩韁回到了自由無拘的天地，哪裏會自己停步呢？

奔過田野，越過溪流，姑射山橫在前面。

踏上小路，旋上雲團，姑射山踏在蹄下。

紅鬃馬飛身奔騰，躍上了姑射山巔。白龍馬緊跟其後，窮追不捨。在羣馬中這白龍馬也是首屈一指的名馬。跑得耳邊的風聲呼呼響，離紅鬃馬漸漸近了。然而，一登山又拉遠了，畢竟白龍馬上騎着個人呀！登上山巔，轉過峯巒，眼前有一片闊地，不見了紅鬃烈馬，只見茵綠的空地上有一隻梅花鹿在悠然漫步。紅鬃馬往哪兒去了呢？這時，遠處隱隱約約有馬叫聲。聞聲，白龍馬奮蹄奔跑前去。堯帝看見，梅花鹿抬頭望着他，竟然緊跟馬蹄跑了過來。那紅鬃馬站在山巔，居高臨下，得意地朝他們鳴叫。堯帝在空中炸了一鞭，白龍馬騰起雲煙盤旋而上。

突然，山洞裏躥出一條巨蟒，張着血盆般的大口直朝堯帝撲來。明槍易躲，暗箭難防。堯帝哪會想到有這麼大的橫禍飛來，揚鞭抽蟒，無濟於事。巨蟒吼叫一聲，側身就朝堯帝咬來。

就在這危急關頭，蟒背上落坐了一位仙女，輕手拍了拍牠身上的鱗甲，那野物便閉了口，拖着尾巴萎縮下去，鑽進洞窟去了。而蟒背上的那位仙女早已騰空而起，飛上山巔，騎到那紅鬃烈馬背上了。

這仙女不是別人，正是那梅花鹿的真身。她是天帝派下凡塵救助堯帝的。原來，這堯帝也不是凡人，他本是東海赤龍的化身。天帝感念他仁德廣愛，讓他轉世投胎到帝王之家，繼位統領凡間。這日，天

帝正在宮中閒步賞花，忽然，下眼皮一跳，覺堯帝有一大難，忙遣降凶仙子相救。那闊地上安閒漫步的梅花鹿正是降凶仙子的化身。人們喜歡叫她鹿仙女。

鹿仙女降落到人間，滿眼新鮮，及至白龍馬馱着堯帝過來，她簡直看呆了。那馬跑得飛快，如天上的疾風，又如疾風捲裹的流雲，馬背上的堯帝更為罕見，目光閃爍，英俊果敢，哪一位天神也無法與他媲美。正值青春妙齡的鹿仙女見了這麼美貌英俊的男兒，不禁動了愛心。降伏了惡蟒，她沒有返回天宮，而是飛上山巔，讓紅鬃烈馬當了坐騎。

一物降一物，世上的事情就是這樣。紅鬃烈馬還想戲弄戲弄堯帝，待他趕到時再興奮地猛跑。沒料到突然有人騎到牠的背上，沒待狂跑，一雙手已用韁繩把牠勒了個緊實。就在這時，白龍馬到了，堯帝翻身下馬，對着鹿仙女施一大禮，感謝她搭救性命。

堯帝倒地跪拜，鹿仙女下馬扶起了他。起身抬頭，堯和鹿仙女目光對了個正着，四縷光束碰撞在一起，閃爍出嬌羞的華光，堯臉都紅了，何況鹿仙女呢！一股愛慕之情從堯心中蕩起，要是有這麼一位神力無比的姑娘輔佐自己該多好呀！只是，他難以貿然出口。

紅鬃馬安靜下來，和白龍馬相依在一起，一個甩甩尾巴，一個搖搖耳朵。山頂春剛到，桃樹紅了枝條，花蕾鼓圓了，將要開放。遠方的花喜鵲飛來了，一隻，又一隻，在含苞待放的桃樹上傾訴着甚麼，吱吱喳喳，輕輕悄悄……

還是鹿仙女打破了兩人的沉寂，她說：「大王如不嫌棄，就留我在身邊侍奉你吧！」

堯連忙說：「求之不得，哪敢嫌棄！」

喜鵲的叫聲高了，吱吱喳喳，紅鬃馬和白龍馬並肩長鳴，山頂上的歡歌唱響了人間。堯和鹿仙女上馬，各乘一騎，悠悠下山，來到馴馬場。

三日過後，是個吉日。堯帝和鹿仙女結緣成婚。新房選在一個山洞，就是後世莊周在《逍遙遊》中所寫的那個神居洞。那一夜月明如鏡，山色朦朧。堯帝和鹿仙女的婚禮由姑射山神主持，二位新人並肩站在明月下邊，山神莊重地宣佈：「新郎新娘——拜天地！」堯和鹿仙女雙方下跪，正低頭叩拜，忽然天地間一片紅光。對面的山峯豁亮了，如一支蠟燭燦燦放光，映亮了山，映亮了溝，映亮了花草樹木，映亮了一對興奮的新人。

拜過高堂父母，新人互相禮拜。山神高興地宣佈：「新郎新娘——入洞房。」不說堯和鹿仙女相依相攜進入洞房，從此恩恩愛愛，互相體貼，共為人間謀幸福，卻說四處前來觀看的山民都被山神的話語感動了，牢牢記下，以後成親進新房都成了入洞房。

據說，那個迷人的夜晚，蠟燭峯上的火光照得亮亮堂堂，亮堂了山野，亮堂了洞房，也亮堂了洞房裏的新人。多少年後，那美好的夜晚仍讓山民十分懷戀，於是，提起新婚，人們都說是洞房花燭夜！

除蟒鑿井

堯和鹿仙女成親後，相親相愛，教民農耕，馴獸養畜，天下五穀豐登，六畜興旺，人們的日子幸福和美。

好日子總是很快，不知不覺就是幾年。

這一年，天藍得沒有一絲遮掩，太陽亮得沒有一天閒歇。路上硬實的地皮乾崩了，起了浮土，踩上去塵飛灰揚；田裏濕潤的沃土乾透了，裂開縫隙，禾苗枯萎了。

這時候，人們想起好久沒有下雨了，不光今年春天沒有下雨，去年的冬天連白絨絨的雪花也沒見過。

天旱了！

旱得真厲害，人們看着養生填肚子的禾苗枯萎都慌了神，收不下穀糧以後吃甚麼？這麼想的時候，其實已經遲了，威脅生命的事情已

經迫在眉睫，可是，人們像沒有注意去冬無雪一樣也沒有注意到這件事情。

人們注意到的時候，是潦河乾了，住在兩岸的人只好手提肩挑去汾河裏打水。

汾河水小多了，而且天天見小，不幾天成了一條葛藤般的細流，陶罐下去連水也舀不滿了。眾人只好在河底掏一個坑，在坑中打水，勉強掙扎了幾天，汾河也枯乾了，斷流了。

現在唯一可以打水的只有平湖了。雖然路途遠些，總算還能打上一點水，平湖成了救命湖。

有一天，平湖的水下去了將近一半，是早晨打水時發現的，人們好不奇怪，昨天打水時水還滿盈盈的，怎麼隔了一個夜晚就會減少這麼多？

平湖長老無法安然入睡了。夜裏悄悄守候在湖邊觀察動靜。半夜子時，西北面颳來一股厲風，風捲着沙石打得地上「沙沙」發響。響聲正緊，湖邊出現了一個龐然怪物，那怪物搖搖擺擺落在岸旁，細看，原來是一條巨蟒，只見牠一伸頭進入水中，湖水咕咕咚咚冒泡，轉眼間下去了一寸。是這妖怪作惡呀！長老連忙喊醒村人，罐罐、棍棍亂敲一氣，巨蟒驚動了，冒出水面，颳一陣風，逃走了。

堯帝一回到都城平陽就聽到了這消息。大年過後，他一直在南方巡視，那裏草盛苗稀，教民播種是件大事。他從久晴無雨感受到天氣異常，晝夜兼程，趕回國都，萬萬沒有料到會旱到田裂禾枯，河斷水乾。更沒料到惡蟒居然也會趁機作亂。

原來，這惡蟒不是別個，正是那年在姑射山要吞堯帝的那廝。那日張口如盆，舞體如飛，眼看堯就要成為腹中美食了，不想美夢被鹿仙女攪亂。沒有吃了堯事小，若是溜得慢了會被鹿仙女剝皮抽筋，連性命也丟掉。從那時起，惡蟒潛回山窩，晝伏夜出，養精蓄銳，修煉得體肥功強。天下大旱讓牠喜出望外，報仇雪恨的時機到了。惡蟒盤

算，牠口吞池水，愛民如子的堯必然會來，只要他來，定叫他有來無回。

惡蟒想對了。堯果然來了，而且回到平陽的當天晚上，帶着奔波的風塵匆匆趕來了。他和村裏人伏在湖邊，靜待惡蟒到來，準備同心協力捉拿妖魔。

惡蟒想錯了，鹿仙女也相隨來了。牠以為在姑射山救了堯帝她就會返回天宮，哪裏知道她竟然和堯結成夫妻，寸步不離地輔佐堯帝，使堯多次脫險，逢凶化吉。

時至午夜，颳過一股屬風，湖邊飛沙走石，惡蟒大搖大擺地來了。環湖繞行一圈，沒見堯的蹤影，便又跳進湖中飲水。此時，堯帝大喝一聲，眾人一起跳到湖邊，擋住惡蟒去路。其實不用擋惡蟒也走不了，隨着堯的喊聲，鹿仙女飛上空中，跳到湖裏，已騎在了惡蟒的脖頸上。不用說，雙手已重重扼住了那妖魔的喉嚨。如果下手猛些，就會了斷惡蟒的性命。但是，鹿仙女心腸仁善，只捏斷牠一隻利爪，嚇得惡蟒一個勁求饒：「再不坑害堯帝子民了。」

鹿仙女一抬腿，跳到岸上，惡蟒戰戰兢兢溜了。

惡蟒制服了，平湖保住了，眾生無不歡喜。但是，堯帝卻怎麼也笑不出聲來，四處一走，不由得緊皺眉頭。這回旱象前所未有，要是再不下雨，眾人喝乾平湖水，該怎麼活下去？

堯在鹿仙女的相伴下，登上了姑射山頂，翻嶺過溝，尋找水泉。若是有水引進平湖，就可以滋養子民呀！他們走得體乏身困，還是沒有找到希望之水。

堯在鹿仙女的相伴下，登上了臥虎山頂，翻嶺過溝，尋找水泉，聽說山頂有滿水井，將水引進平湖，也可以解救蒼生呀！他們走得精疲力竭，還是沒有找到求生之水。

正午時分，烈陽如火炙烤着大地。堯和鹿仙女汗濕衣衫，飢腸轆轆，實在走不動了。堯倒下身去閉目休息。鹿仙女見堯困乏成這樣，

十分心疼，摘一片樹葉，輕輕給他搧風，好讓他涼涼爽爽歇過勁，緩過神。

鹿仙女搧得悠悠然然，堯卻受驚猛然顫抖醒了，翻身坐起，眼睛盯住腳尖，一隻螞蟻正在堯的腳上自在地遨遊。堯的目光漸漸從腳上移開，移到了腳前，腳前也有一隻自在遨遊的螞蟻。不止一隻。一隻一隻撒開去，撒出了密密匝匝的一片黑點。

堯帝一躍而起，像個稚氣的孩子，順着螞蟻的隊列一步步尋去。忽然蹲下，發現了一個螞蟻窩。一隻隻螞蟻正從那窩裏進進出出，忙碌得很呢！堯看呆了，呆呆看着，一動也不動。

堯一拍手掌，像個淘氣的孩子，找一根樹枝，對着那螞蟻窩挖了下去。挖着，挖着，忽然眼睛一亮，是發現了濕土。一隻隻螞蟻正在那濕土上咂嘴吮吸，也在飲水呢！堯帝醒悟了，興沖沖蹦過來，朝着鹿仙女笑個不止。他笑着告訴鹿仙女，地下有水，螞蟻能喝地下水，人為甚麼不能？我們又能活下去了，子民有希望了！

眾人聽說有了取水的辦法，哪有不興奮的！立即按照堯帝的意思挖掘下去。挖了一尺又一尺，不見水，眾人泄氣了，堯帝給大家鼓鼓勁，又埋頭挖下去。挖了一丈又一丈，不見水，那洞已深得難挖了。堯找來四根樹幹，縱橫交錯在井口上，然後用粗壯的葛藤往上吊泥土，這樣就輕鬆多了。吊着，吊着，土濕了；濕着，濕着，成了泥，再一挖，出水了！

眾生歡呼着：「有水了！有水了！」

堯帝也歡呼着，和眾生一塊喊鬧：「有水了！有水了！」

聲音傳遍了遠近村落，水井傳遍了遠近村落。

遠遠近近的人們一傳十，十傳百，你學我，我學你，都在掏土挖泥，打洞鑿井。大大小小的水井挖成了，人吃、畜飲、澆田、潤禾。井水給了人們生機，人們給了禾苗生機。

堯帝帶領眾生在大旱中生存了下來。

仙鳥神羊

堯帝操心費力一心要讓四海民眾過上好光景。

過上好光景的四海民眾一刻也忘不了給自己謀幸福的堯帝。

這一日，堯正在誹謗木下觀看眾生對朝政的意見。誹謗木是前不久剛豎立的。堯帝統領天下後，經常巡訪百姓，體察疾苦。但是，能去的地方，能見的子民總是少數。為了廣泛聽取意見，他讓朝臣在宮殿前豎立了一根木柱，名叫誹謗木，這一來，堯經常可以根據大眾的心思謀劃治國方略。堯帝看得津津有味，他為民眾的真誠所感動，不時將意見抄錄在手箋上。這時，有臣報告：支的國使臣到了。

堯帝回到宮中，以賓禮迎接使臣。使臣坐定，即命令隨從奉上禮物，一個竹編的籠中安臥着一隻鳥。那鳥閉合雙眼，無精打采。旁邊側立的侍臣瞥一下，互相擠擠眼，顯然是瞧不起。

使臣領悟了，忙讓隨從打開籠子。

籠子一開，那鳥鑽了出來，抖抖翅膀高叫了一聲。這一叫可不得了，婉轉悠揚的音韻讓宮中的人渾身長了精神。再瞧那鳥，亮黃的羽毛，鮮藍的長尾，頭上更顯眼，是大紅大紅的冠戴。

大家正瞧得出神，使臣說：「請大王和眾臣看看牠的眼睛。」

大家一看，奇怪呀，怎麼這鳥是兩個眼珠呢？

使臣見堯帝和眾臣好奇，說道：「這是隻仙鳥，牠有兩隻眼珠，所以都叫牠重明。牠一飛沖天，可以和鳳凰對唱，可以掠殺惡鳥猛獸。因此，才作為寶物獻給大王。」

正說着，重明鳥閃動翅膀飛出殿去。堯帝、使臣和眾臣也相隨出來，那鳥已落在院中的梧桐樹上，放開嗓門，引頸長叫。這聲音可不比宮中那聲，天地人間都迴盪着醉人的旋律。聲音未落，飛來一隻金燦燦的鳳凰，兩鳥相逢，鼓翅相舞，梧桐樹上流光溢彩，長空中弦歌悠揚。眾臣都止不住高聲讚好，唯有堯帝皺眉為難，怔一怔對使臣說：「這麼好的國寶理應為貴地子民效勞，我怎麼能收禮貪寶？」

　　然後，堅辭不受，要使臣帶重明鳥回去。使臣見堯帝態度堅決，跪地不起說：「大帝若不領受，小臣就無顏見故里鄉親。你為眾生傳播五穀，調馴六畜，大旱年頭，又親鑿水井，拯救了蒼生。鄉親們都說，如此深恩，若是不報，枉披人皮，特要小臣來獻仙鳥。」

　　堯帝聽了好不為難，想了想，讓大臣收下仙鳥，又重禮賞給使臣，命他回去散發廣眾。

　　使臣一走，堯即告訴身邊的大臣：「這樣的仙鳥，哪能蓄養宮中獨享，不如放飛出去，為天下子民除害滅禍。」

　　大臣遵命，放了那重明仙鳥。重明鳥展翅飛上天去，翱翔一周，又飛回來棲在梧桐樹上。

　　如此往返，每日多次，不見異常，而周圍子民紛紛傳言，自重明鳥來了後，不僅豺狼虎豹沒了蹤影，就連蠍子、蜈蚣這些小害蟲也不見了，都說，重明鳥是鎮家寶鳥。

　　又過了數日，重明鳥在梧桐樹上長鳴一陣，展翅高翔，好久不見回來。眾人方才領會，那日長鳴，是重明鳥遠行前和大家告別再見。重明鳥飛走後，子民怕惡獸毒蟲禍害，於是畫出牠的模樣，張貼在屋裏，這就是流傳至今的「雞王鎮宅」的年畫。

　　堯帝放飛重明鳥呵護人間的事情，傳遍了四面八方，子民感念聖恩，交口稱讚。有一天，平陽城北的周府村，老老少少，正在路口誇說，忽然聽到了有隻羊產下一隻獨角羊。大家去看，哇！可不是，白絨絨的毛色，清亮亮的眉眼，就是頭頂只長一隻角。見識多的老翁說，我們得寶了，這是隻神羊，叫獬羊，千千萬萬裏頭才能出一隻。這神羊在村裏能識好壞，在宮廷能辨忠奸。

　　眾人聽了都說，那咱就獻給堯帝吧！

　　於是，周府子民敲鑼打鼓，牽着神羊向堯宮走去。

　　平陽堯宮此時正為孔壬送來的那個瑪瑙甕爭執不下。孔壬是摯王時的老臣，摯是個暴君，經常禍害天下子民。孔壬在他手下當大臣辦

了不少壞事。堯繼位後，多數大臣都主張將他流放到荒野的邊地。堯
仍然讓他主管治水，希望他痛改前非，棄舊圖新。這幾年，孔壬沒有
幹成大事，也沒惹下亂子。不料這日，孔壬卻給堯帝出了個難題。難
題就是他送來的這個瑪瑙甕。瑪瑙甕裏裝的是瑪瑙露。喝了瑪瑙露不
僅能容光煥發，還能長生不老。眾臣都說這是求之不得的寶露，堯帝
日夜操勞，需要進補，這瑪瑙露正好給他享用。

堯擺擺手推卻，執意要把這瑪瑙露送到米庠去，發給年邁的老
人，人人都喝一些，雖然不能長生不老，卻也可以延年益壽。

瑪瑙露讓宮廷裏頭鬧鬧嚷嚷，議論不停。

恰在這時候，法官皋陶進了殿。一聽說是孔壬送來的瑪瑙露，他
把頭搖得風溜溜轉，連聲說：「孔壬是甚麼東西？他還會送寶物來？
千萬千萬不要輕信他，大王不要用，也不要送給老人們！」

皋陶這麼一說，眾臣的矛頭都對準了他！

「怎麼能把人看得一成不變！」

「這麼珍貴的寶液難道倒了不成？」

皋陶他有口難辯，不知怎麼才能把自己的意思表白清楚，急得在
殿中團團轉。

正在這時，鑼鼓聲響起，周府村民送獬羊來了。

皋陶欣喜異常，這不是送救星來了嗎？他對堯帝和眾臣說，就讓
神羊先識別一下孔壬吧！

到底如何處置瑪瑙露？堯聽了議論，也拿不定主意。皋陶的點子
既可以測試神羊功力，又可以辨別朝廷忠奸，兩全其美，正合堯帝心
思，於是宣孔壬進殿。

不多一會兒，孔壬氣宇軒昂地進來了。他滿臉笑意，一身正氣，
哪裏像是奸佞小人？替他說話的大臣暗暗得意。忽然，那神羊躥到了
孔壬面前，伸頭揚角，直刺胸襟。孔壬嚇得退後數步，雖然羊角沒有
穿透肌膚，可也頂了個仰面朝天，堯和眾臣都怔住了。

皋陶扶起孔壬，對着神羊翹翹指頭，神羊會意了，朝着那甕瑪瑙露走去。皋陶掀開封口，神羊撲鼻一嗅，猛然低頭，一角碰倒了那甕，瑪瑙露流了一地。孔壬心疼地撲過來，伸手要往甕中掬，被皋陶攔住。皋陶一揚手，他的愛犬跑到跟前，低下頭就舔地上的瓊漿玉液。

堯和眾臣的目光緊盯着皋陶的愛犬，有個人影閃出殿去，誰也沒有留意。突然間，那犬臥倒在地，口吐白沫，掙扎亂動。此時，大家如夢初醒，才知道孔壬送瑪瑙露的狼子野心。抬眼看時，哪裏還有孔壬呢？

堯和眾臣注視皋陶，皋陶卻不慌不忙地說：「跑不了。」

話音未落，就有小臣進殿報告：「抓住了叛賊孔壬。」

不說皋陶依法審判孔壬，只說堯帝得了神羊欣喜無比，重賞了周府子民，又把神羊賜給皋陶，由他為國家判忠奸，為民眾辨善惡。從此，天下公平，難有冤情，眾生心情十分舒暢，光景甜美了好多好多。

圍棋教子

秋風一吹，天高地闊，氣候漸漸涼了。

堯帝穿一件葛麻衣裳，四處走訪，查看子民秋收的情況。這是個好年景，棒子長，豆子圓，田裏收打忙不完。堯帝只怕好莊稼爛在地裏，督促大家日出而作，搶時收穫。

這天，來到自小長大的伊村，只顧眼望田頭，不小心掛住了衣衫。低頭看時，掛住衣衫的是酸棗刺，彎腰解衣，卻掛破了一個小窟窿，順口說：「這刺何必長鈎！」這酸棗刺的彎鈎馬上變直了，據說，一直到今天伊村邊上的酸棗刺都不長鈎。

晚上，冷月高掛中天了，堯才回到宮中。此時，宮中還熱鬧非凡。眾臣見堯帝歸來，閃向兩邊，堯徑直前去，當間站着一位農人，

卻不是本地的莊稼人。他頭戴斗笠，身披蓑衣，腳穿草鞋，一看就是從遙遠的南國來的。農人的身旁擱一副擔子，兩個籮筐。堯帝近前，農人打開籮筐，取出兩個五彩斑斕的東西。接過看像是蠶繭，可蠶繭長不過小指，而此物比腳還長，又不像蠶繭，有的雪白，有的亮黃，都是一個顏色。這東西五色俱全，真不知是何物。堯只好恭敬請教。

農人說：「這是冰蠶繭。繅絲織布，縫成衣衫，不僅華美好看，而且結實耐穿，下水不沾，火燒不爛。你雖貴為天子，卻節儉樸素，連像樣的衣服也沒有，因而，小人不遠萬里荷擔挑來，大王收下做禮服吧！」

堯聽了倒是喜歡，每年祭祀先祖，缺少像樣的禮絹，這冰蠶恰是最好的物品。點頭收下，卻又不知冰蠶繭從哪裏來的，於是又問農人。

農人聽了，如實相告：「小人家在東海邊上，祖祖輩輩捕魚為生。前年出海捕魚，忽然颳來一陣狂風，捲起我飄走了。風定落地，來在一座山上，問當地人，說是環丘山，離我故土幾萬里了。只好找個洞穴安身，與當地人相處求生。山上田土很廣，他們卻不會農耕。小人雖是漁人，家裏也有幾畝薄地，還會耕種，就採些籽實教他們春播秋收。他們學會了農耕，待我更好了。前些時，忽覺有南風吹過，小人要划船歸鄉，他們贈給我這些寶物。」

堯帝說：「若是帶冰蠶來飼養，子民不都有好衣服了？」

農人回答：「不是小人無心無肝，是冰蠶要吃當地的猗桑，吐絲時還要冰雪覆身，國中沒有此樹，也不可能在蠶老結繭時落雪。」

堯點點頭說：「也是。這麼遠道載回，挑擔送來，太煩勞你了。」說着，叫農官挑選上好種子賜予農人。

農人挑了種子，大步流星邁出宮去，三腳兩步離了地面，飄忽成一陣風，和高天的白雲融為一起了。堯和眾臣突然領悟，這是仙人下凡送來的寶物，當下吩咐宮人珍藏冰蠶繭，繅絲織布，做成絹帛，供大年時國祭祖先供奉。

沒有這冰蠶繭還好，有了這寶物，竟牽掛出堯帝的一塊心病。

冰蠶繭放到後宮，由堯的夫人散宜氏主管繰絲織布。這就引出個話題，堯不是和鹿仙女締結終身了嗎，怎麼會移情她人？不是堯帝輕佻薄情，只怨鹿仙女是天上的降凶大仙，當初下凡，本來救出堯就應立即返回天宮，怎奈二人相親相愛，相幫相助，難捨難分。這便違反了天規。好在堯帝的功業神人盡知，鹿仙女以身相許，輔佐他共圖人間美景，也是件功德無量的好事，天帝就沒有追究鹿仙女。事情壞就壞在那個惡蟒身上。

惡蟒在平湖吞水，本想置堯帝於死地，怎奈有鹿仙女相助，降伏了牠，還給牠留下個生路。按說，惡蟒應感恩不盡，痛改前非吧！可是，惡蟒就是惡蟒，心地惡毒總要生出些禍事。那一回謀害堯不成，還是因為鹿仙女救助，所以，牠決計要拆散這對恩愛夫妻。是日，天帝接到稟報，說東海天邊有惡蟒顯身，吞食漁民，連下界問案的神人也活吞掉了。天帝命令鹿仙女趕赴海濱，降伏妖魔，這才想起鹿仙女還留在人間。於是，天兵天將攜帶天帝敕命來到堯宮。

一場生離死別的悲劇就這麼發生了。

鹿仙女痛哭流涕，死也不想離開堯帝。堯帝刮骨剜心般疼痛。有了鹿仙女，他才如魚得水，行事順利。好多次都是鹿仙女挺身降妖，才逢凶化吉。失去她，比失去左臂右膀還要可怕！偏偏天命難以違抗，又何況這也是降伏魔怪，為民除害，自己怎能拴住降妖大仙，讓惡鬼橫行四海？真是萬箭穿心，痛徹心肝。

哭一陣，痛一陣；痛一陣，哭一陣。終於鹿仙女還是打定了離別的主意，只怪夫妻二人都是明理之人，生在世間，一舉一動都是為了他人。堯想來思去，割捨萬般情意，送鹿仙女去東海除妖。

鹿仙女走時，天昏地暗，冷風淒淒；堯倒在牀榻，口吐鮮血，不省人事。鹿仙女的愛子子朱哭得天搖地動，大雨傾盆；哭得聲嘶力竭，風拔樹根，仍然乾嚎不止。

鹿仙女的突然離開，深深傷害了膝下的愛子，本來活潑乖巧的子朱，從此變了性情，脾氣暴躁，任意耍鬧，教化多年，難以溫順。

這不，說子朱，子朱就惹下了禍事。

散宜氏是個精細認真的夫人，做得一手好活兒。拿到冰蠶繭珍愛萬分，不敢怠慢，很快就繰絲織成一絹。剩餘的冰蠶絲，放置後宮，要待堯帝觀賞過此絹再紡織。堯看過，認為絲絹織得很好，可是再找冰蠶絲，卻不翼而飛，一點也沒有了。

誰敢擅自亂拿宮中物品？散宜氏想到了子朱，找出宮來，子朱正拿了冰蠶絲剪成條綹和一幫小孩點火玩耍。果然，那絲火燒不着，沾水不濕，猴崽毛頭們看得咋舌稱奇。可惜，這麼珍貴的寶物就在玩鬧間銷毀完了。

散宜氏氣得欲哭無淚，急得想打又心痛孩子皮嫩打不下去。想遮蓋搪塞，國祭時拿不出絹帛如何交代？此事煎熬得她吃飯無味，躺臥難睡，不幾日，明顯瘦弱了。

堯很快知道了這事，是從大臣那裏聽說的，大臣是從孩子口中聽說的，叫來子朱一問，滿口承認。問他為何要火燒寶物，子朱立即回答：「我做試驗哩。」

回答時眼中還閃耀得意的神色。堯帝面對子朱，又好氣，又好笑，再問：「試驗得如何？」

「冰絲是不着火，不沾水！」子朱回答得更快。

堯無奈地看着子朱說：「試驗是因為不明結果，冰絲不着火，不濕水，誰都知道，你這不是多此一舉，毀了寶物！」

子朱理屈，低下了頭。

兒子一天天長大，不愛讀書，遊手好閒，性情又十分暴烈，這樣下去，豈不成了害羣劣馬？想到這裏，堯帝錐刺心肺般的難受。得想個良法改變兒子的性情。此後數天，他每日飯後進屋，閉門不出。

時而仰頭望天，像在探尋天道變幻。

時而伏體在地，像在觸摸地理滄桑。

一會兒踱步迴環，天道地理在他胸中山重水復，曲徑通幽。

一會兒操筆塗畫，地理天道在他手下規正圓方，化為棋局。

堯走出宮門時，一副圍棋的方略已經熟爛於心，構畫在帛絹上了。他在闊野走走，看看近水，望望遠山，只覺得心胸同視野一樣開闊。

這日夜裏，火滅光熄，萬籟俱靜。堯帝還和子朱照着松明下圍棋。堯持白子，子朱拿黑子，父子倆凝神端坐，全然不知繁星已稀，夜色深沉。看看子朱入神思考的模樣，堯帝心中暗暗歡喜，但願這一着管用，能讓兒子收心歸意，靜慮修養，改變他暴烈的秉性。

子朱也真聰明。父親教他圍棋，畫格擺子，說明規則，他一聽就懂。試走幾着，還真出手不錯，不是隨心所欲，而是潛心考慮過的。連續下圍棋五六個夜晚，子朱步步進逼，竟然令堯帝也苦心思索開了。再過兩日，即使苦心思索，堯都難勝子朱了。

圍棋在宮中傳播開去，大臣們都喜歡鋪擺成局，不少人還和子朱對弈。但是，很少有能戰勝他的。

圍棋在民間傳播開去，子民們都喜歡畫格擺子，在田間村頭，鬥智鬥勇。他們還選出高手去和子朱對弈，但是，很少有能戰勝他的。

好長一段時間，子朱沉迷在圍棋的天地裏。

不說子朱終日沉迷圍棋，卻說從此圍棋流傳開去，宮廷、民間都喜歡閒時對弈，以靜示動，較量智勇。直到今日，圍棋還很盛行。

訪賢求才

時光過得真快，好像是一轉臉的光景，堯帝已經七十多歲了。七十歲在那時候是個非常罕見的歲數了。

人在年少、年輕時，一心專注往前看，很少回想身後的事。年老了不僅往前看，還經常往後看，回想從前經歷過的歲月。堯也是一

樣，心想這時光太快了，他這輩子還沒辦了多少事就鬚髮全白了。先是十個太陽一起出來曬得天下大旱，他讓后羿射掉九個太陽，旱象才解除了，又從蟻穴找到水，鑿出了井；想這世道禍不單行，剛剛除了旱，又起洪水。大水滔滔，淹沒莊稼田園，不少子民也成為水中魚鱉。幸虧有大禹治水，開墾渠道，把水流引入大海，天下才又重歸太平。要讓子民安居樂業真真不容易。如今年老了，誰來接替自己統領天下呢？

那日早朝，他和大臣商量這事。話音剛落，大臣放齊就說：「大王你仁愛齊天，功勞蓋世，為民操勞了大半生。如今年老了，你兒子朱接替皇位理所當然。」

堯帝聽了，滿肚子不舒爽。子朱經過圍棋對弈，性情有點改變，但要是讓他治國安邦那還差得遠呢！可惜，放齊說完，滿朝大臣都隨聲附和。堯帝沒有駁斥眾臣，只是告訴他們，世上賢人多得是，我們應該選拔德才兼備的賢能。所以下令，要全國上下廣薦人才。雖然這麼安排了，但是，他不願在宮中坐待，還是想走出去訪賢求才。

子民薦舉的賢人中，有一位叫王倪的。王倪住在中條山中，堯打聽清楚，便翻山越嶺，登上主峯。峯高崖險，石怪巖突，一色的巨石不見黃土，石頭上長滿了一棵棵松柏。

松下有一間茅棚，無牆無隔，內中有一草榻。榻上端坐一人，正面山痴想。堯帝到了面前，那人竟然視而不見。堯見他臉色紅潤，目光清澈，一身仙家風骨，輕聲問：「先生可是王倪學士？」

那人一怔，從痴想中醒來，將堯打量一番，起身下地，請帝王落座。然後，用陶罐舀滿清亮亮的山泉送給堯帝飲水。好甘美的泉水呀！堯喝着水，渾身滋潤，就將請他出山治世的意思直言了。

王倪聽了，倒地就拜，拜畢辭說：「不是我違背您的意願，實在是才疏學淺，自己胡活也還罷了，怎敢敷衍天下眾生！」

他告訴堯帝，姑射山中有高士齧缺、蒲伊，二位當中哪一人都可以治理天下。

堯謝過王倪，下了中條山，直奔姑射山來。從中條山到姑射山，要渡汾河。洪水剛退，灘闊水淺，船隻到不了岸邊。堯只好高挽褲腿，踩過淤泥，到中流上船。下船後又在淤泥中拔步半天，才能上岸。河灘中無樹無陰，烈日暴曬，渾身流汗。上了岸，堯走到一棵柳樹下乘涼落汗。

柳樹很老了，軀彎枝斷，不算茵茂，可是，在大水中能存留下來也不錯了。老樹下坐了個農人，還很年輕，卻不耕不種坐在濃陰裏掉淚。堯帝不問還好，一問竟嚎啕大哭，哭完才哽哽咽咽訴說心事。

堯斷斷續續聽明白了，這年輕人叫鄧長生，是前面這周家莊人氏。一早上山打柴，碰見兩位老人在懸崖畔下棋，就拄着扁擔看了起來。過一會兒，頭頂的桃樹開花，粉嘟嘟的；又過一會兒，頭頂的桃樹結果了，青澀澀的；再過一會兒，頭頂的桃子熟透了，紅豔豔的。兩位老人肚子餓了，他就伸手摘下桃子，每人送給一顆。邊吃桃子，邊移棋子，兩位老人下得專心致志。

一位老人吃了一半，飽了，就把剩下的一半給他吃。那桃子甜極了，吃得他渾身通暢，頭腦清爽。吃完了，低頭一看，怎麼拄地的扁擔爛了半截？連忙下山回家。進了村，左轉右轉，哪裏還有他回家的路呢？好不容易走進熟悉的院落，那個小東房還是他住過的模樣，可是家裏人一個也不見了。他說明情況，人家聽得愣神，除了搖頭就是搖手。年輕人沒了家，坐在這樹下傷心地哭泣。

堯看着年輕人和年輕人身邊爛了半截的柴擔，心頭一亮，莫非那二位長老就是他要尋訪的賢人？他說明意思，年輕人擦乾淚水，抖起精神，領他攀山去找。

姑射山風光最醉人，堯好久沒有來了。這裏是他和鹿仙女結緣成親的地方，人說觸景生情，一點不假。這熟悉的山，熟悉的溝以及

山上那綠樹紅花一枝一葉總牽動他情感的波瀾，自從鹿仙女升天降凶後，他很長時間沒有來過了。這不，一進山，一攀崖，還沒有到他與鹿仙女相逢的山頂，就淚眼汪汪了。虧得有人引路，不然，他真不知東西南北了。

轉過一座山頭，遠遠望去，崖畔邊有一棵綠樹，樹下有一塊懸在高空的巨石，如同飄在藍天的一葉小舟，活似天上仙境。堯抹一把淚眼正看着，長生就叫嚷：「老人就在石上下棋。」

二人不再言語，輕輕巧巧過去，一步一步接近了兩位老人。可是，這也驚動了他們。

一位滿頭銀髮的老人說：「後生，好本事！你把堯領來了。」

長生聽了忙打量相隨一路的老翁，尋思他怎麼沒有看出是主宰天下的堯帝。另一位頭亮得閃光的老人說：「堯王，煩勞你了。我兩個老朽哪裏是治國的賢才，若是真繼了大位，恐怕天下人真要笑得齒缺牙掉了！」

說着一笑。看來那位便是齒缺，這位是蒲伊了。銀髮長老又說：「難得你一片誠意，我們向你舉薦潁水許由，此公可是當世賢達呀！」

話音剛落，銀髮長老站起來，一挽光頭長老說：「和棋了。」

光頭長老會意，挽住身邊的年輕人說：「隨我們走吧！」說着，輕風飄旋，三人已到了雲絮上，晃晃悠悠遠去，不見了。

堯只好返身下山，到了汾河渡口，駕一隻小船，向潁水漂流。深水中流急浪高，小船在波濤中顛上沉下，十分驚險。堯求賢若渴，哪裏還顧得上驚險呢！

他撐着船，繞過礁石，穿過波浪，迅速向前。漂過一道河灣，又漂過一道河灣，估計到了潁河口，彎轉船頭，猛撐一篙，逆流而上。行不多時，水碧林密，幽靜了好多，就聽見歌聲飄來：

> 悠悠閒雲飄，
> 翩翩野鶴飛，

閒雲野鶴是我心，

──是我心！

歌聲清純潔雅，迴盪在草葉尖、水波上，響亮得悅耳怡神。不是高人賢士，哪會唱出這麼動人心弦的歌曲？堯攏船靠岸，跳下來，將纜繩拴在樹根，順着歌聲向山頂爬去。攀蘿挽藤，直上高崖，堯猛然出現在許由面前。許由正凝慮遠望，卻見懸崖邊草動葉搖，一位清瘦的老者笑吟吟站在了山邊。

他正驚奇，堯已開了口：「恕我冒昧，如果沒有猜錯，高士便是許由先生了。」

許由一看老者風度，頓時領悟：「你是總領天下的堯王？」

二人一見傾心，許由將堯請進他居住的山洞落坐，敍談開來天下大事。這許由果然名不虛傳，談天，天高雲淡；說地，地厚水深；話人，人多心雜。天文、地理、人事，沒有不精通的，聽得堯連連點頭稱是。

可惜，說到禪位給他，許由頓時不說話了。堯帝再三勸說，天下紛擾，只有他這樣的賢達才能給子民謀福利，他繼位是眾望所歸。只是說來說去，許由也沒動心，連聲說：「山人閒逸成性，哪裏能統領眾生？」

堯再三謙讓王位，許由也沒應允。天色不早，許由說要採些野果和堯填肚子，轉身走出洞去。堯靜坐等候，好一會兒不見許由進洞。

天色暗了，堯只好在洞中安歇，整整一夜沒見許由回洞。

天亮了，堯出洞上山，轉遍山嶺沒見許由的蹤影。

晨光嬌嫩，山色鮮翠，飛鳥嘰嘰喳喳又歌又舞。忽然，羣鳥驚起，飛向了遠天。大樹晃晃動動，枝葉搖擺。堯帝注目，那樹幹上下來一位老農，頭頂的樹杈間搭建着一座棚屋。看來，他就在棚屋中安歇過夜。

轉眼間，老農已站在樹下，堯上前尊稱老農巢父，問他居高望遠看沒看見許由。巢父卻一臉專注，所答非所問地說：「我要飲牛！」

說着，緊走幾步，解開廐欄，放出一羣牛，撿一根刺杆，呟着牛去了山腳下的河邊。

堯在山嶺溝坡找遍了，沒有找到許由，只好到河邊乘船而返。巢父趕着牛過來了，滿臉不悅地自言自語：「差點髒了我的牛嘴！」

原來，巢父到河邊飲牛，正遇到許由在那裏洗耳朵。問他因由，說是堯想讓位給他，污染了他耳中的清靜，前來洗刷。巢父聽了，忙喝住牛，不去飲水，把牛往上游趕。

巢父趕着牛沿河往上，那背影忽然讓堯領悟，山野賢士都清高潔雅，塵色不染，他們的確能看穿世間炎涼，要讓他們染塵治世，那等於褻瀆了他們的潔淨，這怎麼可能呢？如此看來，治世的賢士還要在塵世間的人羣中尋求。

堯帝回到平陽宮中，趁早朝時了解四方，近年哪裏物阜民豐？眾臣都說歷山最好。

這一天，堯帝跋山涉水來到歷山。正是秋後播種的日子，田野裏男男女女，老老少少，扶犁、撒籽、磨平，一副人歡馬躍的秋播圖畫。遠遠望去，寬闊的田野間有一條條土壟，高高低低，長長短短，曲曲彎彎，把男男女女、老老少少分列開來。這是為啥？

堯走近田邊向一位農夫詢問，農夫說是田壟，還告訴堯，過去大家常為田地多少發生口角，有了這田壟，就有了界線，很少再爭吵了。

堯聽了很是高興，想不到田壟用處這麼大，忙問是誰先堆的田壟。農夫指着不遠處耕田的一位後生說：「就是他，大家叫他舜。」

舜正在揚鞭扶犁，犁前一頭黃牛，一頭黑牛，並肩邁步走得很協調。他手中的鞭子下去並不打牛，打的是犁後的一個簸箕。那後生緊跟牛後，精神昂揚，犁過的土地平如湖水，無波無折。待他迎面耕來，堯近前攔住問：「小伙子，你為啥只揚鞭不打牛？」

舜見是位生人，腼腆地說：「牛為我耕地、出力流汗，我不忍心打。再者，一鞭下去不可能打在兩頭牛身上。打到黃牛，黃牛走得快；打到黑牛，黑牛走得快，一快一慢，力氣不勻，地怎麼能耕平？我鞭打簸箕，兩頭牛都以為我要打牠，一齊用力，地耕得又平又快。」

「說得好！」堯聽了舜的回答，禁不住高聲誇讚。巡訪了那麼多地方，還沒有見過這麼討人喜歡的後生，既有仁愛心腸，又有智慧才能，人才難得呀！

夕陽西下，眾農人卸了牲口，相隨回家。堯和大夥走在一起，親親熱熱，談笑不止。

夜幕降臨，眾農人各歸其屋，飲水吃飯。堯坐在農家，親親熱熱，談笑不止。

眾口一詞，都說舜好。誇他會種田，會理事，把鄉鄰的事當成自家的事。他把左鄰右舍調理得和和美美的，好像是一大家子。

夜裏，堯帝就歇在農家炕上，只是落枕難眠，不住地翻騰心事。走北闖南，訪東求西，哪裏能找到像舜這樣的後生！堯暗暗打定主意，進一步了解試探，若果真這樣就把天下大事交給舜來管理。

只是，怎麼加深了解舜呢？堯又犯了難。

流放子朱

那一年，堯帝發明了圍棋，和子朱對弈，讓他修身悅性。子朱確實沉迷於那黑白棋子擺出的天地了，棋子不算多，樂趣卻不少。動一個棋子就有變化，甚至是決定生死的變化。子朱就喜歡變化，變化就是花樣，有花樣才有樂趣，花樣越多樂趣就越多。好一段時日，子朱整天就是下棋、想棋，有對手時呼風喚雨，將自己的棋技展示得淋漓盡致；沒有對手時，就獨自思索，考慮那棋子間的聯繫變化，想得海闊天空。

　　沒過多少日子，宮廷內外沒有一個人是子朱的對手了。和他下棋的大臣也好，子民也罷，費盡心思，總是敗在他的手下。堯聽說子朱棋無對手，搖頭不信，趁一夜晚和他擺開棋子。不下不知道，出手嚇一跳，這子朱落棋就出手不凡。下沒多時，堯就處於劣勢，挖空心思，要扭轉局勢，就是走不出子朱擺設的迷途，第一局輸了。堯有點不服氣，自己悟得的圍棋，怎麼棋道連兒子也不如呢？於是，又下，結果又輸了。連下三局堯帝沒有贏一局，這才相信子朱是圍棋的高手。

　　下棋的人喜歡說棋逢對手，將遇良才。就是說，有了水平相當的對手，邊下棋，邊思考，才有意思。而要是對手水平低下，那就一點趣味也沒有了。子朱圍棋沒了對手，也就沒了樂趣。

　　沒有樂趣，就要尋找樂趣。子朱溜出後宮，來到平陽城中。城中房是老房，路是老路，也沒有樂趣。子朱跑出城來，來到了汾河岸邊。河是老河，河水卻漲了好多，大浪翻捲，前後推擁，平日哪能看到這麼壯觀的景象。河邊有一幫和子朱年齡一般大小的哥兒們正在玩耍，指指劃劃着向一隻漁船跑去，跑到船邊，正要上去，被一位頭戴斗笠的漁夫喝了下來。子朱就是這時過去的，他要上船，漁夫認識他是堯的兒子，只好答應。那子朱並不獨身上去，回頭打個口哨，把那幫小哥們都吆喝了上去。

　　上了船，子朱要漁夫解了纜繩，划槳而走。風大浪高，漁船顛簸得如同一片小小樹葉，時高時低，搖搖晃晃。漁夫只怕翻了船，戰戰兢兢，小心翼翼。子朱和這幫小崽哪裏理會漁夫的心思，個個覺得驚險刺激，在船上打打鬧鬧，說說笑笑，不顧漁夫勞累得通體流汗，手腳痠痛。如此在波浪裏玩耍得天快黑才一鬨散去，各自回家。

　　第二天一早，晨霧未散，露珠正繁，子朱便跑來了。不一會兒，那幫小哥們也全圍擁到了船邊，漁夫還沒吃完早飯，他們就等得不耐煩了，一個勁催促開船。船一動，小崽們不拍手，不喊叫，各自掏出

帶來的樂器亮響開了，一個勁拍拍打打。這聲音不成曲，不成調，刺神錐心，子朱卻樂得蹦蹦跳跳，差一點把漁夫顛個大翻身。

消息傳到了堯帝耳中，堯帝怒火中燒，叫來子朱大訓一場。訓過了，還覺此事未了，要把子朱流放到很遠的地方去。大司徒忙上來勸告：「念及子朱年少，暫時不要流放，容老臣再去調教調教。」

大司徒找到子朱，子朱明白錯誤，任老臣百般批評，並不反駁。大司徒告誡他，父王最愛子民，如果你再勞民禍人，就要把你流放到很遠、很遠的地方去，那就很難回到平陽，見到父王。

子朱有點害怕，他聽人說過天下有好多蠻荒的地方，沒有人煙，要在那裏生活很難，宮中流放的罪人都被發配到了那裏。想到這兒，子朱認錯，答應大司徒安分守己，好好讀書。

子朱的確安然了不少日子。可是，總惦着波濤翻湧的汾河，惦着在波濤中起伏的船隻，心裏直癢癢，癢癢得捧着書卷，一個字也看不進去，呆呆坐着，活像個傻子。

呆呆過了些日子，忽然聽說父王要出去訪賢了，子朱暗暗欣喜，父王一出去就是一年半載，少也是三兩個月，又可以隨心所欲地轉悠了。他時時盯着父王的動靜。堯前腳剛走，子朱後腳便溜出宮來，一口氣跑到了汾河灘上。

洪水退了，汾河變了容顏，灘寬水瘦，草盛鳥多。子朱就在汾河灘的草叢中趕飛鳥，撿鳥蛋。子朱下河灘的消息，早被那幫狐朋狗友知道了，不大會兒跑來了一夥子，都跟在他屁股後頭四處亂竄。竄來竄去，累了，就有人說不如上船遊玩省力。於是，一夥人簇擁着子朱登上了岸邊的一隻小船，催着船夫划槳快行。船到河心，水流湍急，可要比起洪水時，沒波沒浪，少了驚險，少了刺激，與往日相比，自然沒有那種樂趣。子朱催船夫再划快些，船夫使出渾身力氣，那船還是平平穩穩，這夥小崽玩得很不過癮。

船行一程，看見了平湖。洪水氾濫那會兒，淹沒了平湖，水汪汪一片。如今，浪去波散，平湖露出昔日的容顏，一湖碧藍，藍得和天同一個模樣，從船上看去，水中漂浮着白雲，還有成羣結隊的天鵝，簡直是人間仙境。

早有小崽喊叫：「到平湖遊玩去！」

這一羣小崽都樂得叫喊：「去平湖遊玩，好！」

子朱就喊船夫：「把船划過去！」

船很快靠了岸。但是，離平湖還有一抹平野，船當然是無法划過去了。船夫要他們下船，這夥小崽不僅不下，還要船夫把船拖到湖中。船行水中，輕如鵝毛，出水落土，重如石山，船夫背繩用力，身子快要伏地了，也不見有分毫動靜。子朱跳下船來，要打船夫，一旁圍觀的幾位路人慌忙攔住。

大家一齊動手，小船才緩緩挪動，挪過尺餘，全累得直喘粗氣。子朱急得火冒頭頂，指着拉船的人吵吵罵罵。吵歸吵，罵歸罵，小船還是難以拖到平湖中去。

子朱火了，從河灘撿起一根枯樹枝，往人們身上打去，打得眾人抱頭鼠竄。子朱又喊：「哪個敢跑，小心狗命！」沒人跑了，回來又拖那船。

眾人正受煎熬，忽聽一聲高喊：「放了他們！」

子朱看時，哇——一個彪形大漢聳在面前。這大漢真高，那兩條腿比人們的個子還高，叉起腿來就是個「人」形門樓。那腿不光高，而且粗，粗得兩三個小崽才能抱住。小崽好奇地鬧騰，子朱卻怒氣沒消，責問大漢：「你是啥人？放了他們誰來拉船？」

那大漢哈哈一笑，驚飛了平湖中的天鵝，才說：「我是夸父。」

「夸父，」子朱聽過夸父追趕太陽的故事，奇怪地問，「夸父不是早就死了嗎？」

「死去的是我的先祖。」大漢說着，拾起纜繩，搭在肩上，「快上船，我替他們拉！」

船開了，不是行走，簡直是飛！路邊的綠樹一棵棵往後閃，遠處的平陽城也一溜煙地往後飛跑。不一會兒，城裏的房屋跑沒了蹤影，兩邊盡是山丘、山嶺。山丘、山嶺也往後飛跑，遠處的山脈也一條龍地往後飛跑。不一會兒，山山嶺跑沒了蹤影。

子朱和小哥們可樂壞了，吵着、嚷着、笑着。

突然，船停了。子朱納悶怎麼停了呢？探頭要問大漢，卻聽見一聲高喝：「莊稼壓壞了！」

誰敢攔阻旱地行船？子朱忽地跳下船來，朝前衝去。這一衝不要緊，嚇得雙腿一軟，跪在了地上。眼前攔路的不是別人，正是父親大人堯帝。

那日堯帝訪到了賢德後生，好不高興，一夜未眠，考慮要將兩個女兒嫁給舜，進一步了解他的德行。主意一定，渾身輕鬆，下了歷山，大步流星朝平陽都城奔來。

走得興致正濃，就見前面塵飛灰揚，農田裏奔跑着一隻大船。這不把莊稼人的糧食全糟蹋了嗎？緊趕幾步，走到前頭，伸手攔住了那拉船的壯漢，不料竟和子朱這不孝逆子撞了個對臉。

甚麼也不用說，堯全明白了，正要抬手打子朱的耳光，卻見那壯漢彎腰吟道：

> 日頭高照，
>
> 陰影難消。
>
> 堯王功高，
>
> 豎子難教。

吟完，旋起一陣風，飛上了高天，恍惚間不見了。

堯帝連忙跪地叩拜，痛哭着說：「天帝呀，恕我教子無方，擾害蒼生，罪不容赦，罪不容赦！」

說着連連自掌臉面。

回到平陽，堯向大司徒下令：將子朱流放到丹淵。大司徒領命派人先行，在荒野搭起窩棚容子朱安歇。這日，子朱要登程上路，向父王辭行，堯含淚說：「骨肉離別，為父痛徹心肝。只怨愛你過甚、教你不嚴，才有今天。希望你前去丹淵，思過改非，重新做人。」

堯泣不成聲，子朱也涕淚橫流，跪在地上說：「孩兒記下了，請父王放心。」

果然，子朱到丹淵後墾荒耕田，教民播種，開化了一片新天地。

後來，人們將丹淵更名長子，以銘記堯帝長子丹朱的功績，而子朱則不忘再生土地，以丹為姓，從此叫做丹朱。

嫁女識舜

流放了子朱，堯帝便籌辦女兒出嫁的事情。

大女兒叫娥皇，忠厚善良；二女兒叫女英，聰明伶俐。女英年小，姐姐娥皇事事都謙讓着她。謙讓慣了，女英事事都要掐尖拔頭。這不，一聽父王將她姐妹倆嫁給舜，女英心裏就打開了小算盤，那誰是正宮，誰是偏房呢？獨自這麼謀算也罷，竟然找到父王撒嬌賣乖，要當正宮。堯帝聽了沉下臉說：「不行，我要出幾道題考考你們，誰贏了誰當正宮。」

堯出的第一道考題是煮豆子，每人給十粒豆子，五斤柴禾，先煮熟者獲勝。

女英腿勤手快，馬上抱來柴，往鍋裏加滿水，放進豆子，點火一引，柴着了，火苗紅彤彤的。女英加一把柴，吹一口氣，火燒得轟轟烈烈，卻聽不見鍋裏水開。掀蓋一看，水平如鏡，低頭連忙塞柴吹火。吹呀吹，燒呀燒，鍋裏「吱吱」一聲水響了。女英當成水開了，掀蓋一看，真掃興，還是水平如鏡。低下頭吹呀吹，燒呀燒，燒得鍋裏沒了聲響，直噴熱氣，水真的開了。可這時娥皇的豆子已經

煮熟了。這是怎麼回事呢？原來，娥皇經常幹家務活，做飯更是一天三次，幹多了就有了經驗。她見豆子不多，往鍋裏加的水很少，點火一燒，水就開了。水開得快，豆子熟得當然也快。這第一次比試娥皇勝了。

堯出的第二道題是縫鞋底，每人一隻鞋底，一把繩，一根針，先縫完者獲勝。

女英眼明手快，穿針引線，盤膝打坐，專心致志縫開了鞋底。穿過針，拉呀拉呀，拉過了，繃緊了，又穿一針，又拉那細繩，拉呀拉呀，不一會兒，胳膊痠了。痠也不敢停歇，已輸了一次，這一次萬萬不能輸。女英飛針走線，忙得利落，忙得精幹。可是，這時娥皇已縫完了。這是怎麼回事呢？原來，娥皇見繩子很長，抽繩太費時間，剪成短截，納完一截再納一截，當然節省了時間。娥皇又勝了。

女英嘟着嘴，撒開了嬌，說：「不算，不算。」

娥皇哄她說：「不算就不算，好妹妹別生氣。」

堯出了第三道題，實際也是正式嫁女了，誰先到達歷山舜的住址誰是勝者。

女英往窗外一看，院裏有一輛馬車，一匹騾子，眨眨眼睛來了主意。她說：「馬車穩當排場，理應姐姐坐。」怎麼這女英懂得謙讓了？不然，馬車再快也跑不過單騎去！奧妙就在這裏。堯帝夫婦和眾臣將姐妹倆送到宮外，一聲出發，馬車和騾子都飛跑開了。馬車跑得很快，可還是被騾子拉下了好多。一轉臉，女英騎着騾子早跑遠了。馬車卻載着娥皇悠悠顛達。看來這一回娥皇輸定了。可是，跑了一程，那騾子不跑了，停下來。女英揚鞭抽打，抽打那騾子也不動。下來一看，這騾子正在生騾駒，氣得女英說道：「該死的騾子，誤了我的大事，今後別下駒了！」據說，從那往後騾子真不下駒了。可那天騾子總得把肚子裏的小駒下出來吧！女英急得滿頭大汗，騾子卻不緊不慢地下駒。這時，娥皇坐着馬車從從容容趕到了，一看妹妹那樣，甚麼

也沒說，把她拉上車來，給她擦擦汗，同車前往歷山。女英感動得熱淚直流，從此不再和姐姐耍小聰明，二人和睦相處，同心輔佐丈夫。

　　卻說這舜本是個苦命的孩子。年齡不大，母親就病故了。父親又娶了妻子，他就有了後娘。後娘生了孩子，取名叫象。不幸的是，不久父親的兩隻眼睛全看不見了。家裏的大小事都由後娘作主。弟弟象長大後，懂了事，就想獨佔家產，和母親齊心一鬧騰把舜趕到歷山種田去了。

　　舜娶了媳婦不能不拜見二老，於是，領着娥皇、女英回到家裏。按後母的主意是要把他們趕出去。哪知，象見了二位嫂嫂長得金枝玉葉，如花朵一般迷人，就生了禍心，暗暗和母親合計要害死舜。大禍就要臨頭了，可憐的舜一點都不知道，還把後娘和弟弟的笑臉當成好心。

　　這天傍晚，瞎爹把舜叫過去敍話，唸叨的都是些陳穀子爛芝麻。唸叨着，喝着水，就說水苦，不好喝。後娘在一旁插話：「人常說『井掏三回水好喝』，就趁舜在家，把咱那井掏掏。」當時商定，舜明天下去掏井。

　　回過屋來，舜說給娥皇、女英，都沒往心上放便安歇了。睡到半夜，他們都醒了，直聽見有咚咚的聲響。燃起松明，屋裏屋外看了一遍，甚麼也不見，響聲卻不斷。

　　夫妻三人正在納悶，就見爐窩裏塌下去一個洞，從洞中鑽出一個土頭土臉的老頭。三人吃了一驚，跪地拜問。老頭說：「我是土地神，天帝知道舜明日有殺身大禍，命我來救！」

　　三人叩頭謝恩，抬頭時不見了土地神，只留着小洞。他們起身查看，到底土地神去了何方？又如何救舜脫險？左看右看，連那洞裏也用松明照過，都沒見到土地神。這時，天已亮了，象在敲門，要舜去掏井。

　　舜只好過去。到了井口，鑽身下去，還沒下到井底已漆黑一團，甚麼也看不見，伸腿一蹬，竟軟軟跌落進去。站在井口的象見舜老老實實下去了，暗暗喜歡，撮土下石，把井裏填了個滿滿當當。用腳一踩，長出一口氣，說：「看你還能上來！」

　　說完，撒腿往嫂嫂屋裏跑來。快近窗前，聽見屋裏琴聲悅耳，以為是二位嫂嫂彈琴，興奮得一躍老高，蹦進門檻，落地卻傻了眼，怎麼是舜在彈琴呢！原來，那舜軟軟一腳蹬下去，蹬透了井壁，人落進了旁邊的洞裏。順着洞摸着爬着，從前夜土地神露頭的洞口爬進了屋裏。娥皇、女英提着心等候，見丈夫出來了，好不歡喜。他們這才明白土地神的意思。大難不死，興奮無比，於是彈起琴來，撥奏心弦。貿然闖進的象討了個沒趣，說點閒話退了出去。

　　天下沒有不透風的瓦房。象落井下石的事情鄉鄰們知道了，都為舜氣憤不平，鼓搗他和弟弟、後娘較真論理。舜勸退眾人，一如既往地對待後娘和弟弟。哪知，後娘和弟弟禍心不死，一計不成，又生一計。這一天，爹說：「倉房漏了，明日你上去修理修理。」舜答應了。

　　過屋和娥皇、女英說過，有了掏井的事，二人不能不生疑心，總覺得要提防着些！怎麼提防呢？商量來商量去，沒有甚麼好主意。眼看天色亮了，屋裏也有了些亮光。娥皇忽然看見了斗笠，就讓舜戴個斗笠上去，當作落地傘使喚。也只好這樣，象已在敲門了，舜拿了斗笠走出屋去。

　　舜踩着梯子爬上倉房頂，前坡找，後坡查，哪兒也沒有漏洞。忽然，倉房着火了，濃煙翻滾，火苗飄舞。舜探頭找梯子，哪裏還有呢？梯子早被象抽掉了，只有憑着斗笠往下跳了！可是，火焰蔓延很遠，無法跳過去，弄不好斗笠也會着了火。

　　舜正猶豫，撲過一個紅鬍子老翁，把他一抱扔了出去。就聽耳邊呼呼風響，他連忙握緊斗笠，轉眼輕輕落地，而且，不偏不倚正好落在了自己住的屋門口。

不一會兒，熊熊烈火就把倉房燒光了。廢墟中還吐着殘煙，象跳過來，跳過去，四處翻看，甚麼也沒找見。舜肯定讓大火燒死了，他好不得意！象手舞足蹈向哥哥屋裏跑去，以為可以和嫂嫂成親了，他心裏美得很呢！使勁一碰門，門沒關，開了，象跌倒在地，頭上磕了個大疙瘩，疼得嗷嗷叫喚。舜上前扶起弟弟，拍拍他身上的土說：「兄弟，今後不要多禮磕頭！」

象慌忙就坡下驢，往後退出，退出屋後對哥哥說：「小弟給哥哥賠個不是，想備桌酒菜，請你晚上來吃。哥哥不要記小弟的過，一定要來呀！」

象見了母親，連聲哭泣，發誓非害死舜不可。他讓母親準備飯菜，自己則在廳堂又挖了一眼井，然後，在井上蓋了一張草蓆，草蓆上放了坐凳，那就是給舜準備的位置。舜又有殺身大禍了。

舜和娥皇、女英不是沒有防備，只是想不到象有這麼陰險的一招。她們只給丈夫喝了解毒藥，怕那酒菜做了手腳。舜過來時，老爹、後娘和弟弟都已坐好，給他留了個座位。象死死瞅着他，要看他落坐時「撲通」落洞的樣子，哪裏知道，舜坐穩實了，也沒跌下去。可能是重壓不夠，象起立給哥哥倒酒，趁機狠狠在他肩膀上按了一下。這一把用力不小，怎麼也該栽下去呀！可是，舜仍然坐得很穩當，這是怎麼回事？

象暗暗不解，等哥哥舉杯飲酒的一瞬間，他用腳鈎起草蓆的一角往下看，不看還好，一看嚇得三魂掉了二魂，扔了酒壺，跌在地上了。象看到了甚麼？他看見一條青臉紅眼的龍，正支頂着舜的凳子，看見他就張開了血盆般的大口，遲退一步就會把他吞進口裏。

事情到這兒，象和後娘不敢再害舜了。舜不是凡人，總有神靈保佑着他。舜不記前嫌，仍像過去那樣孝敬父母，善待弟弟。鄉鄰們都誇他是難得的孝子。

　　過了些日子，堯帝接兩個女兒回都，問些婚後情形，更為賞識舜的道德品行，就將舜接到宮中，讓他代為料理天下大事。後來又把王位讓給了舜，這就是堯舜禪讓的千古佳話。舜果然不負厚望，他彰顯大堯的愛心，給民眾辦好事，天下子民的光景都過得紅紅火火。多少年過去了，人們還念想那個時候，把那國泰民安的日子稱為：堯天舜日。

❝ 作者手記 ❞

　　堯舜神話故事散見於多種典籍，《尚書・堯典》、《史記・五帝本紀》、《拾遺記》、《高士傳》以及《論衡・是應篇》等都有記載。本文寫作吸取了典籍記載和民間傳說。

射日英雄后羿

十個太陽跑上了天空

十個太陽跑上了天空？

是的，十個太陽跑上了天空，還是偷偷跑上去的。

十個太陽都是活潑可愛的孩子。他們的爸爸是東方大帝，媽媽是東方大帝的夫人羲和。爸爸、媽媽把這十個活潑可愛的孩子當成心肝寶貝，每天親都親不夠。不過，爸爸的確很忙，不能常常和這些心肝寶貝在一起。東方大帝嘛，神界的事要管，人間的事也要管，連小鬼們的長長短短他也要過問處置，哪能不忙呢！忙，忙得東方大帝焦頭爛額顧不上和自己的兒子親熱。當然，大帝自有大帝的好處，他有權力，他的權力成了十個兒子的福氣。他給兒子們安排了天上人間最好的別墅，連小鬼們都眼紅哩！

十個太陽的別墅在東方海外，那兒有個地方叫陽谷。陽谷這地方，無雲、無雨、無雷，連閃電也沒有，一年四季一樣的好天氣。又有一灣滾燙、沸騰的好海水，正好給孩子們洗澡。這麼熱的海水洗澡那不燙壞了嗎？對一般人來說是這樣，這十個孩子卻不會，要不怎麼說他們是太陽呢！太陽要比這海水熱得多，自然不怕這滾燙的水。所以，大帝就把孩子們的別墅選在這裏。

陽谷有一棵大樹，大得讓人無法想像。這大樹人們叫它扶桑。扶桑生長在那滾燙的海水中，不僅沒燙壞燒死，而且還長得高大挺拔，據說樹幹高幾千丈，樹粗上千圍，這當然是棵天下無雙的神樹。大帝十個心愛的太陽寶寶就住在這棵天下無雙的神樹上。

扶桑樹枝條茂密，綠葉繁旺，高高的樹冠能夠蔭庇上百里。太陽寶寶便把家安在枝條間。九個住在下面的枝條，一個住在上面的枝條。上面的不是住房，相當於現在機關單位的值班室。哪個住到這值

班室裏，第二天一早就要上班，也就是上天，把自己的光熱灑向大地，灑向人間。

太陽寶寶年齡都不小了，說是寶寶，那是爸爸、媽媽對孩子的暱稱，在父母面前哪有能長大的兒女？年齡大了，上班做事是應該的，偏偏媽媽總不放心這些心肝寶貝，給他們配備好車輛不說，媽媽還要親自駕車護送上班的孩子。這一來可嬌慣壞了這些孩子，年齡老大不小了，還是寶寶心態，寶寶脾氣。

太陽的事業是神聖而又光榮的。一出來，天亮了，天暖了，人們出來幹活了。草嫩了，葉展了，苞蕾開成鮮花了，連小溪的流水也不再像黑夜那樣躲躲閃閃，而是歡歡快快唱着歌兒向前進。

太陽出來的時候是莊嚴而又美麗的。高高的扶桑樹梢站着一隻潔白潔白的玉雞。夜色消退，黎明到來，那玉雞抖抖翅膀，伸長脖子，仰天大叫一聲：咯——咯——咯——

玉雞一叫，桃都山的金雞跟着叫開來。聽見雞叫，遍佈人間的野鬼遊魂匆匆忙忙返回桃都山去。到了鬼門，少不了接受神荼和鬱壘兄弟的檢查。

金雞一叫，遠遠近近的石雞跟着叫開了。聽見雞叫，名山勝水脫去黑衫，洗淨容顏，準備迎接人們的到來。

石雞一叫，靜休一夜的海潮鼓盪澎湃，**轟轟**烈烈。蓬勃鮮紅的太陽便在這熱烈的氣氛中躍現出來。

太陽寶寶乘着媽媽駕的車子出發了！那車子可不是一般的馬車，而是龍車。車前面是六條精神抖擻的銀龍，那龍穿雲透霧，乘風破浪，行走得飛快。飛快的龍車載着太陽媽媽和太陽寶寶飛快地從天上穿過。每走一程，人們都有個說法。

太陽寶寶洗完澡，登上扶桑樹梢的時候是將明。

太陽寶寶坐上龍車，從扶桑樹梢出發的時候是晨明。

太陽寶寶升上藍天，高高掛在東方天空的時候是旦明。

就這麼，龍車跑得飛快，太陽移動飛快，我們的時光也過得飛快。

時光到了正午，前面的路全成了下坡，不用太陽寶寶出力流汗，只要滑落下去就可以了。媽媽不再護送太陽寶寶，要從這兒返回陽谷了，這地方就叫懸車，也就是停車的意思吧！

太陽寶寶下了車，媽媽還不放心，仍坐在車上望着遠行的孩子。看不見了，她就站起來，看着，看着，一直看到過了虞洲，過了蒙谷，把最後幾縷燦爛的金光拋灑在昧谷的榆樹梢上。

媽媽放心了，這才駕着龍車穿過繁星，穿過輕雲，連夜趕回陽谷。真是可憐天下父母心呀！

可惜，媽媽這麼起早貪黑地關照寶寶，太陽們並沒有體會到關愛，反而覺得這是不信任他們。他們自認為年齡不小了，應該自立了，應該去外面闖世界了。不知是哪位寶寶說出了心裏話，大家立刻熱烈響應，鬧成了一鍋粥。

嚷完了，寶寶們斂聲閉氣地說：「千萬別讓媽媽聽見。」因為，他們商量好一件驚天動地的大事。

這天早晨，媽媽像往常那樣駕好龍車，停在扶桑樹梢，等着八寶上來，坐車出發。八寶是媽媽叫的名字，也就是第八個太陽寶寶。等呀，等呀，就是不見這小崽露臉。哎呀，澡給他洗過了，衣服給他放好了，卻怎麼這大會子了還不上來？媽媽真有點焦急了，這孩子真不懂事，怕要誤了天下的大事。正這麼念想，好傢伙，太陽寶寶一窩蜂上來了，壓得樹梢晃晃悠悠。她以為是孩子們護送八寶呢，正感到他們懂禮貌了，哪知，轟然一散，十個寶寶全躥到天上去了。太陽媽媽趕緊呼喊：「寶寶，快回來，快回來！」

她喊破了嗓子也沒用，寶寶們跑散了，天高域寬，哪裏找得回來？急得太陽媽媽扔了龍車直跺腳。

女丑龍魚戰太陽

十個太陽寶寶跑上天是由着性子鬧着玩。哪裏知道這一玩卻給地上萬物帶來了深重災難。

土乾了，田裂了，到處浮塵飛揚。

嫩草枯了，綠草黃了，樹葉紛紛掉落。

溪水斷了，湖泊淺了，大河瘦弱得沒有了精神，鯉魚露出了脊背。

外頭烤着，屋裏燙着，眾人只好躲在巖洞裏，洞裏也熱，熱得人們直喘氣。

如果太陽寶寶看看地上的悲慘情景，也許會回心轉意，悄悄溜回扶桑樹上去。偏偏這夥小崽，像脫了韁繩的野馬跑得瘋了，哇——這麼大的天，上上下下由我走，高高低低任我遊，哪像平常坐媽媽的龍車，一條道走了又走，真是誤了多年的好景致。十個小崽把寬闊的天空當成了遊樂場，你來我去，竟然跳開了穿梭舞！

頭幾日，眾人盼黑雲上來，遮住這毒熱的太陽。

過幾日，眾人盼太陽下去，再現平日的景象。

過了幾日，又過了幾日，地上的花草樹木都成了乾柴禾，就要一把火燃燒光了，眾人不再盼黑雲，不再盼太陽自己覺醒，他們把目光盯住了女丑，把生命的希望寄託在了這位神仙身上。

在眾人眼裏，女丑是個本領高強的神仙。別的不說，就她那坐騎也讓人佩服得五體投地。她的坐騎不是牛，不是馬，而是一條龍魚。龍魚是甚麼樣？該怎麼說清楚呢？哦，那模樣就好像大家都熟悉的娃娃魚。一說娃娃魚大家可能有點泄氣，就那麼個玩意呀！可千萬不要小看了這娃娃魚，牠大得很呢！牠一張口能把兩三隻大船吞進肚子裏。有一年，女丑的一隻坐騎仙逝了，人們近前一看可真不得了，就像是一座小山。有人膽大，從龍魚的牙縫鑽進了肚子裏，在五臟六

腑間轉來轉去，遊走了幾天才出來。據說，還有人拾到了寶劍匕首，那物體肯定是和人一起吞下去的。人被消化了，化成了龍魚的肌肉血脈，而武器卻留在了那裏。這龍魚善於攻擊，沒有牠戰勝不了的敵人。別看牠沒有手，不能拿武器，但牠的脊背上、肚子上長着尖刺，誰要是挨近牠，牠猛躥過去，準刺破對手的肚子。當然，像人這樣的小東西牠根本沒放在眼裏，也不去看他，從牙縫裏吸進口去就吃了。可見，沒有人不怕這龐然大物。

女丑卻不怕這龐然大物，經過一場鏖戰降伏了牠。剛遇到女丑，龍魚沒當回事，一吸氣把她嚥進肚裏。哪知女丑正求之不得，進去了就往深處走。龍魚以為再走一會兒女丑就化了，不料，卻讓女丑揪住了牠的心。女丑一用勁，龍魚疼得翻跟頭，大海捲起了波瀾。再一用勁，龍魚疼得躥出水面，跌落下來，摔得鱗掉皮腫。龍魚只得求女丑饒命。女丑鬆了手，要龍魚當坐騎，龍魚哪裏敢不聽呢！從那天起，龍魚俯首帖耳地聽從女丑調遣。女丑騎着龍魚騰雲駕霧，飛行天空，在九州原野巡行一圈也就是人們打個盹的功夫。

眾人敬慕女丑，在生死關頭想到了這位神通廣大的女仙，請她作法趕跑太陽，即使趕不跑，弄點雲彩出來也行。

女丑慷慨答應了。別看女丑長得皮膚黑，頭髮黃，兩隻眼睛黑得像個井窟窿，可是心腸特別好。一見花謝了，樹枯了，河乾了，海淺了，人們熱得快要活不成了，她就心疼。住在龍魚的水晶宮裏，不熱不冷，她還是睡不着覺，吃不下飯。她下定決心要治治這些太陽寶寶了。

女丑騎着龍魚，躍然而起飛向天空。龍魚身後灑下的水花頓時成了一道美麗的彩虹。要在往常，準有許多人看着彩虹叫好。現在，人們性命難保，誰還敢在野外呆着呢！彩虹寂寞了一會兒，沒意思地消散了。龍魚直衝太陽，女丑伸出了鐵拳就要搗在一個太陽小崽身上了，龍魚卻渾身一軟，跌落下去。

原來這龍魚在天空飛行，靠的是騰雲駕霧，現在太陽曬乾了雲，烤焦了霧，長空萬里，碧藍如洗，龍魚沒有一點可藉助的東西。剛從海面躍起時帶的那點水霧，眨眼光景曬乾了，龍魚一下子就泄氣了，因而，突然朝下跌去。

太陽寶寶看着女丑和龍魚重重摔在海裏，濺起了一朵朵浪花，一個個笑得合不攏嘴。女丑朝上一看，正對着那一羣譏笑的眉眼，嗨呀，哪裏受過這種羞辱呢，可氣壞了。

女丑一跺腳，波浪滔滔，蝦兵蟹將列隊出來了。

女丑一揚手，飛霧飄飄，蝦兵蟹將齊往天空噴水。

乘着水霧，龍魚載着女丑又飛向天空。飛呀飛呀，龍魚接近了一個太陽小崽。小崽一見，慌忙躲閃，向着遠天奔跑。龍魚緊追不放，女丑摩拳擦掌，眼看就要擊落這個小崽了，不料，龍魚渾身又是一軟，跌落下去。原來，女丑追擊這個小崽時，被那夥哥們發現了，齊心協力噴光吐熱，曬乾了蝦兵蟹將的水霧。沒了水霧，龍魚沒了依託，又重重摔了下去。

這一摔，摔得大地抖了幾抖，龍魚跌在原野摔死了！

這一摔，摔得高山搖了幾搖，女丑跌在山頂摔死了！

大地上一片哭聲。人們哭龍魚，哭女丑，哭自己。哭龍魚和女丑為眾人獻出了生命，哭自己沒有了活下去的希望！

哭着，哭着，有的人倒了下去，斷了氣，很快曬乾了。

后羿下凡射太陽

女丑戰死了！

眾人求生的希望破滅了！

喪失了希望的人，一個個在毒熱中死去！

人們的喪生牽動着一個人的心，這個人就是堯帝。堯帝已經沐浴齋戒七天了。看着焦枯的大地，看着毒熱的蒼天，他萬箭穿心，坐臥

不寧，真想像女丑那樣和太陽大戰一場，哪怕粉身碎骨也心甘情願。可惜，他沒有龍魚那樣的坐騎，思來想去，只有直面蒼天，禱告上帝了。

這一天，堯帝掙脫了大臣的牽絆，跌跌撞撞爬上了祭壇，端跪在壇頂，仰起頭，面向蒼天。立時，他的顏面也像背脊那般如千針穿刺，疼痛難忍。他咬咬牙，咬碎了疼痛，張口祈禱：天帝大神，速救蒼生。十日並出，毒熱煎熬，草木乾荒，人成枯骨。嗚呼！嗚呼！

堯帝高昂着聲音祈禱，喊着，喊着，痛哭不止。這聲音驚動了天帝，才知道人世有了這樣的禍事。

堯帝號啕着祈禱，哭着，哭着，淚流如雨。這聲音驚擾了天帝，忙傳來東方大帝查問禍事。

堯帝沙啞着聲音祈禱，泣着，泣着，抽搐不止。這聲音驚怒了天帝，當即命令后羿捕殺太陽兄弟。

后羿本是東方大帝手下的刑獄大神，他練得一手好箭法，百步穿楊對人們來說是難上加難的事，后羿卻手到擒來，輕鬆便易。時常天空雁叫，他挽弓搭箭，竟能一箭射下三五隻雁來。天帝所以讓后羿下凡，就是看中了他的好箭法。需要說明的是，天神大帝主管着東、西、南、北四方天帝，十個太陽搗亂，他叫來東方大帝詢問，東方大帝說自己那十個兒子太調皮，跑出了陽谷，散亂在天空，怎麼也收攏不回來了。那好，就讓后羿下凡，用利箭把他們全射殺算了。

后羿領命，回到東方天宮，和妻子嫦娥商量去人間射日滅害的事情，有個小神進宮，帶來了東方大帝的禮物，無非是要后羿網開一面，手下留情，不要傷害他的太陽兒子。嫦娥聽說下凡人間，便要和夫君同行，人間只去過一次，還是那年受王母娘娘之託，去打聽那個織女的下落。

好山水，山高高昂昂的，直插雲端；水柔柔和和的，曲繞石崖。

好田園，田裏苗嫩樹高，茂茂密密；園裏花豔果繁，香香甜甜。

嫦娥最迷戀的是炊煙，點把火，支鍋做飯，裊裊的淡煙飄上長空，忽悠悠着慢慢散開。人世間忙是忙些，累是累些，日子卻過得多姿多彩。這天宮雖然清閒，閒的卻乏味無聊。當年，要不是她的夫君在天宮，她也會像織女那般找個精明後生，在農家安居樂業。這回夫君下凡，真是千載難逢的好機會，何不一起前往，也過一過炊煙裊裊的好光景。

嫦娥一說，后羿當然答應。有妻子前往，閒時洗衣做飯，忙時還是幫手，於是，連連說好。這麼着，后羿夫婦相攜着辭別天宮來到凡塵。

一到塵世嫦娥就後悔了。這哪裏是她記憶中的那個人間。田裏沒有嫩苗，只有乾草；沒有綠樹，只有枯枝。園裏當然早沒了鮮花碩果，河裏早沒了柔和的水流，只有高山還在，卻乾乾地立着，渴得崩開條條縫隙。

一到塵世后羿就被激怒了。東方大帝夫婦竟然把孩子嬌慣到這種地步，把塵世禍害得目不忍睹。聽到的是哭泣，看到的是曬焦的屍體和在驕橫的陽光下苟延殘喘的病人。

后羿找個山洞安頓了妻子，甩開大步登上了祭壇。儘管他身上穿着天神大帝賜予的防曬衣，也還明顯感覺到皮膚灼燙。登上祭壇，堯帝已無力撐起了，倒在地上，沙啞着唸叨：天神大帝，速救蒼生……

后羿扶起堯帝，說明來意，堯帝眼中亮着喜色，低沉地說：「煩勞天神救命，救蒼生。」

滿目淒涼，滿目焦灼，激起了后羿的一腔怒火。在天宮，收了東方大帝的禮物，他心裏閃過儘量保全太陽寶寶的念頭。即使不收禮，東方大帝也是自己的頂頭上司，得罪了他哪裏還有好果子吃！得饒人處且饒人，這是他的打算。此刻，雖然怒火中燒，后羿還是按在心中。他站上祭壇，對着十個太陽高聲喊：「太陽公子，快快回家，你們弄出大禍了！」

太陽寶寶玩鬧得正高興，聽見了后羿強壯的吼聲，都吃了一驚。低頭一看，站在土壇上的不過是個沒有翅膀的男子。連女丑和龍魚也奈何不了我們，你是哪根蔥哪苗蒜呢？你又能怎樣？還有的嘟嚷：「你是啥東西？多管閒事。」

后羿忍住火氣，繼續勸解：「快回家吧，人間遭了大難！」

太陽寶寶哪裏聽得進去，只管羞辱：「說話沒人聽，羞死了！」

后羿氣得火冒竄天，從背後的玉袋中抽出一枝箭，將大帝賜給的紅木弓拿在手中，使勁一拉，一鬆，就聽見了一陣厲風忽忽響動。哪裏有風呢，是那枝箭飛上了高空，直衝太陽寶寶。

轟然一聲巨響，驚天動地，流火紛濺，濺出的火星變成了金光閃閃的羽毛，從空中飄落下來，一個太陽破碎了。

又是一聲轟然巨響，驚天動地，流火紛濺，濺出的火星還是金光閃閃的羽毛，從空中飄落下來，又一個太陽破碎了。

響聲接二連三，頓時涼爽了好多。知道是天神射掉了太陽，近處的人都擁來了。后羿射掉一個，引起人們一陣喝采。喝采過了，看那地上紛紛飄落的羽毛，像是烏鴉毛，可不是，正看着就落下了一個個三隻腳的烏鴉。那太陽寶寶原來竟是這麼個倒霉的烏鴉呀！

后羿越射越猛，越射越準，箭箭不空，嚇得太陽慌忙亂跑。跑也沒用，后羿那箭朝太陽追去，太陽往上，它往上；太陽向下，它向下；太陽拐彎，那箭也扮彎，哪逃得脫。剩下一個太陽了，后羿索性一不做，二不休，全滅了！箭已在弦，忽然他手臂被拉住，后羿回頭一看，堯帝正眼巴巴瞅他：「天神，手下留情！」

他忽然醒悟了，是呀，太陽還是有用的。要是一個也沒有了，天地間會一團黑暗，一片陰冷。后羿連忙鬆了弓，就這樣天上剩下了一個太陽。災禍消除了，人們得救了！

眾人歡聲雷動，一擁而上，將射落太陽的英雄神——后羿高高舉過頭頂，拋向空中，又拋向空中……

崑崙山請到了長生藥

后羿射殺了九個太陽，地上恢復了原先的涼爽，眾人把他奉為再生父母，都爭着推舉他做自己部落的頭領，連堯也想把帝位揖讓給他。后羿一概謝絕了。

人們心裏過意不去，湊些美食招待他，每次赴宴后羿總把嫦娥帶了去，歡歡喜喜過了不少天。

后羿還沉浸在喜慶的氛圍裏，嫦娥卻不耐煩了，她已厭倦了人間的日子。

這當然和十個太陽一起出來有關，嫦娥看見滿目的焦土，荒敗的枯草，就思念天堂的風景，因而，催着夫君早日返回仙界。

這一天，后羿謝絕了宴請，領着嫦娥返回天庭。送行的人可多呢！山上山下，湖邊河畔，都站滿了朝他們揮手的人。他倆十分興奮，翩然起飛，騰上雲端還頻頻向眾人招手致意。

一登天路，風光換了容顏，荒禿廢敗不見了，一派畫樣的山水。嫦娥忘了這些天的煩惱煎熬，飄忽前行唱着小曲：

> 我的夫君好箭法，
> 射掉九個太陽娃。
> 毒熱火烤消除掉，
> 人間蒼生得救啦！

小曲唱得清脆悅耳，后羿聽得美滋滋的。回味人們對他的敬慕尊崇，心中洋溢着無比的自豪，甚而想到天堂應該為他搞個慶功大會，歡迎他這位射日英雄勝利歸來。

如果不是此時的無比興奮，也不會有後來的加倍掃興。

后羿夫婦到了天門，被門神攔在了階前。他倆看到的是一張冰冷冷的面孔，門神甩過來一頁天書，上面寫着：后羿夫婦，貪戀人世不歸，違犯天規，收去神功，貶為凡人。

后羿不看還好，一看兩眼發黑，暴跳如雷。嫦娥氣得渾身發抖，痛哭流涕。后羿拉着嫦娥就要往天庭闖，可是，此時神功已消，站立難穩，搖搖晃晃，跌到了地上。

千古奇冤呀，射日英雄無功也罷，竟然有了大罪。這肯定是因為后羿射殺了東方大帝九個心愛的太陽寶寶。如果后羿平定心情，冷靜反思，定然會想起離開天庭那天，東方大帝託小神送給他的那份禮物。那是要他手下留情，放過嬌兒呀！只怪后羿生性耿直，看見蒼生遭難，便怒氣難過，要不是堯帝忽然醒來，十個太陽會都射碎！真沒有想到堂堂東方大帝會不顧天道良知，私報個人仇恨！氣憤歸氣憤，天堂是回不去了。

后羿夫婦重返人間，人們無不惱恨東方大帝。惱恨也無濟於事，拔不了大帝的一根汗毛。唯一能做的事是修房建院，安排人服侍，讓他們在塵世過上舒心的日子。

后羿生性豁達，每日有好茶好飯，時常還有好酒，日子過得還算順心。嫦娥就不同了，她是仙女身體，哪裏吃過這樣的粗茶淡飯。更為可怕的是，當凡人要死，死後到了陰間還要受那些小鬼判官的指撥，越想越煩，煩得頭疼不止，日日埋怨后羿沒有出息。可憐，蓋世英雄裝了一肚子窩囊氣。

有一天，后羿興沖沖回到家裏，告訴嫦娥，可以不死了，西王母那裏有長生藥，討回來吃了，就能永世長壽。嫦娥早聽說過西王母，這位壽仙住在崑崙山上，而要去那裏得過烈火山、溺水海，神仙都很難，何況他們已經成了凡人。后羿堅決要去，對妻子說，只要能為你討到長生藥，就是上刀山，下火海，我也樂意。

后羿辭別嫦娥，走到黃河邊，河水滔滔，無法渡過，鯉魚跳了出來，對他說：「不是你射掉九個太陽，流水早乾了，我們早死了，來，我馱你過河。」后羿坐在鯉魚背上，鯉魚箭一般在水面游過，很快到了岸邊。

后羿辭別鯉魚，走到大漠裏，黃沙滾滾，長路難行，駱駝跑了過來，對他說：「不是你射掉九個太陽，青草早荒了，我們也死了，來，我馱你過去。」后羿騎在駱駝背上，駱駝行走如飛，很快過了沙漠。

后羿辭別駱駝，走到烈火山，火苗騰騰，酷熱難登，彩虹飄了過來，對他說：「不是你射掉九個太陽，水霧全乾了，我們也死了，來，踩着我過去。」后羿踩着彩虹，上到很高的空中，落下時已過了烈火山。

后羿辭別彩虹往前行，一汪清水亮在了眼前，到了溺水海。海水渺渺，一望無垠，撿一塊石子扔進水裏，聽聲音悶悶的，好深好深，這可怎麼過呀？后羿正在海邊徘徊，天上出現了一塊雲團，忽忽悠悠飄盪過來，落在了身邊。他細看時，哪裏是雲團呀，是一隻大鵬鳥。

大鵬鳥朝后羿點點頭，說：「你救了天下蒼生，也救了我們禽鳥，我載你過海登山。」

后羿伏在大鵬背上，剛坐穩，大鵬呼的一聲騰空躍起，起飛了。后羿看見身邊的雲一朵朵向後流去，有白的，有紅的，有黃的，還有紫的。再看身下，那浩渺的大海小成了一汪泉水，而且，還在小，小成了臉盆，小成了飯碗，他知道，已經飛得很高了。

正想着，就見前頭突兀着一座高峯，大鵬閃閃翅膀，穩穩落在了山尖，對后羿說：「到了崑崙山。」

謝過大鵬，后羿仔細觀看，這崑崙山到底是仙山，歷經劫難沒有一點荒涼破敗，綠樹依然，紅花照開，飽滿的碩果散發着清香，整個山上到處是滋潤身心的美味。后羿精神倍增，邁開大步直朝王母大殿奔去。

午後日斜，山上清爽，西王母在一羣仙女佳麗的簇擁下來到後花園賞果。後花園美景如畫，雖然是自然的山石花木，可很像是人工匠心鑿出的盆景園林。西王母輕移腳步，細細品賞，突然，左眼皮跳了

三下，她一抬手，三青鳥飛走了。轉眼間又飛回來，湊近在西王母耳邊說：「來的是射落太陽的英雄后羿。」

西王母一聽后羿來了，馬上走出花園，回坐大殿。

剛一落座，后羿已經進到殿裏，施過禮，他沒開口西王母即問：「英雄登山必有要事，請講。」

后羿抬起頭倒出了滿肚子苦情，訴完，才向西王母懇求：「請王母可憐嬌妻要遭受人間死亡，賜予她幾粒長生仙藥。」

西王母聽完后羿的訴說，很是同情，吩咐侍女取出仙藥交給后羿。然後告訴他：「英雄陳辭，一片真心，就送給你們夫妻一人一份仙藥，保證你們長生不老。不過，這仙藥千萬不要一個人吃，若是一人吃了，就會成仙升天，你夫妻永遠難以團圓。」

后羿跪倒又拜，感謝西王母賜予長生仙藥。然後，出了天殿，下了崑崙，踏上了歸途。

嫦娥吞藥上了月宮

后羿從西王母那兒求到了長生不老的丹藥，嫦娥可高興啦。夫婦倆商量，選個吉日良辰，齋戒沐浴，共同服了丹藥，和和美美在人間過日子。

哪知，還沒有到服藥的日子，卻出了一件意想不到的事情。

事情出在逢蒙身上。逢蒙是后羿的徒弟，自從后羿射掉九個太陽後，聲名遠揚，遠遠近近，老老少少都知道他箭法高超。一幫小青年找到后羿糾纏着要跟他學射箭，后羿見他們誠心學本事就答應了。那時，逢蒙還是后羿的家丁。逢蒙乖巧伶俐，幹活賣力氣，后羿非常賞識他，他要學射箭，當然不會推託。

逢蒙連忙買了最好的弓，最好的箭，來請師傅教授。哪知后羿見了逢蒙的弓箭，讓他放在一邊說：「現在還用不上弓箭，你先練眼睛的功夫，要練到拳頭打來不眨眼。」

逢蒙睜大眼睛，用拳頭在臉前晃動，晃一下，眼睛眨了，再晃，還是眨。不一會兒，晃得胳膊都疼了，眼睛仍然在眨。看來這不眨眼睛真是個硬功夫。逢蒙是個有心人，他不晃拳頭了，乾脆吃飽躺在妻子的織布機下。每織一下，妻子要踩一下踏板，他把眼睛對準踏板，死死瞅着。

瞅着，瞅着，眼睛痠了，不由得要眨。

瞅着，瞅着，眼睛流淚了，不由得要眨。

瞅着，瞅着，眼淚乾了，眼睛不眨了。

逢蒙高興極了，蹦跳着來找師傅。

后羿接過逢蒙遞過的弓箭，又放在一邊，說：「現在可以練習第二步了，你要把小東西看成大的。」

怎麼練習呢？逢蒙不愧是個聰明人，他從馬尾巴上拔了一根長長的毛，在地上抓了一隻螞蟻，用那毛拴住螞蟻，吊在房樑上，然後躺在牀榻上定睛去瞅。

瞅着，瞅着，螞蟻變大了，大成了螞蚱。

瞅着，瞅着，螞蟻更大了，大成了兔子。

瞅着，瞅着，螞蟻大得不能再大了，大成了一匹駿馬。

逢蒙高興極了，從炕上蹦跳下來，拿起弓箭就去找師傅，后羿接過弓箭放在一邊，說：「現在可以練第三步了，你要把遠處的東西看成近的。」

逢蒙是個肯下苦功夫的人，家門前邊是條河，河對岸是一塊石，石後頭是一座山，山頂上有一棵樹。他選定了樹，找個木頭墩子坐下，呆呆地瞅着山頂上的那棵樹。惹得路人都笑他發痴呆，逢蒙聽了不理不睬，瞪大眼睛瞅着。

瞅着，瞅着，那樹變近了，到了石上。

瞅着，瞅着，那樹更近了，到了河邊。

瞅着，瞅着，那樹近得不能再近了，近到了眼眶邊上，連樹葉上細密的脈絡也看得一清二楚了。

逢蒙還是那雙眼睛，看東西奇亮奇亮，逼真逼真。他說給師傅聽，后羿這才教他如何挽弓，如何放箭。這一來，進步真快。不幾日，逢蒙超過了所有的弟子。過了一年半載，逢蒙練得箭無虛發，百步穿楊了。

逢蒙不再是過去的逢蒙了，過去是家丁，現在是神箭手；過去是弟子，現在箭法可以和師傅齊名了。逢蒙走路挺着胸，昂着頭，趾高氣揚。

趾高氣揚的逢蒙心裏並不美氣，暗想我的箭法不亞於師傅，憑甚麼他當受人敬重的英雄，我還當他的家丁。他謀劃着怎樣才能出人頭地。也就在這時，后羿從崑崙山歸來了，眾人都知道他求到了長生不老的藥。

眾人知道了，都為射日英雄高興，高興他能夠萬壽無疆，為民間多除禍害了。逢蒙知道了，卻為自己傷心，自己這麼好的箭法，死了，不就完了？

逢蒙實在是太聰明了，眼睛一眨，點子來了。這天傍晚，逢蒙搬來一壺酒罈，木塞一掀，滿屋飄香。后羿見了，好不動心。赴崑崙山前，嫦娥心煩，后羿也心煩，常常飲酒消煩，去崑崙奔走這些日子沒有沾酒腥了，聞到酒味，心早醉了，逢蒙討好地說：「聞知師傅得了仙丹，可以在人間長生不老，弟子特請師傅痛飲，表示慶賀！」

后羿哪裏還推託呢，恨不能立即攞開陶杯，和逢蒙碰杯而飲。

真是一場痛飲呀，你一杯，我一杯，飲到月上樹梢。

真是一場豪飲呀，你一杯，我一杯，飲到月掛中天。

后羿醉了，醉臥牀榻，響起呼呼的鼾聲。

逢蒙醒着，他根本就沒有把酒喝下去，他把酒灑在了地上。后羿的鼾聲引出逢蒙的笑聲。

逢蒙笑聲好高，高得讓嫦娥毛骨悚然；

逢蒙笑聲好尖，尖得讓嫦娥心驚肉跳。

她從那笑聲中忽然明白了甚麼，連忙找出仙藥掖在裙衣中。這時，逢蒙已經闖進裏屋，要嫦娥交出仙藥。嫦娥推說是后羿放的，不知在啥地方。逢蒙動手翻搜，陶甕倒了，陶罐破了，衣服被子扔了一地。沒有找到仙藥，逢蒙兇狠異常，指着嫦娥說：「不交出仙藥，我就要了你的命！」

嫦娥嚇得跑出屋來，逢蒙隨後就追。若是逢蒙追到，仙丹準落到逆賊手中。見勢不妙，嫦娥一把將仙丹吞進口中，嚥下肚去。逢蒙追得急，嫦娥跑得快，再快，嫦娥也跑不過逢蒙呀！

忽然體內一輕，嫦娥飄飄忽忽離開了地面。急步趕到的逢蒙拽住了她的裙帶，用勁一拉，帶子斷了，嫦娥飄搖而上直入天宮。

嫦娥升天了，匆忙中兩人的丹藥，她一人吞了下去。

嫦娥成仙了，天庭那邊卻不敢去。她害怕東方大帝嫉恨她，報復她，因為，她是后羿的夫人呀！

嫦娥在天宮飄忽來，飄忽去，不知該去哪裏安身為好。忽然，她看見了中天上那一輪揮灑玉輝的月亮，何不到那裏去呢？嫦娥手指玉輝，輕盈的身體朝着月宮飛升。

不一會兒，月宮到了，嫦娥一敲門，一隻小白兔跑來開門。小白兔瞪着眼睛問嫦娥：「你有甚麼事？」

不問還好，一問，問出嫦娥滿臉傷心的淚水。善良的小白兔慌忙把她讓進門去，坐到客廳，倒上一杯清水，請她慢慢訴說。

不說還好，一說，說出小白兔滿眼動情的淚水。嫦娥說呀，說呀！小白兔哭呀，哭呀！哭得眼睛都紅了，所以直到現在，小白兔還是紅眼睛。

" 作者手記 "

　　后羿射日、嫦娥奔月是兩個家喻戶曉的神話故事。這次寫作，參照了《淮南子・本經訓》「堯之時，十日並出，焦禾稼，殺草木」，以及「(羿)上射十日」。《十洲記》：「扶桑在碧海中，樹長數千丈，一千餘圍。」《淮南子・覽冥訓》：「羿請不死之藥於西王母，恆娥竊以奔月。」為避免兩個故事的交叉重複，因而合為一篇。

大禹治水

崇伯鯀受命治水

堯那個時候，發過一場後來再沒有過的大洪水。

大洪水是由大暴雨帶來的，暴雨下得可真夠大，像是那年共工碰塌了不周山，天河決口，滔滔洪流直向人間傾倒下來。不多時，路上流水，田裏積水，河裏漲水。河裏的水漲着漲着就竄上了岸，竄上岸就像野馬一樣四散猛跑。跑進了村落，跑進了院落，屋裏的人慌了，跑出去，在雨裏奔跑，可哪裏跑得過洪水呢，浪頭一打，人被水沖走了。

堯帝領着大臣、子民爬上了姑射山，跑得跌跌撞撞，直喘粗氣。回頭看時，山下茫茫一片全都是水。水擠水，浪擁浪，波推波，發出驚心動魄的聲響。很遠很遠的水面像是漂浮着一個饅頭，那是個山頭，人們說是洪水浮山，現今山西南部還有浮山縣。

堯帝看一眼洪水，心憂如焚，怎麼救出天下子民呢？他趕緊召集大臣商議：「如今洪水滔天，子民受害，誰能擔當治水重任？」

四岳和大臣都說：「叫鯀治水吧！」

堯知道鯀名氣很大，住在崇伯那兒，人們也叫他崇伯鯀。崇伯鯀一副英雄氣概，像是能幹大事的樣子，但不知道治水這關乎生死存亡的重擔他能不能挑得起。想來想去，又沒有更合適的人，因而同意了眾臣的推舉。

崇伯鯀本是天上的一匹白馬。這白馬長得英俊極了，渾身沒有一根雜毛，亮得比玉石還雅潔。兩隻藍瑩瑩的大眼閃動着幽幽的光芒。跑起來如迅雷閃電，快極了。可惜，天馬行空，獨往獨來，誰也降服不了牠，天帝只好把牠罰到人間，遭受磨難，經受鍛煉。哪裏知道，下凡脫生的崇伯鯀自認為是仙體神性，更是隨意折騰。若是談論起天

下大事，他那張嘴比這遍地的洪水還要波濤洶湧。眾大臣推薦他治理洪水，也就是看中了他這果敢不凡的舉止。

崇伯鯀領受了重任，一看這肆虐湧流的洪水還真沒招了。別看他平時談天說地，口若懸河，玩真格的卻不知該從哪兒下手。出了姑射山上堯帝的宮棚，他一點主意也沒有，在山頭上走得慢慢騰騰，這可不是平日他那盛氣凌人的作派。

說也奇怪，正走着，崇伯鯀前頭出現了個爬動的怪物。緊走兩步，到了跟前，卻怎麼是一隻馱着個貓頭鷹的烏龜呢？他還沒開口，烏龜倒先問：「崇伯鯀有何心事煩愁？」

崇伯鯀愁眉不展地把治水的大事對牠們講了，哪裏想到貓頭鷹聽了會有主意，牠問：「怎麼不用天帝的息壤？」

貓頭鷹這麼一說，崇伯鯀恍然大悟，是呀，在天上就聽說過那是治水的寶物，用上一點，就能夠長高好多。水漲得再快，也長不過息壤。他一拍大腿，說：「哎呀，我怎麼就忘了這息壤呢？」

不過，轉眼功夫，他又愁鎖雙眉了。息壤能治水，可那是天帝的寶物，怎麼能拿來呢？還是貓頭鷹有能耐，牠一看就明白了崇伯鯀的難處，連忙說：「搞清楚息壤放在何處，悄悄拿點不就行了。」

於是，崇伯鯀請貓頭鷹去天庭打探息壤的藏處。貓頭鷹很樂意，應一聲，飛上了高天。

不多時，天上一閃，貓頭鷹飛回來笑着說：「這寶物容易拿，在御花園中。那不是有座神山嗎？是息壤堆起來的。」

崇伯鯀聽了，差點說漏嘴，下凡投胎前他不是天馬嗎？常常在那神山腳下吃草，可就是不知道那是息壤。他想着往事，烏龜開了腔：「快去取回來，我馱着，一塊去治水。」

真是天大的好事，崇伯鯀沒有想到會碰上這兩個熱心腸。

過了一霎，崇伯鯀已騎在貓頭鷹背上了。這哪裏是貓頭鷹呀？簡直比鯤鵬還要大，還要剛健。剛騎好，翅膀一扇動，就衝上藍天

去了。翅膀再一扇動，那山就變成了小饅頭。扇了三下，已經到了天庭。

此時，天庭正好是夜晚，太陽下去了，月亮還沒上來，四處黑漆漆的。天帝睡了，神仙睡了，連那些鼓噪歌唱的鳥雀也睡了。也是，黑漆漆的不睡能幹甚麼？不小心會碰塌鼻子呀！

然而，這黑暗卻正適合貓頭鷹活動，牠那雙亮眼一閃，瞅準了御花園，扇扇翅膀，不偏不倚落在了神山腳下。

崇伯鯀撲倒在山下，那青草的氣息喚起了美好的往事。他撕下一把草，就往嘴裏塞去，咀嚼着先前的滋味。貓頭鷹見他遲遲不挖土，連忙催促，他才從沉迷中醒過來，撥開雜草，抓了一把神土，又抓了一把神土，撐開衣袋放了進去。剛抓了兩把，遠天傳來了一聲雞叫。雞一叫，天庭的潔神便要出來清掃庭院，貓頭鷹催他快走。

剛離開神山，就見潔神已走進了御花園，好險哪！

剖父體大禹出世

崇伯鯀騎着貓頭鷹回到姑射山，那烏龜仍然曬着太陽恭候他們。好像這烏龜生來就是馱息壤的，崇伯鯀口袋翻開一倒，烏龜背上出現了一座小山，其實是個小土堆。可是，千萬千萬不要把這小土堆不當事！哪兒流水，崇伯鯀只用手指一拈，輕彈一點兒，就會築起一道堤壩。而且，那堤壩隨水長高，就堵住了滾滾洪流。

崇伯鯀稍一試，息壤神土還真管用，這一來哪裏還愁治不住洪水呢！他命令天下子民，哪裏漲水趕緊報告，聞訊就前去塞治。崇伯鯀成了當世紅人，有求必應，多虧了還有兩個好幫手。他騎着貓頭鷹，拖着烏龜，到了地方，就從烏龜背上拈一點神土，彈往水口，洪水立即就堵塞了。

洪水滔天，四處求救。

廢寢忘食，四處奔走。

不多時，崇伯鯀成了人們敬仰的治水英雄。

治了一水又一水，塞土堵流，土到水止。

治了一山又一山，填土堆山，山高水深。

不多時，大地上成了水汪汪的海洋。

這一天，水神共工匆忙跑回天庭報告，人間要成水國了。天帝問起情況，才知道罰下凡塵的那匹天馬偷走了息壤堵水，當時大怒，這息壤豈是隨便可以使用的！若是不疏通水路，只用息壤塞堵，還不把大地弄成一片汪洋？立即頒令，命火神祝融趕往人間，收回息壤，殺死崇伯鯀。

崇伯鯀大禍臨頭了！可是，他一點也不知道，仍然沉浸在治水的歡樂，仍然在塞水中享受眾人的歡呼禮拜。祝融趕到時，他正在羽山忙碌。

祝融站在山巔怒目圓睜，高喝一聲：「崇伯鯀休走！」

崇伯鯀聽見有人喊自己，頓時愣住了。

抬頭見是火神，吃了一驚，往常天庭捉拿罪犯都是他呀！今日他來肯定沒有好事。但是，仍穩住精神，故作鎮定，問：「火神到此，有甚麼公幹？凡夫為你接風洗塵。」

祝融又喝一聲：「休裝糊塗！你偷了天帝的息壤，還不認罪！」

崇伯鯀揚頭辯解：「火神聽清了，我用息壤治理洪水，解救子民，有甚麼罪呢？」

祝融哈哈一笑，申斥道：「息壤是天帝的神寶，豈是隨便可以拿的？治水要隨川歸流，你用息壤堵成了汪洋，還敢強辯！」

崇伯鯀還想辯說甚麼，祝融飛身過來，手起刀落，「轟隆」一聲，他人頭落地了。可憐這位氣勢威武的治水英雄就這麼被殺了！

頓時，羽山治水的子民發出了悲憤的哭聲。在哭聲中，火神匆忙掩刀離走，回天庭覆命去了。

崇伯鯀仰身躺在地上，脖子上卻不流一滴血，眾人都很奇怪。

一天過去了，崇伯鯀脖子上響起了呼吸聲，像是在酣睡，肚皮隨着那呼吸聲一起一伏。

一月過去了，崇伯鯀肢體沒有腐爛，仍然鮮活而有彈力，像是個健壯男兒，勃發出生命的活力。

一年過去了，崇伯鯀的肚皮漸漸隆起來，像是有了身孕的婦女，肚子一天天鼓圓。

三年過去了，崇伯鯀的肚皮圓得不能再圓了，像是一個碩大無比的西瓜。那西瓜隨時有鼓破肚皮的可能。

這日，天帝將火神祝融又傳進宮中，問：「崇伯鯀行刑了？」

祝融忙稟告：「行刑了！」

天帝問：「死了？」

祝融報：「死了。」

天帝追問：「怎麼個死法？」

祝融不解地答：「身首異處啦！」

天帝歎了一口氣說：「只怨寡人忘了囑咐你，這個崇伯鯀不是凡胎，光斷了頭死不掉，還要剖了腹。怪不得這幾日，我心煩耳鳴，躺在羽山荒野的崇伯鯀精魂還在，神孕了三載，如今就要臨產了！」

祝融忙接過話：「不怨天帝，只怨小臣做事不周。臣願戴罪下凡，再將那人的胸腹剖了，不就完了？」

天帝搖搖頭說：「剖是能剖開，可是現在剖開只能是助產。也許天意如此，你就再煩勞一趟吧！」

祝融辭別了天帝下凡，一路都在想這怪事。

割了頭顱心不死，可是也不該活這麼久呀！當年和黃帝大戰的刑天確實是條好漢，掉了頭還張牙舞爪呢，可是，張狂了沒幾天便倒在了山野，這崇伯鯀怪了，真是怪了！

到了羽山一看，可不，那崇伯鯀肚子鼓得像是裝了個月亮，一閃一晃，起起伏伏，分明氣力還挺大呢！

祝融看了，火氣直冒，好你個賊偷，你活着也好，還要鼓弄個小崽，讓天帝數落老神的無能。一口怨氣湧上身來，揮動寶刀，手起刀落，劃破了崇伯鯀的肚皮。

轟隆——

噴光濺火，霹靂動地。隨着巨響，一條虬龍蹦出鯀腹，伸出兩隻長角，抖動兩根長鬚，盤曲迴旋飛上高空。祝融嚇得差點扔了寶刀，渾身顫抖着，倉惶逃向天庭，邊逃邊嘟囔：「真怪，真怪！」

不說祝融逃走，只說虬龍飛天，如魚得水，瞬間游遍了五湖四海，看到了水汪汪的大地。

身子一沉，落下地來，眾人看時，那虬龍已經變成一個英俊男兒。這就是將要成為治水英雄的大禹。

那大禹落在地上，跌跌撞撞跑到父親的遺體前面，跪地連連磕頭，磕完流着淚說：「父親大人安息，孩兒繼承您的大志，治理天下洪水。定讓水歸百川，眾生安居。」

說罷，父親的肚子緩緩彌合，不見了傷痕。突然，體內發出聲音：「小子，為父放心走了，去找我的頭顱。」

接着身子開始滾動，滾過山巔，滑向溝谷，直向山邊的羽淵飛落。不多時，羽淵濺起了水花，崇伯鯀跌入水中，化為水族生靈。

拜伏羲求取天尺

崇伯鯀偷了息壤治水，事情敗露被天帝殺死在羽山，此事震動了朝野。洪水沒有平息，還搭上了英雄的性命，實在太不合算。最讓堯帝頭疼的是洪水仍在肆虐氾濫，子民仍在遭殃受難，這可如何是好？繼續派人治水，好長時間都找不到合適的將帥。

這天，堯為治水的事又和大臣進行廷議。大家議論紛紛，卻總找不到稱心的人選。恰在這時，大禹上朝自薦，樂意擔當治水重任。堯

帝便問及他的情況，朝中大臣吵吵嚷嚷像是炸了鍋。原因很明白，因為大禹是崇伯鯀的兒子。

四岳晃着頭說：「不行，不行！你父治水九年沒有成功，還丟了自己的性命，難道你小小年紀也不想活了？」

大禹堅定地說：「小民願立誓言，治水不成願受刑罰。」

放齊指着他說：「治水事關子民生死，你死事小，難道還要讓大家跟着你遭殃？」

大禹憋紅了臉說：「我保證治好洪水，讓百姓安居樂業！」

眾臣一窩蜂問：「你讓我們怎麼相信你？」

堯見眾大臣都不同意，不便自作主張，可是，從言談舉止看，他對這英俊男兒倒還有點信任。見大禹為難，他接過話頭說：「眾臣見你年少，怕耽誤治水大事，你不妨做點事情證實一下自己的能力。從平陽北行，遠處有個終北國，終北國邊緣有個神祖山，山中神祖有治水天尺，如果你取得回來，就率眾治水。」

堯帝一番話說得眾臣點頭稱是。這把治水天尺是眾人嚮往好久的寶物了。自從那年堯從巢父口中得知天尺可助治水，就一次一次派人探尋覓取。可惜人走了一個又一個，都是有去無回。所以，堯派大禹去取是再合適不過了。

取得回來證明這小子有點能耐，讓他治水準定不會誤事。若取不回來，連這事也辦不成，還治甚麼水呢！

大禹聽了，連聲答應，出了殿門，直奔終北國而去。

走了很遠，大禹累了，問路邊的花草，終北國在哪裏？花草說：很遠，很遠。大禹不敢歇腳，繼續趕路。

走了很遠很遠，大禹睏了，問天上的小鳥，終北國在哪裏？小鳥說：很遠，很遠。大禹不敢睡覺，繼續趕路。

走過白天，走過黑夜，大禹迎來太陽，又迎來月亮；送走太陽，又送走月亮。走得忘了累，忘了睏，可是，離終北國還有好遠哩！大

禹心想，這樣走下去，勞累好忍，豈不誤了治水大事？這麼一想，雙腿輕了，身體飄了，忽忽悠悠離了地面。大禹現了原形，化為虬龍，騰雲駕霧，就向終北國飛去。飛了不多時，就看見一座高山，遠遠隔斷了天空，那就是神祖山。大禹抖擻肢體，想一氣飛上山巔，突然間，渾身沉重，緩緩降落，落到了終北國中。

這終北國可真是個天下難找的好地方。背靠神祖山，山泉湧靈水。那靈水清泠泠地流着，彎着，繞着就到了國中間。滋潤得綠草搖曳會跳舞，紅花張口能唱歌，那挺挺拔拔的樹木更是不得了，密密麻麻的樹葉金燦燦放光，定睛一看，哇！這哪裏是樹葉，全是金幣！終北國的人連這金幣也看不上眼，他們不勞不作，渴了，彎腰喝口水，解渴；餓了，彎腰喝口水，飽了。那靈水滋養出的好日子都享受不完，還要錢幹啥呀？你看這終北國的人，年少的紅光滿臉，年老的滿臉紅光。樹下那幾位老頭，雪白的鬍鬚尺把長，臉上連個皺紋也沒有，笑起來銅鈴一般響亮。

大禹剛進村，一夥男男女女就熱情地迎上來，將他簇擁進一座華麗的殿堂。正中坐一位老翁，眉毛長得竟然遮住了顏面，他哈哈一笑，對眾人說：「快給中都的豪傑盛靈水，解睏驅乏。」

早有侍者遞過碗來，大禹抿了一口，好甜呀，一股爽氣直入肺腑，通體都是舒服的，不由得雙手一舉，將那碗水全喝了下去。立時，心胸甜綿，四肢痠軟，軟軟綿綿睡了過去。

這一覺睡得真香甜，醒來時才知道，太陽已經在天上轉了好幾圈。大禹坐起來首先想到的還是靈水，還想喝。沒容他張口，那位長眉老翁便命人端上水來。大禹突然一怔，推託了侍者的靈水，長眉老翁慈善地說：「豪傑不要多禮，如不嫌棄，就在我這小國安身，保你不會吃苦受累。」

大禹連忙推辭。側邊出來幾位壯漢，他看有點面熟，但記不起在哪兒見過，長眉老翁溫和地說：「這幾位都是中都來的豪傑！」

大禹脫口問：「莫非幾位都是去神祖山尋取天尺的？」

這一問，幾位豪傑滿臉通紅了，低下了頭不吭一聲。

大禹猛然明白了，原來他們沉迷安樂福地，根本就沒走到神祖山。他躍然站起，謝過長老，走出殿堂。兩旁裏的侍者、眾人百般挽留，他只是大步流星走去，一點也不敢懈慢，一點也不敢留戀。稍有留戀，他又會在靈水的滋養下安然睡去，這樣的日子舒心、省力，可是，中都子民還在洪水中掙扎呀！他邁開大步，朝着神祖山走去。

登上神祖山，紅日西墜，淡月未出，四處黑漆漆的。該往哪裏去呢？只見前面有一線光亮，大禹就朝那光亮走去。走到跟前，竟是一條通體放光的大蛇。見他到來，大蛇點點頭就往前行。大禹會意，緊跟蛇後鑽進一個山洞。洞中更黑，幸虧有那大蛇照亮方能看清腳下的路。

行一程，開闊了好多，有了花草，有了村落，如同人間。

又行一程，天高地遠，有了瑤池，有了神溪，有了宮殿，如同天堂。

這是甚麼地方？大禹這麼想着，大蛇已領他走進殿堂。殿堂正中坐着一位赤紅臉膛的壯漢，舉手在几案上畫着長條短線，這分明是畫八卦嘛！大禹立時明白，這位神祖是伏羲大帝，上前一步，施禮拜道：「小民向先祖請安！」

伏羲抬頭端詳了大禹幾眼，才說：「果然是位志士。」又問：「你能治住洪水嗎？」

大禹謙虛地說：「有先祖指點，定會不負眾望。」

伏羲欣喜地走下神壇，拉起大禹說：「你父為英雄好漢，可是治水只憑勇氣不行。人有人道，水有水路，治水不能盲目塞堵！」

伏羲告訴大禹，這次人間大水，都是水神共工作亂。天帝的本意是發點洪水，引起眾生注意，疏通渠道，以便百流歸川，地上再無水害。哪知共工下到凡界，擾民勒索，眾人滿足不了他的貪婪，弄得人

如魚鱉，死傷無數。出了這樁災禍，共工害怕天帝責罰。湊巧，你父偷了息壤，他便上天報告，激怒天帝，殺了你父，自己蒙混過關。按說，你父死後共工該收斂了，沒有！反而越鬧越兇，洪水禍害更大。

大禹聽得直咬牙根，氣憤地說：「非殺了這妖魔不可！」

伏羲拍一下大禹的肩膀說：「對！不除此怪，治水還會失敗。只是共工神通廣大，不得天帝法寶，是拿不住他的。志士不妨回都，請堯帝稟告天帝，再作安排。」

說罷，伏羲從袖中掏出一支竹片。大禹看時不過寸長，伏羲一動，伸展開去，長出好幾里地。再一動，竹片縮短，又成了一寸左右。大禹正好奇，伏羲遞到他手裏，說：「志士拿好，這是天尺，以後治水會有用的。」

大禹得了天尺，謝過伏羲先祖，又由大蛇領路，退出洞來。此時，神祖山上，華光萬丈，一輪紅日從東山尖上朗照過來，照得山下的終北國也成了豔陽天。多好的風光呀！可惜，重任在肩，大禹顧不上注目細看，邁開大步，下山回返。一抬腿，身體又輕飄了，飄成了虬龍，飛上了天空。

降妖魔河伯獻圖

在天上飛了不大一會兒，就到了中都平陽。大禹落地，現了真身，進宮門前去覆命。

進到殿中，大禹獻上天尺。大臣們見是個寸把長的竹片，都有疑心。堯帝也懷疑這麼快他就能從神祖山回來。大禹當場演示，那竹片說長就長，叫短就短，靈驗得很。堯和眾臣這才信以為真，大家一致同意大禹子承父志，擔當治水重任。

大禹領命拜謝，接着將神祖的囑咐轉告了堯帝。堯帝方才明白了這次洪水的起因。當即下令，準備祭祀，祈告天帝。

　　人間波濤洶湧，災難深重；天上風平浪靜，花好月圓。這日氣清天朗，天帝無事可辦，閒在御花園中賞石。他的石頭琳瑯滿目，有崑崙石，陡峭奇危；有泰山石，厚重威嚴；有華山石，詭麗突兀；有峨眉石，挺拔巍峨……看得天帝心馳神往，想擇一良機前往各山遊賞。

　　忽然，天帝右耳長鳴一聲，又長鳴一聲。這是人間禱告的信號，仔細聽果然是堯在稟報。不聽還好，聽了，天帝頓怒，哪裏還有賞石遊賞的心情？真沒有想到這水神共工竟然會這樣肆意妄為，打着天帝的幌子興風作浪，給蒼生製造了殺身災難，還敗壞了天帝的聲望，實在可殺！

　　天帝當即下令，捉拿共工歸天受刑。

　　堯深謝天帝，卻又報告：「共工妖術高超，凡人拿不住他！」

　　天帝俯身一瞅，頒令：「我給大禹長功，派出靈龜輔助。」

　　跪在堯帝身旁的大禹一聽，就覺得頭頂通亮，用手一摸，居然又長出了一隻眼睛。低頭一看，水中的物事一清二楚，連忙叩頭謝恩。

　　祭祀完畢，大禹走馬上任，通令各地頭領到茅山聚集，商議征伐共工的大計。通令發出，頭領們一個個都趕來了，往日他們都衣冠周正，極講尊嚴，如今，被洪水折騰得衣衫破爛，黃泥塗面，一說降妖治水哪有不聽號令的。

　　會議就要開始，清點人數，卻發現防風氏沒有到。大家等着，再等着，還是不見他的面。防風氏哪裏去了？大禹睜開頭頂的天眼一看，不好，這老賊竟然鑽到共工的水窟討好去了！大禹按住火氣，靜心等待，日頭過午才等來了防風氏。

　　防風氏一進議事廳，嬉皮笑臉地說：「不好意思，久等了。」

　　大禹問：「怎麼遲了這麼久？」

　　防風氏順口回答：「風大浪險，在路上耽誤了。」

　　大禹又問：「是在路上耽誤了，還是在水窟耽誤了。」

防風氏一驚，怎麼私會共工的事泄露了，正要狡辯，又聽大家說：「你不參與治水可以，如何將眾位頭領的義舉密報給了共工？」

防風氏頭上出了汗，一攤雙手：「這……」

眾頭領齊聲喊道：「這麼奸詐的小人，留他何用，拉下去砍了！」

隨着大禹令下，防風氏身首異處。眾頭領羣情激昂，在大禹的率領下齊奔水窟，捉拿共工。共工得了防風氏密報，本想溜走，怎奈這些年勒索了不少珍珠瑪瑙，翡翠玉器，看一看哪一件也不願丟。想着打點人馬，馱回天庭，自己使用不說，送給天帝一些，還能升個一官半職。還沒收拾完，就聽外面人喧馬叫，吼聲炸天。出水一看，大勢不好，大禹率領將士把水窟包圍了個嚴實。不過，共工畢竟是水神，按定驚魂，厲聲喝道：「我是天帝的水神，速速離開，若誤公幹，叫你們死無葬身之地！」

大禹冷笑一聲，高喝訓斥：「大膽妖魔，打着天帝的旗號，興風作浪，禍國殃民，還不認罪！」

見沒嚇住大禹，共工往上一躍，衝倒一片人馬，便向海角逃跑。跑得真快，身後留下了一串長煙。眾頭領率人追趕，哪裏追得上呢！

大禹見狀也慌了神，忽然，想起天眼，探頭一望，長煙中的共工飛也似的逃竄。他一眨眼，共工不跑了；他再眨眼，共工癱軟了；他又眨一眼，一道長鈎早把共工鈎了回來。

眾頭領見大禹拿住共工，擁圍上來，七手八腳，拔劍就要殺這氾濫災難的禍害。共工嚇得渾身哆嗦，連聲討饒。大禹忙攔住眾頭領，厲聲對共工說：「你可知罪？」

「知罪，知罪！頭領饒命，饒命！」共工哀求討饒。

大禹命共工速回天庭認罪，而後帶着眾頭領搗毀共工佔據的水窟。大禹天眼一掃，又一掃，衝出一股火，火苗燃燒起來，裏裏外外着了火。眾臣看着熊熊火焰，拍手叫好。突然，大火中躥出一個焦黑的眉眼，肢體也被燙傷了多處。大禹問：「你是何人？」

那人戰戰兢兢地回答：「小神是河伯。」

大禹問：「既然是河伯為啥不管洪水，放縱危害蒼生？」

河伯慌忙道：「不是小神失職，是共工那賊扣押我。」

大禹又問：「如今堯帝命我治水，你可願意相助？」

河伯點點頭說：「願意，願意，小神這裏有青石一塊，上有治水方略，願意貢獻出來。」

大禹接過一看大喜過望。這可不是普通的青石，上面脈絡清晰，條紋縱橫，分明是大江大河的走勢圖。看了一會兒，忽然明白神祖讓馴服共工的意思正在這裏。有了此圖，依脈歸流，何愁治水不成？可惜先父英雄一世，貿然治水，毀了聲譽。想想鼻酸心痛，眼中已有淚水。撫去淚水，咬緊牙關，增添了治水的信心。再細看那圖時，忽然覺得即使依脈歸流，尚缺息壤，少不了要塞口堵漏呀！

這麼想時，褲腳微微動了一下，有隻烏龜爬在腳邊。背上還有個小土堆。這是怎麼回事？用天眼一瞅，頓時醒悟這可不是一般的烏龜，正是先父治水駄息壤的烏龜。背上那土也是先父剩餘的息壤。大禹彎腰手撫靈龜，靈龜伸頭說了話：「靈龜奉天帝命令，載負神土隨從壯士治水。」

大禹高興極了！得了河圖，有了息壤，何愁治不住洪水？一場驚天動地的治水開始了。

刀劈斧砍，石破山裂，孟門鑿通了，洪水奔流而下，平陽露出了地面。

人鑿獸駄，石碎山開，石門鑿通了，洪水奔流而下，河東露出了地面。

冰凍火烤，石爛山塌，龍門鑿通了，洪水奔流而下，中原露出了地面。

大禹率領人馬晝夜奮戰，越幹心勁越大，越幹成效越大。堯帝見治水已見成效，帶着大臣前往工地慰問。

工地上刀唱斧歌，人歡馬叫，一片歡騰。

治塗山娶妻得子

上天賜予的兩件寶物成了大禹一刻也離不開的工具。他揣着河圖，握着天尺走了一處又一處，測了一處又一處。到一處按照河圖測定方位，畫出水流走向，眾生就一起開挖。從北到南，從西到東，大規模治水全面鋪展開來。大禹治水的名聲大極了，男男女女，老老少少，沒有一個人不知道他的。眾人盼望能見到大禹，別說和他一起挖渠，就是一塊說說話也是一輩子的幸運。

有一個人比大夥想大禹想得更厲害。她是塗山女，名叫女嬌。女嬌長得身材姣巧，花容月貌。笑一笑，天上的星星眨眼睛；唱一唱，樹上的小鳥愣着頭臉聽；若要是跳一跳，水裏的魚也跟着舞蹈。自古美人愛英雄，女嬌也一樣。聽了大禹治水的英雄事兒，女嬌吃飯也想，睡覺也想，想怎樣能見到他，幫他做點事。再想紅臉了，想和英雄過成一家子，要當夫妻哩！想啊，想啊，想得女嬌連飯也吃不下，覺也睡不着了。女嬌瘦了，瘦了就更俏，更迷人了。

也該女嬌和大禹成為一家人。這時候，大禹治水來到了塗山。塗山崖高坡陡，峯險壁峭，大禹走得熱汗直淌。前面危崖高聳沒了去路，該往哪裏走呢？忽然聽見崖頂上傳來了一陣山歌：

> 塗山九尾狐，
> 你在哪裏住？
> 草民無緣見，
> 國君才有福。
> 塗山美女嬌，
> 你在哪裏住？
> 草民無緣見，
> 國君才有福。

　　歌聲悠悠揚揚，縈繞山嶺，好不悅耳。大禹昂頭看時，一個頭戴斗笠的樵夫，挑着柴擔張口而唱，一晃鑽進了樹林。緊走幾步，沒有趕上，卻聽見身邊的草叢「簌簌」響動，低頭一瞅，大禹的兩眼與另兩隻眼睛對了個正着。那雙眼睛眯了一條縫，笑得慈善和藹。那是一隻狐狸！定睛細看，是一隻九尾狐狸。這正應了樵夫的歌謠，準是吉祥的預兆。大禹好不欣喜，歡快地朝九尾狐走去。九尾狐不怕大禹，在他前頭緩步走着，像是給他帶路。

　　彎着，轉着，繞着，大禹跟着九尾狐穿過山谷。

　　爬着，登着，攀着，大禹跟着九尾狐站在山嶺。

　　山外青山峯上峯，真真不假。九尾狐帶着大禹登上了很高的山嶺，抬頭看見嶺上有嶺。白雲從嶺上飄飄搖搖，藍天在雲後隱隱現現。不時，還從雲端傳來歌聲：

> 光如箭喲，
>
> 嬌盛年喲！
>
> 光陰慢喲，
>
> 等君來喲！

　　這是一位女子委婉的歌聲。大禹聽了，心頭震動，莫非她就是塗山女？塗山女在哪裏？

　　九尾狐沒有停步，大步前去，鑽進了荊棘。大禹跟着過去，荊棘間有條小縫，繞來繞去，剛能鑽過。鑽呀，鑽呀，一下鑽到了歌聲的背後。大禹眼前是一位身材窈窕的女子，站在絕壁，痴望着天際，大禹忙問：「請問，你是不是塗山女？」

　　歌聲停了，女子轉過身來，沒有回答他，卻問：「莫非你就是治水的大禹？」

　　「正是。」大禹答，又問：「你等何人？」

　　女嬌沒有回答，臉紅得像三月盛開的桃花一樣。這時候，九尾狐拍拍爪子一蹦一跳跑遠了。

千里有緣來相會，就這麼大禹和塗山女結為夫妻，成了一家人。

新婚後的第三天，大禹就奔往治水前沿，一忙就是十多年，三次路過家門都顧不上進屋。頭一次是個紅日東升的早晨，大禹從家門口路過，聽見屋裏傳來了嬰兒的哭聲。他緊走幾步，正要抬腿進門，聽見了前方召喚，急着讓他測定河道，只得慌忙退後，趕往工地。

第二次路過家門，恰遇妻子站在門前痴望，望呀，望呀，望見了他。妻子飛快地跑過來了，挽着他的手要他回家。大禹聽見前方的洪水決堤了，高聲咆哮，匆忙中和妻子說了句：「堵住豁口就回來看你們。」然後，隨着治水大隊跑步向決口的地方趕去。

第三次路過家門，大禹看見了自己的兒子。他長得結實聰明，討人喜愛。大禹將他抱在懷中，實在不忍放下。可是，黃河治水工程複雜，大水狂瀉，眾人難以馴順，他不去不行。大禹一轉臉放下孩子，抹掉淚水，向前奔去。

大禹來到黃河三門峽，波浪滔天，難以劈山。他取出河圖，瞅對地勢，用天尺量出河道。可是，河道的走向卻在汪汪大水當中的山裏，還是無法下手。恰在這時，靈龜來了，後頭還跟着一條水蛇。靈龜對大禹說：「這是應龍，是開山的高手，前來援助。」

大禹大喜過望，忙從龜背拈土，輕輕一彈，堵住了狂暴的洪流。說時遲，那時快，轉眼間，應龍已到了水中山嶺。那應龍頭尖似針，身輕如線，一搖一擺，已鑽過山嶺。頭至東邊，尾露西頭，又是一搖一擺，只見山嶺嘩啦響過，倒了下去。一條河道展現在眼前，真妙！

有了應龍獻身治水，靈龜馱載的息壤用處更大了。大禹治水得心應手，越治越快，完全沉浸在忙碌的興奮中了。見應龍以身鑽山、開河，大禹十分感動，自己也是一條虯龍，為啥不能投身其中？說也是，大禹現了龍身，朝山石鑽去，卻沒有應龍那穿山的本事。正在沮喪，忽然身肢笨重成一團，大禹變為黑熊。這黑熊力氣真大，一拱，一拱，又一拱，一座山嶺就塌向兩側，成了河道。大禹治水入了迷！

　　不多日治到塗山。自從大禹走後，女嬌無日不在思念夫君，每天沒事就在門前張望。門前地低，望不到遠方，就登上山嶺，放眼白雲繚繞的地方。她相信那正是夫君忙碌的治水現場，後來，人們就把女嬌站立的山頭稱為望夫台。

　　大禹回到家後，女嬌訴說離別的痛苦，二人相親相愛，難以話別。大禹便讓女嬌和兒子跟在身邊，一塊治水。大禹忙碌時，女嬌便做好飯送往工地。不過，大禹和女嬌有個約定，他在山頂掛一面鼓，聽見鼓聲，女嬌才能前去送飯。這天日近晌午，飯鼓輕輕響了一聲，這聲音不似往常那麼響亮。女嬌心想，肯定是夫君餓壞了無力敲鼓，趕緊背了孩子前去送飯。到了山間不見大禹，只見煙霧繚繞，飛沙走石，塵灰中隱顯出一隻毛茸茸的黑熊，埋着頭猛拱山石。那尾巴一掃一掃，將碎石掃淨，就是一條河道。原來那一聲鼓響是尾巴掃起的碎石打到了鼓上。每次大禹敲了鼓便還原成人樣，迎接妻子的到來。今日沒有敲鼓，仍然變成黑熊埋頭拱山。

　　妻子看見黑熊吃了一驚，嚇得扔了飯籃，驚叫着逃跑。大禹趕快回身追趕，邊追邊喊：「別怕，別怕，我是你丈夫呀！」

　　妻子看着黑熊滿眼羞愧，雙手掩面，站在山巔化為一塊石頭。背後的孩子夾在石縫中，又哭，又喊，怎麼擠也不出來。大禹趕到，猛喊一聲：「還我兒子！」

　　這一聲吼叫，驚得地動山搖，「轟隆」巨響，石頭妻子背後裂開一道縫，迸出了孩子。

　　這孩子就是夏啟。啟字是裂開的意思。

　　夏啟跟着父親開山闢嶺，治理洪水，終於使百川歸流，天下太平。

　　大禹成為中華民族千古敬仰的治水英雄。

〝作者手記〞

　　大禹治水的成功是在其父失敗的悲劇中開始的。《尚書‧堯典》載：「湯湯洪水方割，蕩蕩懷山襄陵。」又載鯀治水「九載，績用弗成」。《尸子》（輯本）卷下載：「禹理水，觀於河，見白面長人魚身出，曰：『吾河精也』授禹河圖。」《拾遺記》載：「乃探玉簡授禹，長一尺二寸，以合十二時之數，使度量天地，禹即執此簡以平水土。蛇身之神，即羲皇也。」《列子‧湯問》載：「禹之治水上也，迷而失塗，謬之一國……其國名曰終北。」《淮南子》載：「禹跳石，誤中鼓，塗山氏往，見禹方作熊，慚而去……禹曰：『歸我子。』石破北方而啟生。」本文依據這些典籍史料演化成篇。

布伯鬥雷王

雷王收租吃了虧

那是很早以前的事了。那時候，天和地離得很近，近到甚麼樣呢？你不見竹子往上長時總偏着頭？就是那時留下的習慣，竹頭一直便碰到天上，不偏點行嗎？

那時，天上住的是雷王。他長着一雙燈籠眼，眨起來閃耀着綠光。脊背上長着一對翅膀，抖起來扇動着風暴。兩隻腳又大又厚，走起路震響着轟轟隆隆的雷聲。手上拿着板斧和鑿子，這裏劈劈，那裏戳戳，迸濺的就是電光。

地上住的是人。人的頭領叫布伯。

布伯會種田，也會打獵，還會很好的武功，在眾人眼裏是個仗義的好漢，要不怎麼能推舉他當頭領。

當時有個規矩，人們每年都要給上天供奉些香火，只要供了，就會風調雨順，就能多收糧食，過好日子。那些香火供給誰？還不是雷王呀！雷王是天上的大神，掌管着地上的風雨。

有一年，雷王在天上閒得無聊，便轉悠到下界來了。布伯見是天上的大神，不敢怠慢，東湊西借，給他擺了一桌山珍海味，還上了陳年老酒。雷王吃得飯飽酒足，起了貪心，綠着眼光說：「我每年都給你們送風下雨，還能白送白下，今後我要收租。」

布伯說人們還很窮，饒了大夥吧！雷王不依，頭搖得晃晃盪盪。看看勸不過去，布伯想了想，便對雷王說：「交就交吧！你要莊稼的上頭，還是要下頭？」

雷王想自己住在天上，高高在上，就說：「當然要上頭。」

布伯答應他秋天來收租。

雷王走了，布伯對大夥說，今年全都種芋頭。

眾人種了芋頭，芋頭長得不錯，全部長在土裏頭。秋天來了，雷王按時來收租，布伯指着地上的枝葉，請他拿走。雷王一看上了當，想發火，可是自己有言在先，說不出嘴，只好吃了這個啞巴虧。臨走對布伯說：「明年我不要上頭了，我要下頭。」

布伯爽快答應。雷王走後，布伯對大夥說，明年全部種稻穀。

眾人種了稻穀，稻穀長得不錯，穀穗沉甸甸壓彎梢頭。秋天來了，雷王按時來收租，布伯指着稻根，請他拿走。雷王一看又上當，想發火，還是沒辦法出氣，心一橫說：「明年我上下頭都要！」

他想，這麼一來肯定布伯要求饒，那後頭的事就好商量了，或許還能多分些稻穀。沒想到，布伯又爽快答應了。雷王走後，布伯對大夥說，明年全都種苞穀。

眾人種了苞穀，苞穀長得很大，壯碩碩的穗子掛在腰身。秋天來了，雷王按時來收租，布伯指着梢、根，請他拿走。雷王看一眼苞穀，再看一眼梢、根，鼻子都歪到了一邊，氣哼哼回到了天庭。

揪掉龍鬚要雨水

雷王長得個高體大，卻也小肚雞腸。在人間吃了虧，生了氣，發了怒，回到天庭馬上叫來雷將下令：「今後不要給人間下雨了！」

春天到了，地裏乾旱，無法下種，眾人找布伯商量。

布伯讓人們帶着香火去求雨。他帶頭下跪，給雷王賠情，求他不要記恨過去的事，下點雨吧！

雷王收了香火，卻把下雨的事放到腦後去了。布伯和大夥說：「天河裏有水，雷王不給，咱自己放水去！」

布伯帶着眾人上了天，大家一起動手，提起水閘，天降喜雨，遍地澤潤，種子落土了，發芽了，開花了，結果了，這年又是好收成。

雷王得知布伯帶人打開了水閘，氣得直嚷：「反天了，反天了！」

嚷着命令把天再往高處升，斷了天路，只留赤山上的日月樹作為天梯，還派兵把守。

這樣，來年天旱眾人就無法上天開閘了。

天果然旱了，旱得莊稼無法生長，眾人來找布伯。布伯一想，只有向龍王借水了，於是領了大夥去找龍王。

龍王是雷王的兄弟，全身銀白，鬍鬚滿腮。見到布伯和眾人，就知道他們是來討水的。雷王早跟他通了氣，他已打定主意不給，卻笑嘻嘻地說：「水是雷王管的，只要他下令，就給！」

這不是明擺着推託嗎？布伯使個眼色，眾人一擁而上，把龍王按在了地上。布伯問：「給不給水？」

龍王還嘴硬說：「不是不給，是不能給！」

眾人揮起拳頭就打龍王的腰。龍王痛得直叫喚，眾人停了手，布伯又問：「給不給水？」

龍王硬撐着說：「不……」

「給」字沒有出脣，有人抓住了龍王的鬍子，使勁一拔，就揪出一根。你拔他也拔，疼得龍王齜牙咧嘴地說：「給，給……」

眾人停了手，卻還不放開，等到龍王放了水，才撒手讓他走。龍王帶着僅剩的兩根鬍子鑽進大海深處，不敢輕易露面了。

設計佈網擒住了雷王

龍王被拔了鬍子的消息傳到天宮，雷王大發雷霆。好個布伯，上天放水，下海鬧事，簡直是犯上作亂。當即下令，堵死天河，加固天池，一點水也不要漏到人間。

雷將把雷兵全部趕到工地，沒日沒夜地幹活兒。有個小兵身體很瘦，幹了一天一夜，累得倒在地上。雷將不僅不救，還拿鞭子抽打。眾雷兵氣極了，圍上來奪了他手中的鞭子，才保住了一條小命。天

河、天池的工程剛剛完畢，雷王前來巡視，看過高高的堤壩，得意忘形地說：「這下讓你們等雨吧！看我下去消滅你們！」

一邊咬牙切齒地說，一邊揮揮手中的板斧，像是馬上就要動手。小雷兵見了暗暗為人們捏了一把汗。

這天夜裏，布伯睡得正香，聽見了輕輕的敲門聲。開門一看，外面站着一個瘦小的陌生人，布伯問：「你是誰？有甚麼事？」

小雷兵悄悄地說：「我是雷王手下的小兵，聽說他要下來消滅人們，特地前來報個信。」

布伯有點不信，小雷兵將遭受鞭打的情形也告訴了他。布伯謝過小雷兵，送他連夜返回天庭。天黑夜深，布伯睡不着覺了。是呀，若和雷王硬拼，人們少不了受傷吃虧。那怎麼才能戰勝這惡魔呢？思來想去，終於生出一計。

天一亮，布伯就帶着家人下河撈滑草，上山剝樹皮。滑草鋪地，踩上去走不穩。樹皮一濕水也滑得難以扎腳。布伯把這兩樣東西帶回去，一樣鋪在了屋頂上，一樣紮了個小棚台。佈置完了，布伯把妻子和兒子、女兒都叫來了，兒女年紀小，他叫他們倆一人拿一根木棍藏在棚台下邊；讓妻子拿個漁網和他在屋簷下等着，他手裏拿的是關雞的籠罩。

小雷兵沒錯，雷王找布伯報仇來了，來勢兇猛，橫衝直撞。

雷王一展翅膀，暴風便颳得天昏地暗，乘着風，他飛到了人間。

雷王一眨眼睛，電光閃亮穿透了烏雲，趁着光，他看準了布伯家。

雷王雙腳一蹬，雷聲隆隆，地動天搖，傾盆大雨潑倒不止。他暗暗一笑，駕着風雨直往布伯家撲來，恨不能一板斧劈破房屋，把布伯全家都砸在下頭。他使勁一蹦躍上房頂，不想雙腳落在了滑草上，像坐了滑梯一樣溜了個四肢朝天。哧溜一下跌在了屋下的棚台上，差點摔斷尾巴骨，疼痛難忍。這關頭也顧不上疼痛了，一咬牙，雷王站了

起來，揮動利斧就朝屋頂砍去。哪料腳下又是一滑，不僅沒有劈到屋頂，倒身翻了幾轉，滾到了地上。

兩根棍子同時打下來，伏依兄妹使勁壓住了雷王。對了，這伏依兄妹就是布伯的兩個兒女。雷王還想掙扎，一張網撒了過來，布伯的妻子用漁網把他罩了個嚴實。布伯下手更快，早將籠罩扣了下去。雷王像雞一樣被圈在了籠罩裏頭，撲騰着想衝出來，可是，再撲騰也是徒然。

哄騙小兒逃回了天上

布伯捉住了雷王，把他關在了穀倉裏。雷王在天上威風凜凜，橫行霸道，哪裏受得了這份委屈？穀倉低矮，連身子都放不開；穀倉陰暗，連陽光都看不見。就這麼獨個關着也罷，還清靜點，誰料到那麼多人來看他，指指戳戳，罵罵咧咧。

這個說，這就是那個霸道的雷王，一看就不是個好東西。

那個說，關這東西幹啥？還得養着，乾脆一刀斬了，吃肉。

雷王聽得頭皮都發麻了，哎呀！要不逃出去，怕會丟了性命。

湊巧這天布伯夫婦出去辦事，臨走時對伏依兄妹說：「雷王本事很大，千萬不要借給他斧子，也不要給他水喝。」

伏依兄妹點點頭答應了，布伯放心地走了。

哪知，事情就壞在了這兩個孩子手裏。

雷王見布伯夫婦走了，就叫伏依兄妹過來。他們不過去，雷王就擠眉弄眼地引逗兩個小兒。他從嘴裏吐出舌頭，那舌頭血紅血紅，好長好長，一伸一縮，一吞一吐，吸引了兩個小孩。

雷王一看迷住了他們，接着又來了個絕活，吹口氣，吐出一團藍火苗；再吹口氣，又吐出一團綠火苗。藍火苗、綠火苗在眼前跳着舞着，兩個小孩看得拍起手來。

表演的雷王藉機閉了嘴，收了火苗，苦着臉對兩個小兒說：「好不好看，小兄妹？」

伏依兄妹搶着說：「好，好，好看極了！再來一次！」

雷王咂巴着嘴說：「渴死了，讓我喝口水再給你們來個好看的。」

伏依兄妹都說：「沒水，河水乾了，泉不流了，讓你喝甚麼水？」

雷王苦苦哀求：「雨水也行，喝一口，潤潤舌頭，再給你們看個新鮮花樣。」

兩小孩經不住雷王的哄騙，找了個碗舀了點雨水端過來，可是碗塞不進籠子裏去。雷王讓他們遞一根麥草稈。這還不現成，兩小孩從草垛上抽了一根跑過來，雷王伸手接過，對準碗裏的水一吸氣喝上了。

喝一口，涼絲絲的，喉嚨濕潤了。

喝兩口，美滋滋的，身上長勁了。

第三口剛嚥下去，雷王全身的血脈鼓盪開了，雙腿一蹬，一躍而起，稀里嘩啦，穀倉塌了。雷王跑出去了，一下子蹦了好遠。

伏依兄妹嚇得大哭大叫。

雷王返身過來，拔了一顆牙給兩個小孩，說：「你們救了我，我也救救你們。把這牙種下去，發大水時會有用！」

說完，雷王左手一招，來了一團雲；右手一招，來了一股風。他登上雲團，風一吹，飄回天上去了。

種葫蘆兄妹逃過大洪水

布伯夫妻還沒辦完事，忽然聽見轟轟隆隆的聲音，擔心家裏出事，慌忙往回跑。遠遠看見，穀倉塌了，房子倒了，兩個兒女嚇得哭哭啼啼。不用問，布伯甚麼都清楚了，暗自思忖着對付雷王的辦法。

伏依兄妹趁父親發怔，趕快溜到屋後，將雷王給的那顆牙齒埋在土裏。這真是顆神牙，剛一種下就發了芽，長了苗。不一會兒又拉開了蔓，蔓上結出了小蓓蕾。又過一會兒，小蓓蕾開了花，花裏長出了個小葫蘆。

轉眼間，小葫蘆成了大葫蘆。大葫蘆大得像座小房子。自家的房子塌了，這葫蘆正好住呀！伏依兄妹高興地挖個口，一頭鑽進了葫蘆裏面。

剛鑽進去，雷聲轟轟，電光閃閃，瓢潑大雨下個不停，兄妹倆躲在裏頭不敢出來了。布伯見這陣勢，知道雷王下了狠心，要用洪水淹死世人。他靈機一動，抽出一把傘，撐開來倒放下去，成了一條小船。洪水沖過來了，他跳上小船，漂浮在水面。

布伯沒有猜錯，雷王挖開了天河，大水肆意漫流在人間，洪水大極啦！龍王還嫌水小浪低，放出蝦兵蟹將，推波助瀾，洪水一下漫過田原村落，快要和天篷相挨了。

雷王得意，龍王也得意，兄弟倆在天庭喝了一陣酒，估計人們全死光了，就打開天門往下看。哪料到，布伯沒死，踩着傘船，揮動利劍，直朝他們殺來。雷王趕忙抽出板斧應戰，剛把斧頭拿到手中，布伯的利劍已劈了過來。他慌忙躲閃，躲過了頭，躲不過腳，一隻腳被削斷了。雷王疼痛難忍，不敢再戰，逃回天門，命令趕緊退水。龍王見了布伯就嚇得發抖，哪裏敢亂動，鑽進水門，潛回海裏去了。

布伯一心要除掉雷王這禍害，乘船直追，沒料到洪水會退，而且退得那麼快，還沒等他反應過來，傘船就帶着他從天空翻落下來，重重摔在了山尖上，一顆血紅的心隨着那一碰撞跳出胸膛，掛在了天上。從此，天空增加了一顆亮亮光光的啟明星。

洪水消退後，地上真的沒人了，只剩下伏依兄妹，他們是從那個大葫蘆裏鑽出來的。要不是那個葫蘆隨水漂浮，他們也被淹死了。他們倆在空曠的大地上走着，不知道該怎麼辦。

走着走着，一隻金龜爬來了，對他倆說：「天下沒人了，你們成婚吧！」兄妹倆很生氣，打死了金龜，走出幾步，回頭看，卻見金龜又活了，還朝他們笑呢！

走着走着，一棵竹子彎過來，對他倆說：「地上沒人了，你們成婚吧！」他倆很生氣，砍斷了竹子。走了幾步回頭看，竹子接好了，還朝他們笑呢！

這可怎麼辦？

兄妹倆更不知如何是好了。正在這時，天上的啟明星說話了，他倆一聽是爸爸的聲音，就問他：「兄妹怎麼能成婚呢？」

爸爸告訴他們，兄妹倆各去一個山頭，點一堆煙火，如果兩股煙在天上合到一起，那就是天意，可以結婚。

伏依兄妹照着爸爸的話去做，兩個山頭都點着了火，都冒起了煙。煙霧裊裊升起，升起，升到天空合成一縷了。他倆只好成婚。

過了些日子，妹妹生了個孩子，不是孩子，是個肉團團，肉團團裏面有好多好多的孩子。就這樣，地上又有了人，有了好多好多的人。

❝ 作者手記 ❞

這是一個流傳在廣西瑤族中的神話。從中卻可以看出這神話與漢族神話有不少近似的地方。《說文月刊》曾載過此類神話，聞一多先生的《伏羲考》也表述了同樣的故事，僅就「伏依」和「伏羲」來看，也可以明白中華文化是各民族文化融合的產物。

山民娶神女

很早以前，天上住着神，地上住着人。天很高，地很厚，離得很遠。好在，天和地中間有一根銅柱連接着，神可以從銅柱下到地上，人可以從銅柱爬到天上。

那時候，天上有位大神，名叫恩梯古茲。他神通大，權勢也大，天上的事他管，地上的事他也管。地上的人日子過得很苦，大神卻還要他們上貢糧錢，供自家人吃喝玩樂。

這一年，收貢的小神又下到了人間。小神的派頭也很大，下坐要金凳，喝水要金碗，吃飯要金勺，窮苦人家哪裏能招待得起他呀！聽說收貢的小神來了，人們都拖兒攜女躲到深山裏去了。小神走一家，沒人；再走一家，還沒人，禁不住一肚子火氣。他怒氣沖沖爬上山頭，高聲喊叫：「山林裏人都聽着，趕快回家上貢，不然，我就回宮報告天神，讓他放洪水淹死你們！」

躲在樹林裏的父老鄉親嚇得大氣不敢出一口，哪裏敢出來呢！可是，不出去也不行呀，天神降下災禍那不全完了嗎？正在左右為難，山裏走出了一個年輕小伙，他叫伍午。伍午走到小神前，先施一禮，恭敬地說：「神爺，人們都去準備上貢的錢糧了，請您向天神大爺美言幾句，寬限些日子！」

那小神聽了，氣哼哼地說：「不行，天神不會寬限！」

伍午再三懇求，小神說：「要寬限也行，你得養好黑牛。」

說完小神不見了，伍午眼前果真出現了一頭又高又大的公牛。公牛通體黑得像墨，唯有兩隻眼睛閃閃發亮，又亮得讓人害怕。這黑牛衝着伍午一仰頭，張開血盆般的大口就向伍午要草吃，還要吃剛割下來的嫩草。伍午割多少，黑牛吃多少，那個口大得像是一個填不滿的無底洞。累得伍午汗水直流，割下的草還趕不上牠吃。一天下來，伍

午腿痠背疼，太陽落山，倒地就睡着了。看看忙碌不過來，第二天，伍午的大哥、二哥也來幫忙。三個人忙得不敢直腰，還是填不滿這個無底洞。兄弟三人就這麼整天割草餵牛，累也甘心，只要不讓鄉親們遭殃受難。

自從黑牛來了，寨子裏晚上經常出怪事。不是這家的雞舍好端端塌了，就是那家羊欄突然間破了，還有的田裏青嫩的莊稼苗被踩得一團稀爛……鄉親們奇怪，伍午也奇怪。他決心弄個明白。

這天夜裏，伍午悄悄蹲在寨口的大樹下，一動也不動地瞅着。一更過去了，平平靜靜；二更過去了，平平靜靜；三更過去了，平平靜靜。他有些累了，幾乎要睡着了，又強睜開眼瞅着。

就在這時，他看見那頭黑牛大搖大擺朝寨子裏走來，原來是牠作怪。伍午輕手輕腳跟在黑牛後面。黑牛進了村，便鑽進了一家豬圈，頭一拱，兩隻利角頂塌了豬欄。圈裏的豬受了驚嚇，踢踢踏踏地跑了。伍午正要上前去往山上趕黑牛，卻見夜色中衝出一頭牛來，影影綽綽，像是自家的黃牛。黃牛衝上去對準黑牛就是一戳，黑牛沒有防備被頂破了肚子，疼得大叫一聲就往山上逃跑！

黃牛緊追黑牛，嚇得黑牛跑得更快了。天黑路險，黑牛跑得風快，來不及轉彎，躥下懸崖，跌死了。

伍午看得清清楚楚，黑牛從懸崖上摔了下去。可是，第二天清晨，他和鄉親們下到溝底，沒看到黑牛，卻看見那個來催貢的小神跌死在了石頭上。小神死了，肯定惹了大禍，怎麼辦？正好石頭邊有棵老槐樹，樹心空了，大夥七手八腳把小神塞進樹洞，掩了個嚴實。

話分兩頭說。大神等着小神收貢回宮，帶來白花花的銀子，金燦燦的糧食，又能吃山珍，品海味，穿綾羅，戴珠寶，美美享用了。可是，左等右等，就是不見小神的影子。

蕎花開了，紅豔豔的，小神沒有回來。

碩果熟了，黃亮亮的，小神沒有回來。

樹葉落了，光禿禿的，小神沒有回來。

雪花飄了，白茫茫的，小神還是沒有回來。

這是怎麼回事？大神着急了，沒了小神好說，這麼久沒有貢品，他一家吃喝甚麼？穿戴甚麼？

大神命令白雲去找，白雲在天空中飄來飄去，哪有小神的影子！

大神又命淡霧去找，淡霧在山頂上繞來繞去，哪有小神的影子！

大神再命寒風去找，寒風在溝谷裏蕩來蕩去，還是沒小神的影子。

大神坐不住了，直起懶洋洋的身子，猛一發力，騰出天庭，低頭一望，哎呀，不好，小神死在了樹洞裏！

大神氣得咬牙切齒，發誓要懲罰人間。

大神的這般怒氣，人間當然不會知道。伍午兄弟三人仍然辛勤耕地，指望落籽出苗，能有個好收成養家餬口。他們一早下地，耕呀耕呀，勞累了一整天，耕出了挺大一片，直到日落西山，天色暗烏才拖着疲乏的身體回到寨子裏。

第二天一大早，剛剛能看見人影，他們就來到了地裏。低下頭一看，真奇怪，昨天耕好的地怎麼一夜間又復原了，變得瓷瓷實實的？沒辦法，只好駕起黃牛重耕一遍，又忙乎了一天。哪料到，這一天又白忙乎了，隔夜再來，地皮又瓷實成了老模樣。他們更奇怪了，奇怪歸奇怪，還是將地又耕得虛虛絨絨的。不過，他們多了一個心眼，夜裏哥兒仨都趕來了，趴在田邊要看個究竟。

天黑了，黑得沒了高空，沒了大地，沒了遠處，沒了近處，高低遠近全成了一個模樣：黑咕隆咚。哥仨正擔心甚麼也看不見，頭頂就出現了個小白點。

一會兒，小白點變成了白點，白點變成了大白點，大白點又變成了一個人，一個白衣服白鬍鬚的白髮老翁。他在地上站穩，手一揮，

飄來了幾位白衣仙女。仙女們輕巧地站成一排，從東往西悠悠飄去，雙袖輕舞，裙角拖地，飄過後，地就變瓷實了。

原來是他們搗鬼！三兄弟火冒竄天，幾乎同時蹦起來，大喊一聲，撲進了地裏。

這一蹦嚇飛了飄舞的仙女，只逮住了那個白髮老翁。

大哥喊着：「殺了他！」

二哥叫着：「捆了他！」

伍午不慌不忙地說：「先問一問他老人家，為啥害咱？」

大哥、二哥覺得小弟說得有理，按住火氣問老翁。老翁笑着說：「你們不要耕地了，快逃命吧！大神命令放天河水淹沒人間，洪水就要來了，人就要成為魚鱉了，你們還耕甚麼地！」

兄弟仨慌忙跪在地上問老翁：「有甚麼逃命的辦法嗎？」

老翁對他們說：「我已經給你們準備好了逃避洪水的用具。」

說着，長袖一拂，面前出現了三個模樣相同的櫃子。仔細看，又各不相同，一個是銅的，一個是鐵的，一個是木頭的。

老翁指着櫃子說：「洪水來了，你們可以躲在裏面，待水退了再出來。你們每人挑選一個吧！」

大哥先選，他想，銅比鐵值錢，水退了說不定能賣個好價錢，就選了個銅櫃。二哥接着選，他想，鐵比木頭值錢，水退了說不定能賣個好價錢，就選了鐵櫃。

最後該伍午選了，其實也不用選了，因為只剩下木頭櫃了。

白頭老翁默不作聲，看着他們選好了轉身要走，又被伍午攔住。伍午又施一禮，問老翁為啥要救他們。老翁說，他是天上的桑神，黑牛小神經常擾害桑林，害得蠶沒葉食，織女無絲紡織。他們的牛鬥死了黑牛，為人間除了害，也為天上除了害。他十分感激，所以，聽到大神要放水淹沒人間，才趕來救他們。

說完，老翁長袖一甩，化作一團白霧，飄然而去。

洪水果然來了！

天上佈滿了烏雲，黑沉沉的。螞蟻和蜘蛛在洞裏憋得難受，鑽出來到處亂爬。牠們爬到了銅櫃上，老大怕壓沉他，趕跑了；牠們爬到了鐵櫃上，老二怕壓沉他，趕跑了；牠們又爬到了木櫃上，伍午不忍看牠們被淹死，收留下了。

雲頭響起滾雷，轟隆隆的。青蛙和兔子害怕了，到處亂跑。牠們跑到了銅櫃上，老大怕壓沉他，趕跑了；牠們爬到了鐵櫃上，老二怕壓沉他，趕跑了；牠們又爬到了木櫃上，伍午不忍看牠們被淹死，收留下了。

雷聲帶來了雨滴，密密的。狐狸和麂子沒地方避雨，到處亂竄。牠們跑到了銅櫃上，老大怕壓沉他，趕跑了；牠們爬到了鐵櫃上，老二怕壓沉他，趕跑了；牠們又爬到了木櫃上，伍午不忍看牠們被淹死，收留下了。

雨滴滴脹大了，啪嗒嗒的。烏鴉和野雞淋濕了，到處亂飛。牠們飛到銅櫃上，老大怕壓沉他，趕跑了；牠們爬到了鐵櫃上，老二怕壓沉他，趕跑了；牠們又爬到了木櫃上，伍午不忍看牠們被淹死，收留下了。

大雨滴更響了，水汪汪的。野雞和鵪鶉沒窩了，到處亂找。牠們找到了銅櫃上，老大怕壓沉他，趕跑了；牠們找到了鐵櫃上，老二怕壓沉他，趕跑了；牠們又找到了木櫃上，伍午不忍看牠們被淹死，收留下了。

水汪汪漫了大地，浪滔滔的。蛇和蜜蜂浮在水面，到處亂漂。牠們漂到了銅櫃上，老大怕壓沉他，趕跑了；牠們漂到了鐵櫃上，老二怕壓沉他，趕跑了；牠們又漂到了木櫃上，伍午不忍看牠們被淹死，收留下了。

洪水氾濫了，大浪沖倒了房子，拔掉了大樹，吼叫着亂竄。大地上洪水滔天，汪洋一片，淹沒了高山，挨着了天邊。

老大的銅櫃漂着，漂着，浪頭一打，沉到了水底，再也沒有浮上來。

老二的鐵櫃漂着，漂着，浪頭一打，沉到了水底，再也沒有浮上來。

伍午的木櫃漂着，漂着，浪頭一打，沉到了水底，又浮了上來。

波浪中只剩伍午的木櫃了，木櫃顛顛簸簸，起起伏伏，時刻都有沉沒的危險。這個時候了，伍午還惦記着別的生命，又收留了好些動物。

洪水還在漲，木櫃還在漂。

木櫃漂到了一座山邊，山被水淹得只有蕎殼那樣大了，這山就叫成了蕎殼山。

木櫃漂到了一座山邊，山被水淹得只有斗笠那樣大了，這山就叫成了斗笠山。

木櫃漂到了一座山邊，山被水淹得只有星星那樣大了，這山就叫成了星星山。

木櫃漂過了一座又一座山，最後漂到了紐扣山，水退了，伍午就在山腳住了下來。和伍午一塊來的動物不少，他記住名字的有十二種。後來，這十二種動物就成了人們的十二屬相了。

山上挺冷的，伍午衣服濕着，就更冷了。動物們也一樣，嘰嘰喳喳，唔唔哇哇，都嚷叫身上冷，還不停地打哆嗦。伍午看牠們那樣冷，挺着急，也挺好笑，不會想個辦法嘛！動物們甚麼都喜歡動，就是那腦子不喜歡動。看來禦寒的辦法只有靠伍午了。伍午稍稍一沉思，辦法有了，他讓老鼠去山洞裏掏乾草，又讓烏鴉到山頂上找火鐮。不一會兒，老鼠、烏鴉回來了，乾草、火鐮都有了。伍午用火鐮在石頭上一敲打，就濺出了星火。星火濺到乾草上，伍午將乾草拿在手中，輕輕搖動。搖着搖着，乾草冒出了青煙。冒着冒着，乾草燃成了火苗。伍午把火苗往柴草間一扔，紅彤彤的火焰燃燒開來，熱烘烘

的暖流簇擁着大夥兒，好暖和呀！動物們不再冷了，圍着篝火又唱又跳，像是開聯歡會呢！

地上唱歌跳舞，天上也唱歌跳舞。

地上唱歌跳舞是慶賀大難不死，天上唱歌跳舞是大神幸災樂禍。

自從放洪水淹沒了人間，大神天天在宮中飲酒作樂，還要仙女歌舞伺候。這一天，他猛然想起，洪水流了這麼些日子，地上的人全淹死了嗎？

大神派白雲去看，白雲絮在空中，將地上飄起的煙當成了雲，回去稟告說：「地上甚麼都淹沒了，沒了人煙。」

大神派淡霧去看，淡霧繞在山間，將地上飄起的煙當成了霧，回去稟告說：「地上甚麼都淹沒了，沒了人煙。」

大神派寒風去看，寒風吹過大地，將地上飄起的煙吹散了，回去稟告說：「地上甚麼都淹沒了，沒了人煙。」

大神派細雨去看，細雨落在大地，被熊熊燃燒的篝火燙疼了，連忙回去稟告：「地上還有煙火。」

大神聽了一驚，正盤算派誰去撲滅地上的煙火，忽然，大殿裏飛進一隻烏鴉。烏鴉一進門，就吱吱哇哇叫喚，大神聽了半天才明白是要他下嫁一個女兒給伍午。

原來，在篝火邊取暖歌舞的動物，十分感激伍午的救命大恩。牠們說：人的心腸最好，辦法最多，往後還是要靠人過好日子。可是，伍午單身孤人，不會有後代，那他死了咱們靠誰？大夥七嘴八舌商議開來。夥伴多，智謀廣，很快有了辦法。給伍午娶個妻子，生兒育女，子子孫孫，代代相傳，就不愁沒有好日子過了。

這是個好主意，不過，地上只有伍午一個人，到哪裏去找個女人呀！大夥又嘰嘰喳喳，唔唔哇哇一番，辦法有了，天上的大神不是有三個女兒嗎？討一個不就行了嗎？只是，大神和伍午結了仇恨，怎麼肯把女兒嫁給他呢？

動物們想來想去，只有制服了大神才行。因而，就派烏鴉帶着小蛇、蜜蜂、老鼠和青蛙上了天。到了大殿前，躲在各自選好的角落，先由烏鴉前去交涉。

大神聽了烏鴉的話，氣得要命，哼！沒淹死伍午這小子就夠便宜他了，怎麼能把女兒嫁給他！

大神大喝一聲：「胡說八道，趕出殿去！」兩旁的侍神七手八腳把烏鴉攆出來了。

烏鴉出了殿，沒有飛走，而是飛上大殿的屋頂，又吱吱哇哇叫開了。

這一叫，小蛇、蜜蜂、老鼠和青蛙知道交涉失敗了，立即開始牠們策劃好的行動。

不一會兒，天堂裏傳來了陣陣哭聲。

神妻哭着跑來找大神，她的腳被小蛇咬傷了，鑽心地疼。

神娘哭着跑來找大神，她的腿被蜜蜂蜇傷了，鑽心地痛。

這可怎麼辦呀？

大神趕忙找天書，那上面有藥方。可天書哪裏還拿得起呀，早被老鼠啃爛了，成了一攤碎紙屑。

大神急得焦頭爛額，不知如何是好，一隻青蛙蹦進了大殿。青蛙說，牠會治傷，不過，有個條件，傷治好後，大神必須將一個女兒嫁給伍午。

大神很惱火，正要揮手趕走青蛙，妻子、老娘疼得更厲害了，哭鬧得也更厲害了。大殿裏慌亂成一團，弄得大神心煩意亂，只好答應條件，請青蛙趕快治傷。

青蛙還真有兩下子，不知從哪裏弄到的靈丹妙藥，輕輕一抹，神妻、神娘都不疼了。又一抹，傷口長平了，好了。

大神揪緊的心放鬆了，連連誇獎青蛙好本領，就是不提嫁女的事。

青蛙提起給伍午娶妻，大神連賬也不認了。

青蛙也不發火，不急不躁地蹦出大殿，在天堂邊的草叢中捉蟲子吃。正吃得痛快，侍神請牠來了，神妻、神娘的傷口都復發了，又疼得在殿上哭爹叫娘。青蛙暗暗好笑，這是牠專門留的一手。

青蛙又進到了殿裏，對大神：「我也沒辦法了，只好請伍午。」

其實動身前，青蛙就把藥物交給了伍午。大神一請，伍午就從那支撐高天的銅柱往上爬。伍午爬得氣喘吁吁，滿頭大汗，才到了天邊。一抬頭，看見了一池碧水。微風輕拂，波光粼粼，灑在水面的陽光也悠悠晃動，好美呀！這就是天神洗浴的天池。伍午湊近池畔，掬起水花，痛痛快快洗了把臉，剛直起腰，就見天池對面有人來遊玩，那是大神的三個女兒。

大女兒到了天池邊，往水裏一看，看見個長長的影子，驚叫着：「有蛇，有蛇！」嚇得抱着頭跑了。

大女兒一驚叫，水影搖碎了，二女兒上來一看，影子還在抖動呢，大叫：「有鬼，有鬼！」嚇得抱着頭跑了。

三女兒到了池邊，不慌不忙站定，待水平了，一看，是個人影。順着影子抬頭一看，就看見了站在天池對面的伍午。好英俊的男兒呀，高高的個頭，像一株挺拔的白楊；大大的眼睛，像星星一樣閃亮；黑黑的頭髮，像一幅墨染的圖畫。

她紅了臉，含羞一笑，跑了。跑了好遠，還回過頭又看了伍午一眼。伍午認準了這個聰明美麗的三女兒。

伍午走進宮殿，大神要他為老娘和妻子治傷。他沒說甚麼，將藥一抹，神娘和神妻馬上不疼了。不一會兒，傷口也癒合了。神娘和神妻見了伍午都喜歡，誇他是個好男兒。治好了傷，伍午才對大神說：「如果你不兌現諾言，將女兒嫁給我，她們的傷痛還會復發。」

大神正猶豫，神娘、神妻都說，這麼好的男兒，天堂也少有，就嫁一個給他吧。

　　大神心裏仍然很別扭，可拗不過老娘和妻子的勸說，只好同意嫁一個女兒給伍午。

　　嫁哪個女兒呢？大神沒了主意，就讓伍午挑選。

　　大女兒到了殿上，雙手拿着金子，頭上戴着金子，穿着一件綾羅裙，伍午沒有看上她。

　　二女兒到了殿上，雙手拿着銀子，頭上戴着銀子，穿着一件綢緞裙，伍午沒有看上她。

　　三女兒到了殿上，手中沒拿金子，頭上沒戴銀子，穿着一件棉布裙。伍午一看，是天池邊朝他笑的姑娘。他一笑，選定了她。

　　伍午和三女兒在天堂成了親。成親這天，百鳥唱歌，羣獸起舞，要多熱鬧有多熱鬧。

　　成親後，他們要回地上。神妻給了三女兒好多嫁妝，有金子，有銀子，還有玉石珍珠。三女兒不要，只選了幾樣種子帶在身上。娘好勸歹勸，說到了人間，金銀珠寶會有用場，她才帶上。娘還囑咐送親的人，到了地上千萬不要打口哨，大家都說記下了。

　　伍午和新娘走出天堂，來到地上，動物們可高興啦，終於為可靠的人討到了妻子，怎麼能不高興呢！野雞一高興，早忘了神妻的話，吹起了口哨。這一吹可不得了，那些金子、銀子、珍珠、寶石都飛了，鑽到山石當中去了，成了地下的礦藏。動物們一高興到處亂跑，跑得好遠，有不少迷了路，再也回不來了，成了森林裏的野獸。

　　伍午和新娘在山腳住下，安了家，墾田、種糧、種菜，過起了日子。螞蟻怕新娘吃不了苦，逃回天堂，就羣起亂啃，啃斷了那根支撐在天地間的銅柱。從此，斷了天路，新娘能不能再回天上不知道，凡人卻再也無法上天了。

　　小兩口日子過得很好，也很快。這一天，天上的娘想地上的女兒了，就派個侍神下凡探望。伍午和妻子好茶好飯招待他，臨走還讓他給父母大人帶了些自己種的東西回宮孝敬二老。

　　過了一年，伍午有了個兒子。兒子長得眉清目秀，白胖可愛，就是不會說話。過了一年，又過了一年，還是不會說話，這是怎麼回事？動物朋友急着幫他們去天堂討個說法。

　　狐狸去了，大神正烤火，沒等說明來意，就扔過一個柴塊，正好打在狐狸臉上，狐狸跑下天來，臉變成花的。

　　麂子去了，大神正洗臉，沒等說明來意，就潑過一盆水，正好潑在麂子鼻樑上。麂子跳下天來，鼻樑有褶了。

　　野雞去了，大神正觀景，沒等說明來意，就撂過一個石子，正好打在野雞頭上，野雞落下天來，血染紅了臉。

　　烏鴉去了，大神正寫字，沒等說明來意，就甩過一把黑筆，正好甩在烏鴉身上。烏鴉逃下天來，毛色變成了黑的。

　　兔子去了，大神正吃飯，沒等說明來意，就砸過一把勺子，正好砸在兔子嘴上。兔子栽下天來，嘴變成了三瓣。

　　蜘蛛去了，大神怒氣未消，用刀把牠砍成了三節。頭扔在樹林裏，肚子扔進山洞裏，腰扔得最遠，一下甩進了滔滔的河水裏，咕咕咚咚流過了九曲十八灣，不見了。

　　真和大神沒理可講！這可怎麼辦？大夥兒正想辦法，大神病了。飯不想吃，覺不想睡，幾天下來，面黃肌瘦，小風就能吹倒。

　　好不容易睡着了，看見個好大的蜘蛛。蜘蛛說：「你害死了我，你也活不成，你就等死吧！

　　大神驚醒了，嚇壞了，慌忙復活蜘蛛。頭在樹林找到了，肚子從山洞找到了，就是腰找不到，早隨滔滔河水漂到海洋裏去了。大神只好把蜘蛛的頭和肚子連在一起，蜘蛛活過來了，卻沒了腰。蜘蛛沒了腰捉蟲子很不方便，仍找大神的麻煩。大神怕蜘蛛又將自己弄病，就教牠織網捉蟲。學會了，蜘蛛才下了天堂。

　　動物朋友來天堂問話的事，讓神妻知道了。她也焦慮外孫不會說話。這天夜裏，她問天神：「那孩子是啞巴？」

大神詭祕地笑着說：「不是。」

妻子嗔怪地說：「肯定是你做了手腳。」

大神得意地說：「你那女婿真笨，只要爆根竹子，孩子聽見響聲就會說話。」

剛說到這兒，寢宮裏飛起一隻黃雀，原來這黃雀是來探祕的。大神一躍而起，伸手去捉，只揪住了黃雀尾巴。黃雀一掙鑽進了爐口，從煙囪飛走了，撲撲騰騰，身上染了不少煙墨。從此，黃雀的羽毛有了不少黑花點，尾巴也短了好多。

好歹總算有了讓孩子說話的辦法。伍午和妻子連忙砍來竹子，把孩子抱到火塘邊，點火燃竹，熊熊火苗亮起，孩子興奮得紅光滿面。不一會兒，竹子「啪」的爆響了，孩子咯咯笑出聲來。笑完，指着火苗說：「爸爸媽媽，真亮堂！」

爸爸笑了，媽媽笑了，動物朋友全都笑了。他們圍着火塘載歌載舞，歌唱得又脆又響，舞跳得又歡又快。因為他們可靠的朋友——人，可以子子孫孫繁衍下去了。

❝ 作者手記 ❞

這是一個流傳於四川涼山的彝族民間神話。善良仗義的伍午在動物們的幫助下娶了大神的女兒，結成了美好的姻緣。

精衞填東海

風光秀麗的發鳩山上，有一座金碧輝煌的宮殿，那就是太陽神炎帝居住的地方。

炎帝有三個女兒，他最喜歡小女兒女娃。女娃長得俊俏，說話乖巧，行走靈巧。她是媽媽的心肝寶貝，也是爸爸的心肝寶貝。爸爸太陽神整天忙着管理太陽，天黑回家，無論多勞累，多困乏，總要把她抱在懷裏，舉在頭頂，聽聽她那「咯咯咯」的笑聲。他還說：「只要女娃一笑，渾身的困倦就飛走了。」

女娃在太陽宮裏享受着爸爸、媽媽的呵護、溺愛，吃的是山珍海味，穿的是仙衣神裙，戴的是金玉珠寶。

真是要甚麼，有甚麼，還有丫鬟隨侍着。可以說是衣來伸手，飯來張口，日子無憂無慮。

女娃在太陽宮裏常常嚮往着外面的世界，山有多高，海有多深，地有多大，她都想知道，可爸爸媽媽就是不讓她出去，說她年幼，怕磕着碰着。大姐、二姐可以出去，她卻只能孤孤呆坐，猜想山川海洋的模樣。

大姐從宮外跑回來了，說山上可美啦，有綠樹，有芳草。樹開花，草也開花；樹結果，草也結果。那花有紅的，也有黃的；那果有甜的，也有酸的，甜的酸的都好吃，聽得女娃直發呆。

二姐從宮外跑回來，說海上可美啦，有微風，有浪濤。風歡舞，浪也歡舞；風唱歌，浪也唱歌。那舞有柔的，也有剛的；那歌有低的，也有高的，低的高的都好聽，聽得女娃直犯傻。

發呆、犯傻都徒然，爸爸媽媽不放話，她就出不了太陽宮。

這一天，女娃終於走出了宮門。

女娃走出宮門，是因為太陽神下凡到了人間。到了人間沒再回來，在那裏忙着嚐百草、辨五穀。宮裏的人慌亂了，都不知道自己下一步怎麼辦為好，門衞也沒有那麼敬業了。女娃就是趁着這當口溜出來的。

大姐說得對，山上真美。別說樹木，別說小草，單是那些高高低低的峯巒就有意思極了。橫看像長牆，豎看如險峯，遠近左右各不同，女娃跑東跑西，跳南跳北，雖然跑跳得很累，可是累得痛快，比在太陽宮裏有趣多了。

女娃早忘了回家，山上看夠了，就想去看海。站在山巔朝東一望，大海也不太遠。下了發鳩山，奔過一片沙灘就是茫茫大海，海水好藍呀，一眼望去波光粼粼，就是看不到對面的岸邊。哪是海邊呢？正這麼想着，遠處有了個黑點，黑點在風波中搖搖擺擺，一點點變大了，大了，就從眼前過去了。她看見了，那是一位漁夫，腳下踩着三根木頭漂蕩而來，漂蕩而去。湊巧岸邊滾着一根木頭，女娃雙手一推，那木頭滾動了，用勁再推，再推，沉重的木頭滾到了海裏。一下水，木頭不再沉重，竟然漂在了海面。女娃試着站上去，木頭搖了搖，身子晃了晃。她剛搖晃着站住，木頭就自己漂離了岸邊。

轉眼間，木頭漂進了寬闊的大海。剛剛那些歡舞的浪花還在遠處，只一閃，女娃就到了浪花裏面。這些浪花可真淘氣呀，蹦蹦跳跳舞蹈個不停，弄得她當船的那根木頭也隨之不停地跳動，她一下也不敢鬆手。隨着浪花的歡舞，木頭載着女娃越漂越遠。

過了一會兒，連發鳩山也看不見了。哪裏是海邊呢？只見到處都是水花，到處都是海浪，白茫茫的一眼望不到邊。置身浪花的中間，女娃好開心呀！這可比太陽宮大多了，闊多了，有氣魄多了！她覺得很豪爽，這是去航海，去探險，去尋找大海的那面邊沿。她興奮地嚷鬧開來：

風吹，我膽大，

浪打，我不怕，

乘着木頭過海涯，

要去對岸摘朵花，

——摘朵花！

嚷鬧着，手也張揚開來。這時，木頭被浪花打翻了，女娃隨着木頭翻進了水中。她一下感到了海水的洶湧激盪，伸手抓木頭時，木頭早漂遠了。女娃被海浪推上來，顛下去，只見一切都在轉動。轉動出爸爸的笑臉，爸爸笑着卻不搭理她。轉動出媽媽的焦慮，媽媽焦急也不搭理她。女娃後悔了，後悔沒有從爸媽那兒學來闖大海的本事，後悔自己不該貿然獨木作舟漂大海，可是，一切都晚了。女娃沉入了海底。女娃再也沒有漂出海面。

不多時，從海面上飛出了一隻鳥，花腦袋，白嘴殼，紅腳爪，像女娃那樣漂亮乖巧。那就是女娃的化身。人們叫她帝鳥，更多的人叫她精衛。

精衛飛上了發鳩山，人們以為她再也不會來這兇險的大海了。

人們在海上又看見了精衛。

精衛飛翔在大海上，嘴裏銜着一塊石頭，那是從發鳩山上帶來的，她要填塞大海，她不想再看到大海吞噬生命。

這真有些讓人奇怪，小小的飛鳥要填大海，這可能嗎？

精衛沒有理會那些奇怪的眼神，她一刻也不停地勞作。

一天過去了，兩天過去了，三天過去了……大海還是那麼浩瀚；

一年過去了，兩年過去了，三年過去了……大海還是那麼浩瀚；

一千年過去了，兩千年過去了，三千年過去了……浩瀚的大海不見了，發鳩山下成了一片平坦的原野。

精衛把大海填平了，滄海變成了桑田。

" 作者手記 "

　　此文以《山海經‧北次三經》為據。其中寫道:「又北二百里曰發鳩之山,其上多柘木。有鳥焉,其狀如烏,文首、白喙、赤足,名曰精衛。其鳴自詨。是炎帝之少女,名曰女娃。女娃游于東海,溺而不返,故為精衛,常銜西山之木石,以堙於東海。」

神女瑤姬

瑤姬是太陽神炎帝的女兒。

太陽神炎帝有三個女兒，大女兒得道成仙，相隨赤松子遠去了。小女兒女娃淹死在東海，變成立志填海的精衛鳥了。炎帝夫妻只剩下這一個女兒了。怎麼管教這個女兒呢？夫妻倆還真有些發愁。管得緊，女兒成天發呆犯傻；管得鬆了，女兒到處瘋跑亂顛。亂顛出個禍害不好，可要是在宮中呆成個傻子也不好。天界的事情千千萬萬，哪一件也沒有這教育子女勞神費心。

恰在這時，他們聽到個消息，王母娘娘那兒有個仙女樂班，整天吟詩作畫，唱歌跳舞，是個修身養性的好地方。前去一商量，王母娘娘滿口應承，瑤姬便來到了她的膝下。

為啥說瑤姬來到王母娘娘膝下呢？說清這個仙女樂班，你就明白是怎麼回事了。這個樂班說是個班子，起頭卻只有王母娘娘的幾個女兒。她是為調教女兒才成立的，所以這裏既沒有校長，也沒有班長，只有王母娘娘這個當娘的家長。後來，天上不少仙家聽說了，爭相把自己的女兒送到樂班教習。要進樂班總得有個名分，王母娘娘才好管理。到底怎麼個名分為好？第一位送女兒的神仙順水推舟說：「我的女兒就是你的女兒，你該打就打，該罵就罵！」

這當然是把女兒給王母娘娘認了乾親。前頭有車，後頭也就隨了轍，待瑤姬來時，王母娘娘的膝下已有了二十二位乾女兒，不用說她就成了第二十三位女兒。

王母娘娘真是少見的好心人，不問親疏，不管遠近，只要進了仙樂班的門，她就把她們當作女兒一心一意地體貼教誨。瑤姬長得俊俏，臉圓面白，水靈靈的一雙大眼，撲撲閃閃像是會說話。她心地善良，總是想着日子過得艱難的人世。這可能和父親炎帝有關，他去過

人間，播植過五穀，明白人們生活的疾苦。她這秉性正對王母娘娘的
脾胃，初來時也就很討王母娘娘的歡心。王母娘娘的這種作派不是與
生俱來的，當年織女下凡嫁給牛郎就把她氣了個半死不活，一狠心棒
打鴛鴦拆散了那對好夫妻。後來，眼見牛郎忠厚老實，不再小看地上
的凡人，漸漸後悔當初的過火舉動，也就變得懂些人情人意了。

　　瑤姬在仙女樂班待了沒幾日，新鮮氣過了，沒勁了。整天就泡在
那麼個小小的廳堂裏，歌過來，舞過去，唱一陣，跳一曲，雖然甜
甜的，可也膩膩的，心裏開始想像人間那寬闊無垠的大地。時不時，
趁大夥跳得興濃，舞得忘情，她就溜出去了。要麼溜到天池邊去看荷
花，要麼跑到果園裏去賞仙桃，要麼爬上大樹梢去摸星星，要麼跳進
天河裏撲撲通通去游泳。這還不盡興，有一天悄悄溜出南天門來，撥
開烏雲朝地下眺望。

　　王母娘娘見了，佯裝發怒說：「看下界幹啥？不怕污了眼睛？」

　　瑤姬聽了說：「娘說得多難聽，你看那從地上飛到天空的白鶴，
不是比咱這兒的白雲還白嗎？」

　　王母娘娘覺得瑤姬的心思飛到了人間，就撥開白雲讓她仔細往下
看。地上的人們住的是茅草屋，吃的是糠菜飯，穿的是破衣衫。王母
娘娘指着忙碌的人們嚇唬她說：「你看他們過得多苦呀！」

　　王母娘娘想，讓她看清人間的艱難狀況也許她會變個心思，哪想
瑤姬不僅沒被嚇住卻反問她：「那我們為啥不去地上救救他們？」

　　這麼一問，王母娘娘明白瑤姬的心走了，恐怕天界難留她了。有
了當初織女下凡的教訓，她不再硬性管束瑤姬。正巧這時東海龍王派
使者來天宮給龍子求娶一位仙女，王母娘娘便想順水推舟將瑤姬嫁過
去。這話她沒有明說，只告訴瑤姬隨使者到龍宮去轉悠轉悠，也許那
裏富貴的生活會拴住她的心。

　　瑤姬聽說去遊逛自然高興，當即跟着使者降下天來，到了東海。
海浪滔滔，一望無際，怎麼走呢？瑤姬正納悶，使者抬腿走向水中。

走到哪裏，哪裏的海水就向兩邊分開，海水中出現了一條水晶巷道。這巷道通明透亮，看得見魚蝦在水中游來游去，水草隨着水波悠然蕩動，珊瑚叢立像是小樹林，水草叢中，珊瑚縫間，到處都有貝殼。大大小小，長長短短，方方圓圓。看得她眼花繚亂。

進了龍宮，富麗堂皇，這裏的裝飾一點也不比天堂遜色。再往裏走，到了後宮，更為亮堂。原來這裏雖然沒有星星、月亮，也沒有燦爛光輝的太陽，卻有夜明珠。一顆顆，一串串，一溜溜，延伸進去，把龍宮照得比人間的白天還要亮堂。瑤姬暗想，好華貴呀！

龍王見過瑤姬，說是有客要見，便喚出太子陪她。太子生得英俊，長得魁梧，瑤姬初見，印象還算不錯。太子領她走進一座小宮，裏面擺的是黃金桌，金光燦燦；瑪瑙椅，熒光閃閃。他們在黃金桌旁坐定，早有侍者端來酒菜。

太子給瑤姬倒上一杯，自己倒滿杯中，邀她同飲。瑤姬輕啟紅脣，伸出舌尖，小抿一口。太子仰脖張口，滿杯酒倒下肚中。喝過三杯，太子臉色通紅，話也多了，連連催瑤姬痛飲：「這一日三餐，沒有比喝酒痛快的了！」

邊說，邊又往口裏倒下一杯。瑤姬心不在酒上，只吃了幾口菜。她仍惦記着茅草屋裏的那些人們，就問太子：「龍宮中這麼多金銀寶物，為啥不可憐可憐地上的人們？」

太子喝得上勁，推瑤姬一把，說：「喝酒，地上怎麼啦？」

瑤姬將看到的人間情況告訴了他，太子頭搖個不停，說：「不知道，不知道！管他呢，只要咱有酒喝就成！」

開口見人心，幾句話出嘴，瑤姬明白眼前這太子枉長了個好模樣，是個名副其實的繡花枕頭，外面好看，裏頭一肚子草，是個草包。

看着他酗酒的貪婪樣子，瑤姬不免有些反感。她皺皺眉頭，強咬了幾下牙，忍住了。

太子哪裏知道瑤姬的心思，酒熱膽大，竟然伸手摟住瑤姬說：「你是天仙美人，咱倆真是千里有緣呀！跟了我，你有享不完的榮華富貴！」

瑤姬臉刷地紅了，一把推開太子，惱怒地說：「休要胡說，癩蛤蟆想吃天鵝肉！」

這一把推得不算重，太子酒喝多了，渾身酥軟，彎倒在一側。瑤姬起身離座，出了龍宮，獨自來到人間。

這一來心裏更沉重，人們好苦呀！比在天上看到的還苦。巫山腳下，好多人沒有飯吃，提着破籃，拄着拐杖討飯哩！

瑤姬走了一地又一地，討飯的人還真不少。父神不是早就教給人們種植五穀雜糧了嗎，為啥人們還沒飯吃？問過幾位老人，都是一個說法，常有惡雲暴雨滋生山洪，擾得沒有收成，吃甚麼呀？

這天中午，瑤姬和巫山長老商量治理山洪的良策，忽然路上行人紛紛亂竄。就見烏雲滾滾，狂風呼呼，她和長老來不及躲避，淋了個精濕。這還不止，閃電橫劈，暴雷狂炸，眼前的幾個茅屋早被掀翻了。瑤姬跳上巫山峯頂一看，頓時怒火噴發，這為非作歹的正是東海龍王的那個無知的太子。好個孽種竟然這麼殘害眾生！

瑤姬跳上雲頭，按住火氣，勸慰太子：「可憐可憐眾生吧，不要再擾害了！」

太子瞪她一眼，氣哼哼地吼叫：「滾走，管你屁事！」

吼罷，繼續興風弄雲，閃電響雷。瑤姬駕雲靠近，一把扯住太子，苦苦哀求：「放過眾生吧，不要再傷害他們！」

太子一甩胳膊，將瑤姬推下了腳底的雲絮，險些栽在巫山峯巔。勸說不聽，瑤姬不再客氣。她翻身再次騰上高空，拔出頭髮上的金簪就朝那太子擲去。

千萬不要小看了那細細的金簪，那可是王母娘娘的寶物。當年，她就是用這金簪一劃，劃出了一道天河，阻隔了牛郎織女。這次，瑤

姬去龍宮時，王母娘娘特意交給她護身。這寶物神力實在大，瑤姬輕輕一擲，直插太子心口。太子當時軟成一團，跌在地上。說也靈驗，高空頓時風停雨歇，雲散日出。只是那太子慘啦，跌在長江裏成為一座山峯。

這山石阻礙流水，積水漸漸增多。

瑤姬落下天來，想用金簪劃開山峯，疏通河流，就在太子化成的山峯上仔細尋找。找來找去，也沒有找到那個寶物。她翻翻草叢，撥撥浮土，埋頭再找，忽然聽見遠處有不少人在吼喊。仰頭一看，不禁大喜，哈呀！這不是大禹領着人們治水來了嘛，何不請他打通山峯？這麼一想，忽然想到身上還有王母娘娘交給的黃綾寶卷。仙母給她時交代，遇有難題可以展卷觀看。她一看更為高興，上頭寫的不是別的東西，正是挖山疏河的祕訣。瑤姬上前去找大禹。

大禹頭戴斗笠，雙腿赤裸，連汗毛也劃光了，皮膚爆裂着，低頭用曲尺丈量河道。忽然覺得面前有聲響，抬頭時卻看見一位美貌女娘。治水這麼忙，來個嬌人攪和甚麼？大禹正要喊她離開，卻見她捧上一綾黃卷，嘴裏說：「大王治水功高，小女子有黃綾一卷，願意獻上。」

大禹接過展開，一看放不下手了。這上頭寫的都是巧奪天工的妙法，真是神人助我，連忙吩咐下屬按照這些祕訣劈山疏河。安排完畢，再找那位嬌娘，早不見了。

瑤姬沒有走遠，她站在巫山峯頭觀看大禹治水。大禹果真是個智勇雙全的好漢，一得要領，工程加快，不幾天那太子化成的小山就被劈成兩段，滔滔江水，歡暢着流向前方。

瑤姬長舒了一口氣，準備下山，再和巫山長老議事。忽然雲端傳來了嘻嘻哈哈的笑聲，這笑聲好熟悉呀！回頭看時，高興得又蹦又跳，哈呀，眾姐妹全都來了，還是仙母派來的！聽說瑤姬下凡後為民除害，王母娘娘很為欣喜，就把這喜訊說給了仙女樂班的女兒們。女

兒們聽了都誇口稱讚，一致要到人間看看那位可親可敬的小妹。王母答應快去快回，她們就結伴來了。

眾姐妹到了一起，說說笑笑，好不親熱。說完了，笑畢了，姐妹勸瑤姬，孽龍除了，江水通了，還有甚麼事呀？乾脆一起回天宮吧！瑤姬對她們說：「哪能沒事呢！」

只見山腳下有個老農，腳步沉重，一走一哼，隨時都可能倒地喪生。瑤姬拔下幾根頭髮一扔，落在老農前頭，成了靈芝仙草。老農撲在地上，拔起草，淚水盈眶地說：「我可找到你了！」咬下一口，又咬下一口，頓時長了精神，病消了，體健了，再走時，快步如飛！

只見長江邊上有一羣水手，躬身拉纖，一走一吼，隨時能把身體撲在江灘上。

瑤姬吹一口氣過去，化為順風，船帆張開了，船行如飛。拉纖的水手不再費力，坐在船上，談笑着撐篙前進！

眾姐妹看得興奮，不再勸瑤姬回歸天堂。

眾姐妹看得動情，都要留下來一起幫助人們。

瑤姬大受感動，人間苦難很多，這麼多姐妹幫助大夥，真是件求之不得的好事呀！

瑤姬大大為難了，姐妹都留下來，誰來和仙母作伴說話？那她老人家不是太孤獨了嗎？

她把這個憂慮一說，姐妹不再說笑，都動開了腦子。還是瑤姬點子多，一轉念，她對大家說：「咱們分成兩夥，一夥回天上，一夥留人間。這麼既照顧了仙母，又解除了人間苦難，姐妹們看好不好？」

眾姐妹歡呼雀躍，都說：「好！好！」

當下姐妹們分為兩撥，一撥忽忽悠悠返回天宮，回到了王母娘娘的身邊。一撥當然留下來為民除害了，她們是：翠屏、朝雲、松巒、集仙、聚鶴、淨壇、上升、起雲、飛風、聖泉、登雲，當然也少不了那位最先下到人間的瑤姬。

她們長駐塵世，為眾生消災免難，後來，就化作了三峽巫山的十二座山峯。那座高聳入雲的神女峯，據說就是瑤姬的化身。

❝ 作者手記 ❞

「炎帝女曰瑤姬」散見於《高唐賦》注等典籍，湖北一帶又有關於神女峯的神話傳說。此神女與炎帝女兒瑤姬不無相似。因而拓展思路，走筆成文。

李冰斬蛟治水

　　秦朝的時候，蜀郡那個地方經常遭水災，洪水一來，淹了百姓的莊稼、房舍。不少人家妻離子散，流落他鄉。

　　這一年，來了一位名叫李冰的郡守。

　　李冰長得英俊瀟灑，才能過人。看到百姓的疾苦，決心要根除洪災、興修水利。可是，當地百姓對他的主意總是搖頭，他們說：「水是神流，凡人治不了。」

　　蜀郡大地還流傳着一個鱉靈治水的故事。不過，這位鱉靈可不是個凡人，是下凡的天神呀！

　　那年頭，蜀郡還是蜀國。蜀國發了洪水，大浪滔天，漫過江堤，發了狂地在田地裏亂闖，剛剛成熟的稻子正要收割，一夜間全淹沒了。洪水闖進了村莊，把人攆到了村外的山包上，走不動的人就被水捲走了，死了也找不見屍首。

　　國君是個不錯的人，可是面對滔滔洪水沒有一點辦法，只能急得團團轉，每日四處走動，察看水情。這天，剛來到河邊，就見了個怪事：洪流中漂浮着一具屍體。

　　洪流中漂流屍體是常見的事，本來不稀罕，可這回卻是個稀罕事，河邊上圍觀的不少人都指指劃劃，十分奇怪，原來這屍體不是順水漂流，而是逆流往上。

　　水流得快，那屍體就漂得快。國君不相信，可往河邊一站，馬上瞪圓了眼。剛剛那屍體還在下游好遠，是一個白點，不一會兒就上行了好多，漂到了他跟前。

　　突然，國君心頭一動，何不將他打撈上來？

　　國君下令，早有幾位識水性的後生跳入水中，撲騰幾下到了屍體邊，推擁着向岸邊游來。那是一名男子，已死去好久了，身涼體僵，

只是不像是洪水淹死的，肚子不鼓不脹。到了岸邊，岸上的人七手八腳將那屍體拉了上來。

國君走近幾步，上前觀看，那男屍卻復活了。先是睜開眼睛，眨了幾下。然後，雙手撐地坐了起來。一看國君在眼前，跪地就拜。國君俯身驚疑地問道：「你是人，是神？」

男子說：「我是江神，名叫鱉靈，住在楚界內。聽說蜀國洪水，特來巡視。沒想到國君仁愛，指揮打撈屍體。我當治水謝恩！」

國君聽說這男子是江神，真是求之不得，多少天來他晨昏一爐香，頓頓三叩首，就是想請江神顯靈，消除洪災。今天終於見到了江神，真是不負一片虔誠之心，當下跪地就拜，懇請江神除災治水。

那江神也不推託，只對國君說：「小神本當今日就治了這水，怎奈出來只是巡察，沒有帶水鎖，容我回去鎖水。」

說完，起身要走。國君哪裏肯放，苦苦哀求，請江神去國都小憩。江神答應了，一行人前呼後擁來到宮中。說是小憩，哪能無宴。說是略備小宴，哪有不鋪張的。江神在宮宴上喝得淋漓酣暢，國君見他賞臉，也多陪了幾杯。席間當然問起出身家事，得知江神至今沒有婚配，國君動了憐愛之心，決意要選美送親，討好江神。

飯飽酒足，送江神入水，國君就張羅這門親事。不多時，選了一位如花似玉的農家女子。洗浴更衣，在江邊獻禮一過，將那姑娘扶上一個薄竹片黏結的小船，晃晃悠悠去了。據說，江神知曉就會迎回宮中，同結百年之好。

不說國君全心逢迎討好江神，卻說這江神也挺夠意思。此後雖然再沒有露面，可是拿水鎖將洪流鎖住了。不然，怎麼會風平浪靜，天下太平？眾人感謝江神，也感謝國君，感謝他們制服水害，造福萬民。

只是從此就有了個倒霉的規矩，每年不管江水氾濫不氾濫，都要敬獻一位美貌的女子嫁給江神。

李冰來當郡守，這個故事過去已經好些個年頭了，可是給江神娶媳婦的習俗仍然繼續着。這年多雨，自從李冰上任，幾乎沒有見到幾回太陽。陰多晴少，不斷下雨，江河狹窄，水患時有發生的可能。李冰一心籌劃疏渠理水，郡中小吏卻不斷鼓搗給江神娶親。入村隨俗，入港隨灣，李冰下令選美送親。

這一來，鄉村裏雞飛狗叫。官吏沿門挨戶搜羅美女，可誰家樂意讓親骨肉白白送死？不少人家早有提防，將女兒藏進深山老林的遠親家中去了。姑娘沒有搜捕到，鬧得家家戶戶不得安生。

李冰聞知，當即下令不要再在民間選美求親。命令傳出，萬民歡呼。

可是，這江神的媳婦哪裏來？

郡吏請示李冰，不料大吃一驚。郡守說：「讓我的女兒去。」

消息傳出來，吃驚的不光是郡吏，千家萬戶的百姓也都吃驚，也都替郡守傷情呀！

到了給江神送親的那天，江岸上人山人海，水泄不通。大家都來看狠心的郡守怎樣將親生女兒送進水裏。李冰說到做到，果然讓自己的女兒梳洗妝扮好了，坐了新娘的席位，準備送給江神。來的人雖多，卻都不言不語，要看這戲怎麼演下去。

江岸上張燈結彩，供奉着江神。神位前是張祭桌，桌上擺滿了瓜果梨桃，各色貢品。當然還有狗肉牛頭，各類犧牲供品，應有盡有。供桌前是一樂壇，壇上樂曲悠揚，歡舞酣暢，盛況空前，熱鬧非凡。眾人都視而不見，只為郡守捏着一把汗。

司禮宣佈時辰到，李冰走上壇去，面對神位，往杯中一一斟酒，然後，舉起杯來，恭敬地說：「江君大神，我很榮幸能攀附九族，與你結成親家，請顯露尊顏，讓我敬奉一杯薄酒。」

李冰說過，神座寂然，沒有一點動靜。他端着杯，又說：「江君大神，莫非嫌下官少禮。那麼，先喝為敬，我先乾了此杯。」

　　李冰喝下一杯，神座還是沒有一點動靜。他又滿一杯，說：「江君大神，這下讓我們同乾此杯。」

　　李冰一飲而盡，神座上的酒杯清清亮亮，毫無動靜。他頓時轉怒，厲聲申斥：「江神既然這麼看不起下官，那就別怪我不仁義了，我們拚個死活吧！」

　　說罷，李冰抽出腰間的寶劍，奮臂一揮，人劍全不見了。

　　江邊的人屏聲斂氣，四處尋找，郡守哪裏去了？又都怕他身單力薄，難以勝敵，一顆心提到了嗓子眼。

　　忽然，有人手指江對岸的山上，萬千目光齊瞅那邊。那邊煙霧繚繞，似真似幻，一頭黃牛和一條蛟龍翻飛搏殺。那蛟龍身長體壯，長尾一掃，塵灰飛揚，張開大口就朝黃牛撲去。黃牛不笨，輕身一閃，躲過蛟龍的撲殺，後退幾步，瞪圓眼睛，高揚利角，就向蛟龍刺去。蛟龍靈巧，回體一甩，身子飄到了一邊，不用說，發力過猛的黃牛閃空了，差點跌倒，朝前多跑了數步才穩住了身體。黃牛不甘服輸，回過頭，瞅準蛟龍，就要再刺。不料，蛟龍早已作好準備，沒待黃牛攢足勁，就撲了過來。黃牛緊躲慢躲，還是被蛟龍的長尾掃到了臉面。黃牛往後一退，躲進濃霧不見了。

　　眾人看得入神，卻見神壇上顯出了郡守，大汗淋漓，衣服濕透了，臉上還有紅紅的印記，像是蛟龍尾巴掃過的。這是怎麼回事？大家都有些納悶。郡守走向壇邊的弓箭手，喘息着對他們說：「江神功力太大，戰得我渾身疲困。你們要助威呀！」

　　弓箭手都納悶，怎麼助呀？

　　又聽郡守說：「那頭黃牛是我，蛟龍是江神！」

　　弓箭手齊聲說：「請郡守放心！」

　　轉眼間，對面山頭的黃牛又和蛟龍拚殺在一塊。那黃牛四蹄翻騰，奔出雲霧；蛟龍緊緊追趕，鑽出雲霧。不待蛟龍撲來，黃牛回身又鑽進了雲霧，蛟龍撲了個空，環繞回身慢了許多，弓箭手看得真

切，一起放箭，射中了蛟龍。蛟龍墜地砸起一個火團，燃成了一道雲煙鑽進江中。

江神戰敗，再也不敢興風作浪，為害百姓，當然更不敢討娶民女為妻了。李冰請工匠造了三個石人，安放在江心，命令江神：水枯不能低於石人的腳背，水漲不能淹過石人的肩臂。接着，又和百姓編竹籠，裝石頭，在江中橫臥一條百丈長堰，人喚金堤。從金堤左右缺口流過的水進入郫江和撿江，澆灌千里沃野。從此，古蜀郡成了聞名遠近的米糧川。

❝ **作者手記** ❞

李冰建造都江堰的功績世人皆知。然而，《太平御覽》卷八八二引《風俗畫》有李冰嫁自己的女兒給江神的記載，《太平廣記》引《成都記》有李冰斬蛟治水的記載。這些記載情節生動，聯想豐富，是難得的神話。

少年郎築城牆

那時候天下像個大西瓜，你分一塊，他分一塊，分了好多塊。有個叫做劉淵的人，也切了一塊，當了皇帝。

當了皇帝就要有個都城呀，劉淵就把都城造在平陽，建起了金鑾寶殿。每天，他就在金鑾寶殿中吃唱玩樂，少不了還有美女唱歌跳舞。

那時候天下還不太平，烽火四起，戰爭不斷，住在宮殿裏若沒有個城牆，晚上睡覺也合不實眼。劉淵皇帝於是下了命令，修築城牆。

這可苦壞了天下百姓，建造金鑾寶殿幾乎把大家的血汗都榨乾了，再修築城牆那不是乾骨頭要煎四兩油嗎？命令一下，官兵們抓民夫，運磚石，鬧騰得村村雞飛，寨寨狗叫，人們哭聲遍野，苦不堪言。

偏偏這年秋雨連綿，軟塌塌的地上，堆不住土，擺不起磚。剛剛堆起一鍬土，雨一淋，流了；剛剛擺上一塊磚，水一沖，塌了。

苦苦折騰了半個月，城牆壘了還沒有半人高。西面有人爭天下，東面有人奪皇位，劉淵一看城牆修得太慢著了急，貼出一張皇榜，招募能人領工修築。

皇榜貼出，劉淵眼巴巴等著賢人志士，盼他早日到來，把城牆修好。等了好幾天，沒有人敢揭皇榜。這一天，侍衛好不容易帶進個揭了皇榜的人，劉淵一看卻氣傻了眼，揭榜的竟是個十三四歲的少年！雖然長得英俊瀟灑，可他畢竟是個小娃娃呀，靠這麼個黃嘴小兒怎麼能把城牆修築起來？劉淵正要發怒，卻聽少年郎說：「小民願立軍令狀帶工築牆，七天築不成，任由皇上誅殺！」

劉淵一想，不就七天嗎，修不成也誤不了大事，看看這小子到底有甚麼能耐，因而就同意了他的請求。

少年郎領命，來到城邊工地，掏出令旗一展，把正在泥水中掙扎的人們招呼到一起，說：「各位父老鄉親，皇上修城牆，天氣不幫

忙，讓大家吃苦受累了。今天我領了修築城牆的任務，以後的活兒由我完成。」

聽到這兒，眾人的眉頭更緊了，先前官差領工，還供不上工料，如今由這娃娃折騰，自己該遭罪到哪一年去！提着心往下聽，卻聽得笑出聲來。那少年又說：「現在，大家就各回各家吧！」

起初，眾人愣着，沒人挪窩。後來，突然醒悟了，還不走，等着娃娃變卦呀！於是，一鬨而散，工地上頓時冷冷落落。

少年郎放走民工的消息被侍臣報告給皇帝，劉淵十分惱火，立即想抓來那小兒問罪。轉念一想，不合適。自己初來平陽，立足未穩，人家軍令狀上的工期未到，殺了他豈不冒犯眾人呀！因而，按下怒氣，只派人出去悄悄打聽這個小兒的出身根底。

打探的人很快回來了，少郎是都城南邊的韓家莊人。家中只有一位年邁的老母親。問起這少年的來歷，村裏人都說有趣。那老母原先一人孤苦度日，一天下了場大雷雨，雨過天晴，她去野地剜菜，走到灰泉邊上，有些口渴，彎腰喝了幾口水，眼睛即刻亮得放光。四處一瞅，看見泉邊有一顆白生生的大蛋躺在草窩中。老婆婆見過雞蛋，見過鴨蛋，也見過很大很大的鵝蛋，可甚麼蛋也沒有這麼大呀！她好奇地撿進籃裏，提回家去。

這到底是個甚麼東西呢？老婆婆打算孵化它。她找些棉絮，將那蛋放在炕上，日日烘暖。暖了三七二十一天，那蛋沒有動靜。再暖三七二十一天，那蛋還沒有動靜。又暖了三七二十一天，這夜，老婆婆睡得正香，忽然聽見一聲小孩的啼哭。

她爬起來，點着燈，哇……炕上躺着個白白胖胖的小娃娃，旁邊是那掙破的蛋殼。她驚喜異常，一下把娃娃抱在懷中，疼愛得再也不願放下。

從此，老婆婆的日子有了希望，一心撲在娃娃身上，盼他早點長大，頂門立戶，就給他起了個名字叫橛兒。

從此，老婆婆的日子有了笑聲，橛兒和老母相依為命，長得十分可愛，才過了三四個年頭，就長成了個英俊少年。

少年郎揭了皇榜，老母親提着一顆心。原只想和他過個安穩日子，哪裏想到他會闖這魯莽的禍事。又一想，橛兒放了勞累的百姓，為民眾辦好事也是對的。只是，他沒了民工，這城靠誰修呢？老母親問過孩子，橛兒只笑就是沒有言說，不過從那滿有把握的笑容裏她得到了一絲寬慰。

一天過去了，少年郎沒有動手，城牆沒有動靜。

兩天過去了，少年郎沒有動手，城牆沒有動靜。

一連五天過去了，眼看工期已要到了，工地上靜靜悄悄，這可如何是好？老母親替孩子焦急呀！

就在這天夜裏，狂風大作，飛沙走石。那風颳得可真大呀，聽聽聲音，就讓人躲在屋裏不敢出來。樹在風中，彎倒爬起；石在風中，吹起落下；沙在風中，飄盪流離。呼呼嘯嘯，吼吼鬧鬧，整整折騰了一個晚上。護夜的衛兵迷迷糊糊看見，風沙中盤旋着一條龍，上下翻飛，繞着城邊來回蹈舞。天明看時，一道城牆將金鑾寶殿、大街小巷圍了個嚴實。

早有人報進宮去，劉淵皇帝帶着大臣前來觀看。遠遠看見了高高大大的城牆，十分壯觀，劉淵好不欣喜。近前看見這城牆上寬下窄，分明是築顛倒了，不免怒嗔，天下哪有這樣的城牆？

傳來橛兒問話，那少年郎一見劉淵即磕頭謝罪，答應重新築過。少年郎走了，劉淵更為驚疑，看來這娃娃確實不是個凡人，必須引起警惕，莫要讓他危害了江山社稷。

這天夜裏，大風又起，颳得和昨晚一樣兇，一樣猛，只是沙石少了些，時辰短了些。天明看時，那城牆竟然顛倒過來了。這一回，驚疑的不光是劉淵了，文武大臣和城鄉子民都紛紛稱奇。

這邊指指劃劃，百姓誇讚，少年郎是個神仙，拯救天下眾生來了。

那邊馬蹄踏踏，劉淵大怒，派人馬前去捉拿這個惑亂民眾的妖魔。

少年郎聽到馬蹄聲時已經晚了，前腳剛跑出小院，官兵們後腳就闖了進去。一看，少年郎不見了，返身出屋趕忙急追。

拐過村巷，跑出村莊，少年郎朝西猛跑。

追出院落，追出村莊，官兵們朝西猛追。

少年郎跑得好快，人過處，如利箭出弦，颼颼起風。

官兵們追得好猛，馬過處，如勁風掃過，呼呼生寒。

官兵們要追上少年郎很難。但是，眼前是一座高山，雄峙的呂梁擋住了去路，就是長着翅膀也難以飛越過去。很快官兵的馬隊趕到了，眼看少年郎無路可走，官兵跳下馬來揮劍砍去。在手起劍落的一霎間，少年郎不見了，地上爬行着一條小龍，長長的身體如同蛇一般，正朝山腳下的石洞中鑽去。官兵愣住了！這一愣那龍只剩下個尾巴還露在外頭。這時，跳出一員大將，手中的利劍一揚劈了下去。呀嚓一響，鮮血飛濺，龍的尾巴斷了。可是晚了，那龍鑽進了深洞，只留下了一尺來長的尾巴。

鮮血流個不止，流着，流着，染紅了山前。

鮮血流個不止，流着，流着，變成了清水。

從此，呂梁山下便有了一股清流。人們把那清流的源頭叫做龍子泉，都說檿兒是神龍下凡，替大夥修築城牆，又將生命化做了清流！鄉親們說那條龍是救民苦難的神仙，互相傳頌着這動人的故事，還把少年郎的老母當作神婆婆供養起來，那神婆婆撫養檿兒的韓家莊從此就叫婆婆神村了。現在，還是這麼個叫法。

❝ 作者手記 ❞

這個神話故事流傳於山西晉南一帶，《平陽府志》和《臨汾縣志》均有記載，至今，臨汾市仍有龍泉和婆婆神村。撰文前讀了志書，訪問些村中長老，又實地進行了觀瞻。

給帝王養龍的人

　　古時候有個帝王名叫孔甲，孔甲是大禹的後代。大禹治水有功勞，大家推選他當了帝王，他的後代因為他有功勞，繼承了王位，一代一代傳到了孔甲。

　　當帝王是個苦活累事，要想天下人的大事，幹對天下人有利的好事。可是，這個孔甲從小就沒有吃過苦，沒有受過累，連自己的事也不知道幹甚麼好，還能為天下人謀利益嗎？

　　這不，孔甲當了帝王能號令天下了，還是貪玩取樂。他有個愛好，特別喜歡龍，喜歡到入迷的程度了。

　　他住房要龍宮，座位要龍椅，睡覺要龍牀，出行要龍轎，吃飯要龍碗，就差點沒把夜裏撒尿的壺叫龍壺。可是，舉國上下，大臣子民誰也沒有見過龍，這龍到底是甚麼樣子呢？畫師不知道該如何畫龍，工匠不知道該如何雕龍，就來請示孔甲。這可把至高無上的帝王也難住了，他也沒有見過龍！不過，他不願意讓人知道他不懂得龍的樣子，便隨口說道：「龍嘛，牛頭馬面蛇身子，雞爪魚鱗蝦尾巴！」

　　畫師工匠一走，孔甲獨自笑了個前仰後翻，心裏美滋滋的，咳，今兒個又玩了他們一把！哪裏想到，隔日上朝，那個畫師求見，還真把龍畫出來了。

　　孔甲一看真樂了，畫的和他說的一模一樣，真是牛頭馬面蛇身子，雞爪魚鱗蝦尾巴，而且還翩翩欲飛呢！他即刻頒令，重獎畫師，又命令趕緊繡龍旗、製龍轎。

　　不多時，龍旗繡好了，龍轎也製好了，孔甲出去遊玩了。

　　陽春三月，天氣好得不能再好了。太陽當頭照着，暖洋洋的；小鳥枝頭唱着，甜脆脆的；春風迎面吹着，柔酥酥的；嫩草使勁長着，

綠茵茵的；花朵競相開着，紅豔豔的。龍旗在風中飄揚招展，龍轎在路上悠然晃蕩，孔甲心裏美得比吃了蜜糖還要甜呀！

前面出現了一汪大澤，遠望銀浪滾滾，似蛟龍翻騰，好壯闊呀！近看銀粼層層，波光閃閃，似銀龍飛舞，好亮眼呀！孔甲下令，落轎觀賞。下得轎來，早有人放好了龍椅，他往上一坐消受着這美妙的風光。

坐呀坐呀，太陽升高了，小鳥飛走了，孔甲仍然靜坐在澤旁觀賞。

坐呀坐呀，太陽偏西了，小鳥飛來了，孔甲仍然靜坐在澤旁觀賞。

突然，龍椅一歪，孔甲一個跟頭翻了下來，跌坐在地上。不光孔甲，侍衞眾臣都嚇了一跳。碧波粼粼的水面，迸濺起數丈高的水花，頓時，波起浪湧，澤水咆哮。眾臣慌忙扶起孔甲，仔細看時，那水霧迷濛的空中果真有了銀龍。果真是牛頭馬面蛇身子，雞爪魚鱗蝦尾巴，要不孔甲和眾臣怎麼認識是龍呢！

那龍藉着水霧在半空中上下翻飛。上去時，如利箭騰空，下來時，如繡球滾動；平行時，如駿馬奔騰；迴環時，如玉帶纏繞。而且，不是一條，是兩條龍！兩條龍你來我往，你上我下，左右飛行，前後聯舞，鬧得天空五彩繽紛，看得人眼花繚亂。孔甲樂不思歸，眼見夜幕四合，天昏地暗，才戀戀不捨地回宮。

說也奇怪，龍轎北歸，天空那兩條龍緊緊尾隨，居然跟回到龍宮中了。好在龍宮後面有個大花園，大花園中有個大水潭，孔甲就讓龍在水潭中棲身。

晚上，孔甲興味難盡，讓龍宮張燈結彩，尤其要把燈籠掛在潭邊，映亮高天，他要繼續看銀龍表演。那兩條龍也真善解人意，華燈點亮，孔甲一來，立即躍出水面，飛上天空。立時，水花四濺，水霧迷漫，兩條龍穿梭於水花間，旋舞於水霧中，時而真切，時而迷濛，如夢似幻，看得孔甲不知明月西墜，繁星漸散。觀夠了，樂美了，孔甲和眾臣忽然想起，有了龍就得有人養龍呀！宮廷中只有養馬的人，哪裏有人會養龍？連忙張貼皇榜，招募天下賢才。

　　天高地闊，能人很多，還真有人揭了皇榜，前來宮中養龍。這人名叫師門，身高過丈，長髮垂地，兩隻眼睛像夜明珠般的閃閃發光，只是夜明珠晚上才有光亮，而師門這兩隻眼睛白天、黑夜都亮光燦燦。眾臣一聽來人是師門，都肅然起敬。

　　民間早有傳聞，這師門不是凡人。他不吃五穀雜糧，喜歡餐風飲露。餐風就是吸進長空中的輕風。輕風進腹入肚，居然可以增長氣力。飲露卻不同，要常常喝那早晨太陽沒出之前的露水，最好是葉尖花瓣上的水珠。所以，師門常常隱居山林，早起五更，遍山飲水。他還有一個絕技，那就是騰飛九天。飛天前先在地上撿些柴草，擁成一堆，點火冒煙，縱身一跳，撲入火堆。奇怪的是他落不進火中，而是隨着那飄升的煙霧飛上了天空。煙在天上飄呀飄，他在空中飛呀飛。飛夠了張口一吹，火滅了。趁着淡淡的煙霧尚未消散，他豎直身體，滑落下來。人們還說，師門的師傅是嘯父，比他的本領還大，就是乘着青煙飛走的。這樣的賢能前來養龍真是好得不能再好了。

　　大臣稟報孔甲，孔甲很高興，請來師門，要他展示養龍的技術。

　　師門一點也不怯陣，大步來到潭邊，雙手一拍，水中冒出一串串水花，還有「咕咕」的響聲。師門說：「這是龍在說話，要出水了。」

　　話音一落，兩條龍躍出了水面，挨着潭邊旋舞，旋舞了幾圈，發出「突突」的聲響。師門說：「龍要騰空。」

　　轉眼間，一條銀龍已飛到高空，另一條龍緊跟而上，在天空暢遊歡騰。歡騰了一會兒，發出「哧哧」的聲響。師門說：「龍要降落。」

　　說話間，颼颼風響，天上一片淨明，兩條銀龍都鑽進水潭裏去了。孔甲大喜，吩咐眾臣，就由師門養龍。

　　師門不愧為天下賢能，不光養龍，還會馴龍。自他進宮，兩條龍肢體矯健，精神抖擻。每逢表演，花樣眾多，醉人眼目。

　　孔甲常常喜不自禁，手舞足蹈。甚至，比比劃劃，指指點點，只恨自己無鱗無爪，不能升空與龍共舞。

　　孔甲愛龍如命，一刻也不願意離開龍，哪裏還問國家大事呢！他乾脆在大潭邊建了座觀龍亭，隨時登亭觀看表演。這一來可苦壞了兩條龍，龍有龍體，龍有龍力。龍力靠龍體，發力需休息。別看龍表演得輕鬆自如，那可需要耗費精力呀！若是休息不夠，精力不足，表演也就難得輕鬆自如。

　　這天夜晚，風輕月明，星稀天高，正是賞龍的好時光。孔甲領了嬪妃早早登上了觀龍亭，準備大飽眼福。師門卻愁眉不展地稟報：「龍體困乏，難以旋舞，請大王明日觀賞。」

　　原來，這天上午看了下午看，孔甲這已是第三次看龍騰舞了。師門知龍如子，龍確實困乏了；師門愛龍如命，再這麼折騰，傷了元氣，龍會累死。因而，才直言相告。

　　孔甲卻不以為然，大聲訓斥師門，命令馬上表演。

　　師門沒辦法，只好讓兩條龍出水繼續表演。那龍每舞動一下他都揪着心，疼痛難忍。龍沒演練完，他卻癱在地上了。

　　孔甲只顧自己享樂，哪顧師門心肝疼裂。第二天早晨，孔甲又來觀看龍表演了。龍一出水，水霧瀰漫。兩條龍就在水霧中穿梭往來，騰旋變幻。

　　孔甲將師門喚到身邊說：「每次表演，都水遮霧掩，不能完全看清。快驅散水霧，再行表演！」

　　師門一聽為難了。這龍在空中發力，全靠水霧支撐，要是驅散水霧，龍沒有了依託，還不摔跌下來嗎？連忙叩首，回話，說明實情，請帝王寬恕。

　　孔甲聽了，勃然大怒，訓斥道：「好個刁民，竟敢頂撞寡人，拿下去砍了！」

　　眾臣見狀，慌忙跪地說情，好說歹說，才保住了師門的性命。很明顯，孔甲是有意挑剔，認為之前師門不願表演，傷了他的臉面。這天雖然留下師門沒殺，可是仍然沒有解掉他心頭的怨恨。

隔過一天，孔甲過來觀龍。這回不上龍亭，卻站在潭邊，要師門將龍喚到岸邊。師門一擊掌，兩條龍從水裏探出頭，趴在了潭沿。孔甲對着龍的眉眼瞅過來，瞅過去，然後指着師門說：「大膽狂徒，竟敢虐害本王的愛龍。」

師門辯解：「小民哪裏敢犯上作亂？我愛龍還愛不過來呢！」

孔甲手指着兩條龍說：「你看這條龍鼻孔怎麼有了裂痕？分明是你用利器毀壞了牠的容顏！」

師門說：「大王息怒。這是條雄龍，鼻孔與雌龍不同呀！」

孔甲指着另一條龍說：「還敢狡辯，你看這條龍的鬍鬚多麼尖，那條龍的鬍鬚卻短而齊，分明是你有意剪斷的！」

師門趕緊解釋說：「大王，這是條雌龍，雌雄有別呀！」

孔甲勃然大怒，鼻子用力哼出一聲，命令刀斧手：「竟然跟本王對着幹，拉下去砍了！」

可憐的師門，忠心養龍卻落了殺身的下場。師門死時終於明白，和昏君沒有理可說。他笑一陣，哭一陣，瘋瘋癲癲被押往刑場。他大笑着對世人說，自己可憐，把孔甲當了愛民的帝王敬奉；他哭着對世人說，子民可憐，還要受孔甲禍害。哭笑聲中，師門的頭被砍了，刀斧手要拿師門的頭回去，哪裏找得到呀，有人看見人頭飛遠了。

殺了師門，劉累養起了龍。劉累長得個小短腿，尖嘴猴腮，卻巧舌如簧，把死人能說活了。據說祖上是堯帝的後代，卻因招搖撞騙，被發落到蒲山密林當了樵夫，以栽樹賣柴為生。劉累個小力衰，肩不能挑擔，手不能揮斧，沒有餬口的力氣，只好靠三寸不爛之舌混飯吃。他從密林中逮了幾隻紅屁股猴子，稱牠們是靈人，遊走耍鬧兩個小錢餬口，卻比要飯體面多了。別小看這小小技藝，還糊弄得那些陋巷婦孺歡笑不斷，扔小錢、施剩飯的雖然不多，可吃飽肚子也有餘了。

也該劉累發跡，這日豔陽高照，天熱難熬。他來到山下一村，本應避熱歇個晌午，可是，餓得哪裏睡得着覺，只好找一個樹陰逗猴崽

取樂，圍觀的人時不時爆出笑聲。耍完了，劉累拱手討錢要饃，可惜村人窮得自己難以餬口，哪裏還有餘食給他。

拱揖半天，手中無錢無饃，肚中飢餓，頭上流汗，可憐呀可憐！

所幸，天無絕人之路，有一壯漢直朝劉累走來，對他說：「你這麼伶俐，何必擺弄這小玩意。」

這人是搞大玩意的，他是豢龍氏，祖祖輩輩都在大海養龍，自己有一身絕技。看見劉累有點心計，把猴子指撥得團團轉，又見他為吃飯弄得這麼汗顏，就動了憐憫之心，收他為徒，教他養龍。劉累心眼靈動，很快就學會了幾招。只是聰明反被聰明誤，幾招到手，劉累心滿意足，不再動腦琢磨其中的奧妙。整日察言觀色，討好師傅，把豢龍氏哄得樂哈哈的。因而，師門被斬，豢龍氏便舉薦劉累去皇宮給孔甲養龍。

從耍小猴到養大龍，劉累可以說是魚龍變化了。他十分珍惜到手的這份活兒。不過，劉累的珍惜和別人的珍惜不同。他不是精心養龍，而是設法博得孔甲的歡顏。

孔甲早上要看龍，他馬上把龍喚出來，騰空蹈舞。

孔甲午間要看龍，他馬上把龍喚出來，騰空蹈舞。

孔甲夜晚要看龍，他馬上把龍喚出來，騰空蹈舞。

孔甲成天樂呵呵，笑哈哈。劉累成天笑哈哈，樂呵呵。

有一天，孔甲玩厭了，對劉累說：「把那些水霧弄散吧！」

劉累馬上遵旨去辦，找來了個大風車，喚到了十來個小伙子，搖動風車，風「呼呼呼」颳了起來。飄在空中的那些水霧，被風吹淡了，扯碎了，忽悠忽悠飄走了。

這一飄讓空中正在舞蹈的兩條龍措手不及，撲嗒一下跌到水潭裏，好半天，躺在水面動不了。

龍摔暈了，孔甲笑了。看見正在飛舞的巨龍傻呵呵遭了暗算，他可得意呢！劉累見孔甲得意，也得意地叫好鼓掌。

孔甲的日子很開心，劉累的日子也很開心！

龍的日子卻難開心了，連續摔跌了幾次，兩條龍一蹶不振，懨懨的，食物也吃不多了。劉累只顧討孔甲的好臉，哪裏有閒心照顧龍呢！

過了幾天劉累去水潭餵食，只見水面浮起一條龍。撥一撥，不動，再撥一撥，還不動，雌龍死了！這可把劉累嚇壞了，怎麼向孔甲交代呢！頓時，手麻腿軟不知如何是好，坐在水潭邊冷汗直冒。

劉累時運不錯，寒風給了他個台階。這日，天氣突變，颳起了一股寒風，孔甲出去遊獵，衣服單薄，受涼了。回到宮中躺在牀上，渾身痠疼，茶飯不思，宮人忙裏忙外，調理他的口味。劉累眼睛一眨，點子來了，把那龍肉割了一塊，做了一碗肉湯端了進去。那龍肉真香，在廚房做，香了廚房；從路上過，香了廊亭；端進寢宮，孔甲遠遠就聞到了撲鼻香味。香味入鼻，肚子咕嚕嚕一響，胃開了，急着想吃。劉累雙手捧上去，孔甲吃得狼吞虎嚥。吃完了，又問劉累，還有嗎？劉累慌忙又做一碗，孔甲又吃完了。

一連數日，孔甲胃口大開，不吃山珍，不吃海味，頓頓就吃劉累端來的肉湯，而且，吃着吃着，身子不痠了，不疼了，下牀了，走動了，孔甲痊癒了。

痊癒的孔甲這才想起多日沒有觀看龍舞了，立即來到龍亭。劉累慌忙喚龍出水，一條雄龍張牙舞爪在天空撲騰了好一陣，怎麼也覺得寡淡、乏味，孔甲很不過癮，突然疑惑，怎麼會是一條龍呢？叫過劉累質問，嚇得他跪在地上戰戰兢兢地詭辯：「大王龍體欠安，為臣急不可耐，只好殺龍煮肉，敬獻大王。」

孔甲聽了雖然心疼龍，可是一想到劉累忠心待己，也就展開眉結，笑出聲來：「哈哈，難得你忠心不二，恕你無罪。」

這一難關就這麼搪塞過去了。

如果劉累把雄龍照顧好些，可能下面的故事會是另一番情節。只是，劉累心中只有孔甲的臉色，根本沒有注意雄龍的冷暖飢餓和勞

累。結果，沒過多少日子，雄龍也像雌龍一樣，肢體僵直在水面上，死了！

這回怎麼過孔甲這一關？寒風不再給劉累台階，他抓耳撓腮一夜難眠，也想不出個好辦法，只好趁着黎明前的黑暗溜出宮去，穿密林，鑽荊棘，逃到很遠的地方，重操舊業，耍猴餬口去了。

孔甲知道雄龍也死了，趕緊找劉累，哪裏還能找到劉累的影子？看着死去的龍，他氣急敗壞，真想千刀萬剮了劉累，可是怎麼想也是枉然了。

沒有龍，孔甲這日子還有甚麼滋味啊？他還想養龍、耍龍、觀龍。

秋風蕭瑟，天高雲淡。龍旗簇擁着龍轎來到了大澤邊。大澤上水天一色，碧藍無垠。

孔甲命令停轎搬椅，他又要在這裏引龍出水，帶龍回宮，和龍一起過有滋有味的日子。

剛一落座，大澤又起飛花，又騰水柱，孔甲以為龍又要出水了，激動得伸手便拍，忽然，兩手停在空中，眼睛也瞪直了。眾臣看得一清二楚，那騰出水面的不是龍，而是師門的人頭，嚇得孔甲跳下椅子，抱頭鼠竄，躲進轎中，直催快回。轎夫們抬腳狂跑，跑得龍轎顛顛簸簸，搖搖晃晃。

跑進城門，跑進宮門，看人頭沒有追來，大家放了心。落轎掀簾，請大王出來，孔甲毫無動靜。抬頭看時，孔甲挺直身子死了。

❝ 作者手記 ❞

此文的寫作依據是兩本書：一本是《史記·夏本紀》，內載：「帝孔甲立，天降龍二。」、又載「劉累，學擾龍于豢龍氏，以事孔甲，孔甲賜之姓曰御龍氏受豕韋之後。龍一雌死，以食夏后，夏后使求，懼而遷去。」另一本是《列仙傳》，內載：「師門者，嘯父弟子，亦能使火，食桃李葩，為夏孔甲龍師，孔甲不能修其心意，殺而埋之外野。」

周穆王奇遇

　　周代的時候出過一個帝王——周穆王。到現在大家還能記得他，不是因為他對天下有甚麼貢獻，而是他喜歡遊樂，遊樂中碰到不少新鮮有趣的事情。

　　周穆王喜歡出遊可能和他的父親周昭王有關。周昭王就喜歡出宮遊走玩耍，為此，連性命也丟了。

　　那一年，有大臣報告，南方越棠國捕到了幾隻野雞，顏色潔白，一根雜毛也沒有，可好看呢！他們準備敬獻給大王，只是路途遙遠，需要一段時間才送來。周昭王聽了，那雪白可愛的野雞好像在眼前歡跳，還衝着他舞蹈呢！跳呀，唱呀，歡唱亂舞進周昭王的夢鄉。他連覺也睡不安穩。

　　第二天一早，周昭王頒令，準備車駕，前往越棠國親迎野雞。帝王說話誰敢不聽，不多時一切準備妥當了，周昭王帶着文武大臣、宮娥嬪妃浩浩蕩蕩上路。這一路過山看景，渡河戲水，周昭王樂得連嘴都合不攏。這可苦壞了楚國的百姓，周昭王經過這裏，大隊人馬要吃要住，還要吃山珍海味，住金玉寶殿，可不是件小事。

　　百姓們早早就忙活開了，忙得自己的光景都過不成了，不就為了那幾隻白白的吊喪般的野雞嘛！周昭王南去後，人們心裏氣憤不平，都想給周昭王點顏色看看！很快楚國人想好了主意，專門給周昭王打造了一隻華美的遊船，靜等着他早日返回。

　　過了些日子，又過了些日子，楚國人眼巴巴把大王盼回來了。絡繹不絕的車駕排列了好長，中間簇擁着周昭王和他心愛的白野雞，還有幾隻野兔。據說那野兔是因為大王遠道迎雞，費心勞體，額外貢獻的。到了楚國，周昭王為了顯示此行不虛，停車歇息，掀開簾幔，讓百姓觀看那潔白無瑕的寶雞、玉兔。不看還好，看了的百姓都撇撇嘴

說：「還當是啥稀罕物哩，就那麼個玩意呀！咱那弓箭下不知射殺了多少！」可是，當面誰也不敢說這話，都誇：「好看，稀少！」

周昭王聽了，美滋滋的。這時，楚人的頭領上前說：「大王一路辛苦，楚民沒有甚麼酬勞，新造了一隻遊船，請大王乘坐過漢水。」

周昭王聽了此言，心裏更甜，驅車來到河邊。

周昭王看了遊船，更是心花怒放，乘船來渡漢江。

日光明麗，漢江水碧。上船後風平浪靜，白鷺在船頭船後翔舞，天鵝在雲端天邊飛行，周昭王心神愉悅，特別滿意楚國人的一片熱心。

船到江心，水急浪滾，顛上落下，落下顛上。幾個回合，「嘩啦」一響，精美的遊船散成了塊塊木板。原來楚人造船沒有用釘用榫，只用了點膠。船到江中，水一浸泡，膠化開，散成了一塊塊木板。不用說，周昭王和大臣全泡進大浪滔滔的江水裏了！

楚人本想擺弄擺弄周昭王，沒想到這一擺弄竟擺弄成了水中魚鱉。其實連魚鱉也不如，魚鱉到了水裏活泛着呢！而周昭王四蹄亂動，無濟於事。車夫手大臂長，還識點水性，撲騰了好一會兒，找到了大王，拖上岸，早死了，所幸落了個完整屍首。

周昭王貪圖遊樂喪了命，他的兒子繼了位，這就是周穆王。

周穆王剛開始還能安居宮中，可是，自從見了化人就再也坐不住了。也難怪他，那化人不知是何方神靈，神通實在是太大了！

化人初見周穆王不下跪，不施禮，神氣活現，弄得周穆王很不是滋味，開口問：「你有甚麼本事？這麼狂傲！」

化人說：「本領不算高，人人辦不到。火中不傷髮，空中掉不下！」

周穆王搖了搖頭，化人問：「大王想要我當面試過？」

周穆王點頭稱是，當即命人在宮前燃起一堆大火。化人毫不怯陣，大步一跨，跳進了熊熊大火。

周穆王及眾臣聽見那火燃燒得「劈劈啪啪」，都揪着心，以為化人命要完了，都喊：「快出來吧！」

化人卻說：「火中溫暖，再躺一會兒。」

過了好一會兒，火勢更猛，烈焰沖天，穆王及眾臣又喊：「英雄快出來吧！」

化人只說：「剛才小憩了一會兒，我再洗個焰火澡！」

洗澡還有用焰火的！周穆王及眾臣十分吃驚，更吃驚的是約莫過了一個時辰，那化人才從火中跳出。大家看時，毛髮依然完美，皮膚依然白嫩，不僅沒有燒傷，反而真像洗了澡似的。

不待周穆王說甚麼，化人一躍飛上了高空。起初還雙腿下垂，不時彈動，像是用力支撐身體。後來乾脆躺倒睡直，身下無依無憑，連雲彩也沒一絲，竟睡得安安穩穩。周穆王看得目瞪口呆，大臣們連連說：「神功，神功！」

化人落地，周穆王連忙邀進宮中，酒席招待。化人卻說：「俗人還有穿牆功，搬運功，大王要不要試過？」

周穆王說：「不用，不用，請飲酒，飲酒。」

酒過三巡，化人面色紅潤，言語更快，指說穆王：「你雖貴為人君，可住所、用品卻很粗陋，難比俗人。」

周穆王聽了不服氣，搖搖頭有些疑惑。那化人隨口說：「大王到我處一遊。」

話音剛落，周穆王身輕如紙，隨風飄起，忽忽悠悠離了地面。兩旁高山峻嶺匆匆閃過，目中茂林修竹晃晃向後。不多時，飄入一座宮殿，殿中山是金的，金光燦燦；水是銀的，銀波蕩漾。這麼博大，這麼開闊，哪裏是宮殿，分明是另一個世界。化人請穆王到宴客廳小坐，坐椅是珍珠，几案是瑪瑙，侍者遞上一碗熱茶，茶中閃耀着琥珀光色。端起來抿一口，哇！甜甘冰涼，穿腸過肚，直透指尖髮梢，當下覺得眼睛也是亮亮的。

化人一擊掌，對面牆上大幕開啟，一隊仙女飄動裙帶從天而降。長袖一甩，風捲雲絮；歌喉放展，音韻飛揚。不知是風香，歌香，還是仙女的體香，立即客廳裏香味四溢，渾身如浸進溫泉中沐浴一般。周穆王如痴如醉，連客氣誇好也給忘了。

沉醉了一個時辰，化人把盞與周穆王同飲一杯，然後說：「大王主理天下，不敢多攪擾，今日暫遊到此。」

說着，周穆王身體搖了搖，又坐在自家的宮殿和化人對面敍談了。再看眼前景物都是些爛泥朽木，哪裏敢與化人比呢？又覺奇怪，怎麼轉眼光景，說走就走，說歸就歸？問身邊侍臣：「我去過何處？」

侍臣說：「大王沒有動身，只是打了個盹。」

周穆王更驚奇這位化人的本領了，蹺指誇譽：「神功，神功！」

化人不以為然地說：「小小伎倆，不足掛齒。」說着瞅了周穆王一眼，又說，「大王有甚麼心思就直說吧，不要多慮。」

周穆王沉吟一時，紅着臉說：「不瞞你說，為王我早有心思去崑崙山拜見西王母。」

這確實是周穆王的心事。為了這心事，他選派造父養馬御車。造父可不是一般的養馬人。他慧眼獨具，擅長鑒別馬匹，親自前往華山腳下，選了八匹夸父後人精心調養的駿馬。這些駿馬都有名字：華騮、綠耳、赤驥、白義、渠黃、踰輪、盜驪、山子。這就是後來世人常說的「八駿」。造父選好馬，又選了一種好草，那草長在蓬萊往東的海島，名叫「龍芻」，一般馬吃了都可以變為龍駒，日行千里，夜走八百。造父選好的八駿當然跑得更快了，按說上崑崙山不算甚麼難事。可是，日行千里那是就走平路而言，要爬坡登山就有了困難。何況周穆王好賴是王，王便有王的架勢，不騎馬，要坐車。坐車登山，尤其登崑崙山，實在太困難了！

造父聽說泰豆是駕車的高手，前去拜師學藝。泰豆見造父生性聰慧，謙虛好學，實心真意教他。他們砍削了許多木樁，然後一一插在

地上。兩根木樁間只留下插腳的縫隙。泰豆駕起車，揚鞭催馬，馬步如花，車行如飛，車輪卻不挨木樁。造父看得入了迷，將師傅的一招一式，起承轉合，牢記心間，仔細琢磨。師傅演示完畢，造父小心駕車，走得雖然緩慢卻沒有碰倒木樁。轉過三五次，漸漸加快速度，不過三日，竟然能像師傅那樣在木樁間飛快行走了。學會了駕車，登崑崙山，有條件了吧？還不行，崑崙山高壁陡，根本沒路，車輪從何軋過？這些天他們正琢磨鑿壁通路呢！所以化人一問，周穆王就明言了拜見西王母的事。

化人聽完，笑着便說：「大王不要多慮，此事好辦。」

周穆王點點頭，頓時又有了去化人處的感受。只是，先前是自己飄忽飛行，而此刻卻是崑崙山向自己飛來，嚇得光想躲閃。其實不必，山峯總是從他的兩側穿過。

山峯陡峭，如砍如削，忽悠而來，忽悠而去。

白雲重疊，如絲如縷，飛遊而來，飛遊而去。

轉眼間，雲天飛到了自己臉前。抬頭看時，有一宮殿被雲彩縈繞在中間，就聽化人說到了。話音一落，周穆王雙腿便踏在了台階上。這台階也不同於人間的。人間的台階是石頭的，或是土堆的，踩上去，硬得硌腳。崑崙山的台階花色淡雅，綿軟溫潤，踩上去軟和舒美，腳下生風。登了一百零八個台階，一點兒都不累，輕步入殿，西王母已款款迎上前來。二人落座，如同久別的知音，娓娓相敍，話語綿綿。周穆王不時抬眼瞥一下西王母，只見她面色粉嫩，豔如桃李，口紅齒白，倍為精神，暗暗羨慕這仙境就是不凡。

西王母善解人意，怕周穆王怯生，便自找話題，說到后羿，說到嫦娥，連連數道自己的不是。那年何必吝嗇，多給一份丹藥讓他們同歸月宮不就好了。說到此又歎了一口氣，又怨：「也怪那后羿老實，再來討藥，我給一份不就妥了？」

周穆王順口逢迎，說：「不怪王母，天意在此。多虧后羿沒走，後來還為人間殺滅了不少怪獸。」

西王母也就轉憂為喜，笑聲朗朗。此時，周穆王想起還帶着禮物呢，卻怎麼差點忘了。

從懷中取出，雙手捧上。西王母見是一塊白圭，一塊黑璧，都是人間難得的美玉，笑着收下，說：「難得你遠道前來，又獻厚禮，我備下薄酒，為你接風洗塵。」

周穆王也不推辭，入席就座，與西王母把盞對飲，喝得山飄雲搖，綠樹晃悠。喝着，喝着，明月西隱，東天霞映，就聽見化人說：「大王莫再貪杯，該回歸了。」

周穆王舉杯再與王母同飲，想說該回去了，話到嘴邊難以出脣。西王母掃一眼說：「人君不必為難，天上天下一個樣，沒有不散的宴席，喝罷此杯，我送你返還俗世。」

說着將酒杯舉到了穆王臉前，穆王捧杯與王母相碰，兩人一起喝了下去。西王母相依周穆王走出宮殿，東天霞紅如火，西面綠山披紅，滿眼絕美的景致，可惜就要離別而去。周穆王雙腿沉實，難以拔步。西王母抽出挽在穆王手中的纖纖玉指說：「人君日理萬機，哪能貪戀仙境誤了塵世大事，去吧！」

周穆王一咬牙，沿着淡紅的台階一步一步走了下來。下完台階，回頭再看，彩霞繚繞着宮殿。一陣柔和的歌聲從霞光中飛來：

> 白雲悠悠居崑崙，
>
> 高山巍巍望人間。
>
> 才相逢，又別離，
>
> 長相思喲君再來！

這是西王母的歌聲，綿綿柔情盡在那音韻中。周穆王聽了，心裏一動，隨聲附和：

闊野坦坦居人間，

彩霞飄飄望崑崙。

才相逢，又別離，

長相思喲再相會。

歌罷，風聲呼呼，山飛峯轉，紛紛向上、向上。忽然，周穆王頭搖身頓，睜眼看時，在自家宮闈。化人笑問：「大王遊走如何？」

周穆王心滿意足，連聲說：「如願，如願！」

他還想說，可否前往海市蜃樓一遊，抬頭時，卻不見了化人。化人走了，走得悄無聲息。

化人走了，周穆王遊興未盡，只好讓造父駕車四處漫遊。他們來到陽紆山，見到了水中的河伯；來到了休山，見到了溫和的帝台；來到了赤烏，接受了敬獻的美女；來到了黑水，封賞了長臂國國君。一路走來，迎候的人羣歡聲不絕，威風浩蕩。

可是，周穆王怎麼也不滿意，不如化人宮中的陳設美，不如西王母崑崙山上的景色新。造父問：「大王還想去遊何處？」

周穆王乏味地擺擺手說：「沒意思，不去了，回都。」

造父吆喝八駿，直往京都奔來。是日，趕到偃師天色已晚，只好進城安歇。偃師國中長老擺了盛宴招待，席間，請出一位匠人參拜周穆王。連日奔波，景色雷同，周穆王很是煩悶，對匠人不屑一顧，心想這凡夫能有甚麼能耐？不料匠人卻說：「聽說大王光臨，小人趕製了一個真人，願在席間獻醜。」

人還能製？周穆王疑惑不解，就說：「帶上來看看。」

匠人走出殿去，很快帶着一羣舞女進來。舞女中擁圍着一位白面書生，眉清目秀，英俊美貌，只是不語。舞女長袖甩開，環顧周圍唱起歌來。書生也隨舞女吟唱起舞，和諧圓潤，成為席間的舞魂。

一曲唱完，一舞跳罷，眾舞女散去，只有那書生不走，前來向周穆王施禮，敬酒。周穆王高興，痛痛快快喝了滿杯。一杯下肚，書生

走向隨駕的美女，舉杯敬酒，面對一位美女眉來眼去，暗送秋波。這美女不是別個，是赤烏國王敬獻天子的，周穆王寵愛十分，哪能容忍這等粗野舉動，擲杯於地喝道：「來人，拿下這無賴！」

早有武士進帳，舉手架住書生要走。一旁裏躥出了匠人，跪地求饒：「大王息怒，息怒，容草民剝了這廝。」

說着，將書生推至殿中，撕開衣衫，露出了五臟六腑、骨節筋絡。匠人說他是個假人。

說着，摘了肝臟，書生眼睛看不見了，不辨東西，在殿中亂撞；摘了腎臟，書生腿柔腳軟，站立不穩，更不能走了；摘了心臟，書生頓時倒地，伸開四肢，沒了氣息。匠人說：「雖是個假人，卻與真人沒有兩樣。」

周穆王轉怒為喜，連聲誇道：「巧奪天工，巧奪天工！」

當下傳令，又命匠人整好假人，重新表演。匠人聽命，將摘下的心肝腎臟一一安上，再披上衣衫。書生容光煥發，仍如先前。舞女重又上殿，書生步入其間，歌聲唱起，舞蹈跳起，殿中喜色賽過初時。周穆王對偃師長老說：「奇觀，奇觀，我走遍萬水千山，唯有今天最開心！哈哈哈！」

笑着和長老頻頻舉杯，這一夜周穆王爛醉如泥。

66 作者手記 99

起先並沒有想寫周穆王的神話，這個遊樂天子竟然還健康長壽，有違天意人倫，可是，他周遊的奇遇對人不無啟迪。時下，影視司空見慣，機器人也見慣不怪。不過看了周穆王的神話就明白我們的先祖對此嚮往已久，用如今的話說是心想事成了。因此，據《列子·湯問》、《列子·周穆王》、《穆王傳》等典籍撰成此文。

狼煙烽火看笑顏

很久很久以前，京城外有一座終南山。終南山下住着一對貧窮夫妻。夫妻倆白天打柴割草，晚上削成彎弓，織成箭袋，積攢多了，一肩挑了進城去賣。賣了，買些米麵油鹽回家過日子，雖然過得清貧，可夫妻倆相親相愛也就十分甜蜜。

這一日，天色微明，夫妻倆就相隨着出了村。丈夫挑着兩個籮筐，筐中裝滿彎弓、箭袋，妻子緊隨其後，說說笑笑往京城走來。走了一程，霞光飛紅，大地披彩。丈夫走得飛快，妻子趕得氣喘，粉白的臉面罩上了一層紅雲。趁換肩的時候，丈夫斜看妻子一眼，憐愛地說，我給你講個故事。妻子緊行兩步，並在丈夫肩邊說講個故事。妻子緊行兩步，在丈夫肩邊。

丈夫講的故事是，一山民進城賣了山貨，買了個稀奇玩意。帶回家去，沒想妻子一看哭哭啼啼，拿了那玩意就去找婆婆，說：「你那兒變了心，又討了個媳婦。」

婆婆不信，拿過那玩意一看，也生了氣：「怎麼討個老人家！」

妻子咯咯笑了，問丈夫：「那是個啥玩意？」

丈夫說：「是鏡子，照眉眼的。這回咱賣了東西，也買個鏡子，你好好照照，看看你是啥模樣！」

妻子說：「花那錢幹啥？我天天在門前的小河裏照眉眼！」

說着笑着，長長的路一會兒到了後頭，不知不覺進了城，到了市場。稍一歇腳，丈夫就放聲吆喝：「賣彎弓，賣箭袋，英雄好漢快來看，弓是山桑弓，袋是萁草袋！」

一聲吆喝剛喊出，旁邊跳出了一個鄉友，伸手捂住了他的嘴，對着耳朵低語：「千萬不要喊叫山桑弓，萁草袋。」

原來，京都街巷到處傳着一首歌謠：

山桑弓，萁草袋，
殺了國王治禍害。

國王成天禍害大家，民眾覺得解恨便傳唱開來。傳到宮中，國王聽了大發雷霆，下令追查呢！

不怪國王發怒，這幾天還有事煩着他呢！冷宮關押的那個女囚，好多人早就忘了，整整關了四十年啦！先前關她，是她未婚懷孕，而且懷得奇奇怪怪。據說，那女囚原先是個宮女，有天正進殿門，與一隻大蜥蜴撞了個滿懷。宮中人都知道，這蜥蜴不是平常物，是龍水的化身。說起這龍水的來歷，那就早多了。早到了上千年前，好像那會兒該是夏代。那一天，宮中突然來了兩條龍，繞殿飛旋，騰舞不止。初時國王和大臣都很驚喜，注目觀賞，無不稱奇。時間久了鬧得殿堂上君難登椅，臣難列位，完全沒了體面規矩。國王和大臣便跪地禱告，請神龍歸去。說也靈驗，兩條龍不再旋舞，坐臥龍案，吐了一攤龍水，挺身飛走了。

國王和大臣看那龍水，明晃晃，亮晶晶，像是水銀。這是神水，豈能廢倒了？國王命人取來一個玉匣，將龍水收存在裏頭，卻一時不知作何用場，便存放在國庫。誰知一存，就過了上千年。以至到了後來，幾乎沒有人知道玉匣中是甚麼東西了。這時候的國王，早不是先前的國王了，當然也不會明白其中的祕密。不明白，就好奇，因而搬出玉匣，擺上几案，仔細觀賞。揭開看時，突然大悟，這不就是祖輩傳說的龍水嗎？可是，晚了，掀蓋時稍有傾斜，龍水灑在了地上。正叫宮女清洗，那龍水突然凝聚在一起，變成了一條很大很大的蜥蜴。

可憐的宮女真是不幸，與她撞個滿懷的那條蜥蜴正是龍水變的。撞了後，頭幾天沒有甚麼反常，過了幾天竟大吐不止，太醫切脈，說是肚子裏懷了孩子。於是，國王下令將宮女鎖在冷宮。這一鎖就鎖了四十多年，鎖得國王換過幾個，好多人都把她忘了，哪知道，肚子圓鼓鼓的她竟然在這時生了個女嬰。

　　這可不得了，女囚生了怪孩子，還能是好事？偏在這時，國王聽到了街頭傳唱的那歌謠。當下傳令，扔了女嬰，查捕賣弓箭的人！

　　那男子聽鄉友說破事由，嚇出一身冷汗，拉了妻子要走。哪裏走得了？馬蹄聲響，雞飛狗跳，街上商販亂跑，差役捕人來了。妻子一慌，腳步踉蹌，搖搖晃晃。丈夫拉了妻子衣袖，兩人跑得跌跌撞撞。如此下去，豈不都要做刀下鬼？妻子催丈夫鬆手，丈夫不忍，拽得更緊。眼看差役趕到，妻子情急生智，扒了外衣，不容丈夫再抓，回身撲向馬匹。男人頓時流淚，痛斷肝腸，看着愛妻死去無可奈何，只能趁亂逃跑，鑽進僻巷，躲進河邊的一棵枯樹。

　　夜深人靜，躲在樹洞裏的男子，隱隱約約聽見有嬰兒的哭聲。這麼晚了，誰家的孩童會在外頭？側耳聽，是嬰兒在哭，而且，聲音越來越響了。更近了，像在河裏。男子好生奇怪，爬出了樹洞。月光映照得河面水波閃閃。水波中漂浮着一卷草蓆，嬰兒的哭聲就從草蓆裏發出。自顧不暇的男子竟然還有憐憫之心，俯下身扯過草蓆，將那嬰兒抱在懷裏，貼近胸脯。也許是温暖的緣故，嬰兒不哭了。男子抱着嬰兒朝城外走去。說也奇怪，明明城門緊閉，明明旁邊還有兵士守衞，他抱着嬰兒竟然走了出去，穿過闊野，回到山腳下的家裏。

　　男子抱回的是個女嬰。這女嬰不是別家遺棄的，就是女囚生的那個怪胎。可男子怎麼看，怎麼覺得她可愛，便收養撫育。有了這個女嬰，男子整天忙碌，多少沖淡了他失去愛妻的痛楚。

　　靠山吃山，靠水吃水。他們住的那地方可真美，把兩頭全佔了。有山，山高峯險，珍菌野果生在高巔，採摘回來就是好飯；有水，水清流長，魚蝦螃蟹生在清溪，伸手捉來就是好菜。出門就是山水畫，人在畫中遊，畫在四季走，風吹是一景，雨洗是一景，若是冬雪紛飛，那滿山的峯呀巒呀樹呀草呀全白了，白成另一種好風景。

　　好風景，養育人，女嬰長成了女孩，窈窈窕窕，臉白膚嫩。

　　好風景，養育人，女孩長成了女娘，亭亭玉立，眉黑眼亮。

　　父親給女兒起了個名字叫褒姒。褒姒出落得花兒一樣，又比花朵素潔可愛。素潔的花朵會唱歌、會跳舞。別的花會嗎？當然不會，比褒姒這朵花差得天上地下的，因而，看她一眼就讓人愛憐得心跳好一陣子。可是，自從父親給她講了母親的慘死和她的身世，她就沒了歌聲，也停了舞蹈，冷冷寂寂的不知揣了多少心思。

　　這一天，好久沒開口的女兒說了話，一開口就把父親嚇得心裏咚咚跳。女兒要進宮去，要去伺候那個禍害百姓的國王。後頭的話女兒沒有說，沒有說父親也清楚，還不是要為民除害，替母親報仇嘛！這些天，小山村的人早炸了鍋。國王作惡，蒼天長眼，給他來了個水涸河乾，天下大旱。忠臣勸他理水益民，國王卻說：「水枯石爛，與我何干？」

　　不僅不聽勸告，還下令徵選美女。

　　女兒就是衝着這選美去的。父親勸不住女兒，只好含淚為她送行。

　　褒姒到了京都，大臣見了，眼睛瞪圓了，難得的美人呀！

　　褒姒來到後宮，國王見了，眼睛看直了，稱心的美人呀！

　　國王看直了眼睛才算正常。你看那褒姒，瑤池裏那些美貌天仙也比不上她呀！身段恰好，增一分，高了；減一分，矮了。臉色恰好，增一分，太粉；減一分，會黑。頭髮恰好，增一分，太密；減一分，太稀。這些都不必說了，那雙眼睛真是勾魂攝魄呀，你看她時，也就是亮汪汪的兩池水；她要看你，那可就大不同了，像是光能照得心亮，像是火能燃得身熱，像是電能攪得頭腦麻酥酥的。

　　國王着迷了，立即封褒姒為美人。梳洗妝扮一番你再看，那褒姒如出水芙蓉，勝過天仙。

　　國王沉醉了，一會也離不開褒姒，國事不問，朝政不理。那褒姒心知肚明，不問才好，若是過問，無辜百姓不知要遭多少禍殃。

　　白天飲宴歡舞，夜晚歡舞飲宴。宮中的好日子過得飛快飛快，神仙也不過就是這般吧！可是，褒姒總是憂慮難解，如此下去，雖然能

夠緩解民間的苦難，卻報不了深仇大恨呀！因而，自打進宮，誰也沒有見過美人的笑顏。她在謀算怎麼才能舒心地笑出聲來。

　　其實，不用她謀算，為她謀算的人多着呢！只是，很難有一個人能謀算到她的心上。當然，這謀算的起因還是國王，國王早想看到美人的笑臉了，美人不笑還這麼動心迷人，那要笑一笑真不知要美倒多少天仙？國王的心思，宮中的那些搖尾巴狗一樣的大臣都摸準了，一個個討好獻媚。

　　有人說，吃山珍美人會笑。國王下令擺出山珍，美人吃了不笑。

　　有人說，嚐海味美人會笑。國王下令擺出海味，美人嚐了不笑。

　　有人說，遊山美人會笑。國王下令帶美人遊山。遊過了，美人不笑。

　　有人說，玩水美人會笑。國王下令帶美人玩水。玩過了，美人不笑。

　　方法使遍了，美人就是不笑。

　　美人越是不笑，國王越是想讓她笑。到底有甚麼高招能讓美人笑呢？國王挖空心思想辦法了。

　　國王的辦法沒想出來，有個大臣卻替他想好了。他對國王說：「開個玩笑，美人就笑了。」

　　國王驚喜地問：「真的？」

　　「真的。」大臣回答，又說，「只怕國王不開這玩笑。」

　　國王隨口就說：「開，開！只要美人能笑，甚麼玩笑都開！」

　　大臣的玩笑是：點燃狼煙烽火。

　　這狼煙烽火是好點的嗎？那是號令，那是會合四方諸侯的號令。看見狼煙烽火，諸侯就等於聽見了國王的報警信號，就會領兵前來，保衛國王的安全。

　　這要真燃起狼煙烽火，那可是開大玩笑呀！

　　國王聽了馬上答應。是啊，堂堂國王不開大玩笑，還開小玩笑呀！

　　是夜，歡宴正酣，國王命令點燃烽火。那可真是天下奇觀，剎那間，火焰騰空，直衝星雲，像是巨鯨噴出的水柱，不過不是水柱，

而是火柱。熊熊火光，映紅了天空，照亮了地上。好壯觀呀，大臣笑了，國王笑了，美人卻沒有笑。

西方侯看見火光，集合軍隊，直奔京都，跑得氣喘吁吁。

東方侯看見火光，集合軍隊，直奔京都，跑得氣喘吁吁。

南、北方侯看見火光，也都集合了軍隊，趕來了，跑得揮汗如雨。

黎明時分，各路諸侯帶着軍隊會集於城下，雖然渾身困乏，卻盡力抖擻精神，顯示一副為國應戰的豪情。國王站在城牆上擺擺手說：「大家回去吧，沒甚麼事，我只是開個玩笑！」

頓時，諸侯生怒，將領生怒，兵卒生怒，偃旗息鼓，退着怨罵着。

好難堪呀！美人笑了，國王笑了，大臣們沒笑，心裏沉甸甸的。

美人笑得好迷人呀，國王看着比那沖天的火光還要壯觀，比那東天的晨霞還要嬌豔，他笑了，笑這個玩笑開得好，開得成功！回頭重賞那位建言獻策的大臣！

這個玩笑開過不久，狼煙烽火又一次映紅了天空，照亮了大地。

西方侯看見了，說，又開甚麼玩笑，睡了。

東方侯看見了，說，又開甚麼玩笑，睡了。

南方侯、北方侯也都沒理睬，睡了個好覺。

一覺醒來，才知道犬戎人打來了，國王早就人頭落地，暴屍荒野了。

那位美人呢？

誰也沒有看見她。據說，就在國王逃竄的時候，宮中升起一道紅光，直沖天際，飄遠了。

❝ 作者手記 ❞

烽火戲諸侯，在《史記・周本紀》中是歷史，在《國語・鄭語》及《楚辭・天問》中是神話。今閱讀《國語》、《楚辭》以神話眼光觀覽那段歷史，覺得別有趣味，因而走筆記趣。

懂鳥語的公冶長

公冶長不是神仙，是個普通人，卻有比神仙還神奇的本領。他能聽懂各種鳥的叫聲，你說神奇不神奇！對別人來說，聽見鳥聲是叫喚，對於公冶長來說，那卻是說話。說話，就是表達自己的心思和見聞，鳥也一樣。

懂得鳥語是公冶長的特長，這特長讓他沾了不少光，也吃了不少虧。我就說幾件較大的事吧！

有一次，公冶長在家讀書，窗戶外有隻黃雀喊自己的名字，便放下書走到了院裏。高高的椿樹梢有一隻黃雀嘰嘰喳喳，衝着他說：

> 公冶長，公冶長，
>
> 村南死了一隻羊。
>
> 你吃肉，我吃腸，
>
> 快快去取莫彷徨。

公冶長聽到有隻死羊，抬腳就往村南跑。這幾日，家裏米不多了，麵不多了，他發愁完了吃甚麼呢？沒想到還有肉吃。

跑到村南，麥地裏果然躺着一隻羊。公冶長可高興啦，彎腰抓起羊，往上一甩，扛在肩上弄回家裏。然後，剝皮剔肉，把腸子給黃雀吃了，自己煮了肉，美美吃了幾天。

肉剛吃完，禍事來了。丟羊的人從公冶長門口過，透過門縫看到了掛在牆上的羊皮。這不是自家丟的那隻羊嗎？

推門進來，一把抓住公冶長，氣哼哼地說：「好呀，平日都說你是個通情達理的讀書人，竟敢偷我家的羊！」

公冶長對羊主人說：「羊不是我偷的，是……」

不等他說完，那人拉着他就去見官，邊走邊說：「我都找見羊皮啦，你還強辯！」

　　到了官府，二人吵嚷到公堂，老爺聽了羊主人的訴說，大喝一聲：「大膽竊賊，從實招來，你是如何偷羊的！」

　　公冶長說：「老爺息怒，小民確實冤枉，羊不是偷的，而是在村南地裏撿來的⋯⋯」

　　老爺問：「好個竊賊，你怎麼知道村南地裏有羊？」

　　公冶長回答：「老爺，是黃雀告訴我的。」

　　老爺把驚堂木重重一拍，厲聲喝道：「大膽刁民，竟敢胡言亂語，黃雀怎會說話？」

　　公冶長撲通一聲跪在地上，連連解釋：「小民能聽懂鳥語，村南地裏有羊，確實是黃雀告訴我的。」

　　公冶長不說能聽懂鳥語還好，一說氣得老爺吹鬍子瞪眼，乾笑着大聲訓斥：「休要狡辯，塵世間的人千千萬萬，哪有懂得鳥語的？趕快從實招來，省得大刑侍候！」

　　「⋯⋯」公冶長嘴張得好大，不知該說甚麼。

　　老爺擺擺手說：「怎麼，沒話說了吧？來人，先打二十大板！」

　　兩旁衙役過來拖着公冶長要走，就聽他喊：「老爺，老爺，窗外有鳥叫了。」

　　老爺側耳一聽，是有嘰嘰咕咕的叫聲，就問：「那麼你說，這鳥在說甚麼？」

　　公冶長說：「鳥是呼叫夥伴去吃米粟呢！」然後，學着鳥叫：

嘰嘰咕咕，

快去吃穀。

白蓮水邊，

車翻撒穀。

收拾不淨，

相呼吃穀。

老爺不信，馬上差人快馬直奔白蓮水邊。不多會兒，差人回來稟報：「老爺，真是奇怪了。白蓮水邊壞了一輛車，撒了不少穀子，一夥麻雀啄食呢！」

老爺睜大眼睛奇怪地看着公冶長，這人和別人沒有甚麼不同的地方，怎麼能聽懂鳥說話呢？奇怪歸奇怪，還是放了公冶長。

公冶長長出一口氣，輕輕鬆鬆回到家裏。他不知道還有更大的麻煩在等着他。

過了不久，他替老師孔子去衛國辦事。事完後，返回魯國。走了沒多遠聽見路邊的樹林裏一羣麻雀嘰嘰喳喳叫喚不停。仔細一聽，說的是：

清溪清溪，

人死地裏，

快去快去，

有肉吃哩！

公冶長往前走了幾步，一個老太婆在路邊放聲大哭。公冶長問她有甚麼傷心事？老太婆說：「我兒子前天出門去，到現在還沒回來，到底出了啥事呀！」

公冶長告訴老太婆，他剛才聽見鳥叫，說有人死在清溪邊了，去看看是不是你兒子。

老太婆擦一把淚水說：「你是甚麼人？怎麼會鳥語？」

他老老實實地說：「我叫公冶長，自小就能聽懂鳥語。」

老太婆跌跌撞撞跑到清溪邊，麥田裏躺着一人，正是她的兒子。她撲倒在兒子身上放聲大哭。附近的人聽到了，跑過來幫她收了兒子的屍體，又相隨她去魯國喊冤。

魯君升殿問老太婆，你怎麼知道兒子死在清溪邊的？老太婆說是公冶長告訴的。

魯君想，公冶長若和這事沒有牽連，怎麼會知道她兒子死在那裏？說不定他就是殺人兇手！立即下令捉拿公冶長。

公冶長回國後，給孔子彙報去衛國的見聞、辦事的情況，話沒說完就被差役帶走了，弄得老師也莫名其妙。到了殿上，魯君問公冶長：

公冶長如實說：「小人是聽見一羣麻雀互相轉告，清溪邊的地裏有個死人。」

魯君驚奇地說：「麻雀只會叫喚，不會說話，你怎麼聽得懂？」

公冶長解釋說：「小人能夠聽懂鳥叫。」

魯君頭搖得風一樣轉，說：「沒聽過有人懂得鳥語。謊言欺君，押下去收監。」

正要往監獄押公冶長，孔子急火火地進了殿，拜過魯君，說：「我敢擔保公冶長不會殺人，他品德學問都高人一籌，哪會幹這樣的事？」

魯君見孔子給公冶長擔保，消消氣說：「可是，他說懂得鳥語，這不是欺君犯上嗎？」

孔子笑笑說：「陛下息怒，自古以來懂鳥語的人不多，可是也有先例呀，堯那個時候，伯益就懂得鳥語呀！」

魯君說：「先前，那只是傳說，不足為據呀！」

不過，孔子為公冶長求情，他也不得不考慮。魯君有些猶豫，到底怎麼處理這事為妥？只聽見公冶長說：「有鳥叫了，有鳥叫了！」

魯君問：「這鳥說甚麼？」

公冶長靜心聽聽，告訴魯君，鳥在說：

> 魯君放，魯君放，
>
> 放了公冶長。

魯君說：「放你好說，可誰替冤魂償命？」

公冶長說，別急，鳥還有話：

　　　　　　　溪南方，溪南方，

　　　　　　　屠夫把人搶。

　　魯君趕忙派人去清溪南邊，果然，有家賣肉的。捉來一審，可
不，就是他貪圖錢財把人殺了。公冶長被無罪釋放了。

　　公冶長和老師出了殿，沒出宮門，忽然停了腳步。孔子見弟子不
走了，回來看他，見他在側耳聽鳥叫哩！聽着聽着，大叫一聲不好，
返身就往殿裏跑。跑進去氣喘喘地對魯君說：「陛下，快派兵，齊人
打過來了！」

　　接着，把鳥說的話告訴魯君：

　　　　　　　公冶長，公冶長，

　　　　　　　齊人出兵侵我疆。

　　　　　　　沂水上，小山旁，

　　　　　　　快快派兵去護防。

　　魯君哪敢不信，立即派兵前去守衛。將士剛到，齊兵就前呼後擁
奔過來了。齊兵沒想到水畔山旁早埋伏了魯兵，大搖大擺過來了。突
然，魯兵山呼海嘯般吶喊着撲了過去，齊兵毫無準備，急忙撤退。哪
裏退得及呢，被魯兵殺得大敗，丟盔棄甲，死傷無數。

　　魯兵得勝回朝，魯君獎賞功勛，當然沒有忘了獎賞及時發現敵情
的公冶長，封他做官，當了個大夫。

　　不過，公冶長不喜歡做官，他回到家裏，繼續跟着孔子求學，學問
不斷見長，品德也不斷見長。孔子很欣賞他的才德，把女兒嫁給了他。

❝作者手記❞

　　披閱典籍，《論語義疏》引《論釋》、《古今圖書集成·禽蟲典》卷四引
《青州府志》、《繹史》卷九五引《留青日札》、《論語·公冶長》均有公冶長
通鳥語的記載，只是內容各異，說法不同。今綜合提煉，走筆演繹，始成
此文。

楚王鑄劍

　　楚王鑄劍的故事應該從王妃生孩子說起。

　　王妃懷孕好幾個月了，肚子又圓又大，看來馬上就要生育了。楚王當然高興，他做夢都想要個小王子，那他的江山社稷就後繼有人了。盼了好些天，王妃的肚子只見大，不見生，楚王盼得有些不耐煩了。

　　這一天，楚王出去狩獵，有臣來報：「王妃生了。」

　　楚王喜出望外，問：「是個王子？」

　　哪知來的大臣不吭不說，楚王問急了，才說：「王妃生的不是男，也不是女，是一塊鐵。」

　　楚王回宮一看，果然是一塊鐵，不大不小，烏黑生亮。王妃怎麼能生下一塊鐵呢？

　　楚王奇怪，王妃也奇怪。她想呀想呀，想起去年夏天屋裏悶熱，熱得煩躁。宮裏一根鐵柱冰涼冰涼，她就抱着鐵柱散熱，抱了一會兒，渾身清爽，可能就是那天懷孕的。

　　這麼一想，楚王樂了，王妃生下的鐵塊不是普通的鐵，肯定是塊有靈性的寶鐵，那就用這鐵鑄兩把寶劍吧！要鑄好劍，少不了好的劍工，楚王派人遍訪天下，找到了一位名望極高的劍工，他的名字叫干將。

　　干將被傳喚到了王宮，恭恭敬敬接過王妃生下的那塊鐵，看一看，泛亮；掂一掂，挺重，是塊好鐵。仔細端詳了一番，他說：「大王，鐵是好鐵，鑄一把劍有餘，鑄兩把就有些少。」

　　楚王早有所料，笑着說：「是有點少，不過，我還有點寶鐵呢！」

　　邊說邊從袍袖裏掏出幾粒烏黑晶亮的鐵塊，每塊比蠶豆大不了多少。楚王遞給干將，干將放在手心一掂，呀，好重，這麼沉實的鐵塊他是頭一次見到呀！他抬起頭看着楚王，楚王明白他的目光是在詢問寶鐵的來歷，又一笑說：「怎麼樣，沒見過吧？」

　　干將點點頭。楚王告訴他，這是一塊膽腎鐵，出自吳國的武器倉庫，是個千金難買的寶物。那一年，吳王去武器倉庫巡視，門上的封署牢牢實實，揭開進去，裏面的武器卻一件都沒有了。這是怎麼回事？遍庫房查看，只看見兩個洞穴。吳王下令深挖洞穴，竟挖出了一黃一白兩隻兔子。黃的毛色金黃，白的毛色銀白，長得精明可愛。可是，兔子難道能將武器吃掉？吳王有些疑惑。

　　疑惑被解開了。解疑的人說，這不是兔子，只是長得像兔子，是昆吾山上的一種怪獸。牠們在地下打洞，吃泥土下的紅沙石，也吃銅和鐵。沒人知道牠們叫啥，就叫牠怪兔。莫非就是這怪兔將武器吃了？

　　吳王命人將兩隻怪兔宰了，剖開肚子一看，發現了這些不同尋常的膽腎鐵，斷定就是這兩個小東西將武器吃光了。

　　干將用鐵塊互相碰碰，發出的聲音又脆又響，無疑，是幾塊堅硬無比的寶鐵。他帶了回來，埋頭為楚王鑄劍。

　　干將鑄劍有一位好助手，就是他的妻子莫邪。莫邪給他生火，拉風箱，化鐵，他只要看火色澆鑄就行了。這回鐵不同凡常，火也不同凡常，費了好大勁才化了開來。那鐵水晶明透亮，被紅紅的火苗染成了亮紅的光色。干將手腳麻利，三下五除二便將鐵水澆進了劍模。鐵水冷卻，劍成形了，可是，暗淡少光，刀口笨鈍，這劍拿出去，豈不是要惹人唾笑嗎？

　　一次，兩次，三次，化鐵，澆鑄，冷卻，鑄成的劍總是粗糙笨鈍。

　　一年，兩年，三年，化鐵，澆鑄，冷卻，鑄成的劍總是不堅不利。

　　干將從來沒有幹過這樣的窩囊活，煩悶無比。這天，他低頭沉思，水米不進，妻子莫邪進來說：「聽說神物變化，要用犧牲，莫非鑄造這寶劍離了犧牲不行？」

　　妻子說完，干將眼放亮光，頓時醒悟。可是，讓誰為這劍去犧牲呢？見干將明白了，妻子又說：「那我就當犧牲吧！」

　　干將哪裏忍心讓自己的愛妻捨身鑄劍呢！他不同意，便和妻子合計，商議來，商議去，辦法只有一個，就是讓妻子剪去頭髮和指甲，代替身體，扔進火爐。打定主意，重生爐火，夫妻倆忙着幹開了。

　　生火，化鐵，澆鑄，冷卻。打開劍模一看，哇——那劍亮如秋水，寒光閃耀，拔根頭髮對着刃一吹，斷得利利落落。握在手中對着鐵柱一砍，簡直是削鐵如泥！寶劍，少見的寶劍！他將兩把劍叫成他們夫妻的名字，雄劍叫做干將，雌劍叫做莫邪。

　　干將拿着劍起舞高喊：「我成功了！成功了！」

　　干將抱着劍痛哭流涕：「我命盡了！命盡了！」

　　妻子問他，為何痛哭？干將擦去淚水，止住哽咽說：「這兩把劍世間再無，楚王不會放過我了，他怕我給別人鑄劍。」

　　妻子焦慮地問：「那可怎麼辦？」

　　干將咬緊牙說：「沒有辦法，只好讓孩子去為我報仇了。」

　　這時，妻子已懷孕幾個月了。他告訴妻子，要是女孩，那我就命該含冤。要是男孩，等他長大給我報仇。干將決定把雄劍藏起來，把雌劍獻給楚王。

　　抱着劍臨出門，他對妻子說：「若是男孩，等他長大，你告訴他幾句歌謠，就會找到寶劍。」

　　干將吟出的歌謠是：

> 出門遠望南山岡，
>
> 松樹生在石頭旁。
>
> 不用辛苦不用忙，
>
> 寶劍就在樹背上。

　　吟完歌謠，干將說：「你我夫妻只有來世再聚了！」

　　干將真把楚王猜透了。楚王聞聽干將鑄成了寶劍又是歡喜又是憂慮。喜的是有了這寶劍，他可以稱雄天下，凌壓諸侯；憂的是若干將

再給別國鑄劍，豈不是天下有敵了嗎？他打定主意，干將獻劍時找個藉口殺了他！

干將進宮，恭恭敬敬獻上寶劍。楚王接過劍大喜過望，多好的一把劍，光閃閃，亮晶晶，沉甸甸，鋒利無比，他笑得合不攏嘴。笑着笑着，突然，收住嘴，擰住眉，怒問：「叫你鑄兩把劍，怎麼只帶來一把？」

干將推說，多次鑄造，耗鐵過多，只夠一把的材料。楚王不信，叫識劍的人看，此人說：「寶劍有一雌一雄，這是雌劍。」

楚王大怒，喝道：「大膽刁民，竟敢欺騙本王，拉下去砍了。」

殺了干將，又派人去他家中搜索，翻箱倒櫃，卻沒找出那把雄劍，只好就此罷手。

干將死後，過了幾個月，莫邪生下了一個男孩。男孩兩眉間的距離很寬，大夥逗說有一尺多，說來道去，這孩子的名字人們沒有記住，都叫他眉間尺。

眉間尺長到十四五歲了，常受鄰家孩子的嘲弄。小孩們指着鼻子喊叫：「野小子！」他受不了這種委屈，跑回家去告訴了母親。母親傷心地講述了他的身世。聽到父親因鑄劍被楚王殺害，眉間尺馬上要去報仇雪恨。母親見他有點男兒的膽量，便將那歌謠吟給他聽：

> 出門遠望南山岡，
> 松樹生在石頭旁。
> 不用辛苦不用忙，
> 寶劍就在樹背上。

眉間尺跑出屋門，向南山遠眺，雲飄霧掩，峯巒不見，身邊這院中卻有一塊巨石，石旁是挺直的廊柱。那廊柱就是根松木。莫非，這是松樹長在石頭旁？再想下句不用辛苦不用忙，可不，應該在這院裏找寶劍。他剝開廊柱的漆皮，露出一條裂痕，不過，那裂痕已被泥灰

裏實，輕輕一扒，泥灰脫落，裏頭豎着一把劍。母親上前看過，是那把叫干將的雄劍。

眉間尺跪在地上，磕頭施禮，從母親手中接過寶劍，帶些乾糧，前往都城去尋找楚王，給父親報仇。

說也奇怪，這邊眉間尺出門，那邊楚王倒頭入睡。一睡下就做起了夢。夢中走來一個寬額小兒，手提一把寶劍，殺氣騰騰朝他砍了過來，口中喊着要替父親報仇。楚王大喊救命，驚醒了，頭上冒出了冷汗。慌忙叫來畫師，畫出夢中的小兒，出榜懸賞，捉到這個小崽，重獎千金。

這一切眉間尺當然不知道，他大步過來，眼看就要挨近城門了。對面走來一個黑衣漢子，橫臂攔住了他的去路。沒等他說話，黑衣漢子就說：「少年快走，這裏危險！」

他還要往前走，不由分說，那漢子拉着他跟跟蹌蹌跑上了城外的小山，這才氣喘吁吁地告訴了城裏出榜的實情。

眉間尺又氣又急，哭着告訴黑衣漢子：「我是干將、莫邪的兒子，楚王殺了我的父親，此仇不報，我無臉活着！」

說着又哭：「我可怎麼報仇呢？」

黑衣漢子聽了，也怒氣沖沖。他說：「楚王昏庸無道，百姓吃苦遭殃，你的仇也是我的仇，我們想法去報！」

略一停頓，又說：「辦法有了，只是怕你不同意。」

眉間尺着急地說：「只要能為父親報仇雪恨，讓我死也行！」

「好！像個男兒！」黑衣漢子一把握住眉間尺的手說：「那請把你的寶劍和人頭送給我。」

眉間尺瞪大眼睛看着黑衣漢子，見他表情嚴肅，不像是逗趣玩笑，於是，抬手抽出寶劍，對着脖子一揮。他雙手交給黑衣漢子，然後仰身躺在地上。

唉！

黑衣漢子歎息着，用黃土埋了他的身子，輕輕擦去寶劍上的血絲，朝都城走去。

這天，楚王臨朝，威風凜凜走進大殿，問大臣們有沒有捉到那個夢中小兒。問話剛落，就有大臣出列稟報：「門外有一黑衣漢子，提了少年的人頭來領賞。」

楚王忙喚那人上殿。黑衣漢子大步流星走進殿來，手中提着眉間尺的青衣，裏面裝着人頭。楚王命人接過，當殿掀了衣衫一看，這眉眼與夢中那個小兒一模一樣。只見他雙眉間距極寬，此刻，微閉兩眼，安詳得如同睡了覺。楚王大喜，這下可除掉了心中的後患，下令把那人頭扔到荒郊野外餵狼。

黑衣漢子施禮說：「大王且慢！這孩子小小年紀就要行兇犯上，不是一般凡人，人頭扔出，恐怕還會生出禍害。小民以為放到鼎鍋烹煮至爛才能防止後患！」

楚王覺得黑衣漢子說得有理，馬上叫人抬來一口大鼎，放在殿前，點燃柴禾，等火旺水沸將眉間尺的頭扔了進去。

大火燃燒，熱水沸騰，煮了一個時辰。

大火更旺，熱水更沸，煮了兩個時辰卻依舊。

這是甚麼妖孽呢？楚王及大臣都很驚奇。

黑衣漢子說：「看來這小兒確實是精怪，請大王前來鼎邊，用你的威勢壓一壓它，或許就會煮爛！」

楚王心動了，摸着鬍鬚，沉吟着慢慢踱到鼎旁。往沸水中細看，可不，那少年眉是眉，眼是眼，一點也沒有改觀。正驚疑這是甚麼怪物，就聽哧嚓一聲，他的頭也掉進鼎中了！當然，這是黑衣漢子所為了，他的手腳真快，大臣們連他手起劍過的動作都沒看清，就見楚王沒了人頭。

楚王的頭落進鼎裏，眉間尺的頭怒發直立，大口張開，一下咬住了他的耳朵。楚王疼得大叫一聲，忍住疼反撲過去，一口咬住了小

兒。眉間尺年少力小，被楚王一咬鬆了口，再要咬時哪還咬得住，被楚王咬了一口又一口，疼得鑽上鑽下。

黑衣漢子大叫一聲：「不好！我來助你！」

聲落劍起，他的頭也落進鼎裏。鼎中可熱鬧啦！黑衣漢子的頭一落下去，就咬住楚王的耳朵。楚王不再追眉間尺，回臉對付黑漢。眉間尺不逃竄了，反撲過來，對準楚王的後腦勺亂啃。楚王回臉對付眉間尺，背後的黑漢啃得更慘烈。

頓時鼎水騰濺。一旁的文武大臣、王后嬪妃早忘了自己的身份，竟然呆目觀看，忘我沉醉。三顆人頭大戰空前絕後，看得他們如夢如幻，不知是在白晝還是在夢中。

添柴，加水，火旺水沸，人頭繼續大戰。楚王前後受擊，嗷嗷叫喚。

加水，添柴，水沸火旺，人頭繼續大戰，楚王口舌無力，難以還擊。

漸漸地，楚王連前後轉動的力氣也沒有了，黑漢咬住他的耳朵，眉間尺如雞啄米似的不住亂咬。初時，楚王還嘴巴張合，氣喘吁吁。過了一會兒，只是呻吟，嘴巴張不開了。再過一會兒，呻吟聲沒了，一點氣也沒了。

楚王的頭沉到了鼎底。

眉間尺和黑衣人的頭四目對視，微微一笑，放心閉上眼睛，也沉到了鼎底。

這時候，王后、嬪妃及大臣如夢初醒，認不出楚王，這可怎麼辦呢？

嬪妃沒辦法，大臣沒辦法，王后也沒辦法。沒辦法也得安葬楚王呀！只好把三顆頭骨和楚王的身體一同放在楚王的金棺裏下葬。那眉間尺和黑衣漢子怎麼辦呢？就各埋了一個地方。後來，人們就把這三個墳堆叫做「三王墓」。

❝作者手記❞

　　楚王鑄劍的神話《搜神記》卷十一記載：「楚干將莫邪為楚王作劍，三年乃成，王怒，欲殺之……」《太平御覽》三六四引《吳越春秋》載：「王即看之，客於後以劍斷王頭，入鑊中，二頭相嚙。」此次寫作將兩處典籍融為一起，使情節更為真實連貫。

孟姜女哭倒長城

　　江南水鄉有戶人家姓孟，有戶人家姓姜。孟家和姜家房挨房、院連院，是一牆之隔的鄰居。

　　有一天，兩家鄰居因為一個大葫蘆發生了爭執。事情的起因要從春天說起。陽春時節，孟家的家人孟興在牆邊種下了一株葫蘆，不幾日發了芽，生了蔓。絲蔓長得很長很長，到了隔壁姜家的房頂。秋天，這條長蔓結了一個挺大挺大的葫蘆，就為這個葫蘆兩家有了爭執。

　　孟興說：「我種的，是我家的。」

　　姜婆說：「我家院裏結的葫蘆，當然是我家的。」

　　二人爭執不下，驚動了孟員外。他走過來笑着說：「從中分開，一家一半。」

　　孟興和姜婆都沒意見，拿把刀就要破開。忽然聽見葫蘆裏有嬰兒的哭聲，兩人都嚇慌了。

　　孟興手一抖，葫蘆掉在地上摔破了。好奇怪呀，葫蘆裏睡着個眉清目秀的女孩。一時兩家人都愛憐得心動，湊巧，孟員外沒有女兒，就留她當了養女。那姜婆呢，家中貧寒，就到孟家照看女孩，由孟員外供養衣食。這可是件皆大歡喜的事呀！因為，女孩是從兩家葫蘆中出來的，名字就叫孟姜女。

　　孟姜女乖巧伶俐，很討人喜愛。孟員外喜愛，姜婆也喜愛。在他們的精心撫養下孟姜女一天一天長大了，長成了個十七八歲的姑娘，容貌出眾，才華也出眾。

　　兩家養了個好姑娘，人見人愛，日子甜美了好多。

　　就在這時，國家有了大事。這大事打破了甜美的日子。

　　國家這大事是秦始皇鬧騰出來的，秦始皇是主宰天下的天子嘛！這一天，秦始皇派出去求仙的盧生回來了，一去大半年，沒有帶回長生不老的仙丹，卻帶回一卷竹簡，上頭寫着彎彎扭扭的字，說是天書。滿朝文武都來辨認這字，你猜他測，最後認出是五個字：亡秦者胡也。

　　秦始皇看了倒吸一口冷氣，認定這「胡」是北方的胡人，心想，我費盡心力打下的江山，怎麼能供送給胡人？這還了得！不能，我要加強戒備，好好防衛他們。

　　現在回過頭去看那會兒的事，秦始皇這想法完全錯了。他沒有想到他的兒子胡亥，更沒有想到胡亥會葬送了他的江山。當時，認定亡國的仇敵準是北方胡人，左思右想，要修一道萬里長城防備敵寇侵犯。

　　修萬里長城，可不是件小事。要有石頭吧，石頭不難。秦始皇有條趕山神鞭，那神鞭一揮，抽抽打打，山都跟着走呢，何況是小小的石頭！不多日，石材備齊了。可這長城必須要有人修，沒有人石頭擺不上去，當然建不成。所以，秦始皇下了命令徵召民夫八十萬。這一來，村村人哭，戶戶狗叫，天下百姓都不安寧了。

　　官吏忙着抓人，不知從甚麼時候傳來兩句童謠：

　　　　蘇州有個萬喜良，
　　　　一人能頂萬人忙。

　　童謠沒有翅膀，傳得卻比飛鳥還快，一傳十，十傳百，沒幾天家家戶戶都知道了。

　　官吏也長着耳朵，聽到了。這倒是件好事，他一人能頂萬人幹活，為啥不把他抓去呢？於是，就派差役去抓蘇州那個萬喜良。

　　這童謠還真神奇，差役們趕到蘇州一查，還真有個人叫萬喜良。不過，這萬喜良不是彪形大漢，是個文弱書生。文弱書生怎麼能一人

就頂萬人忙乎呢？又一想，管他呢，先抓去再說，說不定他有甚麼神力呢！

再說萬喜良，早已聽見了小兒黃牙的吟唱，這可如何是好？修長城這麼重的活兒，讀書人哪裏吃得消，乾脆先躲幾天再說。連忙收拾衣服，辭別爹娘到外地避難去了。差役來抓時撲了個空，當下生怒，張貼通告，誰抓住萬喜良有賞。

萬喜良走小路，過斷橋，夜行曉宿，逃得十分艱辛。這一天，來到松江地面，天色將要拂曉，應該去郊野躲避了，這時背後馬嘶人叫，差役趕來了。慌亂中見路邊有堵矮牆，抬腿一躍，跨了過去。進到裏面一看，是個不小的莊園，趁着沒人看見，閃身躲進湖邊的樹叢。

躲了一會兒，嗒嗒的馬蹄聲去遠了，不再有甚麼動靜，萬喜良打算鑽出來往荒郊趕去。這時，一個美貌漂亮的姑娘跑了過來，那姑娘在追一隻蝴蝶。火紅的蝴蝶，忽而高，忽而低，忽而左，忽而右，那姑娘追得彎來扭去，痴痴迷迷。眼瞅着天上，早忘了腳下，撲通一聲跌進湖中去了。

那姑娘不是別人，就是孟姜女。孟姜女受了驚嚇，連呼救命。萬喜良躥出樹叢，跳下湖去，抓住她舉上岸去。回身，孟姜女伸手將萬喜良拉出水來。兩個陌生人水淋淋站了個對面，手還沒有鬆開，孟員外和家人都跑來了。

一問情由，才知道是逃難的書生搭救了落水的女兒。女兒遇救當然是好事，可是，男女之間不能拉手相抱呀，這可是祖上留下來的規矩，怎麼能不顧呢！家人議來議去，只有一個辦法，就是讓這個書生做自家的女婿。

其實，這兩位青春男女一見鍾情，互相都有愛慕之心，父母一說當然願意。時逢亂世，也就不擇甚麼吉日良辰了，當天夜晚便在府中張燈結彩，一對新人拜過天地，拜過高堂，手拉手歡歡喜喜進了洞房。

哪裏知道，新婚剛過三天，風聲走漏了。這天早晨，新郎新娘剛起牀，就聽見大門「砰砰」響，家人跑着去開門，早有差役跳過牆

來。萬喜良急忙躲進草垛，柴草不多，哪能遮得住差役的眼睛呢？很快萬喜良被拉了出來，繩捆索綁，推推搡搡出了門。孟姜女撲上來，哭得淚人一般。萬喜良勸慰她，別難過，去修長城，凶多吉少，你另找個如意郎君，好好過光景。孟姜女死死抱住夫君不放，哭着說：「我等你回來！」

差役早不耐煩了，扯開孟姜女，推搡着萬喜良走出村去。

萬喜良走後，孟姜女茶不思，飯不想，天天流淚。夜夜都盼做個好夢，能在夢中見到心愛的郎君。可是，夜夜沒有見到，醒來時只有枕頭上濕淚一片。就這麼熬了半年光景，孟姜女消瘦了好多。

此時已是十月天氣了，秋風掃過，蘆花飄盪，葉落樹枯，天驟然涼了。這天晚上，孟姜女剛一閉眼，看見郎君從門口走了進來，雙手摟住衣衫單薄的胸膛，說：「天啊！凍死我了！」

孟姜女撲上去喊一聲：「郎君——」醒了，是個夢。這夜，孟姜女再也睡不着了，回想夢境，無限淒傷。想到郎君在北方忍受寒冷，苦力勞作，就一陣陣心疼。她躺不住了，翻身找出給郎君做好的棉衣包裹好。熬到天亮，告訴父母，要去給郎君送棉衣。路途遙遠，山高水深，一個女兒千里尋夫，父母怎能放心？可是，經不住女兒的苦苦哀求，只好答應她去。千叮嚀，萬囑咐，讓她路上當心，曉行夜宿，黃昏早找人家住下，不要貪走摸黑。

孟姜女辭別父母，背着包袱上路了。她走得淚水漣漣，想想郎君衣單身寒，心裏陣陣發酸。

她走得急急忙忙，恨不得一步跨過萬水千山，把懷中的棉衣穿在心愛的郎君身上。

太陽落下去了，孟姜女沒有住店。

月亮升上來了，孟姜女匆匆趕路。

走着走着，抬頭看見天上那彎鈎般的月亮，孟姜女禁不住聲淚俱下，哭訴道：

> 月兒彎彎照四方，
>
> 孟姜女恨透秦始皇。
>
> 要築長城你去築，
>
> 為何抓我喜良郎？

不知走了多時，一座大山擋住了去路。山峯陡峭，如削如砍，蒼鷹也飛不過去呀！這可怎麼辦？孟姜女坐在山前，淚水漣漣，拍打着地面說：

> 高山高山行行善，
>
> 可憐親人難相見。

拍着拍着，那山一寸一寸低了下去；低着低着，成了平坦坦的原野。孟姜女磕頭謝過山神，繼續埋頭趕路。

不知走了多久，一河深水擋住了去路。河水滔滔，波浪翻滾，小船也划不過去呀！這可怎麼辦？孟姜女坐在河邊，淚水漣漣，拍打着地面說：

> 大河大河行行善，
>
> 可憐親人難相見。

拍着拍着，那水一寸一寸淺了下去；淺着淺着，成了硬邦邦的河牀。孟姜女磕頭謝過河神，繼續埋頭趕路。

遠遠看見長城了！長城像一條長蛇蜿蜒在羣山峯巔。孟姜女心裏在喊，郎君我來看你了，給你帶來了棉衣。她不由加快了腳步。

長城就在眼前了！像是一道刀切的絕壁橫臥在山頂。有些地方還沒完工，抬石頭、搬磚塊的民夫衣衫破爛，骨瘦如柴。孟姜女看得心疼，忍疼尋找郎君。

孟姜女尋過一羣人，又尋過一羣人，沒有見到郎君的身影。她找見工頭打聽，工頭說：「萬喜良呀！早死了，填到這長城裏面去了。」

眼前一黑，天旋地轉，孟姜女倒在地上不省人事了。

輕風一吹，天寒身涼，孟姜女打着冷顫甦醒過來了。

看着這堅硬如鐵，冰冷無情的長城，想想那體貼入微，温和多情的郎君，孟姜女心如刀絞，痛徹心肝，禁不住放聲大哭，邊哭邊罵：

> 陰雲沉沉罩四方，
> 孟姜女恨透秦始皇。
> 要築長城你去築，
> 為何害我喜良郎？

孟姜女哭得烏雲蓋地，寒風呼嘯，那聲音撕肝裂膽！

孟姜女哭得雙目流血，山搖地動，那聲音石破天驚！

突然，一聲巨響，萬山轟鳴，啊呀！橫臥的長城一下坍塌了四十里。

長城塌了，孟姜女哭倒了長城，消息迅速傳開了！

長城塌了，孟姜女看到了累累白骨，哪一具是郎君的屍骨呢？她撲倒在地上，一具一具仔細查找。找到了，這就是郎君萬喜良，孟姜女伏在屍骨上又是一場大哭。痛哭一場，孟姜女抱了郎君的屍骨準備回家。這時候，聽見哭倒長城的消息，秦始皇趕來了。侍衛簇擁，鑼鼓齊鳴，秦始皇坐在龍輦上，車上撐着黃羅傘蓋，威風凜凜。車馬一停，秦始皇就命令將孟姜女帶過來。

淚汪汪的孟姜女被推倒在氣哼哼的秦始皇面前。秦始皇一看哪裏有這麼美貌的女子，分明是天仙下凡呀！三宮六院，七十二妃，哪一個也沒有這女子好看呀！那哭倒長城的滿肚子怒火，頓時煙消雲散，竟然換了一副笑臉，調逗着問：「是你哭倒了長城？」

孟姜女見了昏君，怒氣填胸，厲聲回答：「是我哭倒的，又怎樣？」

秦始皇嘻嘻一笑，說：「你犯了殺身之罪，你知罪嗎？」

孟姜女冷笑着答道：「要殺就殺，你這個昏君害死了多少人呀！」

孟姜女一發怒，臉漲得通紅，更加嬌艷迷人。秦始皇哪裏還計較呢！他哈哈大笑，說：「我看你相貌出眾，免你一死，算你有福，隨我回宮，當個皇妃娘娘吧！」

孟姜女肺都要氣炸了，真想一頭撞死在這個昏君身上。轉念又想，撞不死昏君還白傷了性命，何苦呢？不如變個手法厚葬了郎君再說。見孟姜女不語，秦始皇又說：「讓你當皇妃還不樂意？」

孟姜女說：「我答應你，不過你要答應我三件事。」

「這算甚麼，莫說三件事，就是三萬件我也辦得到，你快講來！」秦始皇急忙應道。

孟姜女一字一句地說：「第一件，我要你在長城外的鴨綠江上造一座橋，造得像天上的彩虹一樣漂亮。」

秦始皇一個勁地點頭說：「這好辦，第二件……」

孟姜女說：「我要你造大墓，十里長，十里寬，安葬我丈夫。」

秦始皇暗想，這不比我的墓還大嗎？

嘴裏卻應承了，催說：「這第三件……」

孟姜女直截了當地說：「我要你和大臣披麻戴孝去祭奠我丈夫。」

秦始皇聽了一驚，我給一個民夫送葬，那不成了他的兒子嗎？正猶豫，只見孟姜女雙眉緊皺逼視着他說：「你依還是不依？」

孟姜女皺眉生怒，粉面緋紅，別是一番風韻，看得秦始皇哪裏還顧得許多，連忙答應。

別看修橋、建墓工程不小，可比起修萬里長城那就是小菜一碟了。不出一個月，橋修成了，墓也建成了。

這秦始皇說話還真算數，帶着滿朝文武官員來了，披麻戴孝，掛白露哀，一塊去祭奠孟姜女的丈夫萬喜良。

出長城不遠就是鴨綠江。江水滔滔，長橋巍巍，白石拱圈，彩料鑲嵌，還真像一道彩虹。

過了長橋不遠就是大墓。黃土堆壘，青石鋪地，松柏夾道，靈棚闊綽，那大墓還真像一回事。

秦始皇到時，孟姜女已在靈棚中哭祭多時了。他連忙和百官倒地跪拜，進行祭祀。

不一會兒，祭祀禮畢，秦始皇迫不及待地說：「美人，三件事我都依了你，現在該同我回宮成親了吧！」

孟姜女點點頭說：「那我先走一步。」

說畢，氣昂昂大步向前，秦始皇和滿朝文武出來時，孟姜女已到大橋邊了。秦始皇高喊：「美人慢走，上轎回宮！」

孟姜女緊行幾步，跨上大橋，站在橋頂，回頭指着秦始皇罵道：「好個昏君，瞎了狗眼！你以為我會貪圖富貴，出賣自身嗎？你想錯了！你抓民拉夫，害得多少平民家破人亡，你是無恥的禽獸！你的江山就要完了，威風不了幾天了！」

秦始皇氣得暴跳如雷，大聲喝道：「抓住她！」

哪裏抓得住呢！孟姜女甩起羅裙往臉上一蒙，伸頭縱身，一躍跳了下去。長裙飄飛，黑髮披散，落進江心，和那萬千怒放的水花融為一體了。

秦始皇驚呆了，站在長橋下目瞪口張，好半天才說：「快撈呀！」

哪裏撈得起呢！水流如飛，波激浪高，孟姜女早沒了影子。打撈無望了，秦始皇無精打采地回去了。

其實，孟姜女沒有死，她飄飄悠悠落入水中，沉入龍宮。龍王見了，熱情地迎上前去說：「小王恭候你多時了，玉皇大帝等你升天呢！」

於是，吩咐手下開宴，為孟姜女接風洗塵。歡宴完畢，鑼鼓齊鳴，弦樂同奏，歡送瓊樓仙女重返天宮。

❝ 作者手記 ❞

孟姜女哭長城的神話，小時候就從奶奶口裏聽到過。後來又從多種典籍看到。古籍中最有神話色彩的是《調玉集》中引用的《月賢記》，故事曲折淒美。今根據典籍和記憶重新寫作。

相思樹

　　古時候有個忠厚老實的人，名叫韓憑。他善待家人，善待朋友，更善待自己的上司。他以為你只要善待別人，別人就會善待你。可是，就沒有想到世界上就有不會善待別人的惡人。

　　宋康王就是這樣的惡人，他只講勇敢，不講仁義。因而，在韓憑鞍前馬後一心一意照顧宋康王的時候，一場禍事不知不覺臨近了。

　　宋康王如果只喜歡勇敢也就好了，他還貪圖美色。凡是有點姿色的女子，只要讓他知道了，不論未婚還是已婚，不論嫁給平民還是大臣，他都要設法弄到手。如果誰敢違抗，那就必死無疑。這正應了宋康王的做人準則，只講勇敢，不講仁義。其實，他是在施行暴政，殘害百姓。

　　韓憑的禍事是由於他的妻子引起的。

　　妻子何氏長得如花似玉，貌若天仙。她安居家中，賢惠溫柔，很少走出家門。左鄰右舍都誇她相貌美，心腸好，是個安分賢惠的好妻子。誇獎的人多了，消息不脛而走，傳到了宋康王耳朵裏。宋康王竟然想，平日看韓憑忠厚老實，十分可靠，沒想到還和我玩花招，有了美女不奉獻給我，居然自己獨享。他一咬牙，傳令手下人把何氏抓進了宮裏。

　　宋康王嬉笑着問韓憑：「別的人都給我奉獻美女，你呢？」

　　韓憑恭恭敬敬地回答：「大王，小人成天拉馬拽鐙，不曾遠走，實在不知道誰家有美女。」

　　「真的不知？」宋康王嬉笑聲更高了。

　　韓憑真誠地說：「真的不知道。」

　　「哈哈哈。」宋康王放聲大笑，說：「那我讓你知道知道。」

　　宋康王笑着使個眼色，侍衛便把韓憑的妻子何氏帶上來了。韓憑見是妻子，吃了一驚，撲通跪在地上對宋康王說：「大王，大王，那是小人的妻子呀！請看在小人的面上放了她！」

　　宋康王收斂了笑容，尖刻地問：「你不是不知道哪裏有美女嗎？大膽刁民，竟敢欺騙寡人！」

　　韓憑跪地不起，苦苦哀求：「大王，放了她吧！放了她吧！」

　　宋康王不僅沒有動心，反而大為惱火，一拍龍案，大聲說：「事到如今，還想狡猾抵賴，拿下去修建青陵台！」

　　就這麼，韓憑被押解到青陵台工地，和萬千民夫一塊搬石填土，遭受牛馬勞苦。他一邊幹活，一邊牽掛着落入虎口的愛妻，飯吃不下，覺睡不着，沒幾天就消瘦了許多。

　　發配走韓憑，宋康王去討何氏的歡心，哪知何氏是個十分重情義的婦人，他無論說甚麼好話，何氏都不理不睬，總是愁眉緊鎖，說多了更是淚水滴滴答答。宋康王只好從長計議，慢慢感化她。

　　第一天，宋康王擺山珍海味，請何氏赴宴，她絲絹掩面，滴酒不沾。

　　第二天，宋康王送鳳冠霞帔，請何氏更衣，她土布粗衣，決不更換。

　　第三天，宋康王賜珍珠瑪瑙，請何氏玩賞，她低頭垂淚，目不斜視。

　　宋康王歎口氣，說：「強扭的瓜兒不甜。」然後，將何氏放到後宮，容她慢慢思索。

　　何氏到了後宮，天天冷冷清清，一想起去青陵台受苦的夫君就淚水不斷。哭了幾天，轉念想光哭有甚麼用，就把宋康王送來的那些珠寶轉送給侍候她的下人。下人和韓憑很熟，十分同情他們。何氏就寫了一封信託他帶給丈夫。

　　何氏的信沒有字，其實是兩幅畫。兩幅畫畫的是同一條河流。第一幅畫上的河兩邊各有一個黑點。另一幅畫上的兩個黑點都到了河中間。

　　韓憑看了畫，抱頭痛哭，滴水不進，當天夜晚便懸上了房樑自殺了。

韓憑死後，監工在他身上搜出了這兩幅畫，派人送入宮中並報告了韓憑的死訊。宋康王聽說韓憑死了，心想這下那婦人該絕了念想吧！因而，傳下令去，埋葬了事。他展開畫絹一看，不知那是甚麼意思。叫大臣看，大臣們都抓耳撓腮，說不出子丑寅卯。

看了好一會兒，一位大臣才說：「陛下，你看這是條河，河邊那兩個黑點好像是人，是說他們倆難以相見。這一幅上兩人見是見了，只是到了河裏。這像是說，河深海深也隔不斷他們相見的決心。」

宋康王擺擺手不耐煩地說：「一派胡言。」

退下殿後，宋康王直接到後宮來見何氏，沒想到何氏完全換了一副容顏，她笑對着宋康王說：「韓憑死了，我心已了，沒有牽掛了。」

宋康王喜出望外，連忙接言：「美人啊，我早就等你這句話了，那我們就成婚吧！」

何氏笑笑說：「大王的心思我明白，只是，我不想在宮中成親，想和大王去青陵台上成親，在世人面前露個臉。」

宋康王哪能不答應，當即下令，加快修建青陵台。

時光好快，過了幾天，青陵台修建完工。宋康王大婚的一切事宜也準備妥當。

這天，宋康王一早過來迎接何氏。何氏沒有穿他賜予的婚裙，卻穿了一件素雅的淡裝。他問時，何氏只說喜歡這件衣裙。於是，各乘一轎，威風凜凜，前往青陵台。

晴空萬里，綠蔭如染，輕風徐吹，景色宜人。宋康王欣賞着美景自有說不出的喜悅。何氏獨坐轎中卻暗暗垂淚，透過簾角，她看到路人指指劃劃，像是對她說三道四。她想說：你們哪裏知道我的心思！可這話怎麼能說給他們呢，只有暗暗以淚洗面。

青陵台到了。宋康王眉飛色舞地登上台去，何氏緊依身邊，臉上也掛着笑意。一旁弦樂齊奏，鑼鼓聲起；兩側佳麗如雲，彩旗飄旋。

宋康王健步前行，何氏柔步相隨，大臣們歡聲奉迎。

突然，何氏一個箭步飛跑過去，跨到台邊。宋康王轉眼看時，何氏飛躍而起，向台下跳去。台邊的侍衛伸手一抓，揪到了衣裙，但那件素潔的衣裙是何氏用藥水浸泡過的，一觸即碎，飄散成萬千碎片。眾人看時，是千萬隻素潔的白蝴蝶上下翻飛。

何氏跌下台去，摔死了！

衛士匆匆跑過去，從何氏的身上搜出了一張白綾帶，上面寫着：

南山有鳥，

北山張羅；

鳥自高飛，

羅當奈何！

烏鵲雙飛，

不樂鳳凰；

妾是庶民，

不樂宋王。

這就是後世傳誦的《烏鵲歌》，歌詞後面還有一句話：請宋王恩准與韓憑合葬。

宋康王不看還好，一看怒火更旺。好個大膽的潑婦，掃了我的威儀不說，死了還想韓憑。他仰天一笑，狠狠地說：「把他們夫妻各葬一墳，既然他們恩愛難分，就讓他們自己走到一起吧！」

於是，韓憑的墳墓旁邊又堆起了一個土冢，那就是何氏的墳墓。

宋康王遠遠一看，滿意地去了。

過了一天，兩個墳頭各長出了一棵梓木樹，勃發向上，生機盎然。

過了十天，兩棵梓樹不再往高空生長，而是橫展枝杈，斜生開去。

長着長着，樹枝合抱在一起，綠葉扭結成一體，分不清哪是東枝，哪是西葉，連土裏頭的根脈也相互纏繞，不分你我了。

沒過幾天，綠茵茵的樹上落了一對鴛鴦鳥，每天早晨，太陽一出，牠們便棲在樹梢，頸脖互交，親密無間。天一黑，牠們就飛走了。

這一對鳥飛到哪裏去了呢？

宋康王在宮中聽到了淒厲的鳥叫，與貓頭鷹的叫聲一模一樣，那叫聲隱含着罵詞：

> 宋 王 作 惡，
>
> 天 神 不 赦，
>
> 來 世 變 豬，
>
> 任 人 宰 割。

宋康王命人驅趕那掃興的鳥。趕到東，飛到西，邊飛邊叫，叫嚷得他連日難以入睡。天一亮，那鳥就不見了。趕鳥的人說，宮中的鳥就是韓憑墳上的那對鴛鴦。

宋康王聽見心驚肉跳，漸漸面黃肌瘦，臥牀難起，不久便死了。

❝ 作者手記 ❞

這是一個忠貞不渝的愛情故事。《搜神記》載：「（韓憑）妻遂自投台，左右攬之，（衣）着手化為蝶。」描述翔實，因而據此衍生成文。

柳毅傳書結良緣

　　相傳唐朝時，書生柳毅從湘江邊上的家鄉遠道來京都長安參加科舉考試。原指望皇榜高中，魚躍龍門，體體面面當個官員。哪料，皇榜張貼出來一看，竟是名落孫山，當時心情沉悶，無人可以訴說。踏上回家的路，走出了京城，忽然想到有個同鄉好友現在洛陽居住，乾脆去那裏說說心裏話吧！

　　這麼一想，便徑直往洛陽趕來。

　　到了洛陽地界，走了沒多遠，路上突然飛起一隻大鳥。大鳥驚動了馬，馬狂奔開來，一下跑了六七里路。馬停了，渾身流汗，柳毅跳下來讓馬歇息。一扭頭，看見空蕩蕩的田野裏只有一位女子放羊。他有些奇怪，就多看了幾眼。

　　這女子長得容貌秀麗，卻愁眉緊鎖，衣衫也破破爛爛的。羊羣在河灘吃草，她痴痴望着遠方像是在等待甚麼人，要訴說自己的心事。

　　柳毅落第後心情憂傷，但從這女子的眉宇間看出，塵世間還有比自己更不幸的人呢！

　　他不由得走上前去探問，一問，走進了一段曲折美好的故事。

　　柳毅關切地問那女子：「你這麼憂愁，是有啥心事吧？」

　　女子見他溫厚慈善，忍不住哭了起來，哭得淒淒慘慘，讓柳毅也不由得為她落淚。好言好語勸了半天，那女子才止住哭泣訴說實情。沒想到這弱小女子竟是洞庭湖龍君的女兒。父母大人作主把她許配給了涇水龍君的次子。嫁過來後，她一心和丈夫過好日子，可丈夫卻是個浪蕩公子，酗酒貪杯，賭博淫樂，甚麼壞事都幹。她好話勸說了多少，都如秋風過耳。說給婆婆，婆婆不僅管不了他，還惹惱了他，時常打罵虐待她，還讓她幹下人的活，在野外獨自放羊。

那女子對柳毅說：「洞庭湖不知道在哪裏？我望痠了眼睛也看不見父母親人，你能不能幫幫我，給我家人送封書信？」

說着淚流如雨。柳毅聽得心頭發酸，陪着流淚，龍女要自己送信，哪裏能推託呢！他馬上答應了，卻又不安地說：「洞庭湖再遠我也能走到，只是龍宮不是人間，我怎麼進去呢？」

見柳毅答應送信，龍女倒地拜謝。柳毅慌忙彎腰扶起，那龍女對他說，龍宮並不難進，洞庭湖北邊有一棵大橘樹。你走到樹前，解下腰帶，只要敲三下樹幹，就會有人來接你，你跟着他走就行了。說完，龍女從懷中掏出一封書信。柳毅接過裝好，拉馬上路。龍女又淚眼汪汪地說：「煩勞恩人受累，小女子的性命就託付給你了。」

說着，又跪地叩頭。柳毅揚鞭催馬行走，走不多遠回頭看時，龍女和那羣羊全沒了蹤影。

接過了龍女的書信，柳毅心頭沉甸甸的，送不到豈不誤了她的大事？他無心再去洛陽看朋友，也無心回家去了，乾脆徑直往洞庭湖奔去。馬走得不慢，他總覺得不快，不時揮鞭催行。不到一個月時光，柳毅來到洞庭湖邊。

湖北邊，果然有一棵大橘樹。柳毅走到樹下，解去腰帶，輕輕敲了三下樹幹。手剛停，就見洞庭湖中有個大波直朝岸邊湧來。波濤靠岸走出了一位武士，到了柳毅面前施過禮才問：「貴客有何事來訪？」

柳毅不便說出實情，只對武士說：「我有重要事情拜見龍王。」

武士不再多問，用手一指，劃開湖水，水晶小路展現眼前。他領柳毅走了幾步說：「閉上眼睛，呼吸幾口就到了龍宮。」

柳毅照辦，待武士讓他睜眼時，已到了宮中。只見亭台林立，樓閣對峙，門戶眾多，花草繁盛，風光果真不俗。武士請柳毅停步，在大殿的前廳等候。柳毅問武士：「這是甚麼地方？」

武士說：「這是靈虛殿，今日君王正與太陽道士談論《火經》，請貴客莫急。」

柳毅好奇地問：「甚麼叫做《火經》？」

武士從容回答：「我的君王是龍。龍憑水施展神威，一滴水可以淹沒丘陵山谷。道士是人，人憑火施展本事，一把火可以燒毀阿房宮。水、火變化不同，我君王是在請教學習人間的一些道理。」

柳毅肅然起敬，沒想到洞庭湖龍王還這麼虛心好學。趁着空兒，柳毅仔細觀看起靈虛殿，這殿建造裝飾得太不平凡了，柱子是白玉雕成的，台階是青玉砌成的，窗戶是珊瑚做成的，簾子是水晶串成的，翠綠的門楣上鑲着熒光玻璃，如虹的棟樑上嵌着透明的琥珀，實在太美了。

過不多時，走出一羣人來。中間一位長者身着紫衣，手拿青玉，侍者如雲彩一樣簇擁着他。

武士對柳毅說龍君來了，然後，快步到了中間那位紫衣長者面前報告：有人求見。

龍王走近柳毅問：「龍宮深潛，你遠道前來定有大事吧？」

說着，將柳毅領進裏面去，分頭坐定，柳毅向龍王說明來因，拿出龍女的信雙手呈上。

龍王看得滿臉流淚，負疚地說：「老夫錯了，錯了，沒有察看、打聽就將小女許配給那涇水小龍，苦了我的女兒！」

一說三歎，愁眉不展，左右看得都不住流淚。龍王流着淚讓一位侍者將信送進內宮，回頭再問些柳毅的事情。正說着，聽見內宮傳出傷心的哭聲，龍王打住話，對侍者說：「快進去告訴她們，莫要痛哭，以免驚動了錢塘龍君。」

侍者進去，柳毅問龍王：「錢塘龍君是誰？」

龍王說：「他是我的小弟，曾當錢塘龍君，因為性情暴烈，得罪了天帝，被革職了。」

話音未落，爆出巨大聲響，震得天開地裂，宮殿顛簸，煙氣雲霧，翻捲着湧來。雲煙中騰舞着一條赤龍，兩眼噴電，舌頭血紅，鱗

片像點點朱砂，鬣毛像熊熊烈焰。千雷萬霆自他周身響起，雨雪冰雹從他體內灑出。他一甩尾，飛旋而去，柳毅嚇得倒在地上。龍王命人扶起他，柳毅緩口氣說：「書信已送到，我出宮回家。」

龍王哪能讓他這麼離去，安排酒席，感謝隆恩，也為柳毅壓驚。

過了不多會兒，和風輕拂，彩雲飛揚，在悠揚的鼓樂聲中過來一隊儀仗，無數佳麗，中間一位貌美無比，戴着珍寶，穿着綢衣，風姿綽約，正是託柳毅送信的那位龍女。龍女喜中含悲，落淚如絲。她舉步輕盈，一會兒紅雲掩映，一會兒紫氣繚繞，緩緩進入宮中。龍王長舒一口氣，對柳毅說：「受苦的小女兒回來了。」

說完，隨龍女一同走入內宮。待了一會兒，龍王出來了，還拉着一位青衣龍君。

龍王介紹說：「這位就是小弟錢塘龍君。」又介紹柳毅給他的小弟。

錢塘龍君拱手行禮，說：「謝過義士送信大恩。」

柳毅起身還禮，想着剛才他噴電射火的厲勢，心裏總怯怯的。又聽他說，這番怒鬧涇水，不僅救出了龍女，還吃了那虐待龍女的小孽種。柳毅暗暗吃了一驚，涇水小龍有過錯，也不應生吞活吃呀！好在龍王兄弟連連敬酒，柳毅舉杯應酬，沖淡了自己的心事。

酒興正濃，鼓樂奏起，動人的旋律鼓盪起醉人的心緒。龍王拍着酒桌，高聲歌唱：

> 天蒼蒼，地茫茫，
> 百人百性不一樣。
> 狐鼠憑山竟作亂，
> 雷霆怒發誰敢當？
> 君子送信情義長，
> 使我骨肉回故鄉。
> 舉家團聚恩難忘！

龍王唱完，龍弟接着唱道：

> 誰説姻緣天有數，
>
> 姪女不幸嫁錯夫。
>
> 骨肉涇水遭困苦，
>
> 風染鬢髮雨濕褲。
>
> 幸虧君子送家書，
>
> 骨肉團聚美如初，
>
> 祝願恩人常幸福。

錢塘龍君唱完，又同龍兄舉杯向柳毅敬酒。柳毅一口喝乾，斟滿兩杯，獻給龍王兄弟，也唱出一曲：

> 白雲飄揚水東流，
>
> 美人淚雨苦心頭。
>
> 我送書信解君憂，
>
> 救女歸家再無愁。
>
> 盛情招待情意濃，
>
> 思念故鄉難久留，
>
> 離意別情濃如酒。

柳毅唱畢，龍王兄弟更是歡喜，兩人舉杯又敬。敬過酒，龍弟趁着酒勁，蹲在柳毅面前說：「恩人啊，相見雖晚，我看你仁義温厚，我那姪女，性情善良，你們該是天配的一對，地設的一雙。如今，姪女已無婚姻瓜葛，就將她許配給您吧！」

柳毅聽了一怔，自己是布衣凡人，龍女是貴人仙體，家境這麼懸殊，豈不讓她跟着受苦。

想到此眉頭皺起，委婉辭謝：「龍王錯啦！君子救人從不讓人感恩圖報。如我娶了龍女，豈不讓世人冷眼小看！」

龍弟聽了柳毅的話，慌忙賠禮。龍王再三請柳毅寬心諒解。

　　說着，拿出一個碧玉寶箱送給柳毅。柳毅不收，二位哪裏肯依，龍王一個勁說：「一點薄禮，不成敬意，恩人帶回去留個念想吧！」

　　柳毅只好收下，謝過龍王兄弟。

　　第二天，柳毅回家，龍王一家依依不捨地將恩人送出宮來。龍女當眾跪拜柳毅，含情脈脈地說：「但願日後還能和恩人相見。」

　　柳毅看那龍女，身材嬌巧，面生羞態，有說不出的愛戀。此時歸家心切，匆匆告別上路。

　　走遠了回頭，看見龍女仍然站在靈虛殿前痴望着自己。

　　回到家中，柳毅父母十分欣喜，孩兒雖然沒有考中，但總算費盡千辛萬苦回到家了。柳毅安心種田，閒餘讀書，整日侍奉着雙親。兒子年齡不小了，父母就給他張羅了一門親事，柳毅點頭遵從，將那張家姑娘迎過門來。實指望安居樂業，和和睦睦過日子，只待來年科考再試。哪想到沒過多久，張氏暴病身亡。安葬完了，父母念及柳毅孤身寂寞，又聘娶了韓家的姑娘。哪知，韓家姑娘也無緣享這清福，過了數月，也去世了。家裏連連殯喪，父母心裏受到很大創傷，不久相繼離開人間。

　　安葬了父母，柳毅的日子過得十分清苦。好心的鄰居不少，可憐柳毅的孤單，都給他物色新人。只是，家境更為貧寒，誰家姑娘也不願上門過這艱難的日月。柳毅一個人耕田餬口，庭堂十分清冷。

　　一天，鄰居領來一位姓盧的婦人。她父親還當過縣令，後來得道成仙，不知去向。母親將她嫁給張家，不幸丈夫早亡。婦人看過柳毅，看過院落，竟然樂意和柳毅苦度時光。寒不擇衣，貧不擇妻，柳毅有甚麼不願意呢！從此，柳毅和盧家婦人男耕女織，相親相愛，日子漸漸有了起色。

　　有天夜晚，洗浴後更衣，柳毅盯住妻子若有所思。妻子問他看甚麼？他說：「你怎麼像是那位龍女呢？」

　　妻子奇怪地一笑，說：「我本來就是龍女呀！」

柳毅驚喜地說：「那你為啥不早說呢！」

妻子低下頭，嬌羞地說：「那年你不是回絕了叔父的提親嘛！」

柳毅解釋：「那年回絕親事，不是不喜歡你，是怕擔知恩圖報的名聲。再說，你是龍族，我是凡人，不願攀高結貴呀！」

妻子說：「那如今呢？」

柳毅說：「如今我家境敗落，你不嫌貧寒，以身相許，我敬慕你的品質，當然不能回絕你的好意了。」

兩人相擁夜話，只覺天長夜短，轉眼窗白拂曉，龍女收拾東西和柳毅前往洞庭湖拜見父母。龍王夫婦熱情招待女兒、女婿。過了些日子，龍王分封他們去南海居住。夫妻安住幽谷，閒遊險峯，晨採甘露，夕送晚霞，光景過得清淡而舒美。

「「作者手記」」

兒時聽過柳毅的故事，少年時看過《柳毅傳書》的電影，後來讀過《柳毅傳》。這次寫作，調動各種記憶，將它們融為一體，撰成此文。

小長工和大財主

從前，華北大平原上有個村子。村名叫吉家莊，吉家莊有個大財主，也姓吉。叫甚麼名字，沒人說得清了，因為他發了財，還想發財，人們就叫他吉發財。一來二去，吉發財叫成了急發財。急發財叫順了嘴，連他叫甚麼名字人們也忘了。

吉發財確實是個急發財。這不，大過年了還跑進村裏去討債，小樂的父母窮得連飯也吃不上，哪裏有錢還債呢！還不起債，急發財就帶走小樂給他家當長工。小樂才是個剛十歲的娃娃呀，富人家的孩子這麼大，吃飯也要父母哄着呢！急發財卻要小樂給他家幹活，擔水、掃地、劈柴、餵牲口，三天兩頭還得給牲口圈起糞……多虧小樂從小就幹活，要不哪能撐得下來呢！就這樣急發財還不滿意，活兒幹得稍慢一些，不是打就是罵，小樂哪裏有一點快樂呢，經常夜裏一個人躺在黑漆漆的屋子裏流眼淚。

這天，小樂睡得正香，被喚醒去挑水。他挑着水桶出了門，外面黑糊糊的，四處靜悄悄的，只有天上的星星朝他眨着眼睛。快到村口了，遠遠看見井台上面有兩團火苗在閃動。黎明前天還有些涼，他緊走一陣想前去烤烤火。到了井台一看，哪是火苗呢，是兩個小孩在蹦蹦跳跳。看樣子也就是五六歲，黑頭髮，白臉蛋，光腳丫，光屁股，只有胸前掛個紅裏肚，那跳動的火苗就是這紅裏肚呀！

小樂見他們在井台跳來跳去，替他們擔心，就問：「小兄弟，你們住在哪兒？千萬別跳了，這井邊太危險。」

兩個紅裏肚看看他，又互相看看，都沒有說話。小樂關心地問：「你們是不是來喝水的？」

這一問，兩個紅裏肚點了點頭，都笑嘻嘻的。小樂連忙吊起一桶水，讓他們喝。那倆小不點也不客氣，趴在桶邊咕咕咚咚喝了個痛

快。喝飽了，抹抹嘴，衝小樂一笑，撒開腿跑走了，跑到村外的田野裏去了。

第二天，小樂挑水，那兩個小不點仍然在井台玩耍，喝過他打的水，樂呵呵地跑走了。

第三天，小樂挑水，那兩個小不點仍然在井台玩耍，喝過他打的水，笑嘻嘻地跑走了。

春去夏來，不知不覺過了幾個月，每天那倆小不點都來玩耍，來喝水，高高興興的，就是甚麼話也不說，喝夠了，便跑走了。

這一天，小不點說了話。喝完水，他們說：「小哥哥，我們有了家，去玩玩，好嗎？」

小樂整天憋在急發財家裏，哪有不去的？放下水桶，跟着小不點往他們家走去。

走過大路，穿過小徑，來到了一片茂密的樹林裏。

走過樹林，穿過草叢，來到了一個美麗的花園裏。

花園裏有各種各樣的花朵，長的長，圓的圓，尖的尖，風一吹朝他們招手呢！

花園裏有各色各樣的花朵，紅的紅，黃的黃，白的白，風一吹朝他們鞠躬呢！

小不點告訴小樂，這是他們的家。哇…… 多美呀！小樂看呆了，看着眼前的美景禁不住說：「你們多自在，多幸福！」說着，流下了淚水。小不點前來問：「小哥哥，你有甚麼不順心的？」

小樂把在急發財家受苦受累當長工的事說給兩個小不點聽。這一回輪着他們哭了，他們哭得淚汪汪的，都替小樂難過。哭了一陣，他們抹掉淚水寬慰小樂：「小哥哥，別怕，從今往後，你就是我們的親哥哥，我們就是你的親弟弟，有甚麼難事，我們幫助你！」

說幫就幫，他們把小樂領到花園中間，那裏長着兩棵亭亭玉立的綠葉菜。他們倆抓住一棵，使勁一拔，拔出個蘿蔔一樣的東西。那

東西白裏透黃，黃中泛紅，還有不長不短的鬍鬚。他們遞給小樂說：「小樂哥，這是人參，拿回去用它換急發財的一座院子，一塊水地。」

小樂一聽，可高興呢，謝過兩個小不點往回走。他哪裏會想到這東西不僅給他，還給這兩個小弟弟也招來了麻煩！

小樂一口氣跑到井台，挑了水桶快步回去。一進門就被急發財大罵了一通，他早忘了沒有打水，空桶挑進了門。急發財罵了不解恨，跳過來要打小樂，看見了他手上拿的那棵稀有少見的大人參。急發財的腿定住了，眼呆住了，脫口說：「好大的人參！」伸出手來就要去奪。

小樂退後一步，把人參藏到身後，說：「我這人參不能白給你，要換你一座院子，一塊水地。」

這麼好的人參，能治百病，還能延年益壽，打着燈籠也沒處找呀！急發財滿口答應小樂的條件。小樂把人參給了急發財，急發財興奮得飯也不吃了，覺也不睡了。他在盤算，這一棵人參好是好，但是不能一舉兩得。自己吃了就不能送給國王。送給國王肯定會獎賞無數金銀財寶，幾輩子也吃不完，穿不完；可要給了國王，雖然有了無數的金銀財寶，不吃人參就不能延年長壽，也就不能永遠享受這榮華富貴。急發財琢磨着要是多有幾棵就好了！他眼睛一眨，有了，馬上把小樂喚來追問，這人參是哪裏來的。

小樂是個誠實的孩子。誠實的孩子不會撒謊，就原原本本告訴了急發財。急發財一聽馬上覺得發大財的機會來了。那兩個小孩肯定是人參仙子，如果把他們弄到手還怕得不到人參？他笑着對小樂說：「我給你房子和地，這好說，可要是人參是假的，我不就吃虧了！這麼辦吧，你領我去見見那兩個小東西。」

小樂哪裏知道急發財的鬼主意，就領着他走出村莊，去田野尋找。真真奇怪，這條道是走過的呀，走來走去，小樂就是找不到那個花園，當然也找不到那兩個可愛的小弟弟。急發財跑得腳疼了，腰痠

了，一眨眼睛，又來了主意，和顏悅色地說：「我不去找了，只要你找見，我馬上給你房子和地。」

急發財回去睡大覺了。小樂轉來轉去，跑得腰痠腿疼還沒有找見。天黑了，他只好回到急發財家。急發財見他一人回來，十分生氣，不讓他進門，趕他去找。小樂說：「那你先還我人參。」

急發財嘿嘿笑着一拍肚子說：「人參到了這兒，吃了。」

小樂急着說：「那你給我房子和地。」

「哼！」急發財一把將小樂推出大門說：「找不到人參娃娃，就不給你房子和地！」

然後，關上了大門，小樂推呀，打呀，那門就是不開。小樂弄不開那門，哭哭啼啼到處亂找。

小樂走出村，不知道該往哪裏去找。他恨透了急發財，可又沒有一點辦法。走了沒多遠，越想越傷心，竟然坐在路邊大哭起來。哭了一會兒，實在睏了，倒在地上迷迷糊糊睡着了。

睡得正香，那兩個小弟弟跑來了。見他眼睫毛上掛着淚珠，就問他是怎麼回事。一問，又問出了小樂的哭聲。他邊哭邊說，聽得小弟弟十分生氣，馬上要跟他去見急發財。小樂忙攔住他們說：「不能去，不能去！那個急發財不知還有甚麼鬼主意！」

小弟弟告訴他：「不怕，看我們怎麼懲治他！」

小樂只好領他們來到急發財家。急發財見了人參娃娃，笑得人模人樣。人參娃娃卻不笑，對他說：「我們來了，快給小哥哥房子和地吧！要不，你別想得到一棵人參！」

急發財只好答應，將房子和地一一劃撥給小樂。人參娃娃見小樂得到了房子和土地，就問急發財讓他們幹啥事。

急發財說：「啥事也不用幹，我把你們送給國王就能發大財！」

人參娃娃說：「好，聽憑你發落。只是我們滿身泥土，洗乾淨了見國王才好。」

　　急發財覺得他們說得有理，就派人盛滿了一缸清水。兩個小精靈跳了進去，洗呀洗呀，洗得好不痛快！洗得那一缸清水漸漸變成淡黃的了，他們雙腳一蹬，缸倒了；往上一躍，半空冒出一道紅光，上到了雲端。急發財急得在下面又蹦又跳，連吵帶鬧。人參娃娃招招手，笑着說：「老人家不要急，我們不會騙人，水澆在院子裏，就會長出你想要的東西。」

　　人參娃娃說得沒錯，水剛濕過，院裏就拱出了嫩芽，一轉眼，嫩芽已長成綠油油的參苗。又一轉眼，綠苗長得又粗又壯，又高又大。拔起一苗看時，是人參，而且是又白又嫩的人參。急發財高興極了，一棵一棵拔了出來，滿滿裝了一大車，趕緊給國王送去。

　　國王年齡很大了，整天發愁沒有辦法長生不老。急發財一下送來這麼多人參，他怎麼能不高興呢！高興得下令重賞急發財珠寶瑪瑙、金銀錢財。賞過了，又念及他路途勞累，安排到長樂殿去休息養神。急發財睡到國王的軟榻上，美得那個勁呀，就差叫喊出來了。

　　這邊國王早饞了，拿起人參，咬一口，甜甜的，涼涼的，美得舌頭都能嚥了，便大口大口吃起來。

　　吃一棵，脆脆的，香香的，香得渾身通通爽爽，一棵一棵吃開來。

　　不一會兒，國王的肚子就吃得圓圓鼓鼓的了。

　　不一會兒，國王的肚子就咕咕嚕嚕叫喚開了。

　　叫喚也罷，肚子竟然疼開了，疼得撕肝裂肺。國王齜牙咧嘴，大汗淋漓，在龍牀上翻來滾去。慌忙叫來御醫，一看，這哪裏是人參呀，全是發了霉的胡蘿蔔。國王氣壞了，好個大膽的刁民，竟敢欺哄到我頭上，馬上派人去帶急發財。

　　急發財這會兒還在長樂殿做着美夢，聽見國王叫自己，以為又有重賞，拖着鞋子就跑進宮中。哪知國王一拍龍案，高聲喝道：「把這大膽犯上的刁民押下去砍了！」

急發財嚇得直喊冤枉，喊歸喊，國王也不理睬他。國王肚子疼得還顧不得自己呢！

�嚓一刀下去，可憐他不僅沒發了大財，還丟了自己的性命。

急發財成了刀下鬼，小樂和鄉親們得知人參娃娃除了害人精，沒有一個不高興的。大家奔走相告，熱烈慶賀一番，安安心心地過上了好日子。

❝ 作者手記 ❞

小長工和大財主的神話由人參仙子的故事展開，在東北、華北廣泛流傳。這次寫作吸取了各地不同傳說故事的精華結構成篇。

虎斑花仙

很久很久以前，有一座無名的怪山。說這山奇怪是因為別的山上有草有花，而這山上沒有一朵花，連一朵小花也沒有開過。怪山上只有樹木，高大的松柏樹一棵挨一棵，茂茂密密，鬱鬱葱葱，將山頭遮掩了個嚴嚴密密，草長得都又瘦又弱，少氣無力，哪裏還有精神開花呢？有一年，怪山頂上開了一朵花，而且是一朵又大又香的鮮花，眾人都說這是虎斑花。

眾人說得有點道理，因為這虎斑花是由老虎帶來的。那年，山上跑來一隻老虎。這老虎頭大眼亮，渾身的斑紋錦簇放光，在山上西瞅瞅，東轉轉，轉到半山腰的一塊草地上不走了，伏在那兒只顧用前爪扒土，扒呀扒呀，扒出了一塊低窪的土地。

站起身來，抖抖土，甩甩尾，大吼一聲，走了。

老虎走後，下了一場春雨。春雨不算大，淅淅瀝瀝一陣，卻把山上山下全滋潤了個遍。老虎扒出的那塊窪地更是洇了個透濕透濕。不幾日，窪地上拱出了一棵嫩芽，嫩芽長成了一棵綠株，綠株爆開了一朵五彩斑斕的花。這花的顏色像是虎皮的斑紋，人們都說是虎斑花。

山腳下住着位老花匠，祖祖輩輩靠養花賣花過光景。這一日聞到一股撲鼻的清香。這是哪兒來的香味？老花匠順着花香尋去，不多時就找到了這朵不尋常的花。一看見，老花匠就喜愛得不知如何是好了。是呀，老人家養了一輩子花，還從來沒有見過這麼大、這麼香的花呢！他痴迷着這花，禁不住自語：「真是朵寶花、仙花。」這花還真通人性，聽見老花匠的讚揚，還點點頭，像是感謝呢！

老花匠迷上了這朵仙花，天天都要抽個空往山上跑。跑來了，不是整枝，就是施肥。施甚麼肥呢？說起來老花匠是個難得的好心腸。他家裏很窮，吃不起五穀，就吃別人榨過油的豆餅。給花施肥，其實

就是供花吃飯，他想，我吃甚麼，就讓仙花吃甚麼，決不能讓它餓着。結果，他常常餓着肚子卻要省下豆餅讓仙花吃飽。

那仙花沒有辜負老花匠的一片好心，長得很賣勁。不多日，花株長成棵小樹，花朵開得比磨盤還大，花鬚翹出了一尺多長。黃燦燦的花瓣五光十色，分外招眼。那花的香氣散發得更遠了，不僅山頂山腳能聞到，連方圓幾十里的平原上也香遍了，趕來看花的人絡繹不絕。

一般人看過，飽飽眼福，走了。有一個人卻不是這樣，看過後，呆住了，居然要把這仙花挖到他家裏去。仙花開在山上是大家的，誰都能觀賞，要是挖回去，可就成了他家的，眾人賞花到他家去那多不方便呀！這個人不管別人方便不方便，只圖自己方便，因為他是這個地方的縣太爺！

縣太爺應該好好給老百姓辦事，父母官嘛！這個人卻利用權力只給自己辦事。別的不說，就說這花吧，他愛花，眾人也愛花，眾人愛花就種花，養花；他愛花卻從不種花，而是到處搶花。誰家有了好花，他只要看上眼就命令衙役搶回家去。他那個後花園萬紫千紅，都是從家家戶戶搜刮來的好花。眾人眼睜睜看他把花搶走，敢怒不敢擋，只在背地暗暗罵他是隻花狼。

花狼下令挖那朵花，老花匠連忙上前勸阻，他說：「老爺，挖不得，這是一棵仙花呀！」

花狼瞪他一眼，說：「老鬼，少管閒事！」

聽說勸他的老人是花匠，調養過虎斑花，花狼把他也帶回縣衙，命令他：「老鬼，今後你給我乖乖養花，別敬酒不吃吃罰酒！」

老花匠不敢拿雞蛋碰石頭，只好給縣太爺養花。他將那棵虎斑花栽在花園中間的花壇上，這是花狼選的位置，說是眾星捧月，先前那些花都是星星，唯有這朵虎斑花是月亮了。栽是栽上了，還澆了水，施了肥，虎斑花瓣卻開始一片片脫落，落成了光杆杆，好在周邊的葉子還綠着，總算沒有死掉。花狼看看虎斑花還活着，吩咐老花匠好好

養護，明年花季他要擺花宴。老花匠明白，這是要嘩眾取寵，顯擺自己的闊氣。

冬天過去了，春天來臨了，花園裏的花都長出了綠葉，唯有虎斑花還禿着枝杆。

春天過去了，夏天來臨了，花園裏的花都開了，唯有虎斑花只長出了幾片綠葉。

眼看花宴的日期到了，那虎斑花就是不開，花狼可急壞了。他跑到花園裏一跳好高，衝着老花匠嚷道：「老東西，這花要是三天內不開，我要了你的老命！」

老花匠又氣又怕，不知如何是好。思來想去，不如偷偷溜走。夜深人靜，他準備翻牆逃跑，走前悄悄到花園，不忍離開虎斑花，要看最後一眼。在花前，老花匠動情地說：「老身我侍候你這麼長時間，今天不得不走，要不，我要把性命撂在花狼手裏了！」

說完轉身要走，就聽見有個姑娘接上了他的話：「老人家不要走，你放心待着，我有辦法。」

說話的是一位花衣女子，老花匠心想莫非這就是虎斑花仙？正要問，她一閃身，不見了。老花匠不走了，回去安歇。

一覺醒來，天色漸亮。老花匠穿衣時就聞見一股撲鼻的清香。趕緊跑到花園，遠遠就見虎斑花開了。開得比在山上還要大，還要美，還要香。

花狼聽說虎斑花開了，顛着山羊鬍子來觀看。一看樂得合不上嘴，連聲說：「好花，好花！天助我也，明天的花宴可賞光了。」樂得一天往花園裏跑了四五趟。

第二天，縣裏的紳士、財主全來賞花，還來了鄰縣的幾位知縣。賓客聽說花狼有仙花，還不時聞到誘人的花香，都誇口稱讚，急着要看。花狼好不風光，卻在客廳穩住大家，要等人齊了才去觀賞。日近正午，賓客到齊了，花狼領着大夥朝花園慢慢走去，一路上春風得

意，指指點點。走到花前，頓時臉色大變。那花開敗了，花落葉枯，一副衰相，有甚麼看頭！賓客指着敗花，嘲笑花狼：「你真不夠朋友，花盛開時捨不得讓大夥看，開敗了讓我們看啥意思？」

你一言，他一語，嘲弄得花狼臉上紅也不是，白也不是，連連給大夥賠不是。

賓客一散，花狼便將老花匠喚到大堂，呵斥：「老鬼，老實交代你搞的甚麼鬼！」

老花匠說：「我不敢搞鬼，這是棵仙花，真說不清楚。」

花狼逼迫說：「不老實交代，就動大刑！」

老花匠只好將碰見虎斑花仙的情形如實說了。花狼聽了，嘿嘿一笑，真有花仙那該多好，我就少一位美貌的小娘子呀！他換副笑臉，對老花匠說：「你給我把花仙喚出來，我重賞你！」

老花匠想，花仙落到這惡狼手裏還有好果子吃？不能告訴他。正猶豫着，就聽花狼說：「要是喚不出來，你就是欺哄老爺，小心判你個死罪。」

老花匠只好答應。夜深人靜，他獨身來到花園。站在虎斑花前，真不知怎麼說好。誰知，沒等他開口那花仙卻說了話：「老人家不要為難，你告訴縣太爺，我可以嫁給他。不過要明媒正娶，從娘家上轎，先把我送回山上吧！」

老花匠抬頭，就見那花仙仍然一身花衣站在眼前。他正要說話，那仙女又不見了，只好回去向花狼轉告虎斑花仙的意思。

不用轉告了，花狼早知道了。花狼鬼心眼不少，早就藏在了花園裏。花仙子的話親耳聽見了，他可高興壞了。天一亮，就命令衙役趕快挖出虎斑花送上山去。

虎斑花回到山頂，靈氣大顯，這邊剛栽下，那邊葉就綠了，土剛覆好花便開了，開得又是五彩斑斕，香味四溢。不一時，花蕊中就飄升出來一位美貌姑娘，正是花仙子。

　　衙役們飛跑回去報告了花狼，花狼坐着花轎來迎娶新娘子，吹鼓手在前頭吹吹打打，好不熱鬧。

　　花轎到了花前，虎斑花開得仍很鮮亮，卻不見那位花仙娘子。衙役們慌得在花叢中、樹林裏四處亂找，哪兒也沒有花仙的影子。花狼氣極了，在山頭蹦蹦跳跳，對衙役喊：「給我把這花燒掉，看看這女子出不出來！」

　　衙役忙撿些枯樹枝，點着火，不一會兒熊熊大火燃燒開來。大火沖天，烈焰亂竄，直往花狼和衙役身上撲，而那虎斑花卻一點也燒不着，仍然開得光彩鮮亮。

　　花狼和衙役嚇得往北跑，火苗呼呼燒着往北飄。

　　花狼和衙役嚇得往南跑，火苗呼呼燒着往南飄。

　　花狼和衙役東跑西顛，火苗就呼呼燃着東奔西竄，燒得他們哭爹叫娘，亂喊亂鬧。

　　一旁裏看花狼娶親的人來了不少，沒有看到新娘上轎，卻看到了花狼陷身火海，逃也逃不出來。大火燒呀燒呀，燒了好半天才熄滅，眾人跑過去一看，花狼和衙役們早成了一團灰。

　　灰土中間的虎斑花開得仍然很鮮。眾人奇怪地觀看，突然那花不見了，眼前亭亭玉立着一位美貌仙女，一身五彩的紗裙，隨風飄動。仙女朝大夥點點頭，笑着飄向天空，漸漸和白雲融為一體了。

❝ 作者手記 ❞

　　花朵成仙的神話遍及大江南北，但多大同小異，此文以江南民間神話為主線，吸取了其他地方的長處寫成。

粉嘟嘟的白蓮花

　　智凱瑪是個孤兒，無依無靠光景過得十分清貧。好在他自小就學會了挖野菜，摘野果，還學會了撿柴、燒火、做飯。雖然日子貧窮，卻還能吃飽肚子。白天，智凱瑪忙着幹活，黑夜閒下來喜歡在月光下吹笛子。

　　智凱瑪吹笛子常常坐在大湖邊。大湖離他住的茅屋不遠，湖面很大，碧水連天。湖邊小草叢生，鮮花盛開，經常散發着迷人的清香。

　　每回坐在湖邊的草地上吹起笛子，智凱瑪就忘記了勞累，忘記了煩惱，悠揚的音韻把他帶回了往昔的歲月，他好像又依偎在爹媽身邊，聽他們講動人的故事。笛聲響起，沉醉的不光是他，還有附近的鄉鄰。鄉鄰們都喜歡在靜夜裏聽他吹笛。

　　那是個夏天的夜晚，剛剛下過一場暴雨，白天的悶熱消散了，湖邊吹來輕風，送來陣陣涼爽。月亮穿過淡淡的雲彩灑下朦朧的光澤，湖面上的漣漪依稀可以看見。智凱瑪來到湖邊，又吹起了笛子。今天心情真好，他吹了個歡快的曲調，吹得淡淡的雲彩也散了，頭上月光明朗，水中的漣漪也看得真真切切了。忽然，湖水的漣漪上蕩漾起一朵粉白的蓮花。花兒開得好大，好美，長圓的花瓣粉嘟嘟的，淡紅的花蕊香噴噴的，隨着花瓣的爆開，光彩四射，香氣撲鼻。在湖邊聽智凱瑪吹笛的鄉親們哪裏見過這麼好看的蓮花，都看呆了！

　　智凱瑪心花怒放，激情洋溢，笛子吹得更為婉轉動聽。這時，更為神奇的事發生了，蓮花中間站出一個白裙綠衣的姑娘。她滿面嬌羞，側着頭傾聽智凱瑪的笛聲。鄉親們屏氣斂神，唯恐驚動了她，嚇跑了她。湖上好靜，靜得四處空闊，好像只有那醉人心魂的笛聲。大夥就這麼靜靜聽着，悄悄看着，直到夜深霧濃才逐漸散去。那朵粉白的蓮花和花旁的姑娘也沉回了水裏。

　　白蓮仙女來聽智凱瑪吹笛的消息傳開了，這可是個新鮮事，第二天，湖邊的人更多了。果然，笛聲一響，湖中就爆開了一朵光芒四射的蓮花。不多一會兒，蓮花中間便站出了那個婀娜多姿的仙女。她凝神側耳，聽得比鄉親們還入神呢！智凱瑪的笛子吹得更悅耳動聽了，大夥沉醉其中，早忘了是在人間，還是在天宮。

　　那個夏天，只要沒有狂風暴雨，大夥都在湖邊聽笛。當然，每次那朵光彩奪目的白蓮花都會爆開，那個美麗俊俏的仙女都會站在花上邊。

　　這一夜，湖邊多了兩個人，一個是湖官，一個是鬼頭。他們都是聽說了湖邊的奇景趕來的。湖官管着湖邊的大小事。鬼頭是湖官手下的小頭目，鬼點子特多，卻甚麼壞事都幹，因而眾人都叫他鬼頭。湖官和鬼頭看了這奇景都神魂顛倒，想入非非。鬼頭成天靠湖官的權勢作惡，就想討好湖官。他對湖官說：「九溪十八灣，每一寸土地都是你的，這朵白蓮花和那個仙女當然也是你的，你把她們撈上來帶回家去吧！」

　　這話正合湖官的心意，帶回去放到後院的湖裏，那可是值錢無數的寶物呀！湖官想幹就幹，做好了木船，讓鬼頭召集了不少地痞無賴。第二天夜裏，笛聲響起，白蓮花出現了，仙女出來了，一夥惡棍划船直撲過去。眼看就要接近白蓮花了，仙女一閃身沒影了。那朵蓮花還在，卻隨着波紋往前浮動。船筏划得快，蓮花漂得快，任鬼頭那幫歹人怎麼拼命划槳也追不上，一個個累得狗喘氣般的。白蓮花漂着漂着，轉個彎向岸邊浮來，不偏不倚到了智凱瑪跟前。智凱瑪彎腰伸手，將白蓮花捧在了胸前。鬼頭一夥划過來氣得大眼瞪小眼。

　　湖官見智凱瑪不費吹灰的力氣就得到了白蓮花，十分氣惱，可又不能發火，堆起笑容說：「好後生，你給我採到了白蓮花，謝謝！」

　　一邊口裏稱謝，一邊伸手來奪。智凱瑪轉過身去，扭頭說：「這是我的花，怎麼能給你！」

　　湖官討了個沒趣，怒火中燒，可是，周圍這麼多人眼睛中都閃射着憤怒，他只好變個笑臉，發問：「是你的花，怎麼沒有根呢？」

　　鬼頭一夥爬上岸來，都給湖官幫腔：「是呀，你的花根呢？」

　　智凱瑪說：「我的花當然有根！」

　　「那就請你把花根找來，要不花就是大人的！」

　　鬼頭一夥瞎起鬨。

　　沒想到，智凱瑪竟說：「明天我就去把花根找回來！」

　　第二天，太陽剛剛露臉，湖上金輝閃耀，智凱瑪抱着白蓮花，背着長刀，掛起筒帕，沿着湖邊的小河朝前走去，他是去找花根了。

　　走啊走啊，智凱瑪走了很久很久，一直沒看見白蓮花的根。他碰上了斑鳩姑娘，就問她：「好心的大姐，你知道白蓮花的根在哪兒嗎？」斑鳩姑娘說：「白蓮花長在水裏，根在水裏，你就沿着河水去找吧！」

　　走啊走啊，智凱瑪走了好久好久，還是沒有看見白蓮花的根。他碰上了野豬姑娘，就問她：「好心的大姐，你知道白蓮花的根在哪兒嗎？」野豬姑娘說：「白蓮花的根又細又長，你再往前找吧！」

　　走啊走啊，智凱瑪走了很遠很遠，還是沒有找到白蓮花的根。他碰到大象姑娘，就問她：「好心的大姐，你知道白蓮花的根在哪兒嗎？」大象姑娘說：「白蓮花的根是黑色的，你再往前找吧！」

　　走啊走啊，智凱瑪走得很累很累，還是沒有找到白蓮花的根。他來到了小河的源頭，真不知該往哪兒去了。他站住腳，左顧右盼，看到了一位白鬍子老先生。沒等他發問，老先生問他：「小伙子，你有甚麼事？」

　　智凱瑪連忙將找白蓮花根的前因後果都給老先生講了。老先生聽得平心靜氣，好像早知道了。

　　他領着智凱瑪走出小河源頭，走進山腳下的一片樹林。老先生送給他一隻蜜蜂說：「就在這兒，你自己找吧！」

　　智凱瑪環視一周，只見樹木茵茂，直至天邊，這麼大的地方去哪兒找那花根？他轉臉要問老先生，老先生卻沒了影兒。

　　忽然，響起了一串笑聲，是從外面響進樹林的。透過樹葉，智凱瑪看到了一羣漂亮的姑娘。她們每人戴一朵白蓮花歡歡喜喜做遊戲。智凱瑪頓時明白了，這些姑娘就是白蓮花的根。只是，哪一位是他這朵花的根呢？

　　智凱瑪掏出竹笛，吹了一首快樂的曲子。曲子一響，姑娘們的遊戲停了，都靜靜地聽着。突然，有一位姑娘撒腿跑了過來，一直跑到了他的面前。這位姑娘白裙子，綠褂子，這不正是湖上那位仙女嗎？

　　笛聲停了，智凱瑪盯着姑娘動情地說：「我找你很久很久了！」

　　姑娘紅着臉說：「我每天都在這兒等你來呀！」

　　智凱瑪說：「你跟我一起走吧！」

　　姑娘點點頭，卻說：「白蓮花是父親的女兒，你要帶我走，先讓他同意。」然後摘下戒指給他說，「有了困難，它會有用。」

　　智凱瑪收起戒指，幾位姑娘都不見了，到哪找父親呢？

　　蜜蜂在他眼前一晃，飛走了，他緊步跟着，很快找到了養花人的家。沒想到養花人就是那位白鬍子老先生。老先生見了智凱瑪說：「還算你有心眼，自己找來了。」

　　智凱瑪見了老先生，施過禮就說，他要帶白蓮花仙回家。

　　老先生聽了哈哈一笑，說：「我女兒有人喜歡是好事，可是，我還要看她喜歡不喜歡你。」

　　老先生將他領到房前，對他說：「房裏有我四個女兒，我讓她們一人伸出一隻手，你若認對了白蓮花仙的手，把她帶回去！」

　　說着，就見房子裏伸出了四隻手。沒想到智凱瑪一眼就認出來了，這令老先生也有些驚喜！其實，還是白蓮花仙自己泄漏了祕密，屋裏伸出的其餘三隻手都戴着戒指，只有一隻沒戴。白蓮花仙不是把戒指給了自己嗎？智凱瑪當然一認就準！

　　老先生很滿意，就為一對新人舉行了婚禮。婚後，幸福的新郎新娘返回了故鄉。

　　智凱瑪帶回了白蓮花的根，那根就是花朵邊的漂亮仙女。湖邊的人沒有一個不感到新奇，都擠到他的屋裏觀看，誇讚他是個好後生，好後生討了個好媳婦。

　　鬼頭也擠進屋裏來了。不過，有湖官指點，他是帶着笑顏來的，進門就拱手祝賀，接着說：「眾人都說你是個神人，給自己討了個仙女媳婦。那你也給寨子裏辦點事，要不你有啥臉住在這兒呢？」

　　這當然是無事生非，有意要攆走智凱瑪。但是，智凱瑪心腸就是好，聽說是給眾人辦事，立時來了精神，滿口答應。不過，聽了那件事，他不由得倒吸一口冷氣。鬼頭說的事也實在氣人。他說月亮髒了，夜晚照得不亮了，要智凱瑪上天去擦淨！

　　應了這事，智凱瑪心中十分着急，在屋裏走來走去，怎麼也想不出上天的辦法。白蓮仙女悄悄告訴他，她有辦法。白蓮仙子對眾人說，鬼頭要智凱瑪上天走一趟，請鄉親們幫忙搭座台子，撿些柴禾。鄉親們都盡力幫助，很快台子搭成了，柴禾撿夠了。

　　這是個亮晴的天氣。智凱瑪登上台子，端坐正中，白蓮仙子點着柴火，烈焰沖天而起，映紅了大半個天空。不一會兒，柴禾着完了，不見了智凱瑪，白蓮仙子告訴大夥，智凱瑪去了天宮，把月亮擦淨就回來了。

　　夜裏，月亮上果然有陰影，白蓮仙子說那是智凱瑪在擦月亮呢！

　　第二天，智凱瑪把月亮擦淨回來了，穿戴一新，滿面紅光，手裏拿着一塊亮燦燦的寶石，說是星星。湖官和鬼頭擁擠在人羣中趕來了，一見智凱瑪從天上回來了，得了寶貝，他們也想上去。

　　湖官和鬼頭懇求白蓮仙子，讓他們也上天見識見識。白蓮仙子見他們升天心切，就說：「好吧，那你們就一塊升天吧！」

湖官和鬼頭登天的台子搭好了，比智凱瑪那天的台子要闊氣得多，他們有權有勢嘛。

這日，天氣也不錯，比天氣還好的是湖官和鬼頭的心情，他們笑着登台，笑着向眾人招手。鄉親們都說，從來沒見他們這樣笑過！

時辰到了，白蓮仙子點燃了柴禾，濃煙滾滾，火光暗淡，熏得湖官和鬼頭眼睛都睜不開。他們坐不住，站不穩，跌跌撞撞在火中亂跳。這時候，大風颳起，風助火勢，烈焰熊熊，不多時，柴禾燒完了，湖官和鬼頭不見了。

這兩個惡鬼也能升天求仙？眾人大惑不解。

不過，等了一天不見他們回來，再等一天不見他們回來，眾人忽然明白了，湖官和鬼頭化成了灰塵，永遠不會回來了。

❝ 作者手記 ❞

我國民族眾多，各民族的神話眾多，本文是根據景頗族民間流傳的故事寫成的。

翠微娘子

　　古時候，有一位跛腳老翁，是個遠近聞名的醫生。他醫術高明，手到病除，救治的人多得數不清，人們都說他是位神醫。

　　神醫老翁有兩個兒子，大兒子是二月生的，叫做仲春；二兒子是十一月生的，就叫仲冬。大兒子仲春已經娶了媳婦，還是個大戶人家的閨女。二兒子仲冬還沒成親，神醫老翁就患病去世了。仲冬在家要住、要吃，少不了要麻煩哥哥、嫂嫂，將來娶媳婦還要花一筆錢呀！哥哥、嫂嫂想獨吞家產，就找個藉口把他從家中趕了出去。

　　仲冬無親無故，在哪裏安身呢？再說，父親行醫一生，留有很大的四合院，還有不少的錢財，這樣把他掃地出門，他實在嚥不下這口氣呀！他就跑到縣衙去告狀，求大老爺公斷，給他分些房屋遮風避寒。不料，哥嫂給大老爺塞了銀兩，大老爺不但沒有給他分一間房屋、一分田地，還說他騷鬧，一頓亂棍將他打出了衙門。

　　這個世道哪裏有理可講！

　　仲冬怒了，找了一把尖刀，磨得又快又亮，只待夜幕降臨闖進家去，結果了狠毒的哥嫂。天終於黑了，黑得伸手不見五指，仲冬捏着尖刀一步步逼近了大門口，只要進了院子，眨眼之間就能出了這口惡氣！沒想到門前站着一位白頭老翁。仲冬看不清是誰，連忙藏了刀子，就聽老翁說：「畜生，你要幹甚麼？」

　　這不是父親的聲音嗎？仲冬慌忙跪在地上，只聽父親又說：「男子漢大丈夫難道沒有成家立業的本事？竟因為一點家產骨肉相殘，羞恥啊羞恥！」

　　聽見父親教訓，仲冬十分傷心，悲憤得痛哭流涕，甚麼話也說不出來。父親也知道仲冬受了委屈，撫摸着他的背，寬慰說：「兒子，

不要難過了。西面幾百里外有位翠微姑娘，我曾經給她治過病，你去找她，她一定會接濟你。」

仲冬擦去眼淚，抬起頭，哪裏還有父親的影子！這事和做夢一樣，不知是真是假，到底有沒有個翠微姑娘，又沒個縣名村落，到哪裏去找？可不去找，眼下就沒有辦法活下去，他還是打定主意去找。

第二天一早，仲冬上路了，誰也不清楚他去了甚麼地方。他記着父親的話，一直往西走。逢山爬山，遇河過河，一連走了七八天。估計離家有幾百里路了，他才停下腳步向村裏人打聽，可是，誰也不知道那個翠微姑娘。他找個店家住下，繼續打聽，還是沒有人知道。眼看隨身帶的那點點錢要花光了，這可怎麼辦？他進退兩難。

這時，聽見店裏有人說：「看戲去，有好戲呢，快走吧！」

有人問：「甚麼戲？」

那人答：「別管甚麼戲，是那個女娘唱呢！」

仲冬聽了，心想乾脆到戲場碰一下運氣。出了店門，村巷裏湧動着不少去看戲的人，他就隨着人們進了戲場。

台上演的是《千金記》，楚霸王揚鞭催馬，韓信則調兵遣將，紅旗飄展，熱鬧非凡。戲場裏人山人海，沒有一點空隙，都靜悄悄觀看。仲冬看得入了迷，好長時間沒有看過這麼好的戲了。可是，看完了也沒有注意到有沒有翠微姑娘。大幕一落，人散場空，仲冬慌了，這可往哪裏去？這時候，有個人走了過來，向他作個揖說：「你是跛腳神醫的兒子吧？翠微姑娘等你多時了。」

仲冬聽了喜出望外，真是踏破鐵鞋無覓處，得來全不費工夫，當即跟着那人來見翠微姑娘。

那人穿青衣，戴矮帽，仲冬想他準是個僕人。僕人帶着仲冬走出村，徑直來到一座大院前。房屋巍峨，門戶高大，門前還站着十幾個健壯的武士，穿着甲衣，拿着武器，侍立在兩邊。仲冬哪裏見過這陣勢？不免有些慌亂，僕人告訴他，不要驚慌，待他進去報告姑娘。

轉眼工夫，僕人出來了，倒地就拜，道歉說：「剛才我沒搞清，用平輩禮儀對待您，請您諒解。」仲冬忙扶起他，連說不見怪，不見怪。

僕人領着仲冬進了大門，穿亭過廊，來到一個小院。只見屋裏屋外，燈火輝煌，如同白天一樣。進到屋裏，他覺得腳下溫暖軟和，不像磚石，藉着亮光看見是毛毯鋪蓋着地面。毛毯上山水秀麗，花開枝頭。仲冬更為驚奇，看來這翠微姑娘確實不是凡人。

進到廳內，並不見翠微姑娘。這邊已有十多個丫鬟佳人來拜，一一給仲冬鞠躬行禮。行過禮，就有侍女端上了美味佳餚。仲冬哪一樣也叫不出名字，只見盤盤碟碟，堆放了一桌子。當然還有美酒。早有佳麗給他斟滿了一杯，雙手敬上來，口沒沾酒，弦樂響起，這羣佳麗載歌載舞。仲冬痛飲一杯，邊吃邊看，如痴如醉。吃着，看着，如同在夢中一般，自己禁不住笑出聲來。

酒足飯飽，起身離席。先前那位青衣僕人這才領着仲冬去見姑娘。穿過迴廊，繞過花徑，走了一會兒才到門前，好大一座院落。進入閨房，燈火更亮，香味四溢，繡簾垂掛，雕琳精細。仲冬左右觀賞，姑娘迎出簾帳，見面大大方方地說：「可把你盼來了！先前阿翁不嫌我愚醜，拿寶玉作為聘禮，要娶我當兒媳婦。我等了你好多年了，怎麼才來？」

仲冬愣在那裏，不知如何回答。只見那姑娘戴的是五鳳冠，穿的是七寶衣，粉面如花，亮睛照人，天仙也沒有她貌美。又聽那姑娘說話如盤中落珍珠，響聲脆亮。仲冬只怔怔地看着姑娘，哪裏還說得出話來，一旁裏侍候的丫鬟掩嘴偷偷發笑呢。

二人說着話兒，僕人來稟告，土地神、田神都來了。仲冬聽說神仙來了，不免有些驚慌。姑娘見狀說：「不必慌張，來的幾位神靈也是阿翁的好友，今天是個好日子，就請他們為我倆主持婚禮吧！」

然後，讓丫鬟帶着仲冬下去洗澡，熟悉禮節。

那浴室更是讓仲冬咂嘴吐舌，直歎高雅。一進去雲霧繚繞，清香撲鼻，還沒有沐浴就覺得通體染上了香味。匆匆洗過更衣，已有人教他三拜九叩。這些禮儀剛剛學過，姑娘已差人前來請他。仲冬跟着僕人來到廳堂，堂中高掛着大紅的喜字，兩側坐着幾位大神。姑娘起身給仲冬一一介紹，他分頭拜見過農神、田神、山神和土地神。眾神齊誇新郎相貌英俊，風流倜儻，誇得他真有些面紅腮熱。

婚禮也不複雜，姑娘挽着仲冬並肩侍立，就有音樂奏起。悠揚的笛聲繞了幾個彎，牽動了柔婉的琴聲，頓時猶如置身於玉宇瓊閣，神魂怡美。拜過天地，拜過高堂，夫婦二人對拜後，又奏一段音樂，婚禮就圓滿成功。

婚禮一結束，四位大神不再停留，立即告辭。姑娘也不挽留，攜了新郎送走客人，一同進入洞房。

這一晚上的事美得仲冬難以相信。相擁着姑娘上牀了，還覺得如夢如幻不是真的，少不了時時走神，姑娘還得主動和他說話逗趣。一對新人說着貼己話漸漸夜已很深。忽然，有丫鬟高喊：「妖怪來了！」

仲冬大驚失色，慌忙背了娘子就跑。夜暗天黑，看不清路徑。娘子給仲冬指路，左拐，右彎，又左拐，再右彎，彎着，拐着，跑出了大院。沿着大路，一陣飛跑，到了一座壁立的高山前面。娘子說快上山。

攀着山路，一勁猛爬，到了陡峭的山嶺。

爬過山嶺，登上險峯，到了高山的絕頂。

娘子說：「就在這裏歇着吧！」

按住驚魂，回頭看山下，火紅的烈焰照亮了天空，刀槍劍戟碰砍的聲音似乎還能聽到。娘子抽泣着說：「燒了住宅也罷，可憐的丫鬟們命也難保了。」

仲冬勸慰娘子不要太傷悲，只要和他在一起，就能重振家業。娘子聽得心胸放寬，破涕為笑，打開記憶，如實對仲冬講說。

　　原來，翠微娘子是本省城隍的二女兒，後來瘟疫流行，她不幸染上病。幾天幾夜昏迷不醒，人們都說她死定了。多虧仲冬的父親診病下藥，妙手回春，她才恢復健康。不料，城隍攜着妻女漫遊，在江中翻了船都淹死了。上帝念城隍多施善緣，封他全家為神。二女兒懂些道術，就當了狐神，安撫這一方。她手下那些佳人都是附近有造化的狐狸。

　　仲冬聽了，問娘子：「那妖怪是啥東西？」

　　娘子說：「牠也是一隻狐狸。多年修了些功夫，但是心腸狠毒，對我一直心懷不滿，總想尋機搗亂。今天操辦喜事，侍衛們也喝了些酒，不想讓牠鑽了空子，可恨的東西！」

　　仲冬想起父親，又問娘子：「你可知道我父親的去向？」

　　娘子說：「夫君寬心，阿翁當了土地神，前些日赴任去了！」

　　二人說着前塵舊事，不知不覺天已大亮。望着山下的狼煙廢墟，娘子對仲冬說：「這地方不能住了，咱們找個地方安家吧！」

　　仲冬看着柔柔弱弱的娘子，心想，帶着娘子四處找地方安家，不如回到熟悉的家鄉開始生活。他跟娘子商量說：「咱們就回老家吧？」

　　娘子說：「我隨你。」

　　兩人慢慢走下山來。走了一程，都有些累，娘子對仲冬說：「看來腳力有限，我們找個東西幫助吧！」

　　仲冬點頭同意，娘子伸手往田間一指，遠遠跑來兩頭毛驢，而且，還有鞍子、籠頭，他扶娘子上去，自己也騎了一匹，頓時，驢跑如飛，耳旁風響。田園閃閃後退，村落忽忽過去，勒驢歇腳時，哇——已跑了好幾百里。不遠處有一座城，仲冬覺得眼熟，擦擦眼睛細看，已到了家鄉的老城外面，他對娘子說：「老家到了。」

　　娘子說：「這地方還清靜，咱就住這城外邊吧！」

　　仲冬和娘子一起下了驢，見路邊有一座房屋，就朝那兒走去。房屋很破舊，風吹雨淋，頂棚倒塌了，只有四堵牆還直立着。

他正要退出來，娘子卻說：「這房能住，你去問一下是哪家的，咱先租用一下。」

見仲冬面有難色，娘子又說：「別怕，等我的丫鬟到了，收拾一下，保準讓你住好。」

仲冬只好去打聽，一問，房東家說：「那房子早不住了，如不嫌棄，收拾了去住好了。」

娘子聽了很高興，對仲冬說：「你別的不用管了，去把驢賣了，買些吃的回來。」

仲冬覺得餓了，牽了驢就走。到了市上，驢挺惹眼，買主不少，很快議好價格賣了。去糧油市上買了米麵，又路過菜市買了蘿蔔、白菜。回到那房前，哪裏還認得出！模樣完全變了。房頂有了，裏頭還有牀榻几案，來了兩個丫鬟，和娘子說笑得嘻嘻哈哈。他也不好意思問這些是怎麼搞的，只掏出米麵蔬菜請丫鬟去做飯。飯很快做好了，味道香美。

就這麼，仲冬和娘子有了個居家過日子的地方。

就這麼，仲冬和娘子熱熱火火過起了光景日月。

過了些日子，娘子對仲冬說，她已和房主商量好了，用百兩銀子買了這房子，她打算翻修一下。仲冬哪能不同意？說幹就幹，娘子請了工人，和他們一塊畫圖設計，一塊動手勞動。進進出出穿的是粗布衣裙，拿的是泥土磚石，像是一位農家少婦，比仲冬幹活還賣力氣。沒有多少日子，房屋整修一新，裏面被褥用品、帷簾紗幕，雖然不豪華奢侈，可也一應俱全。仲冬天天在跟前忙乎，也弄不清娘子哪來這麼多的錢財。新房落成的消息傳開了。遠遠近近來了好多好多人，都是看稀奇的。仲冬發財的消息城裏知道了，鄉裏知道了，那個趕他淨身出家的哥哥、嫂嫂也知道了。

這是真是假？哥嫂想探個究竟，又不好意思親自前去，就打發個丫鬟來看虛實。

丫鬟一出城門，就看見一座寬敞高大的院落。這大院門前立着一對齜牙咧嘴的石獅子。

她上台階進門，被家人攔住，連忙說：「我來看東家，他是我家主人的弟弟。」

家人一聽領她進了門。真是耳聞不如眼見，人人說仲冬家的房院闊氣，卻不知道會闊氣到這種樣子。院子一進連一進，進一道門是一座院，再進一道門又是一座院，進了不知幾道門，才到了二娘子住的院落。二娘子的卧房十分典雅，丫鬟進去時她正在鮮紅的地毯上逗貓玩耍。貓是雪白雪白的，手中的帕子是翠綠翠綠的，看一眼就像是觀賞到了一幅畫。家人向娘子介紹了丫鬟，她放下帕子，攢走貓說：「哥嫂太費心了，老遠讓你來看望我們，你受累了。」

丫鬟嘴巧舌尖，對娘子說：「城裏鄉村的人都誇阿叔娶了個天仙模樣的媳婦，我家主人想請你們回去。」

一句話說得娘子滿心歡喜，吩咐丫鬟趕快端茶擺飯。一大桌豐盛的飯菜很快擺了上來，丫鬟看得眼花繚亂，吃哪一盤都美味可口，吃飽了卻鬧不清吃的甚麼菜。

剛剛吃完飯，仲冬回來了，見了哥嫂的丫鬟譏笑道：「哥嫂把我掃地出門了，怎麼會又想起我？」

說着話，火氣來了，弄得丫鬟臉上也有些不好看。娘子在旁邊勸說：「你不要生氣，過去讓它過去，人非聖賢，誰能沒有過錯？哥哥嫂嫂明白錯了，回心轉意要和我們好，我們還能記住過錯不放嗎？」

勸說幾句，仲冬臉色有了變化，不那麼生氣了。這時娘子又說：「夫君，我們回到了家鄉，卻沒有回家，應該趁個好日子回去祭祀祖先呀！」

仲冬說是，他們合計三天後一塊回家去。

丫鬟回到家裏，向老大夫婦說明了老二家的情形，沒有一個不驚奇，這老二到底是怎麼闊綽起來的？顧不上弄明白了，先得應酬老二

回家，萬不能讓他們笑話自己寒酸。只有三天時間，忙了個手不停，腳不閒，還沒有準備周全，日子已經到了。

這日一早，花喜鵲就在樹枝上叫開了。哥哥、嫂嫂忙出了院，站在門前迎候。剛站好，一隊駿馬過來了，前後有十幾個隨從。打頭的就是仲冬，娘子緊跟在他的後頭。家人見仲冬像是見了個生人，胖了，白了，滿臉富態相，哪裏還是以前受人眉高眼低的黑瘦樣子？再看身後下馬的娘子，都驚得張口呆住了。以往常聽人說天仙好，誰見過天仙的模樣？今日見了二娘子方才相信天仙美得和人就是不一樣！

二娘子落落大方，隨了夫君，拜過哥哥拜嫂嫂，族人近鄰凡是長輩一一拜過，沒有一點羞澀。然後，進到屋裏恭恭敬敬拜祭祖先，拜祭父母二老。哥哥、嫂嫂很是內疚，拜祭一完，一個拉着弟弟的手，一個拉着弟媳的手，說說道道，沒完沒了，雖然是些陳舊的老話，但也沒少了數道過去的不是。仲冬聽得動了感情，眼淚不住地往下流。二娘子並不勸說，又坐了一會兒，起身對哥嫂說：「時候不早了，我們該回去了。」

嫂嫂說：「飯菜已備下，吃了再走。」

二娘子說想早點回去清靜，執意要走。哥哥嫂嫂不敢多留，於是二娘子攜了夫君出門回家。走出院來，依依話別，仲冬夫婦邀請哥嫂到家裏做客。哥哥嫂嫂不忍離別，把他們一直送到巷口。

回到家裏，仲冬不勝歡喜。娘子說：「今天省親，安慰了阿翁的心，也讓你揚眉吐氣了。只是樹大招風，我們再住下去恐怕不好。不如趁早離開，一起遍遊天下。」

仲冬滿心高興，哪有不依從的。當時商定，把這些家財給了哥嫂遠走他鄉。

過了兩天，哥哥嫂嫂來看老二夫婦了。進得院來，大開眼界，真是人間仙境，比丫鬟說的還要美好多，見了弟弟、弟媳少不了滿口誇讚。老二夫婦將他們迎進客廳，立即捧茶上菜，一道道菜上來，一杯

杯酒下肚，喝得淋漓痛快。也許是多喝了幾杯的緣故，老二突然掏出一把尖刀，「咣當」一聲扔在地上，激動地說：「哥哥、嫂嫂看好了，如果不是老父的忠告，這把刀早了結了你們的性命！」

說着一腳踢開尖刀，講了事情的原委。哥哥、嫂嫂嚇得面無血色，不敢多吱一聲。舊事講完，老二又說：「我妻子是神仙，比我寬懷，多次勸我消解和哥嫂的仇恨，我哪能再記結過去的事情？如今，妻子要神遊四方，我將隨她遠去，我的這些家產就送給你們了。」

哥哥、嫂嫂大受感動，真不知說甚麼好。就聽弟媳對老二說：「時辰到了，我們動身吧！」

二人當即攜手出門，家人已備好馬匹。老二夫婦告別哥嫂，和兩個丫鬟，一人一匹馬，跳上馬背，飛奔南去，不多時便消失在遠處的田野。

❝ 作者手記 ❞

　　《翠微娘子》是一個勸人積德行善的神話。曾在《螢窗異草》讀到古典原作，今據其旨重新走筆，寫成此文。

幸運的獨頭男兒

　　這個娃娃實在是可笑。沒有胳膊，沒有腿，連身子也沒有，就一顆圓鼓鼓的腦袋。聽起來就怪嚇人的，所以，一生下來就被爸爸、媽媽扔了。扔在了荒山野嶺，離村子很遠很遠的地方。

　　山裏豺狼成羣，虎豹出沒，還不把這可憐的小生命給生吞了？也許，他的爸爸媽媽就是要這樣結束他的生命，以免他在這個世界上遭人的冷眼白臉。偏偏獨頭娃娃不該死，被一位上山撿柴的老媽媽拾了回來。

　　老媽媽很老了，獨身一人過日子，要不怎麼連上山撿柴這樣的苦活她也得幹呢？這天，撿滿了柴，剛要起身回家，就聽見有小孩的哭聲。她跑過去就看見了這個可憐的獨頭娃娃，想也沒有想就把他抱下山來。

　　一路上，看見獨頭娃娃的人都勸老媽媽說：「扔了吧，抱那麼顆肉團有甚麼用呢！」老媽媽不聽，抱回村裏。

　　一進村，看見獨頭娃娃的人都勸老媽媽說：「扔了吧，抱那麼顆肉團會拖累你的！」老媽媽不聽，抱回家裏。

　　還真讓村裏人說中了。

　　轉眼過了幾年，和獨頭娃娃一年出生的孩子都能幫父母親幹點活了，他還要老媽媽抱來抱去。下地抱出去，回村抱進來。一村的人都在背後指劃老媽媽死心眼，老媽媽卻無怨無悔，整天抱着獨頭娃娃出出進進，還挺愉快的。

　　這天，老媽媽抱着獨頭娃娃上山地除草。山路很遠，到了地裏沒幹一會兒，天晌午了，要做午飯，老媽媽抱起獨頭娃娃回家，就聽他說：「媽媽，您回去做飯吧，我給咱家除草！」

　　老媽媽聽了，好奇地說：「孩兒啊，你沒手沒腳怎麼幹活呢？」

孩兒說：「放心吧，媽媽，回去做飯，把我放在草地上。」

孩兒再三懇求，老媽媽雖然不放心，還是無可奈何地答應了。

匆匆忙忙下山，匆匆忙忙做飯，匆匆忙忙上山，老媽媽來到地裏一看，傻眼了，獨頭娃娃還躺在草叢中，地裏的草卻除得乾乾淨淨，比她平時幹得還好呢！

老媽媽問他是怎麼除草的，兒子不告訴她，只是一個勁地笑。

從此，地裏的農活老媽媽不用幹了，兒子都幹得清清爽爽。她家的莊稼長得比誰家的都好，春天葉綠，夏天稈壯，秋日裏結的籽實又圓又大。老媽媽呢就在家裏操持家務，紡線織布，還餵了些雞鴨，光景過得一天天富裕了。

有一年，不知因為甚麼事情，天神要來討伐地神。這是件可怕的事情，過去天神和地神打過多次仗，地神沒有一次打勝的。這回天神火氣還挺大，揚言要廢了地神，連他的妻子兒女也不放過。地神害怕了，向天神討饒，天神不理不睬。地神沒有辦法，就把大夥召集到一起開會，他告訴大家：「我有七個漂亮的女兒，誰要幫助我打敗天神，我就把一個女兒嫁給他！」

這是天大的好事。人們都知道地神的女兒一個比一個漂亮，賽過九天的仙女，誰不想娶她當妻子呢？可是，這是打仗，是要命的事，對手又是法力無邊的天神，這是好贏的嗎？不好贏。所以，地神說了半天，等於唱了獨角戲，沒人敢應聲參戰。

後來，有人應了，這一應卻讓眾人大吃一驚。

最先吃驚的是老媽媽，懷裏的獨頭兒子響應了，她能不吃驚嗎？這孩子沒腳沒手不是白白送命嘛，她告誡兒子，打仗不是種地。兒子卻對她說：「媽媽別怕，我有辦法。」

接着吃驚的是地神，這應聲的獨頭娃娃可真膽大，那些五大三粗的漢子都不敢吱聲，你憑甚麼打仗，這不是添亂嗎？可是，又沒有其他人響應，這不把他放在冷板凳上了嗎？

即使是獨頭人吧，總算還有個人響應，地神只好順水推舟，下了台階，叫人抱着獨頭娃娃回到家裏。

獨頭娃娃一走，老媽媽心急如焚。孩兒再醜，也是媽媽的心尖尖。她覺得白天好長好長，天總是不黑。黑夜好長好長，天總是不亮。她吃不下飯，睡不着覺，瞪着眼睛盼兒子回來，盼了一天又一天，竟然把一雙眼睛盼瞎了。

地神回到家中，立足未穩，天神就衝殺過來了。地神披掛上陣，揮戈擋住了天神。天神揮斧劈來，兩位戰成了一團，直打得狂風呼嘯，塵灰飛揚，誰也不見勝負。忽然，地神覺得手中的長戈空飄了，定睛看時，天神早溜走了。

天神溜到哪裏去了？地神睜大眼睛四處找尋，長空開闊，不見個人影。找了半天，才看見空中飛着一隻老鷹，鷹爪下抓着一個女孩，那女孩就是他的小女兒呀！小女兒衝着地神高喊：「爸爸快救我，快救我！」

地神慌忙騰空趕去。地神趕得緊，天神跑得快，哪裏趕得上呢！地神趕了一身臭汗也沒趕上，落下雲頭，回到家中，氣急敗壞，正不知如何解救女兒，就聽獨頭娃娃喊叫：「我去救公主。」

地神沒有別的辦法，只好放這小崽去碰碰運氣。他點點頭，那獨頭娃娃一飛而起，直向空中飄去。

且說天神變作老鷹，抓了地神的小女兒，準備回去拜堂成親，興匆匆地往前飛奔，忽然，背後涼颼颼的。還沒看清是甚麼飛來，前面已有一條飛龍攔住去路。不由分說，飛龍就向老鷹撲來。老鷹慌忙躲閃，卻被龍尾重重擊在背上，晃晃盪盪，險些跌落下去。剛剛穩住身子，飛龍又直撲下來，這一回是從高空壓下來的。

龍身巨長，老鷹前也躲不過，後也躲不過，被龍爪狠狠抓了一把，兩隻翅膀透了風，漏了氣，身肢搖搖晃晃，再難平穩，一頭栽了下去。飛龍下降一陣，攔住老鷹，奪了爪下的女兒就走。那老鷹不敢

再追，敗回天庭逃命去了。飛龍抱着地神的小女兒落在地上，立時變成另一番情景，漂亮的地神女兒懷裏抱了個獨頭娃娃。

獨頭娃娃戰勝天神，救出女兒，地神欣喜地出宮迎接。回宮坐定，他把七個女兒叫在一起說：「我曾說，誰幫我打敗天神，我將一個女兒嫁給他。現在獨頭娃娃打敗了天神，你們誰願意嫁給他呀？」

大女兒看一眼獨頭娃娃說：「阿爸，我不去，他只有一個頭，怎麼和他過日子呢？」

二女兒看一眼獨頭娃娃說：「阿爸，我不去，他只有一個頭，怎麼和他過日子呢？」

六個女兒都不願意嫁給獨頭娃娃，只有小女兒了。小女兒娜拉說：「阿爸既然許了願，我就嫁給他吧！」

六個姐姐拉着她的手，說：「妹妹，這可是一輩子的大事！」

娜拉點點頭說：「姐姐的好意我領了，可不能讓阿爸為難呀！」

就這麼，娜拉毅然嫁給獨頭娃娃了。她抱着獨頭娃娃回到婆婆家裏。一進門，娜拉就甜甜地叫了一聲：「媽媽。」

老媽媽可高興啦，眼淚都流了出來，雖然眼睛看不見，不知道兒媳婦是怎麼個俊模樣，但從娜拉的叫聲中，她感受到兒子帶回來個好媳婦。她伸出手，將娜拉從頭摸到腳，邊摸邊說：「好，好，多標緻的人呀！」

從這天起，一家三口和和睦睦過起了光景。不用說，家裏出力受累的活兒多是娜拉去幹。丈夫沒腳沒手幹不了，婆婆眼睛看不見沒法幹，只有娜拉獨自幹。娜拉真好，幹多幹少一點怨言也沒有。

過了些天，趕街的日子到了。娜拉到街市上去買東西，獨頭人想和她開個玩笑，搖身一變，變成了個風華正茂的小伙子。

娜拉走到半路，碰到了一個風流美貌的好小伙。好小伙見了娜拉定定瞅着，說：「你真漂亮呀！我們倆郎才女貌，是天生的一對！」

娜拉紅着臉說：「我有丈夫了，你快走吧！」

　　說完轉身就走，小伙子又追了上來，無論他說甚麼，娜拉理也不理只顧埋頭趕路。小伙子碰了個釘子，獨自走了。

　　回到家裏，娜拉把事情告訴丈夫，說：「下個街日，我不去了。」

　　丈夫說：「去吧！家裏缺啥還要買。再說，在家天天忙碌，你也應該出去散散心。」

　　娜拉見丈夫這麼體貼自己很是感動，到趕街日，她又去了。獨頭娃娃見妻子走了，又想和她逗個趣。

　　娜拉爬上一道山樑，山樑上有一棵大樹，她走熱了，來到樹下歇涼。大樹下走出一個人，還是上次那個風流美貌的小伙子。他緊步走近娜拉，熱情地說：「婦人走熱了，快來歇歇涼吧！」

　　邊說邊上前將她往樹蔭裏迎，還搖動一個大樹葉給她搧風。

　　娜拉扭轉身說：「我不是給你說過，我已嫁人了。」

　　小伙子卻痴情地說：「可是，我喜歡你呀！」

　　娜拉板着臉冷厲地說：「太輕狂了，怎能喜歡有丈夫的人！」

　　小伙子又討了個沒趣，還想說甚麼近乎話，娜拉甩開大步走了。街市也不趕了，氣沖沖地返回家中。進門就喊丈夫：「氣死我了，那小子又來糾纏我了！」

　　丈夫應聲出來了，竟然就是半路上碰見的那個漂亮小伙。

　　娜拉怒火中燒，指着他的鼻頭訓斥：「你怎麼這麼無恥，竟然跑到家中擾害良家女子！」

　　那小伙卻不動聲色，讓她發過火才說：「夫人仔細看清，我就是你的郎君呀！」

　　娜拉驚奇得瞪大了眼睛，仔細看時，這熟悉的眉眼和說話的腔調與獨頭男人一模一樣呀！原來，這漂亮小伙就是獨頭娃娃。

　　他從路上趕回家卻無法再變成原來的樣子了，瞎媽媽收拾屋子，把他那個頭殼掃進火坑燒了。

　　不過也不用往回變了，他找到了一位心地善良的媽媽，又找到了一位忠貞賢惠的妻子，她們都有一顆金子一般的心，和她們生活在一起還有甚麼不放心的呢？

　　打這兒起，他們一心一意過日子，莊稼種得年年豐收，日子過得十分富裕。小兩口對老媽媽照顧得體貼入微。聽說九月九日太陽出來前的露水珠能明目治病，夫妻倆摸黑走進深山，等待黎明到來。天色漸漸發灰，漸漸變白，迷迷濛濛看得見了，他們趕緊彎腰採集露水珠。亮晶晶的露珠像水銀一般，輕輕一搖就流進了水罐。他們採呀採呀，採集了一大壺。這露珠還真靈驗，老媽媽洗過幾次眼睛，不暗烏了；再洗幾次，眼睛放出了亮光。她又看見了這個多姿多彩的世界，看見了英俊瀟灑的兒子，還有她那沒見過面的俊俏媳婦。老媽媽幸福地笑個沒完沒了，每天的時光都在歡笑中度過。

❝ 作者手記 ❞

> 　　這是一個流傳在雲南省拉祜族的神話故事，雖然同是勸善抑惡的主題，但故事情節新穎有趣，因此收集整理成此文。

我來重新建構中國神話的大廈完全是一種緣分。

緣分始自童年。很小的時候，我便在奶奶的懷抱、父母的膝頭聽神話了。盤古開天地、女媧補天、夸父追日以及後來因為政治因素而家喻戶曉的愚公移山等神話進入了我純真的感情天地，並以它那恆久的魅力滋養着我的身心靈魂。我後來拿起筆寫作與這些神話的哺育有着密切的關係。追憶我最早的寫作該是小學五年級時，在新年的爆竹聲裏，我伏在大炕上的窗台，在算術演抄本的背面寫下了一個劇本《神筆馬良》。當然，寫作的衝動是讀了洪汛濤先生的神話《神筆馬良》產生的。後來對我影響最大的該是《西遊記》了，雖然這部巨著現今被劃為四大古典長篇小說之列，但我一直固執地認為《西遊記》的成功很大程度上決定於它的神話色彩。也是在小學五年級我開始讀《西遊記》，孫悟空成了我心靈世界的第一巨人，僅《石猴出世》的美感就足以陶冶我一輩子。

當然，兒時對神話的介入是不自覺的，有些甚至是被動的。自覺的、主動的進入神話領域是上世紀九十年代末了。那時我兼任了文物旅遊局長，這個角色的任務很大，但當時選我赴任的首要工作是修復被大火焚燒後的堯廟。我所在的臨汾是堯都，堯都少不了有祭祀帝堯的廟宇。堯廟進入我的記憶就是一種破敗景象，到我上

任前夕仍然是這般模樣。中間雖然曾經修復過快要倒塌的主殿，可惜這一舉措沒有持續下去。而且，那年一把大火燒毀的恰是修復過的這座主殿。主殿的焚毀讓不少人都在歎息：堯廟從此消失了！

我所以組建這個局並出任局長，就是要讓眾人的失望變為希望。希望在一年的時間裏就實現了。堯廟修復了，重新巍然於世。這似乎是我年屆知天命時最大的收穫。其實，最大的收穫不是堯廟的重建，而是為了探求帝堯在中國歷史上的地位，給其做出恰如其分的定論，我一次又一次走進古籍史料，當然也沒有忽略神話傳說，就這樣，我自覺進入了神話世界。在這個世界中，我不僅感知帝堯，而且感知天地的誕生、演進，感知天地在誕生、演進中建立勛勞的那些創世英雄。經過一年多的閱讀、感悟、梳理，這一切在我頭腦中形成了一個清晰的歷史文化鏈條，無疑，帝堯在其中所處的位置和對他的評價就一目了然了。似乎我的主動進入是為了帝堯，然而，我的收穫卻遠不止於帝堯，當我在《山海經》、《搜神記》等眾多的典籍中遨遊時，神話的豐姿又一次向我展示了它那迷人的風景。

也就是在這個探求過程中，我發現神話也需要成長。產生這個想法是基於兩點認識：一是古典神話由於

其時傳播手法的局限都很瘦韌。雖然這種瘦韌沒有影響其風骨，但是卻影響在更大讀者範圍中傳播；二是對於這些古典神話白話化的作品和民間流傳的神話，由於缺少文學家的傾心構製，多數都龐雜臃腫。當然，也不可否認中國現代作家在神話天地中尋寶擷珠的不少，魯迅、茅盾都曾涉獵，而且魯迅還以神話素材寫過小說《故事新編》。只是，那已經成了個人情緒化了的小說，有別於神話的初衷。由於這兩點認識，我以為神話仍然停留在很久前定位的一個平台上，說句時尚話就是亟待與時俱進。因此，我在為神話感動時，也為神話惋惜。不過，此時卻還沒有試筆補天的妄想。

如今，經過幾個月的勞作，我就要擱筆了，當然，還有很大的修改任務，但比之一稿寫作是要輕省多了。回首寫過的文字，我不敢說將瘦韌的豐滿了，將龐雜的凝煉了，但至少說我是奔這個目標來的。由於時間短暫，由於是給少年兒童寫作，語言也就盡量淺白明曉。這樣的目的是否達到，則需要讀者和偶或讀到此書的專家、學者批評指教了。

2005 年 2 月 18 日於塵泥村

責任編輯　謝燿壕
封面設計　鄧佩儀
版式設計　龐雅美
排　　版　時　潔
印　　務　劉漢舉

中國經典系列叢書

中國神話

喬忠延／編著

出版 ／ 中華教育

香港北角英皇道499號北角工業大廈1樓B室

電話：（852）2137 2338　　傳真：（852）2713 8202

電子郵件：info@chunghwabook.com.hk

網址：https://www.chunghwabook.com.hk

發行 ／ 香港聯合書刊物流有限公司

香港新界荃灣德士古道220-248號荃灣工業中心16樓

電話：（852）2150 2100　　傳真：（852）2407 3062

電子郵件：info@suplogistics.com.hk

印刷 ／ 美雅印刷製本有限公司

香港觀塘榮業街6號海濱工業大廈4樓A室

版次 ／ 2022年10月第1版第1次印刷

©2022 中華教育

規格 ／ 16開（240mm x 170mm）

ISBN ／ 978-988-8808-74-8